Du même auteur, chez d'autres éditeurs :

Aux éditions Fleuve Noir :
Bagne des ténèbres
Le Monde blanc
Elaï
Rézo
Arago (Grand Prix de l'imaginaire 1995)
Haute-Enclave
Les Chasseurs de sève
La Troisième lune
Le Labyrinthe de chair
De chair et de fer
l'Homme qui n'existait plus
Les Opéras de l'espace
Lyane
Le Sang des immortels
Le Continent déchiqueté
Les Croisés du vide
Dans la gueule du dragon
Les Engloutis
Une Porte sur l'éther

Aux éditions J'ai Lu :
Cycle d'« Omale » (3 volumes)

Aux éditions Mnémos :
Les Peaux-épaisses

Aux éditions L'Atalante :
La Mécanique du talion

Aux éditions Degliame :
« Les Aventures d'Alaet », cycle jeunesse en 8 vol.

Aux éditions Octobre :
Les Eres de Wethrïn (2 volumes)
Alaet l'Insouciant

www.bragelonne.fr

Laurent Genefort

L'Ascension du Serpent

Hordes – tome 1

Bragelonne

Collection dirigée par Stéphane Marsan et Alain Névant

Illustration de couverture :
© Didier Graffet

ISBN : 978-2-35294-089-0

Bragelonne
35, rue de la Bienfaisance – 75008 Paris

E-mail : info@bragelonne.fr
Site Internet : http://www.bragelonne.fr

L'auteur tient tout particulièrement à remercier Stéphane Marsan et Alain Névant, David Oghia, et toute la Brage' team pour leur gentillesse, leur compétence – et leur somptueux bar ! ; Kentaro Miura, sans qui les Hordes *seraient sans doute restées dans les limbes ; et enfin Peter J. Campbell, disparu récemment et dont la mémoire mérite ici d'être saluée.*

1

Le dernier soldat ennemi vacilla, la gorge percée d'une flèche. La pluie ocre qui ruisselait du ciel plaquait sa tunique sur son torse à la manière d'un linceul. Lentement, ses jambes cédèrent sous lui et il s'effondra dans un grincement de jambières. Ses yeux se voilèrent. Enfin, sa bouche s'ouvrit, béante, afin de laisser son âme s'échapper.

Audric le repoussa d'un coup de la botte gauche. Le corps culbuta avec un bruit mou, dans le tas de cadavres en contrebas.

— La colline est à nous ! hurla le capitaine du Serpent. Tous derrière moi… *Les dieux nous aiment !*

À mi-pente, Trobard porta un sifflet à ses lèvres et poussa le trille de ralliement.

— Les dieux nous aiment ! répéta le premier lieutenant d'Audric – avant de pousser un juron, tandis qu'il glissait sur une plaque de boue.

La succession d'averses froides n'avait pas ajourné la bataille. Depuis trois jours, la horde du Serpent lançait assaut sur assaut contre les armées d'Uther et ses mercenaires. Parfois, les rideaux de pluie masquaient la progression de l'ennemi, parfois la leur ; il n'était alors plus question de stratégie et la bataille se réglait au combat individuel. À vrai dire, les principales pertes du Serpent avaient eu lieu par la faute de la horde du Loup.

— Maudits Loups, siffla Audric entre ses dents, en tâchant de dissimuler son amertume devant ses hommes. Un jour ou l'autre, les dieux devront choisir entre eux et nous.

Mais ce ne serait pas pour aujourd'hui, car la bataille touchait à sa fin.

La pluie tambourinait contre le dôme clouté de son casque, pour s'écouler le long des ailettes. La sensation était désagréable, mais au moins les gouttes ne lui tombaient pas dans les yeux.

Ses lieutenants convergeaient vers lui, entraînant le reste de la horde. En un instant, Audric estima leur nombre – et poussa un juron. Pas plus de soixante ! Cela signifiait qu'une quinzaine de gars manquaient à l'appel. Déjà qu'ils se trouvaient en sous-effectif...

Furieux, il apostropha Umiade :

— Par le sang pourri des seigneurs, qu'est-ce qu'il s'est passé de ton côté ?

Umiade secoua la tête. L'épuisement qui se lisait sur le visage pâle de la jeune femme allongeait encore ses traits osseux. Ses yeux farouches évoquaient deux bêtes noires, tapies au fond de leur terrier. Elle n'était pas belle à proprement parler, mais il émanait d'elle une aura qui ne laissait pas les hommes indifférents. Audric s'aperçut qu'une balafre de sang coagulé collait sur sa tempe ses cheveux auburn. La colère qui l'habitait reflua brutalement.

— Eh... Tu vas bien, Umiade ?

Umiade ébaucha un mouvement d'humeur.

— Plus tard, pour les détails.

Rassuré, Audric se reprit.

— Oui, assez de palabres. Il reste plusieurs poches de résistance à réduire. Allez, on y va !

Il reforma le groupe, ordonnant toutefois à Umiade de rester en arrière. Non pas pour la protéger, mais au contraire en signe de sanction. Son unité s'était fait décimer. Même si elle était tombée dans un piège, elle avait essuyé un échec et devait en subir les conséquences. La jeune femme s'inclina avec raideur, et, serrant les lèvres, glissa sa mince épée au baudrier.

Ils gravirent la colline jusqu'au sommet, et le champ de bataille leur apparut dans toute son ampleur. Le couvercle nuageux recouvrait la scène d'un gris strié de noir, où plantes et hommes, vivants et morts peignaient la même désolation.

Le *pieu de guerre* n'avait pas été pris : il était toujours planté au creux de la plaine, non loin d'un village réduit en cendres. La pierre de dragon enchâssée à son sommet luisait d'un rouge pur. Comme toutes les pierres extraites du crâne d'un dragon, elle donnait à son possesseur pouvoir et longévité. La lueur qui en irradiait blessait les yeux de quiconque osait la fixer plus d'un instant. On la prétendait faite de rayons de soleil mourant gelés. Le dernier dragon avait été exterminé voici mille ans, c'est pourquoi ces joyaux étaient les plus convoités… et représentaient le symbole de la noblesse.

C'était dans cette plaine que le duc Coresh d'Elsenohr et le comte Uther avaient choisi de s'affronter. Pour une histoire de taxe frontalière, à ce qu'on racontait. La horde du Serpent était au service du seigneur Coresh. Audric s'en félicitait, car le destin avait été favorable à ce dernier : son augure avait annoncé ces averses, de sorte qu'il avait proscrit la cavalerie lourde. Cela n'avait pas été le cas d'Uther. La moitié de ses cavaliers en armure s'était enlisée au creux de la plaine boueuse, et les archers du Serpent n'avaient eu qu'à les hérisser de flèches à vingt pas de distance. Aucun Serpent n'avait été grièvement blessé dans le raid. C'était une éclatante victoire. Cependant, Coresh n'avait pas poussé son avantage. Il aurait pu ordonner à Audric de poursuivre le reste des cavaliers et les exterminer sans pitié. Mais il y avait des membres de la famille d'Uther parmi ceux-ci, et le duc souhaitait certainement que son adversaire soit dans de bonnes dispositions pour renégocier les taxes, après le conflit.

À cette pensée, des frémissements de rage parcoururent le bras droit cuirassé d'Audric, et son gantelet crissa sur la garde de son épée. Le capitaine attrapa violemment son propre poignet, comme pour briser l'élan d'un animal trop fougueux.

Tout doux, mon démon chéri. Garde ta force pour la besogne qui reste.

Le piétinement des bataillons avait contribué à transformer la plaine en bourbier, où le sang versé était devenu d'un noir d'encre. La bataille approchait de son terme, et les plaintes des mourants prenaient le pas sur le vacarme des affrontements. Les forces ducales étaient sur le point de s'emparer du pieu de guerre. Audric déploya ses lieutenants de chaque côté de lui, et brandit son épée. Forgée spécialement pour lui, elle était immense, épaisse et d'une largeur inhabituelle, avec plus de huit pouces. Sa lame tranchait des deux côtés, mais son extrémité, fait inhabituel, était biseautée. Son poids était considérable. Une arme disproportionnée, qu'on aurait mieux vue au bras d'un barbare de trois mètres de haut – si tant est qu'un tel homme ait pu la soulever.

Il convenait qu'Audric demeure en tête de sa horde. Il avisa un petit groupe de soldats ennemis, à la lisière du village détruit, au milieu de la plaine.

— Par là, dit-il.

Ils descendirent vers la plaine au petit trot, sautant par-dessus les cadavres. Les voiles de pluie consentaient enfin à s'écarter, laissant entrevoir quelques taches de bleu entre les empilements de nuages. Alors qu'ils abordaient le village, ils furent attirés par des cris et des rires s'élevant d'un reste de grange. Audric fronça les sourcils. Les cris ressemblaient à ceux d'un garçon.

Alors qu'il s'élançait, Umiade le retint par la manche.

— Qu'est-ce qu'il y a ? fit-il.

Le visage de la jeune femme se troubla.

— Je ne sais pas. J'ai l'impression…

L'impatience le gagna.

— Quoi ?

— Ce que je t'ai dit, hier soir…

Audric haussa les épaules.

— D'accord, tu es mon augure et il t'arrive de voir juste. Mais il t'arrive aussi de te tromper… souvent. Comme tout à l'heure, pour tes hommes.

Umiade ouvrit la bouche pour répliquer, mais il la réduisit au silence d'un geste. Il entra dans la grange par la grande porte, dont il ne restait guère que les gonds calcinés. Une odeur de cendres mouillées lui sauta aux narines.

— Eh, vous !

Deux soldats tenaient un garçon à plat ventre, membres écartés. Ils pesaient sur ses bras et ses jambes pour l'empêcher de bouger. Au-dessus, un troisième était en train de déboutonner son pantalon. L'homme, un sergent, avait plus de cinquante ans et un visage grêlé de cratères de variole. Son épée reposait contre une mangeoire brisée, à trois mètres de là. Il leva à peine les yeux lorsque l'apostrophe d'Audric les atteignit.

— Toi, le mercenaire, répondit-il, si tu fous le camp tout de suite, je ne dirai rien à ton chef.

— C'est moi le chef, gronda Audric. Je suis le capitaine des Serpents.

Les soldats éructèrent un rire graveleux.

— On s'amuse, c'est tout. Tu auras ta part, mais après nous… si on le laisse en vie. Compris ?

Audric jeta un bref coup d'œil au garçon, la figure écrasée par terre. La terreur avait transformé ses yeux en puits de néant, et il portait des traces de coups. Il se mordait les lèvres pour ne pas hurler. Pas beaucoup plus de quinze ans, sûrement, mais déjà une stature bien découplée.

Une phrase d'Umiade lui revint en mémoire. La veille, dans sa tente, elle lui massait les épaules avec de l'huile musquée. La lueur de la torche résineuse ne parvenait qu'à grand-peine à diluer les ténèbres, et Audric s'était presque endormi, lorsqu'il avait entendu la voix somnambulique de l'augure. Umiade ne contrôlait pas son don. Les visions s'imposaient à elle, parfois au milieu d'une bataille, et ses pupilles disparaissaient alors, comme diluées dans l'iris. Cela n'avait rien d'une extase ; au contraire, on avait l'impression que le visage de l'augure se cassait en morceaux tandis que la vision la pénétrait. Comme si tous les âges de sa vie et de sa mort se superposaient, l'espace d'un instant. Et au cours de ce bref moment, pas plus d'une seconde ou deux, un coin du voile de l'avenir se relevait pour elle.

D'une voix qui ne lui appartenait plus, elle avait dit : « Demain, tu auras à faire un choix, et la voie que tu ouvriras entraînera le monde tel que tu le connais à sa perte. »

Audric s'était relevé sur un coude. Umiade avait battu des paupières. Puis, étonnée, elle avait contemplé ses mains luisantes d'huile parfumée. « Hein ? Qu'est-ce que j'ai dit ?

— Tu as dit que demain, je devrai faire un choix. Un choix qui concerne le monde…

— Je ne me rappelle pas. C'est tout ce que j'ai dit ?
— Oui. Et à vrai dire, je n'y ai rien compris. »

— *C'est compris ?* répéta le sergent, d'un ton plus brusque.

Audric revint au présent. Sur le visage du sergent, il repéra la brève oscillation de ses pupilles en direction de son arme. Il fit un pas nonchalant en avant.

— Compris, l'ami.

Son adversaire n'avait pas une chance. Il tenta cependant de bondir vers son épée, tandis que les deux autres portaient la main à leur ceinturon pour en extirper une dague. Avec un vrombissement sourd, la lourde épée d'Audric décrivit un arc de cercle. Les nombreuses escarmouches de la journée l'avaient émoussée, mais la puissance compensa son manque de tranchant. Le coup entailla la cuisse du sergent, la sectionnant presque en deux. Emporté par son élan, l'homme faillit s'empaler sur sa propre épée. Audric sut qu'il avait touché l'artère, et donc que l'autre était condamné. Sa mort n'était plus qu'une question d'instants. Sans plus s'occuper de lui, Audric fit volte-face pour affronter les deux acolytes. Ces derniers avaient lâché le garçon et reculaient vers la porte, couteau brandi à l'horizontale. Une peur abjecte se lisait dans leurs yeux. Ils savaient qu'Audric ne les laisserait pas sortir vivants. Pas après ce dont ils avaient été témoins. Une ombre se glissa derrière eux. Le premier soldat ouvrit grands les yeux, tandis qu'une lame ouvrait sa gorge et qu'un flot de sang artériel giclait sur son plastron. Le second se retourna, juste comme une épée perforait sa poitrine. Il hoqueta, cracha une bulle écarlate… et s'effondra.

Umiade s'encadra dans l'ouverture, puis remit son épée au baudrier. Elle contempla le tableau d'un air sombre. Les trois hommes de l'armée régulière étendus par terre, exécutés sans motif valable.

— On a intérêt à mettre les bouts tout de suite, lâcha-t-elle. Si on nous surprend, tu sais ce qu'on risque.

Audric opina du chef. Pour le meurtre d'un sergent et de deux soldats, la horde encourait la décimation, et leurs officiers la torture.

Le garçon qu'ils venaient de sauver s'assit en se massant la joue. Ses traits étaient fins pour un simple villageois, et un chignon évitait à ses cheveux de tomber en boucles frisées sur ses épaules. Deux sillons de larmes séchées partaient de ses yeux noisette pour se perdre dans le pli encadrant sa bouche. Des tuméfactions enflaient sa joue et lui fermaient à demi l'œil gauche. Audric lui tendit la main.

— Comment tu t'appelles ?

— Marween.

La main de l'adolescent était étonnamment ferme. Audric eut un sourire fugitif, puis lui fit signe de le suivre. Le garçon secoua négativement la tête et ne bougea pas.

— Je ne peux pas.

— Tu n'as pas le choix. Si on te trouve ici, on t'accusera de la mort de ces soldats. Et quand on te torturera pour connaître tes éventuels complices, tu nous livreras. Je ne peux pas prendre ce risque.

Umiade jetait des coups d'œil inquiets par-dessus son épaule.

— Grouillez-vous. Il y a du mouvement, là-dehors.

— Passe devant.

Umiade haussa les épaules et disparut. À côté d'Audric, Marween grimaça un sourire.

— Merci, euh…

— Audric.

— Je…

— Ferme-la et suis-moi.

Audric sortit de la grange, le garçon sur les talons. Il sourit en constatant que les Serpents avaient investi les abords du village, Driligan sur la gauche, Yelaf sur la droite, formant un barrage de protection contre une éventuelle incursion de l'armée ducale. Celle-ci avait arraché le pieu de guerre, et le rapportait à Coresh. Les unités du comte Uther se repliaient déjà. Les trompettes n'avaient pas encore sonné la victoire, mais la bataille était bel et bien terminée. Audric rameuta ses lieutenants, puis ils repartirent à pas lents en direction du camp ducal, sur une colline à l'extrémité de la plaine.

Un tiers des hommes présentaient des plaies légères, et quelques-uns, des blessures qui nécessiteraient les instruments de Prelagord, le chirurgien.

— Qui c'est ce cancrelat ? jeta l'un d'eux, avec un coup d'œil méprisant à Marween.

— Ta gueule, Briac.

Briac était un gros rouquin de deux mètres. Une masse d'armes rougeâtre pesait sur son épaule. Il venait des montagnes du Nord encerclées de glaciers. On racontait qu'il était né au cœur d'une avalanche qui avait emporté son village, et que son premier exploit en ce monde avait été de se creuser un tunnel dans la neige jusqu'à la surface. Son nez retroussé était criblé de taches de rousseur. Les énormes paquets de graisse qui l'enveloppaient faisaient parfois oublier à ses adversaires sa force hors du commun. Au corps à corps, c'était lui qui abattait le plus d'ennemis… après Audric, naturellement.

Ils arrivèrent au pied de la colline au sommet de laquelle se tenait Coresh, entouré de son escorte personnelle aux armures vernissées d'écarlate. De là-haut, une estafette dévala la pente afin de les prévenir qu'on viendrait les récompenser plus tard.

— Je suppose que Sa Seigneurie a mieux à faire, lança Umiade, les mains sur les hanches.

L'estafette grimaça un sourire torve.

— Sa Seigneurie est en train de féliciter ses généraux, dit-il avant de pivoter.

L'homme en uniforme lustré eut cependant le temps de voir Trobard qui crachait dans la boue avec ostentation ; ses lèvres se pincèrent, mais il ne releva pas l'offense.

Trobard ne devait pas avoir plus de vingt-cinq ans, pourtant il faisait la guerre depuis près de dix ans, et son palmarès le désignait comme l'un des lieutenants de confiance d'Audric. Il dirigeait une escouade de onze hommes. Certains voyaient en lui un successeur possible à la tête de la horde du Serpent, en cas de malheur. Mais Trobard n'avait jamais montré une quelconque ambition en ce domaine. Probablement par goût, peut-être par prudence.

Tandis qu'ils repartaient vers le camp, Umiade s'approcha de Marween et l'attrapa par l'épaule.

— Dis-moi, qu'est-ce que tu fichais dans ces ruines ?

— C'était mon village, répondit le garçon.

— Pourquoi tu ne t'es pas enfui avec ta famille, quand le pieu de guerre a été planté à côté de ton village ?

— On n'a pas eu le temps de vider les maisons. Mon père m'a commandé de creuser un trou pour enfouir ce qui restait.

— Tu n'as pas filé quand les trompettes d'assaut ont retenti…

— Il était trop tard. Je me suis planqué, mais je suis ressorti trop tôt et les soldats m'ont aperçu… Eh, qu'est-ce qu'ils font, ceux-là ?

Il désignait une escouade de prêtres, qui arpentaient le champ de bataille ; des enfants en robe de cérémonie violet pâle les escortaient. Le camp adverse faisait de même. Les prêtres portaient des robes en lin grossier de couleur différente selon leur âge, symbolisant le feuillage changeant des Arbres de Vie. Leur robe allait du vert soutenu de l'âge mûr, jusqu'au brun couleur de feuille morte. Quand les prêtres passaient devant un cadavre, un enfant s'accroupissait et glissait un petit objet entre ses lèvres. Ensuite, un prêtre l'arrosait de quelques gouttes puisées dans un ciboire.

— Tu ne sais pas ? s'étonna Umiade. Ils leur placent une graine dans la bouche. C'est leur façon de bénir les soldats tombés au champ d'honneur. Comme ça, ils sont assurés d'avoir leur place au paradis.

L'un des enfants leva le bras devant un cadavre. Peu après, le prêtre passa devant lui sans s'arrêter.

— Celui-là, on ne le bénit pas ?

Umiade eut un ricanement aigre.

— *Ça,* c'était un mercenaire.

— Alors, vous ne méritez pas que les prêtres s'occupent de vous ? Vous n'irez pas au paradis ?

— On n'ira nulle part… avec de la chance.

Trobard jetait des coups d'œil en direction du village incendié, mais les corps des soldats n'avaient pas encore été retrouvés, et personne ne semblait avoir remarqué le drame qui s'y était joué. L'attention de chacun devait s'être concentrée sur le pieu de guerre.

Ils avaient été chanceux.

— C'est bon, la voie est libre, dit-il.

Ils quittèrent le champ de bataille pour rejoindre leur campement, à un kilomètre de là. Les blessés étaient transportés à dos d'homme quand ils ne pouvaient pas marcher : les médecins de la ville étaient réservés aux soldats, et la horde des Serpents avait son propre chirurgien. Elle séjournait dans un pré qui appartenait au petit seigneur local. Ce dernier, un quelconque baronnet, ne tolérait leurs tentes qu'en vertu d'une lettre frappée du sceau ducal ; la horde ne resterait pas une journée de plus que le temps qu'on lui avait accordé.

Marween se porta au-devant d'Audric.

— Qu'est-ce que vous allez faire de moi ?

Le chef des mercenaires se malaxa le menton. Puis il prit une soudaine décision.

— Tu nous accompagnes. Je ne veux pas d'ennuis, au cas où on t'interrogerait. On te laissera filer à notre départ, dans un ou deux jours.

Le garçon parut troublé, mais il ne dit rien. Une ride de sympathie plissa le coin des lèvres d'Umiade.

— Ne t'inquiète pas. Tu reverras les tiens.

Un éclair étincela dans les yeux de Marween.

— Je me fiche de ce qui peut leur arriver. Ils peuvent crever, tous !

La jeune femme leva un sourcil mais n'émit aucun commentaire. Les états d'âme du garçon la laissaient indifférente. Elle avait assisté à trop de massacres pour être émue par les pauvres avanies qu'avait pu vivre un gamin dans un village paisible. D'ailleurs, toutes ces histoires se ressemblaient...

Néanmoins, ce qui venait de se passer l'intriguait. La nuit dernière, au cours d'une transe visionnaire, elle avait perçu un changement dans le cours des événements à venir. Un péril obscur, encore dans les limbes mais menaçant toute la horde. Et peut-être bien davantage. Audric, en sauvant Marween, avait fait un pas en direction de ce péril.

Elle laissa Marween et rejoignit Audric, à l'avant. Le capitaine marchait d'un pas assuré. Il ne montrait aucun signe de fatigue, en dépit de la lassitude qui l'habitait. Elle n'ignorait pas que, sitôt dans sa tente, il s'effondrerait littéralement et dormirait jusqu'au lendemain matin. Dans la horde, on murmurait qu'il avait été un seigneur des contrées du Sud avant d'avoir été disgracié pour une raison mystérieuse. Ses manières avaient en effet une délicatesse qui contrastait avec sa rudesse au combat.

Aujourd'hui, il s'était surpassé. Son épée avait mouliné sans relâche, taillant des chemins sanglants dans lesquels s'était engouffrée la horde. Sans les Serpents, le duc n'aurait pas pu s'emparer du pieu de guerre. Ils le savaient, tout comme ils savaient qu'aucune chanson ne leur rendrait jamais l'hommage qu'ils méritaient.

Ils cheminaient sur un sentier bordé de murets bas, qui sinuait entre des bosquets de châtaigniers touffus. À certains endroits, un lierre épais avait disloqué des tronçons de murets, faisant bouler des blocs de pierre en travers du chemin. Les paysans ne s'étaient pas donné la peine de les remettre en place.

Les rayons du soleil perçaient les nuages comme autant de lances de bronze, et ceux-ci se retiraient, vaincus. Des oiseaux pépiaient dans les frondaisons des arbres, pour célébrer cette reconquête.

— Audric, lança Umiade.

Le chef ralentit pour la laisser le rattraper. Elle ouvrit la bouche, mais il la coupa sèchement :

— Tu feras ton rapport demain, pour les pertes de ton unité.

— Je ne pensais pas à ça.

Il fronça les sourcils.

— Alors, quoi ?

— On a été surpris par traîtrise, et on a fait ce qu'on a pu pour en sortir vivants. Le voilà, mon rapport.

— Pour le moment, je m'en contenterai.

Elle s'approcha de lui.

— Audric, je t'ai toujours apporté mon soutien quand il le fallait. Qu'est-ce qui t'arrive ?

— De quoi diable est-ce que tu parles ?

Umiade s'empourpra.

— Merde, tu *sais* de quoi je parle ! Des paysans violés ou tués par des soldats, il y en a tous les jours. Personne n'en a rien à fiche, y compris les paysans eux-mêmes, puisque c'est dans l'ordre des choses. De plus, je t'ai averti qu'un danger nous guettait, hier. Alors, pourquoi est-ce que tu as sauvé ce gamin, sans motif valable ? Pourquoi tu as dévié de la voie ordinaire ?

Un bref instant, l'incertitude affleura sous le masque d'autorité du chef. Audric souffla :

— Je n'en sais foutre rien. Ça m'a paru… juste, sur le moment.

Les moments charnières ne sont pas le fait de décisions individuelles, mais se produisent parce qu'il ne peut pas en être autrement, songea Umiade, se rappelant l'un des principes inflexibles des augures. *J'ai été folle de penser que je pourrais l'influencer.* Elle se garda d'exprimer son sentiment. Audric était convaincu du contraire et il se mettrait en colère si elle lui affirmait qu'il n'était qu'un instrument du destin. L'homme était fait ainsi.

Audric la regarda, les yeux plissés.

— Tu ne me crois pas ?

Umiade secoua la tête.

— Je te crois. Seulement, ça ne te ressemble pas.

— Tu veux dire que sauver ce gamin…

— Non ! Je veux dire, agir dans la précipitation. Mettre ta horde en danger.

Le gantelet d'Audric cliqueta, et Umiade sentit sa peau se couvrir de chair de poule, comme chaque fois que le démon se manifestait. Mais Audric le calma au moyen de pensées apaisantes. Peu à peu, les vibrations de son bras droit s'atténuèrent. Le membre, du bout des doigts jusqu'à l'épaule, était enfermé dans un brassard en acier articulé ; la seule pièce d'armure qu'Audric portait en permanence, y compris la nuit. Umiade ne l'avait jamais vu dénudé, même au moment du bain ou de l'amour.

— Tout doux, murmura Audric avec un sourire mince.

Lorsqu'il regarda Umiade, ses yeux ne jetaient plus aucune lumière.

— Je suis toujours le chef, prononça-t-il enfin. Je n'ai pas à justifier mes actes.

Décontenancée, la jeune femme détourna le regard. Audric n'usait presque jamais de l'argument d'autorité pour faire taire autrui.

D'ailleurs, ils arrivaient au camp.

Il y avait une vingtaine de tentes, dressées au flanc d'un pré en pente. Par mesure de sécurité, Audric avait ordonné de raser le taillis adjacent lors de leur installation, ce qui avait provoqué la fureur des paysans. Depuis, au moins six hommes gardaient le camp, au cas où des gamins des environs soient tentés de venir jeter des brandons sur leurs tentes, par mesure de représailles.

L'arrivée ne suscita aucune manifestation de joie. Depuis trois jours ils combattaient sans interruption, et chaque soir voyait la disparition de plusieurs de leurs compagnons. La troupe s'égailla pour panser ses blessures, effectuer les corvées, répartir les veilles. Audric lui-même était morose. Néanmoins, il prit sur lui pour rassembler tout le monde au centre du camp. Il s'était juché sur son cheval, un magnifique alezan revêtu de plaques d'armure sur le poitrail et les flancs. D'un geste discret, il ordonna à Trobard de mettre les hommes en rang derrière leurs officiers. Umiade, quant à elle, se tenait à l'écart ; seuls quatre hommes avaient réchappé au guet-apens où elle et son unité étaient tombées. Audric évita de le montrer, mais que la jeune femme soit en vie le remplissait de soulagement.

Il prononça un discours sur la victoire, évoqua une prime spéciale. Dès qu'il eut fini, Trobard grommela :

— C'est pas nous qui avons gagné, c'est Coresh ! Il parade avec ses troupes, pendant que nous, on est mis à l'écart.

Audric se tourna vers lui.

— Le duc Coresh est notre employeur. Il nous paie, on fait notre boulot. Nous avons gagné, oui – notre salaire ! Allez, dispersez-vous. Ce soir, on mettra quatre barils en perce pour fêter le départ. Ensuite, on gagnera Abirale.

Son sermon n'était qu'une façade. Chacun savait que ce que Trobard avait exprimé à haute voix n'était que la stricte vérité.

Profitant du relâchement de la discipline, Marween fit un tour du camp. Hormis les tentes, il y avait un auvent pour le maréchal-ferrant, un autre pour le cuistot, encore deux autres pour l'infirmerie, où officiait Prelagord. Dans un enclos gloussaient quelques dindons. Une dizaine de chariots abritaient les réserves de nourriture ; elles étaient fournies par Coresh – et provenaient donc directement des champs et des basses-cours des fermes alentour.

Marween vit Umiade qui passait d'un pas pressé, et l'interpella :

— S'il te plaît ?

— Oui ?

— Je voudrais savoir, euh…

— Dépêche-toi, je n'ai pas que ça à faire !

— Où est-ce que je vais dormir ?

Une expression songeuse arrondit les angles saillants de la mâchoire inférieure d'Umiade. Puis elle claqua dans ses doigts.

— Tom est mort, tu peux prendre sa place pour cette nuit. (Elle pointa l'index en direction d'une tente jaune.) C'est là-bas.

— Et Audric ? Est-ce que je le verrai, avant que vous partiez ?

Elle eut l'air surprise.

— Audric a autre chose à faire que te parler. (Elle réfléchit. Puis elle ajouta d'un ton plus rude :) Pour être claire, tâche de te faire tout petit jusqu'à demain. On te tolère, mais tu n'es pas l'un des nôtres. Une fois qu'on sera partis, tu ferais mieux de nous oublier.

Elle le fixa, et Marween ne put soutenir son regard plus de quelques secondes. Il dit, à mi-voix :

— J'ai rien fait de mal. Je voulais juste…

— Mon rôle est de protéger la horde, coupa Umiade. Et quand je te regarde, je vois le danger sur elle.

— Moi, un danger ?

— Oui, toi.

Marween releva les yeux, et l'espace d'un instant, Umiade perçut une puissance nouvelle en lui, comme un éclair noir qui l'aurait traversé de part en part. Un instant fugitif – et tout de suite elle se convainquit qu'elle avait imaginé cela. Un simple paysan ne pouvait avoir un tel pouvoir.

— Le Serpent est ta famille, pas vrai ? fit-il doucement. Alors dis-moi, est-ce un crime d'en chercher une ?

L'augure ouvrit la bouche… mais ne trouva rien à répondre, cette fois. Elle fit volte-face et disparut entre les tentes.

Le jour tomba et l'on mit les tonneaux en perce. Le vin était abominablement fort – plus tard, Marween apprit qu'on l'additionnait d'alcool de bois presque pur afin d'assommer les mercenaires plus vite, et ainsi de limiter les rixes et les mauvais coups.

Il essaya de s'approcher, mais on le fit dégager avec une hostilité non feinte. Les hommes d'armes haïssaient les villageois.

Pourquoi est-ce qu'Audric m'a sauvé ? se demanda-t-il. *Je ne suis rien pour lui.*

L'esprit confus, il gagna la tente de toile huilée. Six nattes de bambou tressé s'alignaient dans la pénombre, aucune d'elles n'était occupée. Les mercenaires se saoulaient, tous sans exception. Une vieille couverture, en guère meilleur état qu'une serpillière, recouvrait la natte de Tom. Marween la reconnut car on avait placé une pierre noire dessus. Il s'étendit dessus. Le vacarme des soldats hébétés ne s'atténuait pas, de sorte qu'au bout d'une heure le garçon se releva et sortit. Des silhouettes titubaient dans la lueur tremblotante des foyers. Il avisa une petite butte chauve, non loin de là. Quelques mètres à grimper, puis il s'allongea sur le dos et plaça ses mains sous sa nuque.

Les nuages s'étaient déchirés sur un néant piqueté d'étoiles. Marween tâcha de se remémorer les souvenirs les plus agréables de son passé. Aucun d'entre eux n'impliquait son père ou sa mère. Ses parents avaient perdu trois fils : deux de maladie ; le troisième avait été retrouvé égorgé au bord du chemin, dépouillé de son argent. À partir de ce jour, la réserve d'affection de ses parents s'était tarie, à moins qu'ils aient jugé préférable de ne pas s'attacher à une progéniture qu'ils pouvaient perdre du jour au lendemain. Marween avait appris à vivre avec ces étrangers avares et durs.

Les chansons à boire retentissaient à travers le camp. Un souvenir, lentement, émergea de la brume. L'eau-de-vie, dont lui et trois comparses avaient volé un cruchon. Ils en arrosaient le grain de basse-cour, puis filaient se jucher sur une meule de foin. Ils s'étranglaient de rire en contemplant poules, canards et dindons tituber et dodeliner, s'emmêler le cou, pousser des gloussements bizarres.

Voilà tout ce que la vie a eu à m'offrir de mieux ? se dit-il. *Voilà tout ce que j'emporterai dans ma tombe ?*

Le sommeil s'infiltrait en lui. Il se leva avec difficulté et regagna sa couche. La tente était toujours déserte, et le resterait sans doute jusqu'au petit matin. Marween s'allongea sur le côté, le visage contre le pan de toile incliné. Il était si fatigué qu'il pensait trouver le sommeil en quelques secondes, mais il se mit à penser à Umiade. Elle le détestait, il en avait la certitude. Mais alors qu'elle le fixait de ses grands yeux noirs, elle avait paru reculer. Pour quelle raison ? Il savait qu'elle était l'augure de la troupe. Chaque horde en possédait une. Marween les avait toujours imaginées en robe blanche, le visage posé et impénétrable. En tout cas, pas avec ces traits constamment tourmentés par l'angoisse.

Et surtout, pas avec une épée dégouttante de sang à la main.

Ses pensées le menèrent à Audric. Curieusement, le visage du chef était flou dans son esprit, comme s'il n'avait fait que l'entrevoir.

Il m'a sauvé au risque de sa vie. Mon propre père n'aurait pas fait ça. Il aurait laissé faire les soldats, puis il aurait réclamé une réparation au comte pour le dommage subi.

Marween sut alors qu'il ne rentrerait jamais au village. Que sa famille était morte à tout jamais pour lui. Qu'il passerait le reste de ses jours dans cette compagnie de soldats de fortune.

Le Serpent. L'animal qui incarne la sagesse.

La sagesse, et le danger. Non pas seulement à cause de son venin, mais aussi parce qu'il était le seul animal capable de gravir une montagne en rampant.

2

Des relents de vinasse planaient sur le campement. Derrière une tente, un officier engueulait un subalterne, le menaçant d'une voix rauque de lui confisquer sa solde s'il ne lui rendait pas quelque chose… Le camp s'éveillait lentement, péniblement. Marween fit ses premiers pas au-dehors – et faillit marcher dans une flaque de vomi. En quelques jours, le pré avait été transformé en bourbier jonché d'immondices.

Marween n'avait pas bu, et il voyait des hommes tituber, traînant leurs affaires ou une timbale à la main. *Tout le campement a la gueule de bois,* songea le garçon. Puis il aperçut Umiade qui surgissait d'une tente, et aussitôt rectifia : *Non, pas tous.*

Elle l'aperçut et fronça les sourcils, comme si elle se souvenait seulement maintenant de son existence. Elle se dirigea vers lui.

— On part dans une heure, mais tu peux retourner dans ton village dès maintenant. Il n'y a plus de risque.

Marween prit une inspiration, puis lança d'une traite :

— Je ne veux pas retourner là-bas.

— Alors, va où tu veux.

— C'est ici que je veux être. Ici, et nulle part ailleurs.

Les lèvres de la jeune femme se crispèrent.

C'est comme si je l'avais toujours su, se dit-elle. *Et il n'y a rien que je puisse faire pour l'empêcher. À moins de le tuer tout de suite.*

Sa bouche s'affaissa.

— Ce n'est pas à toi de décider. Si tu veux devenir l'un des nôtres, tu dois demander à Audric.

—Où est-il ?

Elle haussa les épaules – elle n'allait tout de même pas lui faciliter la tâche.

Marween trouva le capitaine des Serpents près du chariot de tête. Tenant son alezan par la bride, il donnait des instructions à l'un de ses lieutenants. Il leva les yeux comme le garçon s'approchait. D'un geste, il congédia son lieutenant.

—Tu es encore là, toi ? Je croyais avoir donné l'ordre qu'on te laisse filer.

Subitement, Marween ne sut plus quoi dire. Son insignifiance lui sautait aux yeux. Il ignorait tout du métier des armes, il n'avait même jamais tenu une épée. Comment avait-il pu imaginer…

Il déglutit, avant de se jeter à l'eau.

—Je peux m'occuper des chevaux et des réparations des chariots, monsieur. Je peux aussi aider pour le ravitaillement…

Il avait parlé si vite que les mots s'étaient bousculés dans sa bouche.

Audric le toisa d'un air sceptique.

—Ici, il n'y a pas d'écuyers. C'est bon pour les seigneurs. Chaque soldat fait sa part de corvée.

—Alors, j'apprendrai à me battre !

Audric s'apprêta à répondre par la négative, mais son bras cuirassé tressaillit. Il se gratta la nuque, puis la joue.

—Bon… Les questions d'usage, alors. Réponds : tu n'es pas un soldat déserteur ?

—Non, monsieur.

—Tu n'as pas les pieds plats ?

—Non, monsieur.

—Tu vas à la selle, tu pisses et tu baises normalement ?

—Euh… oui.

—Va voir Trobard.

Un long moment s'écoula avant que Marween ose demander :

—Alors, je suis accepté ?

—Exact.

Cette réponse stupéfia Marween.

—Euh… c'est tout ? Je suis accepté dans vos rangs, comme ça ?

—Comment est-ce que tu voulais que je te le dise ? En dansant la gigue ?

—Oui ! Je veux dire, non… Et merci. Merci, monsieur !

Audric éclata de rire.

—Ne me remercie pas trop vite. C'est maintenant que les ennuis commencent pour toi. Les corvées, les marches forcées, l'entraînement… On verra dans une semaine si tu as toujours autant envie de faire partie des Serpents. Va trouver Trobard, c'est ton chef d'escouade. Dorénavant, tu dépends de lui. Il te fournira ton équipement.

Il le planta là, et Marween eut toutes les peines du monde à dénicher Trobard.

Trobard était un homme étonnamment jeune mais à la figure marquée par de multiples estafilades et par les cratères d'une ancienne maladie de peau. L'un de ses yeux était profondément enfoncé dans son orbite, tandis que l'autre, au contraire, affleurait. Mais même sa laideur était sympathique.

Sympathique ou non, il n'en considéra pas moins Marween avec l'air de celui qui se rend compte qu'il vient de marcher dans une crotte de chien.

—Si je ne savais pas qu'Audric ne touche jamais à l'alcool, je dirais qu'il devait être saoul pour avoir accepté un péquenot comme toi…

—Audric m'a dit que j'avais besoin d'un équipement…

—L'équipement des jeunes recrues est limité à une épée ou une lance, un gobelet en fer blanc et un grattoir pour se tenir propre. Le reste, tu le gagneras sur le champ de bataille. Compris ?

—Compris.

—Compris, *mon lieutenant.*

—Compris, mon lieutenant.

Trobard le mena à l'un des chariots, grimpa dessus et lui lança une épée. Marween la rattrapa maladroitement, et Trobard leva les yeux au ciel. Il lui remit le reste de l'équipement, ainsi qu'un sac.

—Est-ce que c'était… à un autre Serpent, avant ? questionna Marween, alors que Trobard sautait sur le sol.

— Évidemment. Ça ne t'appartient pas. À ta mort, on te reprendra tout.

Marween pointa l'index vers le chariot.

— Il y en a pas mal.

Le lieutenant plissa les yeux.

— Ouais, on est en sous-effectif en ce moment. Les temps sont durs. C'est pour ça qu'Audric ne se montre pas trop difficile.

Marween rougit, mais ne dit rien. D'ailleurs, les tentes étaient démontées, et les hommes se rassemblaient pour partir. Personne ne semblait plus s'intéresser à lui. Curieusement, il se sentit gagné par l'euphorie. *Je suis accepté. Eh, je fais partie d'une horde !*

Il passa sa nouvelle épée à sa ceinture, et rejoignit un groupe d'une dizaine de mercenaires. Pendant qu'ils se mettaient en branle, il tira l'épée. Sa première arme. Elle pesait dans les cinq livres. La corde enroulée autour de la poignée était graisseuse et usée. En revanche, la lame était propre. Les aiguisages répétés l'avaient légèrement creusée sur sa longueur, mais son efficacité ne faisait pas de doute – du moins, dans son esprit.

La lenteur de la marche le surprit. Les hommes progressaient presque sans plier les genoux. Marween adopta ce pas mécanique et fut stupéfait de constater qu'il ne le fatiguait pas : il se sentait capable de marcher ainsi toute la journée sans lassitude. Les hommes autour de lui parlaient peu. Pourquoi la victoire ne les rendait-elle pas plus joyeux ? Il n'osa poser la question, de peur de se faire à nouveau rabrouer. Il y eut quelques remarques, des questions sur la raison pour laquelle le duc n'était pas venu les féliciter. La veille, Audric n'avait rien laissé paraître de ses sentiments sur ce manquement à la tradition, de sorte que toutes les conclusions étaient possibles.

À cause de leur faible vitesse, il leur fallut trois heures pour franchir la ligne de petites montagnes – à peine plus que des collines – derrière les prairies. Marween les avait toujours connues : elles bornaient son horizon depuis sa naissance, limitant son univers aux abords immédiats de son village. Et voilà qu'il les traversait… qu'il les *avait traversées.*

Alors, son regard se porta au-delà : une campagne sauvage avec ses vallées, ses boqueteaux, ses bancs de rocaille rougeâtre. Les pluies répétées n'étaient plus absorbées par la terre déjà gorgée d'eau et avaient formé des flaques et des ruisseaux un peu partout. Un paysage banal… mais qui revêtait pour Marween, en cet instant, des couleurs extraordinaires.

Soudain, un vertige le saisit et il dut cligner des yeux plusieurs fois pour ne pas perdre l'équilibre. Il n'était jamais allé à Abirale, pourtant à trois jours de marche seulement. Son père, ni aucun membre de sa famille, ne l'avait fait. Et voici que l'univers, tout à coup, explosait pour entrer en expansion. Et le monde semblait se construire sous ses yeux, comme si son regard seul le créait à mesure.

Comment est-ce que j'ai pu vivre comme ça, sans rien savoir du monde qui m'entoure ? Je ne valais pas beaucoup plus que les cochons et les poulets de la basse-cour.

Et dorénavant, sa valeur ne cesserait d'augmenter, à chaque lieue parcourue.

Une violente bourrade le fit revenir à la réalité.

— Eh ben, tu bouges, le cancrelat ?

Il s'aperçut qu'il s'était arrêté au milieu de la colonne. Il reprit vite sa place. Le soir, ils campèrent au bord de la route, et Marween récolta sa première garde, de quatre heures jusqu'au matin.

Il n'entrevit Audric que le lendemain, peu avant midi. Le capitaine était juché sur son cheval ; il avait fait retirer les plaques d'armure qui revêtaient l'alezan. Umiade n'était pas avec lui. Instinctivement, Marween la chercha des yeux. Elle avait montré vis-à-vis de lui une hostilité qu'il ne comprenait pas. Juste avant qu'on le réveille d'un coup de pied dans sa litière pour son tour de veille, il avait eu un rêve troublant. Il en conservait la moindre image, gravée dans sa mémoire, et aurait bien voulu le partager avec la magicienne.

Ils s'arrêtèrent pour manger : une simple soupe de raves et de pain, qui faisait l'ordinaire de la troupe. Les nuages ne se décidaient pas à se déchirer, mais au moins il avait cessé de pleuvoir. Un messager portant les armoiries du duché d'Elsenohr arriva sur un cheval rapide, encadré par quatre officiers empanachés et lourdement armés. Chacun s'écarta avec respect pour le laisser passer, et Marween en déduisit qu'il s'agissait d'un homme important. Il s'entretint longuement avec Audric. Marween voulut s'approcher, mais une main s'abattit sur son épaule.

— Toi, reste à l'écart.

Marween pivota, pour se retrouver face à la trogne de Trobard. Instinctivement, il se raidit comme pour se mettre au garde-à-vous.

— Pourquoi, lieutenant ? demanda-t-il.

— Parce que Romuald, là-bas, est un proche du duc. Et que nous, on est des mercenaires.

— Et alors ?

Trobard cligna de son œil proéminent ; à l'évidence, l'autre était aveugle.

— Alors, pour ces gens, on n'existe pas. Et ça vaut mieux pour nous, qu'ils nous ignorent, car notre vie vaut moins que celle de leurs chiens de compagnie.

— Pourtant, on se bat pour eux…

Trobard s'esclaffa.

— Toi, tu ne t'es encore jamais battu, non ?

— Mais ça ne t'embête pas ?

— Quoi donc ?

— De combattre pour ces gens qui te considèrent moins que leurs chiens ?

Trobard fronça les sourcils.

— On n'est pas payés pour se poser ce genre de question… Et puis, il y a des compensations. L'argent, d'abord. Et on peut s'amuser avec les paysannes comme ça nous chante, quand on investit un village ennemi. Ouais, ça compense, crois-moi.

Il ne vint pas à l'esprit de Marween que lui-même n'était plus villageois depuis seulement la veille. Sans réfléchir, il dit :

— La nuit dernière, j'ai rêvé que j'étais un serpent. C'était tellement étrange ! Je ne connaissais pas la peur… ou plutôt, c'est comme si j'étais ma propre peur. Elle faisait partie de moi, comme ma peau ou mes ongles. Je savais que je mordrais tout ce qui passerait à portée. Je rampais sur une surface lisse et pâle. Ça a duré un moment… Et puis, je me suis rendu compte que je n'étais pas un vrai serpent, mais une sorte de dessin. Et je glissais sur ma propre épaule...

Trobard haussa les épaules.

—On a tous rêvé qu'on était un serpent, après avoir été accepté dans la horde. À vrai dire, la plupart ne font pas ce rêve avant une bonne semaine, souvent un mois. Toi, ça n'a pris qu'une journée... Bravo, tu as gagné.

—J'ai gagné ?

Trobard éclata de rire.

—Ouais, une corvée d'épluchures.

Non loin de là, Romuald partit au grand galop dans un fracas de fin du monde. Marween aperçut Audric, qui le regardait s'amenuiser dans le lointain. Un mince sourire étirait les lèvres du capitaine des Serpents.

Sans qu'il le veuille, un sourire fendit son propre visage.

Audric baissa les yeux vers Umiade, qu'il avait envoyé quérir.

—Fais passer le mot. On ne va plus à Abirale, mais à Elsenohr.

La jeune femme hocha la tête. Elle ne souriait pas.

—On dirait que ça ne te fait pas plaisir, lui lança Audric dans son dos.

Umiade faillit se retourner, mais se ravisa au dernier instant et partit avertir les officiers.

Quelques minutes plus tard, les chariots s'ébranlèrent. Ils gagnèrent une route pavée de dalles cyclopéennes, d'un noir d'anthracite, aussi inaltérables que le bois de Skambah. Personne n'avait jamais réussi à les desceller, et l'on racontait qu'elles s'enfonçaient au cœur même du temps.

Audric attendit qu'Umiade soit revenue auprès de lui – elle chevauchait sa jument. Il la trouvait bizarre en ce moment. Agressive et changée, depuis ce curieux présage qu'elle lui avait délivré au cours de sa dernière transe. Lui-même ne parvenait pas à prendre vraiment ses paroles au sérieux. Même lorsqu'elle avait ajouté :

« C'est justement lorsque les prophéties ne sont pas prises au sérieux qu'elles se réalisent. »

Il secoua la tête pour se débarrasser de ces pensées. Il devait se focaliser sur une seule chose : le but réel de leur voyage à Elsenohr. En principe, les mercenaires étaient soigneusement tenus à l'écart du château. Et lui-même sentait l'inconvenance de leur arrivée là-bas. Cela ressemblait… à une intrusion.

Nous féliciter pour notre victoire n'est qu'un prétexte. À Elsenohr, nous faisons tache. Pourquoi Coresh veut-il me voir, en réalité ? Une mission à nous confier ? Ou bien un piège ?

Ou un piège camouflé en mission… Les voies des seigneurs étaient toujours tortueuses, et leurs motivations mystérieuses.

— Tu parais bien pensif, fit Umiade à son côté. Tu penses à Marween ?

— Hein, qui ça ?

— Le garçon que tu as sauvé.

Audric sourit.

— Je l'avais déjà oublié. Mais pas toi, apparemment.

Elle haussa les épaules.

— Dans ce cas, à quoi est-ce que tu pensais ? insista-t-elle.

Il se pencha sur sa selle en tapotant machinalement son alezan au garrot.

— Je pensais à l'invitation officielle du duc Coresh, en guise de remerciement. Voilà qui n'est pas dans ses habitudes.

— Mais ça va dans nos intérêts, non ?

Audric fronça les sourcils.

— Les seigneurs se moquent comme d'une guigne de nos intérêts. Par conséquent, j'essaie de me mettre à la place de Coresh pour comprendre ce qui l'a poussé à nous inviter.

Umiade eut un sourire moqueur.

— Se mettre à la place d'un seigneur – même en pensée, ce n'est pas très prudent.

Il éclata de rire.

— Même si c'est un prétexte, je ne compte pas bouder mon plaisir ni celui de mes hommes. On sera à Elsenohr dans trois jours, mais il y a une bourgade à trois ou quatre kilomètres de là. On achètera tout ce qu'il faut d'étoffes. Il faudra que chaque arme, que chaque bouton rutile au soleil. C'est compris ?

Umiade leva le nez vers le couvercle nuageux.

— Dans trois jours, je doute qu'il y ait du soleil.

— Elsenohr se souviendra tout de même de nous.

À la pause suivante, Audric donna des ordres à ses officiers : chaque homme devait se laver de pied en cap, rapiécer ses habits et cirer ses bottes.

Il fit accélérer la marche, ce qui provoqua des remous de mécontentement dans la troupe : tous s'étaient durement battus, et ils avaient hâte de se relâcher. Mais Audric voulait arriver le plus tôt possible afin de peaufiner leur allure. Umiade avait proposé par boutade d'engager quelques couturières, mais il l'avait prise au mot. Ils n'auraient pas deux fois la chance de faire impression auprès des citadins et de la noblesse d'Elsenohr.

La bourgade s'appelait Jeweelnohr, et ne possédait pas de murailles : la proximité d'Elsenohr suffisait à éloigner les troupes de voleurs. Il y avait bien une milice d'une cinquantaine d'hommes, lesquels s'efforcèrent de cacher la frayeur que leur inspiraient les Serpents. Audric leur fit comprendre qu'ils venaient en paix. Il fit camper la troupe hors de la ville, et paya rubis sur l'ongle tous les tissus qu'il put trouver dans les échoppes. Puis il engagea dix couturières pour la journée, supervisant lui-même les retouches et les ajouts, n'hésitant pas à surcharger les décorations de ses officiers supérieurs.

Umiade eut autant de réticence que les hommes, sinon plus, à s'attifer de la sorte. Elle mettait un point d'honneur à ne jamais se mettre en robe, afin de ne pas provoquer ses compagnons, même si Audric aurait parfois souhaité qu'elle ait l'air un peu moins garçon manqué. Néanmoins, chacun était libre de s'habiller comme il l'entendait.

Trobard fit remarquer en pestant qu'il les déguisait en clowns.

— Oui, tu as raison, répondit Audric. Mais les seigneurs et leurs courtisans adorent les clowneries, et on va leur donner un spectacle digne d'eux.

— Mouais. Tu es sûr que l'idée de côtoyer des nobles ne t'a pas tourné la tête ?

Audric faillit éclater de rire. Hormis les comtes et les ducs – ceux qui se trouvaient au sommet de la pyramide du pouvoir –, un noble devait rendre compte à son supérieur hiérarchique pour chaque événement clé de sa vie. Tout, de sa naissance à son dernier souffle, était planifié et réglementé. Ils avaient beau donner l'image d'hommes libres face à la condition misérable de paysan ou de soldat, ils étaient tout aussi prisonniers de leur destin.

Mais lui se forgeait le sien.

— C'est ainsi et pas autrement, dit-il, le visage durci. Prépare tes hommes pour la revue.

Tandis que Trobard s'exécutait, Audric se rendit compte à quel point leurs effectifs avaient fondu. À peine soixante hommes... Ses poings se serrèrent. Il n'avait pas anticipé de telles pertes, et surtout sur une aussi longue période. Une véritable hémorragie. Depuis des mois, les seigneurs se livraient une succession de batailles qui usaient les hordes jusqu'à la trame, pour des résultats anecdotiques.

Il s'arrêta non loin du groupe de Trobard, et une moue appréciatrice plissa ses lèvres. Certes, ils avaient moins fière allure que les soldats réguliers, mais au combat individuel, chacun d'eux valait trois soldats ; et ensemble, ils en valaient bien plus.

Ses yeux tombèrent sur la nouvelle recrue. Marween. Le garçon dont Umiade lui rebattait les oreilles. Dans ses atours, il paraissait endimanché et maladroit. Il avait la tête tournée de côté, et Audric se rendit compte qu'il fixait quelque chose à l'horizon : le château d'Elsenohr. Il n'était pas encore visible, mais les nuages noyant ses plus hautes tours, eux, l'étaient.

Il est le seul à s'intéresser à l'horizon, se dit soudain Audric. *Tout comme moi et Umiade. Est-ce un signe ?*

Comme pour lui répondre, un frémissement parcourut son bras droit.

La lande où se trouvait Elsenohr était dénudée, comme si la citadelle avait pompé toute vie alentour. Mais cette image se dissipait à mesure que l'on descendait dans la lande et que l'on se rendait compte que la masse même du château était sans contact avec le sol. Il flottait à quelques mètres au-dessus d'un cratère sans fond ; des bords partaient quatre ponts filiformes, qui reliaient ses portails d'accès à la cité s'étendant tout autour. La bâtisse élevait ses tours jusqu'aux nuages. À cette distance, il était impossible d'ignorer que le château tout entier avait été édifié à l'intérieur même d'un Skambah, l'un des arbres cosmiques à partir desquels toute vie était issue.

Les Serpents, pourtant constitués de guerriers aguerris, étaient à présent silencieux. Le symbole de l'ordre universel se dressait sous leurs yeux, les emplissant d'une crainte révérencieuse. Les chênes géants avaient porté en leurs fruits toutes les espèces végétales et animales. Les fruits s'étaient détachés des branches géantes et avaient roulé aux quatre coins du monde ; et de leurs pépins étaient nées toutes les espèces. Puis les racines des Skambahs avaient insufflé à la terre leur vitalité. Alors, ils s'étaient pétrifiés et le glas de l'Âge de Vie avait sonné. Vidés de leur substance, les Skambahs étaient retournés à la terre. Mais certains étaient restés debout, et ceux-là avaient servi de coquille aux premiers châteaux. L'Âge des Hommes pouvait commencer.

Aujourd'hui, il ne devait pas rester plus de vingt Skambahs dans le monde entier. Chacun abritait une famille régnante, en guerre contre toutes les autres. Le bois de Skambah était quasiment indestructible, insensible au feu, à la force brute comme à la magie. Jamais aucun château n'avait pu être pris par la force, jamais aucun siège n'avait abouti. Voilà pourquoi les conflits avaient lieu dans les plaines, chez les paysans.

Audric sentit une réticence dissimulée mais grandissante chez ses hommes, alors qu'ils abordaient les faubourgs d'Elsenohr. Ils s'étaient accoutumés à leur interdiction de séjour tacite, au point que leur présence ici leur paraissait à eux-mêmes déplacée. Le château étendait à présent son ombre tutélaire sur eux, et même mort, la puissance de l'ancien Skambah les pénétrait jusqu'à l'os. Un frisson parcourut Audric. Mais son bras-démon, lui, demeura insensible.

Un groupe d'officiers vint à leur rencontre, afin de les escorter à travers les rues de la cité – et sans doute aussi pour vérifier que la horde ne causait aucun trouble. Mais c'était peine perdue : la veille, Audric avait fait la leçon à ses hommes. Quiconque serait pris dans une voie de fait serait fouetté, et sa solde serait confisquée.

Romuald ne se trouvait pas parmi les officiers. Le chef d'escorte informa Audric qu'il l'attendait au pied du pont de l'est.

Pendant qu'ils cheminaient, Audric lançait des regards discrets à droite et à gauche – il ne voulait pas avoir l'air d'un nobliau de province s'extasiant à chaque nouveauté qu'il voyait. Par les fenêtres et les balcons, on les observait à la dérobée : les habitants, qui devaient être aussi surpris et inquiets que les visiteurs. Elsenohr était une ville riche, pas de doute là-dessus : les murs extérieurs des maisons patriciennes s'agrémentaient de fresques somptueuses, il y avait une fontaine à vasque de marbre à chaque carrefour, les détritus ne s'entassaient pas dans les rues et la vermine n'y grouillait pas... même les pavés étaient peints, ou arboraient d'étranges gravures. Mais le plus curieux était les toits : ils étaient contournés comme des conques, et aucun toit ne ressemblait à son voisin. Il était improbable qu'il s'agisse de construction utilitaire, ces toitures ne pouvaient être que décoratives. Audric comprit que les bâtisseurs elsenohriens avaient imité le dessin de branches du Skambah. Comme pour le prolonger... ou se faire pardonner d'avoir emménagé à l'ombre de sa dépouille.

Comme c'est paisible, se dit-il. *Comment imaginer qu'une bataille féroce s'est déroulée à quelques jours de marche d'ici ?*

À mesure qu'ils progressaient dans le centre-ville, l'espace se remplissait. Dans une rue adjacente, deux conducteurs de chariot s'invectivaient copieusement. Des étalages colonisaient les recoins les plus obscurs, à la manière d'une maladie galopante. Les hommes arboraient des foulards colorés sur leurs épaules, comme le faisaient d'ordinaire les femmes. Mais hormis cela, ils ressemblaient à n'importe quel citadin, dans n'importe quelle cité.

Une procession de prêtres des Arbres de Vie les obligea à s'arrêter quelques instants. Les badauds s'écartaient devant eux avec respect, les marchands déplaçaient leurs étals. Quatre prêtres portaient une litière de joncs tressés sur laquelle gisait un prêtre revêtu d'une robe funéraire brun-noir, couleur d'humus. L'homme n'était pas vieux, mais ses traits étaient caves, ses membres rabougris. Deux enfants en robe mauve – la couleur des bourgeons – faisaient tinter des clochettes en avant du cortège cérémoniel. Audric savait qu'ils allaient l'enterrer simplement sous un arbre, quelque part à l'extérieur de la cité.

Dès qu'ils furent passés, le vacarme reprit et la horde menée par les officiers put continuer.

Le dédale de rues ne tarda pas à s'éclaircir, et ils débouchèrent sur une vaste place au centre de laquelle se situait le cratère… ou plutôt le trou circulaire, ténébreux et sans fond, où les racines du Skambah s'étaient jadis ancrées. Le château les surplombait, majestueux. Il flottait à six mètres du bord du cratère, mais son assise s'enfonçait à trois ou quatre mètres sous le niveau du sol ; c'était comme si un titan avait arraché la bâtisse à ses fondations, puis, renonçant, l'avait relâchée, la figeant sur place.

Ce n'était pas la première fois qu'Audric voyait un château : quand il avait pris le commandement du Serpent, dix ans plus tôt, il s'était mis au service du comte Douglas, puis du duc Enree. Mais jamais on ne l'avait laissé autant s'approcher d'un. À présent, il pouvait détailler chaque fenêtre, ouvragée comme celle d'un temple. Certaines d'entre elles portaient des barreaux, d'autres étaient ornées de festons proliférants. L'œil se perdait dans cette façade tourmentée, géométrique ici, anarchique ailleurs. Dans les temps anciens, le tronc parcheminé du Skambah avait été débarrassé de son écorce et présentait son bois nu, d'une couleur sombre comme du granit d'aseldane, mais aussi lisse que du verre. Çà et là, on avait creusé le bois de rainures afin de faire croire aux jointures des pierres, mais le Skambah était si dur qu'on avait renoncé à le faire sur l'ensemble de l'édifice.

— Comme c'est beau, murmura Umiade, ne pouvant contenir son admiration.

Les mercenaires se taisaient, subjugués et intimidés. Trobard, quant à lui, bombait le torse, profitant à fond de l'honneur qui leur était fait, un honneur qui ne se renouvellerait sans doute jamais plus. Marween, qui marchait en arrière, dévorait le moindre pavé du regard.

L'escorte se dirigea vers un petit groupe qui attendait au pied d'un des quatre ponts. Il portait une oriflamme aux armes d'Elsenohr, un dragon rouge accroché aux ramures d'un Skambah stylisé, entièrement noir. Audric reconnut Romuald : un homme brun aux pommettes proéminentes et au menton saillant, dont les yeux étroits jetaient des regards de méfiance et de défi autour de lui. *Comme s'il avait peur de se prendre un coup de couteau dans le dos à la première seconde d'inattention*, songea Audric en se retenant de sourire. Et sans doute était-ce le cas. C'était surtout à lui qu'Audric avait eu affaire depuis qu'il était entré au service du duc.

— Bienvenue à Elsenohr, dit Romuald.

Le fléchissement imperceptible du buste dont il accompagna son salut s'adressait davantage à Umiade qu'à Audric, et la jeune femme sembla s'y montrer sensible, car elle se dandina sur sa selle.

— Là où nous allons, vous n'avez pas besoin de vos montures, poursuivit Romuald.

Audric leva les yeux vers les hauteurs du château – puis laissa éclater sa stupéfaction.

— Vous voulez dire…

— Sire Coresh Valcroft d'Elsenohr souhaite vous rencontrer dans ses appartements, afin de vous féliciter pour *notre* victoire.

Audric s'efforça de camoufler le bouillonnement qui menaçait de faire éclater son crâne.

— Et ma horde ? demanda-t-il d'une voix neutre.

— Un cantonnement a été mis à sa disposition. On l'y conduira. Le duc souhaite vous voir seul.

— Je ne me sépare jamais de mon augure. Ni de mon épée.

Romuald tendit sa mâchoire en un sourire forcé.

— Bien entendu. (Il se tourna vers Umiade.) Vous êtes…

— Umiade.

— *Dame* Umiade. Passé le seuil du château, vous avez droit au titre de dame.

Audric sauta de selle, aussitôt imité par Umiade. Il appela Trobard, et lui ordonna de suivre les gardes.

— Je vous rejoindrai tout à l'heure, une fois que j'aurai vu Sa Seigneurie. En attendant, ne me faites pas honte.

Romuald fit un signe à l'attention de ses hommes. Puis, alors que l'escorte faisait demi-tour, il gravit les trois larges marches qui séparaient la place du pont.

La construction, d'une quinzaine de mètres de long, surplombait le vide sur la moitié de sa distance. Trois hommes, pas davantage, pouvaient l'emprunter de front. Le pont avait été taillé dans une racine de Skambah, ce qui représentait un exploit ; les Anciens avaient sans doute usé de techniques qui s'étaient perdues. Les parapets, quant à eux, étaient en pin huilé. Le bois de Skambah, vitreux et d'un noir d'encre, évoquait du quartz. Le chemin montait abruptement, pour s'achever face à une entrée surmontée d'une voussure végétale.

— Suivez-moi, dit Romuald s'engageant sur le pont.

Ses pas n'éveillèrent aucun écho en le foulant. L'extrémité du pont ne touchait pas l'entrée du château en lévitation, de sorte que l'officier dut enjamber quelques pouces de vide pour prendre pied à l'intérieur.

Ils débouchèrent dans une vaste salle, somptueusement décorée de tapisseries et de lambris ; des coffres marquetés, incrustés de pierres semi-précieuses, et des sièges en velours formaient de petits îlots de confort sur le sol dallé et nu. Deux domestiques en livrée étaient en train de battre des coussins. Tout ce luxe et cette splendeur, songea Audric, semblaient conçus pour faire oublier que l'on se trouvait dans un arbre creux. Les tapisseries recouvraient les murs, ne laissant pas un pouce intact. Des tentures avaient également été fixées au plafond. Chaque tapisserie illustrait une grande bataille remportée par Elsenohr au cours des époques. Umiade fronça les sourcils, puis s'approcha de l'une d'elles. Romuald émit un petit rire lorsqu'elle s'écarta brusquement.

— Par la déesse, ils bougent ! lança-t-elle.

— Ils bougent ? répéta Audric à voix basse, pressant son bras pour qu'elle parle plus bas.

D'un ton léger, Romuald précisa :

— À vrai dire, les combattants ne bougent presque plus. Les charmes qui assurent leurs mouvements sont si anciens qu'ils se sont quasiment évaporés.

Fasciné, Audric approcha son visage. Un chevalier abattait son épée sur une créature à deux têtes, telle qu'il n'en existait plus aujourd'hui.

— C'est fantastique, murmura-t-il. Ces batailles, est-ce qu'elles se sont réellement déroulées comme ça ?

— Pourquoi cette question ?

— Il y aurait des leçons tactiques intéressantes à tirer.

Un sourire malicieux étira les lèvres de Romuald.

— Raison de plus pour ne pas laisser un capitaine de mercenaires les lorgner de trop près… À vrai dire, ce sont des visions d'artiste plutôt que des reconstitutions. Ceux qui meurent sont presque tous des ennemis… J'ai dû les contempler au moins cent fois, chaque mort m'est plus familier que, disons… les hommes que vous avez perdus l'autre jour.

Audric grimaça, mais le lieu aurait été mal choisi pour une dispute. Il ne fit aucun commentaire.

D'ailleurs, Romuald se dirigeait déjà vers le fond de la salle, fermé par une porte massive et surchargée de chaînes. Deux gardes équipés d'arbalètes étaient postés de chaque côté. À leur approche, ils empoignèrent leur arme en noyer verni. Romuald leur fit un signe compliqué de la main, une sorte de code, et ils se figèrent au garde-à-vous.

Romuald leva la main à hauteur du cœur, et la porte bâilla sur des gonds invisibles, révélant un réduit rectangulaire ; presque une boîte en fait, ne faisant pas plus de deux mètres de côté. La nudité des parois contrastait avec l'opulence générale du décor, derrière eux.

— Après vous, ma dame, dit le noble à Umiade avec un geste courtois.

La jeune femme entra. Tout à coup, elle regretta de s'être opposée avec tant de véhémence aux tentatives d'amélioration de son apparence. Ici, elle n'avait pas à se comporter comme dans un campement militaire. Un temps, Audric et elle avaient été amants, et il leur arrivait encore de coucher ensemble. À la lueur des bougies, il lui confiait alors combien elle était belle, nue et sans arme. Mais elle n'avait jamais réellement pris ses paroles pour argent comptant, comme tout ce que les hommes disaient dans les moments de passion.

Aujourd'hui seulement, elle avait envie d'y croire.

La porte se referma sur eux, les emprisonnant dans le réduit. Un silence total les enveloppa. Sur deux côtés, les murs étaient tapissés de velours mauve. Une lumière douce émanait de nulle part et de partout à la fois. Romuald ferma le poing et l'apposa sur une paroi, contre une plaque qui semblait faite de céramique. Le bouton de sa chevalière s'inséra dans une cavité. Il tourna le poing... Une vibration leur remonta le long des jambes.

— Ne vous alarmez pas, déclara Romuald, comme la main d'Audric glissait instinctivement vers la garde de son épée. Nous sommes au cœur d'un dispositif astucieux. Toute la cabine est en bois de Skambah, elle est donc dépourvue de poids. Une simple corde la tire vers le haut, reliée à son extrémité par un contrepoids. Vous seriez étonnés de voir combien cette corde est fine.

— Vous voulez dire que la cabine bouge *en ce moment*? On ne dirait pas. Je n'ai ressenti l'accélération qu'au début.

— Ce qui prouve qu'il faut nous méfier de ce que nous disent nos sens, dit Romuald d'un ton suffisant. Mais ne vous sentez pas gênés, tous nos visiteurs font la même expérience.

— Vous avez souvent des visiteurs?

— Assez peu, au final.

Umiade leva la tête.

— Je ne vois aucune torche, ni d'interstice par où la lumière pourrait filtrer. Il devrait faire noir.

— C'est une des particularités remarquables du bois de Skambah, expliqua Romuald. Il éclaire très légèrement dans l'obscurité.

Ils éprouvèrent à nouveau quelque chose, une poussée inverse, lorsque la cabine arriva à destination. La porte bâilla sans bruit, et la lumière entra dans la cabine. Audric se retint à la dernière seconde de porter une main devant ses yeux. Il fit trois pas en avant, presque en aveugle.

Son cœur battait comme au seuil d'une bataille... Plus fort, en réalité. Lorsque ses pupilles se furent suffisamment contractées, Audric constata qu'il avait pénétré dans une pièce presque aussi vaste et haute que l'entrée du rez-de-chaussée. Le plafond était voûté et segmenté, agrémenté de piliers comme la nef d'un temple. Il se trouvait véritablement dans un autre monde. De vastes fenêtres ogivales descendant jusqu'au sol ouvraient largement les parois sur le ciel, laissant entrer la lumière à flots.

Le ciel, songea-t-il soudain.

Comme s'il avait prononcé tout haut ces deux mots, une voix lui parvint de derrière une colonne :

— Il arrive à certains de mes visiteurs d'avoir les oreilles qui bourdonnent. J'espère que ça n'est pas votre cas. Vous n'étiez jamais monté aussi haut, n'est-ce pas ?

Coresh surgit de la colonne, tel un gamin voulant faire une surprise.

Le seigneur d'Elsenohr en personne.

Audric apprécia le double sens de sa question. Passé l'instant de surprise, son esprit était à nouveau lucide et aiguisé. Il sentait qu'il allait peut-être livrer dans cette salle une bataille plus dure que celle dont il sortait juste. Sans la regarder, il fit un signe discret à Umiade pour qu'elle s'avance à son côté.

— Sire Coresh, dit-il, j'ai gravi des montagnes qui m'ont mené plus haut. Mais ça n'a pas le même effet.

— Et c'est l'effet qui compte, non les choses en elles-mêmes.

Audric plissa les yeux sans répondre. Coresh éclata de rire.

— Vous avez raison, nous ne sommes pas assez saouls pour faire de la mauvaise philosophie.

Il s'avança en pleine lumière dans la pièce, et Audric put enfin détailler le duc : un homme mince d'aspect juvénile, aussi grand que lui. Il était impossible de dire s'il avait trente ans, ou bien le double. L'âge semblait avoir figé son décompte. Ses vêtements se réduisaient à une simple toge jaune, ajustée avec un art consommé de la complication. Ses pieds étaient chaussés de sandales prolongées par des jambières en cuir ouvragé montant jusqu'aux genoux. Pour seul ornement, Coresh arborait une broche sur la poitrine. Sa longue chevelure était d'un blanc ivoirin, mais ses yeux n'étaient pas ceux d'un albinos ; ils luisaient, ténébreux comme une nuit sans étoile. Le sang des seigneurs coulait dans ses veines. Il portait les deux furets vivants, retenus par des chaînes d'argent, qui l'accompagnaient toujours. Tapies sur ses épaules, les bêtes fixaient le visiteur de leurs yeux mi-clos.

Il était inconvenant pour un duc d'approcher le capitaine d'une troupe de mercenaires. Aussi Audric ne l'avait-il jamais vu que de loin sur sa nacelle flottante, au milieu de sa cour de généraux et de courtisans. Il était alors revêtu d'une armure d'apparat légère et étincelante, ses deux furets sur les épaules. Audric comprenait à présent la part de représentation de tout ce faste. En privé, ces atours devenaient inutiles et encombrants.

Audric embrassa la salle d'un rapide regard. Aucun garde n'était visible, Coresh semblait beaucoup tenir à son intimité. À moins qu'ils soient observés depuis des trappes camouflées, des arbalètes braquées sur eux... C'était fort probable, réfléchit Audric : le seul port de la toge était un signe explicite à son visiteur. Il signifiait : *Je n'ai pas besoin de me protéger. Ici, je ne risque absolument rien, de personne.*

Le duc Coresh se tourna vers Umiade, et fronça ses sourcils presque invisibles de pâleur.

— Ma dame... Romuald m'a prévenu de la présence d'une augure. Il ne m'avait pas informé de votre beauté.

La jeune femme s'inclina, se maudissant cette fois pour son laisser-aller vestimentaire.

— Votre Seigneurie m'honore, dit-elle. Je suis avant tout l'augure de la horde du Serpent.

— Dans ce cas, j'espère que vous n'avez pas prévenu votre maître contre moi.

Audric sourit, sans laisser à Umiade le temps de répondre :

— Même si c'était le cas, sire, je serais tout de même venu.

Le duc lui rendit son sourire, indiquant que lui aussi appréciait le double sens. Audric réalisa néanmoins que seul le bas de son visage avait remué ; ses yeux, eux, demeuraient immobiles et glacés.

Coresh fit signe à Romuald de rester sur place, puis il invita les deux visiteurs à le suivre jusqu'à l'une des vastes fenêtres. Ils dépassèrent une table massive en bois de Skambah, qui ne semblait être qu'une excroissance de la pièce elle-même; les fauteuils, en revanche, avaient été ajoutés.

La bise froide se heurtait aux vitres de cristal, leur tirant un sifflement presque inaudible. Audric baissa les yeux.

—Par les dieux…, jura-t-il, manquant reculer.

Ils surplombaient une véritable falaise. La tour s'enfonçait dans une mer duveteuse et bouillonnante de nuages, cent mètres en contrebas. Le bleu intense du ciel était celui des grandes altitudes. Seul un aigle pouvait contempler un tel spectacle. *Un aigle, ou un seigneur.*

—Je ne pensais pas que la cabine nous avait hissés si haut, dit-il d'une voix rauque.

Coresh croisa les bras sur sa poitrine d'un air satisfait.

—Nous ne sommes pas encore au sommet, mais les étages supérieurs sont pour moi seul.

Il s'approcha d'Audric. Sur ses épaules, les furets s'animèrent soudain. Ils couinèrent et se réfugièrent dans son dos. Le duc les caressa pour les rassurer.

—Les bêtes sentent la magie. Spécialement la magie contre nature. (Il approcha une main avide du bras droit d'Audric.) C'est donc vrai, ce qu'on raconte: ton bras infaillible, le *fléau du démon…* Laisse-moi voir, veux-tu?

Le capitaine des Serpents se retint de faire un pas en arrière. Il secoua la tête.

—Impossible, seigneur. Même pour vous, ça ne m'est pas permis. Je ne peux retirer ni mon brassard ni mon gantelet.

La main de Coresh se retira à regret.

—C'est donc vrai, le pacte qui te lie…

—Nous ne devons même pas en parler, seigneur, coupa Audric. Pour votre propre sécurité.

Le duc eut un geste vague, indiquant qu'il s'était attendu à cette réponse et qu'il ne lui en tenait pas rigueur.

—Je voulais seulement m'assurer que tu as bien le pouvoir qu'on m'a rapporté. Visiblement, c'est le cas. Maintenant que cette formalité est remplie, je te prie d'écouter ce que j'ai à te dire. Car je ne le répéterai pas, et aucune parole que j'aurai prononcée ne devra jamais franchir le seuil de cette salle.

— Bien sûr, mon seigneur.

À son côté, Umiade hocha la tête.

— D'ici deux jours, prononça Coresh, mon neveu Maedon partira avec son escorte dans notre résidence d'été.

— Maedon. Oui, seigneur...

— Mon neveu n'arrivera jamais à bon port. Il sera tué, lui et toute son escorte, par une bande de brigands non identifiés.

3

En redescendant de la tour, Audric ne fit même pas attention à la cabine magique. Des pensées contradictoires l'assaillaient. À côté de lui, Umiade demeurait silencieuse, le regard opaque, tourné vers le plafond.

Le duc Coresh lui confiait une mission primordiale. Une mission grâce à l'argent de laquelle Audric pourrait recruter, se réarmer et prendre sa revanche sur la horde du Loup qui les narguait depuis trop longtemps.

À côté de lui, Romuald se racla la gorge.

— Vos hommes et vous êtes invités à la grande fête populaire qui aura lieu cette nuit pour fêter la victoire sur Uther. Sire Coresh y paraîtra, pour vous remercier *publiquement.*

Audric marmonna un acquiescement. Bien entendu, l'entrevue qui venait d'avoir lieu n'avait, elle, aucune existence officielle. Il devait assassiner un membre de la famille du souverain en place, pour le compte de ce dernier. Le fait que Coresh ait fait appel à quelqu'un d'extérieur n'avait en soi rien d'exceptionnel. Le duc possédait ses propres services secrets et ses exécuteurs des basses œuvres, mais il ne pouvait leur faire entièrement confiance pour une telle opération. Audric comprenait… mais il savait également que, d'ordinaire, les familles régnantes tenaient les hordes en dehors de leurs querelles privées. L'esprit tortueux de Coresh était capable de concevoir un piège à double détente. Laisser la horde exécuter la sale besogne, puis se débrouiller pour l'éliminer.

Mais il n'avait pas le choix. Il devait accomplir son contrat, en tâchant de déjouer le piège qui s'y cachait probablement, et cela sans compromettre la mission initiale – le seul moyen d'être payé.

Ils sortirent du château par le même pont. Romuald les conduisit dans une caserne où avait été logée la horde : un bâtiment allongé en bois dressé sur une assise de gros blocs de pierre, entouré d'une haute muraille dépourvue d'ouvertures.

Briac l'attendait, appuyé sur sa massue. En voyant son chef, il manifesta son soulagement en soufflant bruyamment par le nez, à la manière d'un tauroch.

Audric demeura silencieux jusqu'au soir. Il s'enferma dans un réduit, et étudia le document que lui avait remis Coresh : une carte des environs, où étaient tracés les trois parcours possibles du convoi du jeune Maedon et de sa suite. Il tâcha de mémoriser chaque itinéraire en fonction des détails du relief. Deux jours… Il n'y avait pas de temps à perdre.

Il sursauta, comme Umiade surgissait.

— C'est maintenant que tes talents de divination me seraient utiles, dit-il avec une pointe acerbe dans le ton. J'ignore totalement par où notre cible passera.

La jeune femme secoua doucement la tête.

— Je reviens de dehors. J'ai parlé à certaines personnes. Tu sais qui est Maedon ?

Audric se retourna brusquement.

— À qui est-ce que tu as parlé ?

— De simples commerçants, qui ne me reconnaîtront pas. Je ne suis pas aussi stupide, Audric. Maedon est le neveu le plus jeune de Coresh. Il a à peine dix ans, et…

Le capitaine des Serpents siffla entre ses dents.

— Je me fiche de qui il est. Et toi, depuis quand tu t'intéresses au sort des seigneurs ?

— Je glane des renseignements sur notre *cible.* Mieux vaut savoir pourquoi Coresh veut que nous l'éliminions.

— Pourquoi ? répéta Audric, comme si elle lui avait demandé la raison pour laquelle les pommes tombaient des arbres. Bon sang, à ton avis ? Pourquoi est-ce qu'on se bat tous les jours ? Pour que la horde survive, il faut plus d'hommes. Ce qui veut dire plus d'argent. Cette mission nous rapportera ce qu'il faut pour renaître.

—Au prix de la mort d'un gamin… mais tu en as sauvé un, il y a peu. Tu crois peut-être que ça te donne le droit…

Audric frappa du poing sur la table du réduit où la carte s'étalait.

—Qu'est-ce qui te prend, Umiade ? Depuis des mois, tu es inquiète et irritable. Pourquoi ? Tu as vu quelque chose ?

La jeune femme se crispa. Elle ne pouvait pas le lui dire. Pas encore. Elle mentit donc.

—C'est sûrement Coresh qui me fait cet effet. À lui tout seul, il est plus dangereux qu'une horde. Je me méfie de lui.

—Moi aussi, je ne suis pas stupide. Je prendrai toutes les précautions.

—En espérant que ça suffise, se contenta de dire Umiade.

Le soir tomba, charriant une brise d'ouest assez forte. Celle-ci fit claquer les auvents de la fête, installés en prévision d'une pluie qui finalement ne vint pas. Les rues s'illuminèrent, des artistes et des troubadours envahirent les places. De grands bâtons d'encens furent plantés dans des vasques remplies de sable, et allumés. On convia Audric et ses lieutenants à venir saluer le duc. On les mena sur la grande place face au château. Une délégation de prêtres des Arbres de Vie se tenait en retrait. Un vide les séparait de la foule. Une étrange nacelle, sorte de plate-forme en bois de Skambah surmontée d'un kiosque ouvragé, descendit en planant au-dessus de la foule rassemblée. Des fusées d'artifice jaillirent dans de joyeux crépitements, et firent pétiller le char volant de mille étincelles multicolores. Dans le kiosque, une silhouette agita les bras deux ou trois fois en direction d'Audric.

Et voilà pour les remerciements officiels.

Des gens scandèrent, dans la cohue :

—Vive le duc Coresh ! Vive le duc Coresh !

Ce devaient être des gens payés pour le faire, car on aurait été bien en peine d'affirmer qu'il s'agissait de Coresh. D'autres silhouettes le flanquaient, mais une pénombre encore plus épaisse les enveloppait. Des membres de sa famille, ou bien des gardes du corps. Il aurait pu tout aussi bien s'agir de mannequins de carton-pâte.

Coresh s'avança au bord de la plate-forme, en pleine lumière. Sa tête et son cou étaient parés de joyaux, et il portait une veste ample bordée de franges. Une femme incroyablement belle se tenait à son bras. Sa longue robe cascadait jusque sur la plate-forme ; sa couleur passait du violet à l'or, de l'or au pourpre.

Puis, sans une attention pour Audric et ses lieutenants, la nacelle reprit de l'altitude et disparut.

Comme obéissant à un signal, la foule se déversa à travers la ville, délitant la horde. Audric avait fait passer la consigne qu'aucun trouble à l'ordre public ne serait toléré. Il ne se faisait néanmoins pas d'illusions : l'alcool aidant, il était fort probable qu'au moins un Serpent soit mêlé à une rixe quelconque.

Le lendemain matin, en inspectant la caserne, il fut presque surpris de constater qu'aucun incident n'avait émaillé la nuit.

Il rassembla ses lieutenants dans sa chambre personnelle : Trobard, Driligan, Yelaf, Leihar et Swain. Umiade n'était pas présente. Elle connaissait les tenants et les aboutissants de la mission, de plus la quasi-extermination de son escouade l'avait privée de fait de son commandement. Audric l'avait mise provisoirement sous les ordres de Leihar.

« Une fois que Coresh m'aura payé, ton unité sera reconstituée », lui avait-il dit.

Il les mit au courant, sans néanmoins désigner nommément leur cible.

— On sort à peine de la campagne d'été, râla Swain. Les hommes sont fatigués.

Malgré toutes les batailles auxquelles il avait participé, Swain n'avait jamais récolté de cicatrice. Tout le contraire de Trobard. Il était petit, mais pas tellement plus que la moyenne ; en ce qui concernait la taille, Briac était plutôt l'exception.

— Ce n'est qu'une attaque de convoi pas très loin d'ici, dit Audric. Un travail d'une journée, pas plus. Ensuite, on pourra se reposer autant qu'on voudra. Tout ce qu'on exige de nous, c'est la discrétion. Personne ne doit savoir que nous sommes à l'origine de l'attaque.

Les hommes hochèrent la tête. Tous comprenaient ce que cela signifiait : un seul survivant pourrait les perdre – donc, pas de prisonniers.

— Qu'est-ce qu'il transporte, ce convoi ? demanda Driligan.

— Un jeune noble. Le convoi partira demain, selon un itinéraire choisi au dernier instant. On ne saura donc pas à l'avance lequel sera emprunté.

Driligan fronça le nez. Il avait la taille de Trobard, mais était plus massif, avec des oreilles largement décollées. Sa particularité la plus frappante était ses mains, auxquelles manquaient à chacune deux doigts, l'annulaire et l'auriculaire. Ce handicap n'avait jamais gêné Driligan pour tenir une épée, et c'était tout ce qu'Audric prenait en considération. Une fois, Yelaf avait plaisanté à son sujet, en lui disant qu'il n'était plus qu'à un doigt de se faire virer. Pour toute réponse, Driligan avait saisi une pièce de monnaie, et l'avait tordue entre le pouce et l'index.

— Est-ce qu'Umiade ne pourrait pas deviner l'itinéraire ? demanda-t-il. C'est son boulot après tout.

Yelaf et Leihar opinèrent. Dans d'autres hordes, ce genre de remarque aurait entraîné un blâme, mais Audric laissait une liberté de parole pour tout ce qui concernait la sécurité commune.

— Nous avons affaire à un membre de la très haute noblesse, répondit-il, par conséquent son magicien personnel doit être à la hauteur. Même si Umiade avait une vision, on ne pourrait pas être certain qu'elle n'ait pas été inspirée par le magicien en question.

Il étala la carte que lui avait donnée Coresh sur la table en face de lui. Ses doigts parcoururent des lignes en pointillé, qui partaient toutes du même point : Elsenohr.

— Voici les trois itinéraires possibles. Cette sorte de delta asséché, au milieu, s'appelle la vallée des Racines sacrées. C'est un réseau de gorges très rapprochées les unes des autres, et le passage obligé vers le sud. Il y a deux ans, le duc Coresh a fait chasser de là toutes les bandes de brigands. Mais rien n'interdit de penser que l'une d'elles est revenue…

Yelaf ricana.

—Ouais, ce convoi n'aura décidément pas de chance de tomber dessus.

Audric ne fit aucun commentaire, cependant un tic de mécontentement agita sa lèvre supérieure. Il avait toujours difficilement supporté son lieutenant. Il le savait capable des pires atrocités. Yelaf avait en lui cette intelligence sournoise qui le faisait agir à couvert, ou sous le bouclier de l'autorité. Il percevait également l'aversion de son chef, mais se savait trop faible pour le supplanter ou le renverser ; alors, il composait. Et il avait le don de se rendre indispensable au moment opportun. De sorte qu'Audric n'avait jamais l'occasion de le blâmer. Il devait d'ailleurs reconnaître que Yelaf était un meneur d'hommes efficace, et qu'il n'hésitait pas à entrer au cœur de la bataille.

—De combien d'hommes se compose le convoi ? interrogea Leihar.

—Une escorte réduite, ce qui signifie une trentaine d'hommes.

Leihar siffla entre ses dents.

—Trente... Si on se divise en trois groupes égaux, on sera en sous-effectif au moment d'attaquer. D'accord, on pourra les vaincre. Mais ça sera coton d'empêcher la fuite de quelques-uns.

De plus, il s'agissait de soldats d'élite d'Elsenohr, bien entraînés et qui connaissaient le terrain comme leur poche. Ils avaient un net désavantage. Mais ils n'avaient pas le choix : l'exiguïté des gorges empêcherait le convoi de s'égailler. S'ils voulaient les avoir tous, c'est là qu'ils devaient attaquer.

—Chaque homme est précieux, dit Audric. C'est pour ça que l'on se divisera en deux groupes. J'ai étudié la carte, et cet itinéraire, ici... m'a l'air trop compliqué pour qu'ils l'empruntent.

Les lieutenants se penchèrent à leur tour sur la carte et hochèrent la tête en signe d'approbation.

—Je me contenterai d'envoyer une jeune recrue en éclaireur, avec pour mission de surveiller le passage. Il nous avertira s'ils arrivent de son côté.

Le pari était risqué, et ses lieutenants ne l'ignoraient pas. Mais ils manquaient d'hommes.

Audric roula la carte.

— L'affaire est donc entendue, dit-il simplement.

Le départ de la horde du Serpent s'effectua deux heures avant l'aube. Chacun avait déjà préparé ses affaires. Ils n'eurent qu'à enfiler leurs bottes et se presser en silence à travers les rues désertes et sinistres. *La ville ne convient qu'à la foule,* se dit Audric. *Vide, elle ressemble toujours à un tombeau.* Ils atteignirent la sortie quelques minutes plus tard. Les gardes à demi endormis les laissèrent passer sans sourciller, probablement même avec soulagement.

L'horizon avala Elsenohr. Un vent d'automne, élastique et humide, soufflait sur la campagne. Ils durent contourner une plaine boueuse, puis traverser des éboulis de rochers curieusement évidés à la base, que la carte nommait « bombardes de la Lune ». Des *vajarans,* de grands lézards bleus courts sur pattes, paissaient placidement dans les vallées, arrachant du chiendent au moyen de leur large gueule. On les disait cousins lointains des terribles taurochs. Ils levèrent une tête indifférente au passage des intrus, avant de replonger dans leur occupation.

Peu à peu, le paysage se creusa. On aurait dit qu'un monstre des premiers temps de l'Âge de Vie avait mâchonné l'horizon pour se faire les dents. Audric fit stopper la colonne, et scinda le groupe en deux. Il avait nommé Yelaf à la tête du second détachement. Quant à lui, il prenait le premier. Trente hommes chacun, dont dix auraient pour charge de prendre le convoi à revers afin qu'aucun fuyard ne s'échappe. Il remit à Yelaf une fusée d'artifice, qu'il devrait lancer dès le combat commencé.

Puis il s'approcha de la recrue qu'il envoyait, seule, dans la troisième gorge.

— Tu es Marween, c'est ça ?

— Oui, capitaine.

— Tu connais ta mission ?

— Oui, capitaine.

— Ils ne doivent jamais t'apercevoir, sinon tout est fichu. Tu les laisses passer, puis tu fonces nous prévenir. Mais jamais ils ne doivent te voir.

— J'ai compris, capitaine.

Audric nota qu'Umiade restait à l'écart du garçon. Il vérifia qu'on lui fournissait la monture la plus rapide. Puis il lui expliqua le chemin à suivre.

— On y va, dit-il une fois que Marween eut enfourché son cheval.

Les deux groupes se remirent en marche. Ils se divisèrent dès que le paysage se ramifia en différentes gorges. Audric avait incorporé Umiade et le reste de ses hommes à sa propre escouade. Il la chargea du groupe d'attaque de revers.

La route s'avéra malaisée jusqu'au point d'embuscade. Ils remontèrent un défilé rempli de chiendent et de cailloux qui s'effritaient sous les pas ; la roche environnante devait capter l'eau et la retenir, car ils n'en trouvèrent aucune trace, alors qu'elle aurait dû s'accumuler avec la succession de pluies.

— C'est là, dit enfin Audric en stoppant son alezan.

Il était à peu près certain que le convoi emprunterait cet itinéraire, le plus direct des trois et en même temps le plus abrité.

Les hommes connaissaient leur métier. Ils se tapirent en surplomb de la gorge, derrière des buissons. Audric les imita, posant sa grande épée à côté de lui puis se mettant à plat ventre. Il n'avait plus qu'à attendre.

Le temps s'étira, minute après minute. Audric tâcha de se détendre. Quelque chose s'insinuait en lui, la sensation désagréable que cela n'allait pas se passer comme il l'avait prévu.

L'inquiétude d'Umiade a fini par déteindre sur moi, se dit-il, irrité. *Je ne devrais pas lui accorder autant d'importance.*

Mais il savait qu'il était injuste : sa nervosité provenait avant tout de la mission elle-même. Il n'avait pas droit à l'échec. Et même en cas de succès, il ne serait pas à l'abri d'éventuelles répercussions. *Je me suis mis au service de Coresh. Au moins, la récompense sera à la mesure du prix à payer.*

Les minutes s'amassèrent pour former une heure, puis deux. Audric perçut un commencement d'agitation dans les bosquets alentour. Il siffla deux notes entre ses dents pour imposer le silence. Les hommes comprenaient que le convoi n'empruntait pas cette voie. Mais, en principe, les bruits du combat auraient dû se répercuter jusqu'à eux. Sans compter la fusée. Non, il y avait quelque chose qui n'allait pas. Le convoi était-il réellement parti d'Elsenohr ?

Soudain, un son attira son attention. Deux crissements d'insecte rapprochés. Cela provenait de l'entrée de la gorge, où se cachaient Umiade et ses hommes. Le signal convenu de la cible en approche.

Tout mouvement cessa autour de lui. Audric saisit la poignée de son épée. Une vibration sourde lui démangea l'épaule droite, à l'emmanchure de son brassard : le démon se réveillait, percevant lui aussi le massacre à venir, et une sourde exultation le faisait frissonner. Dans quelques secondes, il allait pouvoir se repaître de sa moisson d'âmes.

Puis le convoi apparut : un carrosse et un chariot, tirés par de robustes chevaux à robe de feu. Trente cavaliers trottaient en formation, dix devant et dix derrière, plus cinq sur chaque flanc. Parmi eux, on décomptait six arbalétriers, plus des archers à l'arrière. C'étaient eux les plus dangereux. Comme convenu, ils constituaient les cibles prioritaires. Lentement, Audric tira l'énorme épée de son fourreau.

Alors, il vit Marween. Le garçon claudiquait en tête du convoi. Il était couvert de sang. Sa poitrine était balafrée, ses vêtements lacérés. Audric fronça les sourcils.

Quoi ? Qu'est-ce qu'il fabrique ici ?

Mais il était trop tard pour les questions. Quatre flèches volèrent. Toutes trouvèrent leur cible : le cou des arbalétriers. Dans la demi-seconde qui suivit, une nouvelle salve vrombit. Moins ajustées, les flèches firent tomber deux autres soldats, un archer et un arbalétrier. À l'instant où les premières victimes touchaient le sol, Audric se redressa, hurlant :

— Les dieux nous aiment ! Tous avec moi !

Il bondit de rocher en rocher en faisant mouliner son épée au-dessus de sa tête. Autour de lui, ses compagnons bondissaient avec force hurlements. Un archer ennemi lui décocha une flèche. Il ne s'en occupa même pas : le *fléau du démon* dévia le trait en interposant la lame. Puis il se retrouva au cœur de la bataille. Il faucha un cheval, arracha une épée des mains d'un ennemi, trancha un jarret. Un vide se creusa face à lui. Audric pivota sur lui-même et fonça à nouveau dans la mêlée.

Il distingua Umiade, de l'autre côté, qui entrait dans la bataille à la tête de son groupe. Alors il se rendit compte qu'il n'avait même pas tiré la fusée devant rameuter Yelaf. Il poussa un juron et se retira du combat.

Il aperçut Marween. Le garçon s'était écarté avec prudence du champ de bataille et se reposait à mi-pente. Audric maîtrisa le désir dévorant du démon de le rejoindre et de lui passer l'épée au travers du corps. Il lança :

— Qu'est-ce que tu fiches ici, avec eux ?

Marween eut un mouvement de tête épuisé, et ouvrit la bouche. Audric lui lança la fusée à la volée.

— Tu t'expliqueras plus tard. Allume-la et dirige-la vers le ciel.

Sans lui laisser le temps de répondre, il fit volte-face et retourna au combat. Les choses se présentaient bien : les soldats tentaient de faire faire demi-tour au carrosse, dégarnissant ainsi leur défense et exposant leurs compagnons. Les arbalétriers avaient tous succombé, les archers essuyaient à leur tour le tir des Serpents. Il fallut cinq minutes aux soldats d'Elsenohr pour comprendre que leur sort était scellé. Deux d'entre eux tentèrent de filer. Ils tombèrent sous les coups d'Umiade.

Trois soldats convergèrent vers Audric. Ils avaient compris qu'il était le capitaine de la horde et que, s'ils l'éliminaient, ils pourraient peut-être s'en sortir. Le démon ondula de plaisir sous le brassard d'acier. D'un coup, il fit éclater l'épée qui sifflait vers lui, éventra le deuxième. Entraîné par l'épée, Audric bondit de côté et, d'un revers, sectionna l'avant-bras du troisième soldat.

Il retomba sur ses pieds, et releva la tête vers son nouvel adversaire. Le chef de la garde se dressait devant lui ; c'était un *rakinn,* un homme altéré par magie. Deux courtes défenses perçaient ses joues ; en guise de plastron, une épaisse toison de poils drus couvrait son torse massif. Il mesurait une tête de plus que Briac. Un énorme marteau de guerre en fonte d'acier pendait au bout de sa main. Un grognement franchit le seuil de ses lèvres noires et, avec une surprenante rapidité, il abattit son arme sur le crâne d'Audric.

La masse d'acier lancée à pleine force percuta l'épée. Ce fut comme si le rakinn avait donné un coup contre une montagne. Il recula en titubant. La seconde d'après, Audric bondit en avant et lui trancha le bras. Le rakinn poussa un cri épouvantable. Il se baissa pour attraper le marteau tombé à terre, où s'accrochait son autre main… Audric le décapita.

Il détourna les yeux tandis que le corps heurtait lourdement le sol. Le coup du rakinn avait été intégralement absorbé par le *fléau du démon*, mais Audric était tout de même sonné. Le démon ne dépendait pas de lui, il ne lui pompait aucune force. Mais quand il refluait, Audric se sentait parfois malade. C'était ce qui se passait, et il prit conscience que la bataille était presque terminée.

Il regarda autour de lui, un peu hébété. Tous les soldats étaient étendus à terre, morts ou blessés. *Pas de témoin.* D'un geste mou, il désigna trois hommes pour achever ces derniers.

D'un coup de massue, Briac brisa la serrure de la porte du carrosse, puis l'arracha littéralement. Un carreau fusa au nez du géant. Avec un cri de rage, il tendit le bras et en extirpa une femme d'un certain âge. Celle-ci était maigre, engoncée dans une sorte de capeline noire, dont les boutons argentés arboraient la marque ducale. Elle tentait désespérément de desserrer la main que le colosse roux avait refermée sur son cou. Ses yeux s'exorbitèrent. Briac serra plus fort, et la main osseuse eut une secousse avant de retomber, inerte. Il rejeta la femme sur le sol sans plus de cérémonie.

— Qu'on en finisse, maugréa Audric en s'avançant.

Il regrettait que la fureur du démon l'ait abandonné. Mais ce n'était pas la première fois, et c'était une besogne qu'il avait acceptée en toute connaissance de cause.

Umiade arriva en courant. Elle vit Audric, qui rabattait le marchepied et posait un pied dessus.

— Attends ! C'est un boulot pour Yelaf…, commença-t-elle.

Le dédain flamba dans les yeux d'Audric.

— Je ne fuis jamais mes responsabilités. Tu ne le sais donc pas, augure ?

L'intérieur était sombre, la lampe accrochée à la paroi avait été mouchée. Audric entra, précédé de son immense épée. Il aperçut une silhouette à chevelure blanche, tassée dans un coin. Et à côté, une seconde.

— Maudit Coresh, murmura Audric.

Les yeux de Maedon le brûlaient. Presque aveuglément, Audric frappa. Si fort que la longue épée traversa l'enfant de part en part, s'enfonça dans le bois du carrosse et ressortit de l'autre côté. Audric suffoqua. Comme il faisait chaud, ici !

Lentement, il retira l'épée. Les yeux du garçon étaient clos à présent. Il était mort sans avoir prononcé un mot. Audric prit une inspiration. La fillette ne devait pas avoir plus de six ans. Elle aussi avait les cheveux blancs des lignées seigneuriales. Ses yeux demeuraient secs, conformément à la dignité de son statut. Le regard d'Audric descendit jusqu'à ses mains, qu'elle tenait en coupe. Au creux de ses paumes, deux petites boucles d'oreilles en or.

Ses yeux, songea Audric avec un frisson. *Ils n'expriment pourtant pas l'espoir.*

Les petites mains tremblaient tant que l'une des boucles d'oreilles tomba sur le plancher. Machinalement, Audric la ramassa et la reposa sur les mains de la fillette.

— Tu as perdu ça, dit-il d'une voix douce. Comment tu t'appelles ?

— Meredith.

Le nom sonna, aussi fragile que du cristal. Meredith, la sœur de Maedon. Une nouvelle fois, Audric maudit le démon de l'avoir abandonné au moment le plus dur. Il lui prit le poignet et l'attira lentement vers la lumière.

— Moi, je suis Audric. Ne t'inquiète pas. Si tu restes sage, tu vivras.

— Elle doit disparaître, dit Umiade.

Les bras croisés sur sa poitrine, elle se tenait face à Audric, catégorique. Meredith se tenait derrière lui ; elle était enveloppée dans une capeline en soie brodée d'or, qui devait valoir à elle seule deux années de solde d'officier. Audric mesura que sa décision pouvait lui coûter son statut de chef, voire sa vie.

Peut-être que je ne suis réellement plus bon pour le commandement. Que je me ramollis...

Néanmoins, il demeurait convaincu qu'il aurait agi de même cinq ans plus tôt. Si l'un de ses lieutenants voulait prendre sa place, il devait l'affronter en combat singulier. Telle était la règle. Toutefois, la horde avait la possibilité de le destituer à l'unanimité des voix. Dans ce cas, le poste devenait vacant et n'importe qui pouvait le briguer. Au risque que la horde ne se disloque, si personne ne parvenait à s'imposer.

— Coresh nous a payés pour éliminer Maedon, dit-il. Pas sa sœur.

Yelaf s'avança.

— Le plan reposait sur le fait qu'il ne devait rester aucun témoin, rappela-t-il. Elle doit mourir, Audric. Je peux m'en charger, si tu as des scrupules. Depuis le temps que je veux me faire une noble, je me contenterai d'une demi-portion.

Les autres officiers ne bronchaient pas. L'idée d'exécuter la fillette leur répugnait visiblement, mais Yelaf n'avait pas tort. De sa mort dépendrait probablement la survie de la horde.

Umiade fit un pas en avant, se plaçant en travers de la route de Yelaf.

— J'ai dit qu'elle devait disparaître, pas mourir.

Yelaf ricana.

— Il y a une différence ?

— Pour ta conscience atrophiée, sûrement pas. Mais il y en a une, en effet. Il suffit de lui teindre les cheveux en noir et de la confier à un couple de paysans, pour qu'ils l'élèvent le plus loin possible d'Elsenohr. D'ici quelques mois, on aura oublié cet événement.

Audric hocha la tête, mais Yelaf insista :

— Laisse-moi la tuer. Le risque est trop grand. Si ça se sait... Enlever la fille d'un seigneur, ça nous conduira tous au pal, aussi sûr que le jour se lèvera demain.

— Il n'a pas tort, avança Swain.

— On ne risquera rien si tout se passe comme prévu, répondit

Audric. Cette gamine est autant une garantie qu'une menace. En attendant, personne ne la touche.

Audric regarda Yelaf dans les yeux en disant cela, et laissa son regard fixé sur lui jusqu'à ce que l'autre fasse un pas en arrière.

Cela faisait des années qu'il n'avait pas eu à réaffirmer son autorité aussi souvent en si peu de jours. Peut-être lui faudrait-il faire un exemple, et il détestait cette perspective.

Il donna l'ordre de brûler le carrosse, de trancher le nez des gardes et de s'emparer du chariot d'intendance. Un peu plus loin, il y avait des gorges si profondes qu'il suffirait de l'y engloutir pour qu'il disparaisse à jamais. Il fit disposer le cadavre de Maedon sur le marchepied du carrosse, de façon à ce qu'on puisse le reconnaître sans aucune équivoque ; en ce qui concernait Meredith, on penserait qu'elle avait brûlé dans le carrosse. On ne chercherait pas plus loin.

Il fit dépouiller les gardes, afin de corroborer l'idée que le convoi avait été victime d'une bande de voleurs. On jetterait tous leurs objets personnels au fond d'une gorge : jamais on ne devrait remonter la piste jusqu'à eux.

Puis Audric annonça qu'ils remontaient vers Abirale, leur destination initiale. C'est là que les attendait un agent de Coresh, pour leur remettre l'argent. Il confia la fillette à Umiade, avec l'ordre de garder un œil sur elle au cas où Yelaf se mettrait en tête de passer outre à ses ordres. Lui ou un autre : Yelaf n'était pas le seul à nourrir de la frustration vis-à-vis des seigneurs. Davantage même envers ceux qu'ils servaient qu'envers ceux contre lesquels ils se battaient. Audric, lui, n'avait pas ce genre de pensées. Il savait que l'existence des nobles était conditionnée par la survie. Dominer ou mourir. Chez eux, la compétition était sans doute encore plus forte.

Au moment d'enfourcher son cheval, il se souvint de Marween. Il l'avait oublié, celui-là…

Le garçon était avec Prelagord. Le premier était allongé sur une planche, le second était accroupi à son côté, en train de recoudre la longue estafilade qu'il avait au flanc. Audric interrogea le chirurgien du regard.

— Le gamin a taillé dans le gras, le rassura Prelagord. Beaucoup de sang, mais aucun organe touché.

— J'ai dû laisser mon épée, commença Marween. Quant au cheval…

Audric le coupa d'un geste énervé.

— Comment se fait-il que tu te sois retrouvé en tête du convoi ? Raconte-moi depuis le moment où tu es arrivé à ton poste.

— Hum, j'ai fini, dit Prelagord en se relevant.

Il s'éloigna aussitôt. Audric encouragea Marween à commencer son récit.

— Je venais à peine de camoufler le cheval et de me cacher dans un bosquet que j'ai entendu le convoi qui approchait. Ils ne cherchaient pas à cacher leur présence. J'ai réfléchi…

— Tu as réfléchi ?

Marween hocha la tête. Il enchaîna, d'un bloc :

— Je me suis dit : le temps que je les laisse passer, que je vienne vous avertir… puis de monter une nouvelle embuscade… le convoi serait sorti de la vallée des Racines sacrées depuis longtemps. Alors, je suis descendu de ma cachette et j'ai couru pour prendre un peu d'avance. J'ai tué le cheval d'un coup d'épée à l'encolure, puis je me suis entaillé la panse. Pas profond, évidemment. Je me suis badigeonné de sang – le mien, mais surtout celui du cheval.

Le garçon reprit sa respiration, avant de poursuivre :

— Je suis revenu sur mes pas en courant. Je criais qu'une bande de brigands m'avait attaqué. Comme j'étais vraiment blessé, le chef n'a pas voulu prendre de risque, avec la personne qu'ils avaient sous leur protection. Ils ont changé d'itinéraire, et…

À mesure que Marween parvenait à la fin de son récit, Audric ne pouvait s'empêcher d'être de plus en plus impressionné. Un gamin, un simple garçon de ferme, avait rattrapé le défaut de sa stratégie en improvisant un plan. Cela aurait pu rater. Au moindre doute, le rakinn l'aurait tué sans hésitation.

Umiade pouvait-elle s'être trompée à ce point à son sujet ?

— En tout cas, je suis ravi d'avoir participé à la mission, dit Marween, un large sourire sur le visage.

— Tu as bien travaillé. Je double ta solde du mois prochain.

Le garçon afficha une expression ravie. Il s'approcha d'Audric, mais un ordre le figea au garde-à-vous.

— Ne te fais pas d'illusions, fit Audric d'une voix sifflante. Je n'ai pas d'amis et je ne veux pas en avoir. Je suis ton chef, ça veut dire que tu m'appartiens.

Il le prit par les épaules. Non dans un geste conciliant, mais en imprimant cruellement ses doigts dans sa chair, afin de comprimer les nerfs. La douleur fit suffoquer Marween.

— N'oublie jamais que *tu m'appartiens.* Je peux reprendre ta vie sur un claquement de doigts. Et tu devras toujours protéger la mienne, quoi qu'il t'en coûte.

Marween hoqueta :

— Je... Je vous le promets.

Audric relâcha son étreinte, puis lui assena une claque dans le dos.

— Ici, tout le monde se tutoie. Ce qui ne nous empêche pas de nous détester, à l'occasion... Allez, rejoins les autres. Et va réclamer une nouvelle épée à Trobard.

La veille de leur arrivée à Abirale, Umiade entra dans la tente d'Audric. Elle était accompagnée de Meredith, qui s'agrippait à son pantalon. La fillette portait une simple robe de toile écrue. Audric avait cru qu'Umiade éprouverait de la répulsion vis-à-vis de la nièce du duc, car, dès le lendemain, cette dernière avait recouvré la suffisance insupportable des nobles. Mais Umiade l'avait vite remise au pas, sans pour autant – bizarrement – se faire détester d'elle.

— Alors, comment la trouves-tu ? demanda Umiade en faisant tourner l'enfant sur elle-même.

Audric siffla entre ses dents.

— Étonnant, convint-il. Personne ne la reconnaîtra.

Et c'était vrai. Il la redécouvrait. Il n'avait jamais remarqué qu'elle avait un nez retroussé et un peu porcin, des yeux verts dépourvus de profondeur, un grain de beauté sur la joue. Avant, il n'avait vu que sa chevelure d'ivoire ; à présent, avec ses mèches noires coupées court, ce n'était qu'une gamine comme les autres.

Est-ce que je t'aurais épargnée, si je t'avais vue telle que tu es maintenant ?

— Tu lui as trouvé une famille ?

Umiade grimaça.

— Ça ne sera pas donné, et elle en bavera, pour quelqu'un de son rang.

— Qu'elle s'estime heureuse de pouvoir respirer, rétorqua sèchement Audric. C'est le prix de sa survie, et de la nôtre. Au fait, comment est-ce que tu t'y es prise pour les convaincre qu'ils devront lui teindre les cheveux en noir, chaque mois ?

La jeune femme éclata de rire.

— Je n'ai pas seulement cherché les paysans les plus cupides du coin, mais aussi les plus crédules. J'ai inventé une malédiction… D'ailleurs, ce n'était pas loin de la réalité.

— Quand la livres-tu ?

— Demain.

— Sous quel nom ?

— Cendaviel.

Audric s'accroupit pour mettre son visage au niveau de celui de Meredith.

— Tu as compris tout ce qu'Umiade t'a dit de dire, si on t'interroge ?

— Oui, dit la fillette d'un air penaud. Je mentirai.

Audric lui ébouriffa les cheveux.

— C'est exactement ça. Tu mentiras. Et puis, petit à petit, sans que tu t'en aperçoives, tes mensonges deviendront la seule vérité. Crois-moi.

La fillette le regarda d'un air intrigué, mais Audric s'était déjà remis debout. Il s'approcha d'Umiade et lui glissa à l'oreille :

— Tu t'en occupes. Moi, j'irai toucher la paie de l'agent de Coresh.

Umiade connaissait déjà les détails. Elle s'apprêtait à ressortir, lorsque la voix d'Audric la rattrapa sur le seuil.

— Est-ce que… tu viendras dans ma tente, tout à l'heure ?

Umiade releva le pan de tente pour laisser passer Meredith.

— Pas avant que cette affaire soit réellement terminée, dit-elle simplement.

4

Depuis son incorporation, Marween allait d'émerveillement en émerveillement. Il vivait les moments les plus intenses de son existence. Il avait participé à son premier combat, même s'il n'avait tué personne et que sa seule blessure, c'était lui-même qui se l'était infligée. Trobard le charriait assez à ce sujet, mais jamais méchamment. En fait, Marween soupçonnait son chef d'escouade d'admirer son initiative. De même, si Briac le surnommait toujours « le cancrelat », il n'y avait plus de mépris dans son ton. Seule Umiade l'évitait dans la mesure du possible. Mais il ne savait pas pourquoi : la seule explication qu'elle lui avait donnée était qu'il représentait un danger pour la horde… alors que, au contraire, il l'avait aidée.

Lui ne détestait pas la jeune femme, au contraire de certains hommes de la horde. Il s'était rapidement rendu compte que leur hostilité rentrée provenait de la peur qu'elle leur inspirait. Ils se tenaient éloignés d'elle, ce qui n'était pas pour lui déplaire, à elle.

Un soir de festin, après une bataille, un Serpent s'était enivré et l'avait suivie derrière un bosquet où elle voulait se soulager. Il l'avait prise brutalement par la taille, en lui tordant le bras.

« Les champs de bataille devraient être des sanctuaires réservés aux hommes, avait-il craché. Tu as gagné tes galons dans le lit d'Audric, je parie. Mais ici, il n'y a personne pour te protéger. »

Il avait tenté de la violer, comme une vulgaire paysanne. Umiade aurait pu le saigner, au moyen du poignard qu'elle portait en permanence sur elle. Personne ne lui en aurait tenu grief. Au lieu de cela, elle l'avait regardé au fond des yeux et lui avait dit, en détachant chaque syllabe :

« Tu mourras dans trois jours. »

Le soudard avait dessaoulé en moins de cinq secondes. Il s'était relevé, son pénis recroquevillé ballottant entre les cuisses, et avait fui sans même songer à remonter son pantalon. Il était parti droit devant lui sans se retourner, comme si le démon en personne le poursuivait. Nul ne l'avait jamais revu. On affirmait cependant que, trois jours plus tard, son cadavre pourrissait dans un fossé... À vrai dire, Marween soupçonnait fortement cette histoire d'avoir été inventée de toutes pièces par Umiade elle-même, pour avoir la paix.

Après Abirale, la horde s'était dirigée vers le sud, en passant par des villes de plus ou moins grande importance. Marween se souvenait de chacune d'elles ; Blenrough, Helmouth et Marlheim en particulier, pour leurs marchés et leur rythme de vie trépidant. La guerre passait sur le pays comme un feu de brûlis, et ses stigmates disparaissaient sous les maisons reconstruites, les corps enterrés. Une sorte de frénésie s'emparait de chacun. On mesurait sa chance d'être en vie, on voulait en profiter. Peut-être les seigneurs avaient-ils raison : pour que la vie perdure, il fallait tout brûler de temps en temps.

Les villes étaient des créatures étranges. Ce n'étaient pas de simples juxtapositions de maisons, des rues qui se croisaient. Chacune avait sa personnalité, son histoire et son style : Blenrough avait été construite sur un fleuve, à partir de carcasses pétrifiées d'animaux géants disparus à l'aube de l'Âge de Vie ; ses demeures avaient conservé des rondeurs d'ossements polis. Marlheim, au contraire, élançait ses toitures pointues vers le ciel comme pour le poignarder, ou dans l'espoir de concurrencer les villes édifiées au pied de Skambahs. Une ville avait été entièrement construite sur pilotis, parce que son seigneur était persuadé qu'il avait été maudit et qu'il ne devait jamais toucher terre ; une autre avait ses maisons peintes en bleu, les toitures y compris. Les villes, comme les êtres humains, pouvaient avoir leurs lubies...

La horde s'était établie depuis trois mois en bordure de Brassheim, une bourgade située au-dessus d'une ancienne mine. Les villageois descendaient de rakinns conçus jadis pour l'exploitation du cuivre. Le filon était épuisé depuis un siècle, mais les habitants avaient conservé certains caractères de leurs ancêtres altérés : des mains aussi larges que des pattes d'ours, et un tronc massif. Leur faciès était comme écrasé. Ils s'exprimaient peu et ne se mélangeaient pas avec les villages voisins. Audric était allé y faire un tour, dans l'espoir d'engager de nouvelles recrues. Aucun villageois n'avait daigné visiter le stand de recrutement qu'il avait installé.

Audric n'avait manifesté aucune déception face à cet échec. Il ne manquait pas d'hommes. La mission que lui avait confiée Coresh lui avait rapporté une fortune. Depuis, il avait engagé suffisamment d'éléments pour reconstituer l'intégralité de sa horde. Les effectifs se montaient à cent cinquante, et Audric avait dû réorganiser l'intendance pour y faire face. Les chefs d'escouade ne savaient plus où donner de la tête : il fallait former tout le monde avant la prochaine campagne militaire, dont l'échéance se comptait en mois. Audric avait dû promouvoir certains de ses hommes au rang de maîtres d'armes.

Marween savait qu'il n'excellait dans aucun des domaines de la lutte. Des recrues étaient plus rapides que lui, d'autres plus souples ou plus endurantes ; la plupart étaient plus vigoureuses. Mais il lui arrivait souvent de surpasser ses camarades lors des combats à l'épée de bois. Cela mettait certains de ses compagnons en rage, et l'un d'entre eux, une petite brute du nom de Cerajar, avait brisé son épée d'entraînement sur sa propre cuisse.

« Je suis plus fort que toi, avait-il hurlé. Je devrais te battre ! »

La colère était davantage chez lui un état d'esprit qu'un débordement passager. Marween l'avait regardé dans les yeux.

« C'est vrai, tu es plus fort que moi. Mais moi, je suis un tout petit peu plus rapide. J'ai tout misé là-dessus.

— Mais tu as surpassé Stefan, qui est plus rapide que toi !

— Pour Stefan, j'ai changé de tactique. Je l'ai laissé courir autour de moi pour qu'il se fatigue, et en bougeant moi-même le moins possible. J'ai choisi mon moment pour frapper, quand il s'est trop approché pour que même sa rapidité le mette à l'abri du coup. »

Cerajar avait gratté ses épais sourcils en maugréant quelque chose. Marween doutait qu'il ait réellement saisi ce qu'il lui avait expliqué, mais ce n'était pas grave. Son destinataire était moins Cerajar que Trobard, qui se trouvait à portée d'oreille. Celui-ci s'était contenté de hocher la tête dans le vague.

L'hiver fut clément, mais Marween le ressentit durement à travers les exercices destinés à forger leur endurance. Le plus éprouvant s'avéra les marches forcées dans la montagne avec des sacs de grain sur les épaules. Néanmoins, Marween ne pouvait s'empêcher d'aimer ces étendues neigeuses. L'air, vierge de toute corruption humaine, était plus léger, même si, par grand froid, il pénétrait dans les poumons telle une lame de cristal.

Un matin, alors qu'ils campaient sur un contrefort abrupt, un bloc de pierre de deux tonnes se détacha, descellé dans la nuit par un gel soudain. Stefan venait de sortir de sa tente. Le grondement lui fit lever les yeux. Il regarda, incrédule, le rocher qui roulait vers lui en rebondissant. Le cri d'avertissement de Marween se confondit avec celui de ses compagnons. Le garçon entendit le choc de l'impact, le corps disloqué qui s'élevait dans les airs et retombait cinquante mètres plus bas, au fond d'une ravine.

Et le murmure de quelqu'un :

— En voilà un qui ne verra pas la première campagne…

Il n'y avait aucun regret dans sa voix. La colère qui envahit Marween le surprit lui-même.

Moi, je combattrai, se dit-il en serrant les poings. *Je ferai mes preuves. Et un jour, je me tiendrai auprès d'Audric.*

Par la suite il y eut un autre décès, des abandons et un nombre élevé d'accidents. Le chirurgien Prelagord eut à suturer des doigts aux phalanges tranchées, à recoudre des paupières et à panser des pieds entaillés. Le froid s'intensifia sur la plaine, et les entraînements continuèrent sur la terre gelée. On faisait fondre la glace en empilant des blocs entre des planches de bois, puis en la pilonnant pour la broyer et la réchauffer sous les coups de masse. En quelques semaines de ce régime, Marween constata que des muscles nouveaux durcissaient ses bras.

Ses progrès en matière d'escrime étaient plus rapides. Il joutait volontiers avec ses lieutenants, Leihar en particulier. L'homme était d'une agilité de chat, et d'une force redoutable. Il lui infligea plusieurs estafilades sur les phalanges et les avant-bras, mais c'est avec lui que Marween progressa le plus.

Un soir, Trobard lui fit signe de venir à sa table. Les officiers ne dînaient pas avec les simples hommes de troupe, aussi Marween en tira-t-il une certaine fierté. En plus de la soupe de raves et du pain de fèves, il y avait de la viande en petits morceaux et des gaufrettes épicées. Il invita Marween à se servir, puis il déclara d'une voix bourrue :

— Bon. On est débordés, ici. Il y a plus doué que toi, mais je dois reconnaître que tu te débrouilles pas mal pour les mouvements de base. Tu pourrais les faire répéter, pendant que j'entraîne les meilleurs. En échange, je te libère des corvées d'huilage des tentes pour l'année entière.

Marween sentit son cœur se gonfler.

— Le capitaine Audric est au courant ?

Trobard haussa un sourcil.

— Ce n'est pas une promotion, mais un simple arrangement. Alors, tu acceptes ou pas ?

Marween se hâta d'opiner. Trobard lui fit signe que la discussion était close et qu'il pouvait disposer, mais Marween lui demanda :

— Est-ce que je devrai suivre les autres entraînements ?

Trobard fronça les sourcils.

— Pourquoi non ?

— Une fois qu'on a tout appris, à quoi bon…

Trobard recracha le morceau de pain qu'il venait de porter à ses lèvres.

— Imbécile ! fulmina-t-il, les joues embrasées par la colère.

Aux tables voisines, quelques têtes se levèrent. Trobard agrippa le col de Marween et parla entre ses dents serrées :

— Tu te crois malin, mais tu n'as rien compris. Tu penses que seul le combat fait le guerrier, hein ? Mais ce qui te sauvera la vie sur le champ de bataille, ce n'est pas la bravoure, et encore moins l'intelligence. C'est l'entraînement quotidien.

Le feu de ses joues s'éteignit. Marween s'était rendu compte que Trobard ne parvenait jamais à rester longtemps dans cette disposition d'esprit. Le lieutenant reprit, plus bas :

— Tu apprendras ça sur le champ de bataille. J'ignore comment tu te comporteras alors ; personne ne peut en être sûr, pas même toi. Mais je peux te prédire ce qui se passera la veille. Pas besoin d'être augure. Tu auras des suées, un nœud dans les tripes ; tu auras envie de pisser et de te vider sans arrêt, tu commenceras à regretter…

— Non ! je ne regretterai jamais…

— Et ça n'aura rien à voir avec la lâcheté, poursuivit Trobard en élevant la voix. Simplement, on est tous faits pour vivre, pas pour mourir. Ce qui fait qu'on continue, qu'on ne s'occupe pas de cette saloperie de corps qui nous supplie de prendre la fuite, c'est l'entraînement. Tenir son épée en quarte ou en tierce, adopter tel pas, accorder sa place dans l'escouade… Tous les détails techniques remplissent ta tête et t'empêchent de penser à ta propre mort. C'est à ça que ça sert, *avant tout.* J'ai vu un type se battre contre trois ennemis à la fois, et il pissait sous lui ! Il mouillait son pantalon, sans même s'en rendre compte. Mais il combattait comme un lion.

Trobard mastiqua une bouchée de pain de fèves, puis lâcha d'une voix lasse :

— Maintenant, dégage de ma vue, cancrelat.

Cette nuit-là, Marween rêva qu'il marchait sur une route qui fendait sans fin une lande rougeâtre et désolée. Il n'avait aucun vêtement. Une lune rouge irradiait une lueur crépusculaire, qui l'épinglait comme un insecte sur un mur blanc. La route était faite de pavés noirs et vitreux comme du quartz, et ses pieds nus ne produisaient aucun bruit en les foulant. Il avançait sous une contrainte impérieuse, mais qu'il n'arrivait pas à identifier. Il posait un pied devant l'autre, sa main tenant une épée anormalement grande. Curieusement, cette épée ne pesait pas plus qu'une plume. Il jeta un coup d'œil autour de lui. La lande se bosselait de millions de petites boules… non, des crânes. C'étaient des crânes. À l'horizon se tenait une masse sombre, aussi grande qu'une montagne. Elle se dressait là depuis des temps immémoriaux. La route qui y menait devenait de plus en plus étroite, et bientôt elle fut à peine assez large pour le laisser passer.

Et soudain un obstacle surgit. Une forme humaine, immense et menaçante, qui lui barrait le chemin. Marween s'en approcha, sachant cependant qu'elle ne s'effacerait pas devant lui. Or, il devait continuer, coûte que coûte. Il tenta de lui parler, en vain : sa bouche ne produisit aucun son.

Une terreur abjecte s'empara de lui, au point qu'il eut envie de s'enfouir dans le sol. Mais il n'y avait que cette route, le reste du paysage n'existait plus. Malgré la menace apparente de cette forme, il savait que, s'il l'abattait, il ne pourrait plus revenir en arrière, car son cadavre recouvrirait toute la terre. (Dans la confusion du songe où tout ce qui est pensé se réalise – à moins que ce soit le contraire –, Marween vit, dans un curieux dédoublement de sa vision, le cadavre se liquéfier et engloutir la route.)

« C'est si simple », dit une voix. Une voix qui pouvait être la sienne, comme celle de la forme se dressant face à lui – ou bien son père, peut-être. « Il te suffit de me voir comme un obstacle. Ou un ennemi, si tu préfères. »

Marween saisit l'épée à deux mains, et une force incroyable l'envahit. Il frappa à l'abdomen. Au moment où la lame rencontrait l'*obstacle*, il lui sembla qu'il s'ouvrait lui-même en deux.

À la seconde où il se réveilla, il oublia tout de ce rêve. La lumière décolorée de l'aube entrait par des accrocs de la tente, filtrée par le frimas. Lorsque ce rêve se reproduisit, la nuit suivante, il l'oublia aussi. Et la nuit suivante, ainsi que la suivante. Cela perdura jusqu'à ce qu'il ait tué son premier homme.

Cela prit Umiade au dépourvu dans sa tente. Une transe pouvait lui arriver à toute heure du jour ou de la nuit, mais d'habitude des signes avant-coureurs lui permettaient de s'y préparer : lâcher son outil ou descendre de cheval, et se mettre à l'abri. La réalité se distordait, quelques secondes avant que son esprit se détache d'elle et vogue sur les voies de l'avenir.

Umiade ne craignait pas les transes, bien qu'elle n'ait presque aucun contrôle sur elles. Elles étaient surtout utilitaires, lui permettant d'entrevoir le temps du lendemain, ou quelle formation adopteraient les armées ennemies dans la bataille à venir. Ses visions étaient assez précises, et concernaient toujours le sort de la horde à laquelle elle s'était dévouée. Même s'il lui arrivait parfois de se tromper – quand la vision était floue, ou ambiguë, ou qu'elle ne parvenait pas à discerner les signes –, personne, et Audric le premier, n'osait ignorer ses visions.

Mais ici, rien de tel. Son esprit fut emporté telle une feuille morte par une bourrasque soudaine. Elle franchit des éons le temps d'une respiration – bien que son corps éthéré n'ait pas besoin de respirer. Et ce vent sec et noir la déposa sur un paysage noirâtre ; dans le ventre plombé du ciel, des nuages orangés bouillonnaient aux confins. Des roches perçaient une lande pelée, semée de bois rabougris et mangés de mousse. Umiade fut certaine de ne jamais être venue ici auparavant. Elle n'était même pas sûre qu'un endroit aussi triste et désolé puisse exister sur terre.

Ça se passe donc ailleurs dans le temps et l'espace, songea-t-elle. *Le passé, ou l'avenir ?*

Tout de suite, quelque chose la troubla profondément. Une sensation qu'elle n'avait jamais éprouvée jusqu'à maintenant s'était glissée en elle sitôt qu'elle avait atterri. Cette sensation semblait provenir d'ailleurs que de son propre esprit, et imbiber l'espace où elle se trouvait. Elle ne pouvait y échapper. Cette sensation était un mélange de satisfaction, de curiosité, et de quelque chose de plus noir. La cruauté que donne la faim, ou la souffrance trop longtemps ressentie.

Une agitation sur la lande attira son attention, et Umiade se dirigea vers la source. Une masse sombre, immense, s'affalait sur l'horizon. Un incendie faisait rage, engendrant des flammes qui allaient lécher les nuages – c'étaient ces nuées en ébullition qu'Umiade avait aperçues en arrivant. Elle flotta dans cette direction. Alors qu'elle approchait, la chaleur commença à la cuire. Cela la stupéfia. Encore une fois, aucune de ses visions n'avait provoqué de tels effets sur elle.

Suis-je dans la vision de quelqu'un d'autre ? se demanda-t-elle. Mais il lui semblait qu'aucun être humain n'était capable d'engendrer une telle vision… et surtout de s'en repaître.

La masse sombre se précisa. Umiade ne put s'empêcher de

pousser un cri étouffé. Il s'agissait d'un Arbre de Vie couché par terre. Ses feuilles étaient assez grandes pour envelopper un tauroch tout entier. Son tronc était si massif que ses racines, en s'arrachant au cours de sa chute, avaient emporté avec elles une partie du manteau rocheux, créant une nouvelle montagne. Le choc de la chute avait fracturé le sol, ouvrant de larges crevasses parallèles. Tout autour, des écorces noires et luisantes étaient fichées dans la terre, saillant telles des écailles de dragon.

Les flammes ne provenaient toutefois pas des branches ni des feuilles, mais d'un village qui s'était tenu à son ombrage. Le village achevait de se consumer dans des lueurs vacillantes, projetant des fumées et des cendres dans les airs, qui allaient salir les nuages au-dessus. Des odeurs étranges assaillirent les narines d'Umiade, lui rappelant un champ de bataille plusieurs semaines après le combat. Comme des cadavres lentement digérés par la terre. Mais il n'y avait plus rien de vivant ici depuis longtemps.

Umiade descendit en planant. La sombre satisfaction imprégnant l'espace à la manière d'une poix nauséabonde se mua en triomphe, et une grotesque envie de rire secoua la jeune femme. Le long du tronc abattu de l'Arbre divin, des mouvements formaient comme un grouillement de larves ou d'insectes.

Malgré sa répugnance, Umiade approcha, restant toutefois dans les hauteurs. Elle distingua, dans cette mêlée ignoble, des pattes griffues, des membres chitineux, des têtes armées de rostres dentelés... Les monstres de cauchemar qui se pressaient par myriades autour du tronc lacéraient et déchiquetaient l'écorce, envoyant dans les airs des nuées d'esquilles miroitantes qui se dispersaient sans retomber. Leurs mâchoires se refermaient sur la chair végétale, et ils s'abreuvaient de sa sève qui dégouttait de leurs babines.

Submergée par le dégoût, Umiade recula.

Alors, l'un des monstres se retourna, et fixa Umiade de ses multiples yeux rouges piquetant sa face camuse. Et malgré l'impossible, Umiade eut la certitude qu'il la voyait.

Elle poussa un hurlement. Non parce que la créature la regardait, lui vrillant une douleur insoutenable au creux des reins ; ni parce que sa gueule hideuse se fendait sur un ricanement. Mais parce qu'elle avait reconnu une marque imprimée sur sa carapace. Un serpent, identique à celui que les membres de la horde arboraient à l'épaule.

Alors, le monstre ouvrit largement sa gueule, et prononça un seul mot :

— *L'avenir.*

Ce fut son propre hurlement qui sortit Umiade de sa transe.

Elle se plia en deux sur sa couche, submergée par la douleur.

Dans une tente éloignée, Audric dormait. Il ne se réveilla pas lorsque son bras-démon eut un soubresaut avant de retomber dans sa léthargie.

5

Assis à une table dressée devant sa tente, Audric contemplait l'entraînement des recrues, sur la colline en face du camp. Le soleil atteindrait bientôt son zénith, mais ses rayons n'avaient encore aucune force. D'ordinaire, il n'appréciait pas beaucoup ce genre de spectacle, trop ennuyeux à son goût. Mais depuis quelque temps, il aimait regarder les progrès de ses hommes. Était-ce parce qu'il avait l'impression de passer moins de temps avec Umiade ?

Souvent, son regard se portait sur Marween. En quatre mois, celui-ci était devenu un élément prometteur. Aujourd'hui, on avait du mal à trouver des traces du gamin timoré qu'il avait été. De plus, il ne présentait aucune des tares communes dont souffraient tant d'hommes dotés d'une soudaine puissance, qui déclenchent des bagarres dans les tavernes ou dans les villages de passage. Il usait de ses nouvelles aptitudes avec réserve et discernement. Les rapports de Trobard à son sujet transpiraient la satisfaction – c'est-à-dire que Marween ne se faisait punir que pour des broutilles. En fait, le garçon agissait comme s'il ignorait totalement qu'on l'appréciait, ce qui le rendait d'autant plus estimable.

S'il réussit son premier combat...

Deux coups de trompette aigus venant de l'entrée du camp coupèrent Audric dans ses réflexions. Le code, pour signaler une visite officielle.

Il sourit lentement. Marween allait bientôt avoir l'occasion de faire ses preuves.

Le visiteur était entouré d'une cohorte de soldats, leur poing refermé sur la garde de leur épée. La couche de mépris qui enduisait leur visage ne parvenait pas à dissimuler la peur que les mercenaires leur inspiraient. Audric sourit intérieurement. L'oriflamme du chevalier comportait trois étoiles, le symbole du comte Wedrig. Audric et lui avaient déjà eu affaire ensemble. Des contrats mineurs, mais réguliers : la famille de Wedrig ne possédait pas de Skambah et habitait un simple château de pierre, de sorte que son fief était en proie de façon endémique à des rébellions de la part de ses vassaux. C'était le sort des lignées mineures. Wedrig ne devait sa survie qu'à l'utilisation occasionnelle de hordes. Le plus souvent, il s'agissait d'expéditions punitives contre un village dont le bourgmestre avait renié son allégeance à Wedrig pour rejoindre un seigneur voisin. On se contentait alors d'exécuter un habitant sur quatre, en plus du bourgmestre et de sa famille. Plus rarement, on avait pour consigne de raser la place après avoir décapité tout être vivant, hommes ou bêtes. Certaines hordes, comme celles de la Mante et du Guépard, en avaient fait leur spécialité.

Le chevalier posa pied à terre devant la tente d'Audric.

— Bonjour, sire, déclara le capitaine des Serpents. (L'autre ne se donna pas la peine de se présenter, et Audric dut se faire violence pour lui paraître agréable :) Vous devez avoir fait un long voyage. Souhaitez-vous vous restaurer ?

Le chevalier secoua négativement le semi-heaume qui lui couvrait le bas du visage, comme une muselière. Il lui tendit un rouleau en bois en le saluant d'une inclinaison infinitésimale de la tête. Audric brisa le sceau en cire rouge qui l'obturait, et en extirpa un parchemin roulé. La perplexité rapprocha ses sourcils.

— Tuer un seul homme ? Je ne vois pas l'intérêt de déplacer une horde entière. Les frais sont plus élevés, avec nos effectifs...

Le chevalier lui remit une bourse en cuir. Audric défit le lacet. Dix pièces d'or aussi lourdes que des médailles, frappées du profil du Prince.

— Ceci devrait suffire à vos frais de déplacement, dit l'émissaire d'une voix sèche.

Audric fit rouler une pièce dans sa paume, puis la remit avec les autres dans une bourse, qu'il passa à sa ceinture.

— Maintenant que le côté financier est réglé, répondez à ma question. Pourquoi le comte gaspille-t-il son argent ?

Le chevalier grimpa sur sa monture et fit signe à son escorte de se reformer autour de lui.

— Puisque vous avez encaissé l'argent, capitaine, le contrat est donc accepté. Les informations nécessaires à votre mission se trouvent consignées sur le parchemin. Je n'ai pas à connaître les tenants ni les aboutissants. Si vous voulez de plus amples détails, demandez-les au seigneur Wedrig.

Audric retint un rictus. Tous deux savaient qu'il lui était impossible d'aller réclamer des explications : la réussite de sa mission impliquait une discrétion absolue. S'il paraissait au château du comte tout de suite, sa cible serait avertie d'une attaque, et la horde ne bénéficierait plus d'effet de surprise.

L'espace d'un battement de cils, Audric se dit : *Wedrig sait que je ne refuse jamais de mission. C'est une faiblesse de ma part.* Il soupesa à nouveau la bourse. L'argent était ce qui conditionnait la survie de la horde ; cela, encore davantage que les batailles.

Il sourit et chassa ses doutes. Au nom de quoi ferait-il la fine bouche devant de l'argent si facilement gagné ?

Il rassembla ses hommes pour leur signifier qu'ils levaient le camp et partaient vers le sud. Il ne leur spécifia pas leur destination exacte, leur indiquant que l'objectif se trouvait aux environs de Graymouth. Umiade examina le parchemin sans mot dire. Audric en éprouva un malaise, et des sentiments mêlés. Au cours de l'hiver, elle s'était éloignée de lui, même si elle s'acquittait de ses devoirs avec un dévouement toujours égal. Il avait vu des fils d'argent apparaître dans ses cheveux auburn, et désormais, des cernes creusaient ses orbites. Plus que jamais, elle évoquait une louve solitaire. Pourtant, sa peau demeurait aussi soyeuse que la gorge d'un oiseau, et l'énergie qui émanait d'elle lui semblait luire comme un phare. Audric avait cru qu'il s'accommoderait de l'écart qui se creusait entre eux, et qu'elle finirait par le laisser indifférent. Il l'avait espéré en secret. Sans succès. Il percevait en elle une souffrance non formulée, et il en souffrait lui aussi. Mais chaque fois qu'il tentait de l'amener sur ce sujet, elle semblait se retirer en elle-même.

Quelque chose couve en elle, qui la ronge, se disait-il parfois. *Quelque chose que je n'aime pas.*

Mais c'était une augure, et elle avait prêté serment. Il savait qu'elle ne cacherait rien qui pouvait nuire à la horde.

Il se tourna vers Prelagord.

— Comment va Trobard ?

— Mieux. Sa blessure est refermée. Tout ce qu'il faut, c'est qu'il ne s'appuie pas sur son pied pendant trois jours encore.

— Il est capable de monter à cheval ?

Le chirurgien se gratta le menton.

— Ça ne devrait pas poser de problème. La lance qui lui a traversé le pied et sectionné un orteil n'a rien endommagé d'autre. Il peut tenir à cheval, du moment qu'il n'appuie pas son pied sur l'étrier.

Audric réfléchit quelques secondes. Trois jours, c'était plus qu'il n'en fallait. Ils n'arriveraient pas dans le comté de Wedrig avant au moins deux semaines.

— Bien. Il faut nommer quelqu'un, un bon marcheur, qui se place en tête de son escouade. Vous avez un nom en tête ?

Leihar leva la main.

— Harold. Il a l'ancienneté…

— Harold est un complet idiot, coupa Audric. Non… Tiens, essayons Marween.

Leihar et Yelaf protestèrent de concert.

— Mettre à la tête d'une escouade un gosse qui n'a jamais participé à un combat… Tu es sérieux ? grogna Leihar. Harold n'est peut-être pas très malin, mais il a huit campagnes à son actif. Lui, au moins, est digne de mener des hommes.

Audric garda le silence quelques instants, puis il hocha la tête.

— Oui, vous avez raison. D'accord pour Harold.

On ne lève pas en une demi-journée un campement installé depuis une saison. Au fil des mois, il avait fallu construire des baraquements, creuser un puits et des fosses d'aisances, édifier des palissades. En échange de la tranquillité, Audric s'était engagé vis-à-vis des habitants de Brassheim à laisser le puits intact.

Ils se mirent en marche le lendemain matin. Quelques gamins

de Brassheim pointèrent le bout de leur museau pour observer leur départ, mais aucun d'eux ne s'approcha à moins de trente pas.

Au moment où le camp disparaissait, Marween jeta un regard furtif en direction des gamins. Curieusement, ils lui parurent aussi étrangers que des animaux exotiques. Non parce qu'ils avaient du sang de rakinn en eux, mais parce qu'il s'agissait de villageois. *Est-ce qu'un jour, j'ai été comme eux?* se dit-il. *Une existence qui ne rime à rien, dans un monde qui ne rime à rien?*

Cette réflexion même le stupéfia, car il s'apercevait qu'il n'aurait jamais pu la concevoir quelques mois plus tôt. Quelque chose s'était enfoui au plus profond de lui, tel un noyau au creux de la chair tendre d'un fruit, au point qu'il n'était plus capable aujourd'hui de se reconnaître dans l'enfant qu'il avait été. *J'ai tellement changé... alors que je n'ai encore jamais combattu.*

Et cependant, cette perspective ne lui semblait ni effrayante, ni même singulière. Elle représentait seulement la concrétisation de son labeur. À vrai dire, Marween attendait cela avec impatience. Les trois semaines de marche passèrent comme dans un rêve. Il accompagnait la renaissance du monde. Le printemps grondait de pluies retenues au-dessus de sa tête. Elles ne se décidèrent à crever en un seul et monstrueux orage qu'une fois qu'ils furent en vue de Graymouth.

Ils dressèrent un camp provisoire sur le flanc d'une colline protégée des bourrasques pluvieuses par un grand semis pierreux. Les arbustes se piquetaient de petites fleurs roses au parfum écœurant. Le soir, Marween mangea et se prépara pour sa garde. Trobard apparut et s'affala auprès de lui. Marween se figea, mais Trobard lui assena une claque sur l'épaule.

—Repos. Après minuit, ça devrait être interdit de saluer un supérieur.

—Tu n'as pas l'air content.

Trobard grimaça, modifiant la constellation de cicatrices de son visage.

—Il y a de quoi. On a pour consigne formelle de ne pas entrer dans la ville.

—Ah?

—Oui, au retour de la mission seulement.

Marween haussa les épaules. Les ordres étaient les ordres, et son attente allait pouvoir prendre fin. Il allait combattre !

Il gagna son poste, animé d'une nouvelle énergie. La pluie s'était arrêtée, permettant enfin à la campagne de respirer. Les multiples frôlements et crissements de la faune nocturne lui parvenaient, assourdis par un tampon d'humidité. Très vite, Marween dut combattre la torpeur qui s'emparait de lui : il s'était beaucoup entraîné, plus même que l'heure supplémentaire qu'il s'imposait à la fin de chaque entraînement collectif. Malgré lui, son regard revenait sans cesse vers la ville dont il devinait la présence silencieuse derrière une masse de collines.

Soudain, son cœur fit un bond dans sa poitrine. Il avait perçu un mouvement furtif, à une vingtaine de pas. Des fourrés s'écartèrent, et tout fut terminé. Marween cligna des yeux. Cela n'avait duré que quelques instants. Il demeura figé plusieurs secondes. Il hésita à crier : c'était trop tard de toute façon.

Il se redressa souplement et se glissa jusqu'à la tente de Trobard. Le lieutenant s'ébouriffa les cheveux, avant de grommeler :

— J'espère que t'as pas rêvé. Sinon, ça ira mal pour ton grade. (Il réfléchit, avant d'ajouter :) En pleine nuit, on ne peut rien faire. Tu dis que l'homme s'éloignait du camp, tu es certain de ça ?

— Oui, j'en suis sûr.

— Est-ce qu'il t'a vu quitter ton poste ?

— Non, il ne pouvait pas me voir.

D'un geste machinal, Trobard caressa la cicatrice qu'il avait au menton.

— S'il est malin, il est resté dans les parages, pour être certain que son absence n'a pas été remarquée. Donc, on ne bouge pas pendant un quart d'heure, le temps qu'il se lasse. Ensuite, on avertit Audric.

Cela semblait la meilleure chose à faire, et ils patientèrent. La nervosité échauffait les jambes de Marween, de sorte qu'il les remuait sans arrêt. Enfin, Trobard se leva et gagna tranquillement la tente d'Audric, en faisant plusieurs détours. Comme ils l'avaient convenu, Marween le suivit quelques minutes plus tard.

Audric l'interrogea, lui posant les mêmes questions qu'à Trobard. Il demeura silencieux quelques instants, puis :

— Il faut se dépêcher, maintenant. L'espion est déjà en route pour Rangheim.

— On n'attend pas le matin ? s'étonna Trobard.

— Plus on attendra, plus notre cible aura le temps de préparer sa fuite. Et il nous faudrait peut-être des mois avant de le localiser à nouveau et de l'abattre.

Ils n'avaient jamais levé le camp de nuit, et cela leur fit perdre du temps. Les hommes se bousculaient, et l'une des torches, mal éteinte, provoqua un début d'incendie. Mais, deux heures plus tard, le camp était levé et les mercenaires s'ébranlèrent en silence sur trois files. La plupart d'entre eux n'avaient pas pu récupérer de la veille, mais personne ne songeait à se plaindre. Ce genre d'aléa faisait partie du métier, et Audric lui-même était logé à la même enseigne. Lampes et autres torches étaient proscrites, de sorte que beaucoup d'hommes trébuchaient sur des racines ou des cailloux. Par chance, une demi-lune parvenait à distiller assez de clarté pour marcher.

Pendant leur progression, Audric expliqua la situation à ses lieutenants. Du moins, le peu qu'il savait.

— L'homme à abattre est le patron de l'auberge de Rangheim, un petit village construit au bord d'une rivière que nous devrions rencontrer bientôt.

— Quoi ? s'emporta Yelaf. C'est pour un seul homme qu'on s'est déplacés ? Un vulgaire aubergiste, en plus ?

— Je préfère liquider un homme que tout un village.

— On sera peut-être obligés de le faire pour avoir cet homme, s'ils refusent de nous le livrer, fit remarquer Driligan.

Audric se contenta de hocher la tête. Le parchemin qu'on lui avait remis décrivait en quelques mots la situation : l'aubergiste, un certain Geraud, n'avait cessé d'encourager le bourgmestre à changer de maître. Celui-ci avait toujours refusé, mais un accident l'avait emporté au milieu de l'hiver. Trois jours après l'enterrement, Geraud avait fait savoir au comte Wedrig que Rangheim ne se soumettait plus à la loi de vassalité. Le comte avait envoyé un petit contingent, mais les soldats avaient été tués dans une embuscade. Néanmoins, Wedrig ne souhaitait pas l'extermination des villageois. La mort de Geraud résoudrait sans aucun doute le problème.

—Quel est ton plan ? demanda Swain.

D'ordinaire, on envoyait un éclaireur, chargé de repérer la disposition des lieux, la population et les défenses ; c'était à partir de ces informations qu'Audric élaborait sa stratégie. Cette fois, on devrait s'en passer.

—Le plan le plus simple qui soit, répondit Audric. On encercle l'auberge, on enfonce la porte et on enlève Geraud.

Briac rigola :

—Voilà un plan à mon goût !

—Geraud est apparemment un homme influent, intervint Yelaf. Les villageois voudront nous en empêcher.

—Exact. (Audric plaça ses mains de façon à former un rond.) C'est pourquoi nous nous organiserons en deux cercles de combattants : un cercle intérieur, tourné vers l'auberge... (Il élargit le rond formé par ses mains.) Et un cercle extérieur de défense, plus nombreux, au cas où les habitants tenteraient quelque chose. Il faudra également veiller à garder Geraud en vie jusqu'à ce que nous soyons sortis du village.

Les escouades d'Umiade et Leihar formeraient le cercle intérieur ; celles de Driligan, Yelaf, Swain et Killian, le cercle extérieur. L'escouade de Trobard resterait à l'entrée du village, prête à venir en renfort en cas d'imprévu. Quant à Audric, il irait avec ses hommes dénicher Geraud.

Des « glouglous » leur indiquèrent qu'ils étaient sur la bonne voie. Ils débouchèrent sur une rive de galets ; la rivière elle-même faisait à peine vingt pas d'un bord à l'autre. Ils en remontèrent le lit sur trois kilomètres, puis Audric ordonna de ne plus faire le moindre bruit. Il stoppa la horde au bas d'une colline, la gravit le dos courbé. D'après la carte tracée au dos du parchemin, Rangheim se trouvait juste derrière... C'était vrai : dans la pénombre, il distingua la masse du village. En arrière moutonnait un petit bois. Une barricade entourait la bourgade ; au-delà, une cinquantaine de maisons, plongées dans l'obscurité à cette heure de la nuit. Il restait deux heures avant l'aube.

Un froissement le fit se retourner. Umiade surgit à son côté. Elle lui sembla plus décharnée que jamais, les mâchoires saillantes. Ses yeux luisaient, comme si elle sortait de transe.

—Qu'y a-t-il ? demanda-t-il, inquiet.

—Il y a quelque chose d'anormal…

—Je sais. Il n'y a pas de raison que l'espion ne soit pas allé directement ici, pour prévenir Geraud. Dans ce cas, Rangheim devrait être en effervescence. À moins que Geraud ne soit déjà plus là…

—Ou que Marween se soit trompé.

Audric lui jeta un regard en biais.

—C'est ce que tu crois ?

Elle secoua la tête à regret.

—Non. Je ne pense pas.

—Tu as pressenti quelque chose ?

—Oui : ça ne se déroulera pas comme prévu.

—Dans quel sens ? Un piège ?

—Oui… mais il y a autre chose.

—Autre chose que le piège ? Quoi, alors ?

—Je l'ignore.

Il haussa les épaules.

—Dans ce cas, ton augure est inutile. Je mènerai ma mission.

—Je voulais seulement te prévenir… de t'attendre à l'inattendu.

Audric chercha la main d'Umiade sur le sol, et la serra brièvement. Elle ne se déroba pas, mais ne répondit pas non plus à l'étreinte.

—Je me souviendrai de tes paroles, souffla-t-il. Allons-y.

Il désigna deux de ses archers. Ceux-ci filèrent se poster de chaque côté de la porte d'entrée du village. Ils firent signe qu'il n'y avait pas de sentinelle.

C'est donc un piège, songea Audric.

Il ne comprenait pas pourquoi Wedrig l'aurait attiré dans un piège ; il s'agissait peut-être d'une manœuvre d'un vassal ou d'un seigneur concurrent. Il n'avait peut-être pas examiné le sceau avec assez d'attention. À présent, il le regrettait… mais c'était trop tard de toute façon.

Il se redressa d'un bond et dévala la pente de la colline. Il perçut la cavalcade silencieuse de ses hommes à sa suite – rien qu'un guetteur ennemi ne saurait identifier. Ils n'avaient plus besoin de se dissimuler. Arrivé à la porte, Audric dégaina son épée, et un rayon de lune glissa le long de la lame telle une larme de lumière pâle. Comme d'habitude, le démon vibra d'impatience sous la carapace d'acier de son brassard. Audric jeta un coup d'œil par-dessus son épaule. La horde se dispersa, chaque escouade s'engouffrant dans une ruelle différente.

L'auberge se trouvait au centre de l'unique place. Il n'y avait personne dans les rues, les volets étaient fermés. Le village aurait tout aussi bien pu être désert.

La vérité frappa Audric à la seconde même où il se faisait cette réflexion.

Il lança le signal de retraite.

— Umiade ! cria-t-il, la cherchant des yeux.

Comme pour lui répondre, un coup de trompe résonna. Alors, les portes et les volets des maisons claquèrent, violemment repoussés de l'intérieur, et un raz-de-marée d'ennemis se déversa dans les rues.

6

Le *fléau du démon* chuinta de frustration lorsqu'il entendit le trille. Audric le sentit, qui se contorsionnait dans le brassard comme pour s'en extirper.

— Patience, mon ami, murmura le capitaine des Serpents entre ses dents. Le repli ne signifie pas la fin de la bataille. Bien au contraire. Ce n'est que le prélude.

Audric avait sonné la retraite alors que la horde se trouvait à mi-chemin de la place. Une minute après, et il aurait été trop tard. Pour plus d'efficacité, le gros des forces ennemies s'était dissimulé dans les maisons donnant sur la place, de sorte qu'elles étaient en nombre insuffisant pour empêcher les escouades du Serpent de faire demi-tour. Des flèches volèrent, mais la nuit empêchait de bien viser. Il n'y eut de victimes ni d'un côté ni de l'autre.

Un groupe ennemi se concentra sur l'escouade d'Audric, espérant le couper du reste de la horde. À leur façon de se mouvoir, il ne fallut que quelques instants à Audric pour se rendre compte qu'il s'agissait d'une horde. Et pas n'importe laquelle, à en juger par les sabres bizarres qu'ils brandissaient : celle du Loup.

Un sourire sauvage fendit le visage d'Audric tandis qu'il brandissait son immense épée.

— Les dieux nous aiment ! hurla-t-il.

Il laissa la fureur du démon remonter le long de son bras pour exploser en minces filaments écarlates. Et chacun des filaments écarlates aboutissait dans une poitrine béante, une tête tranchée, un hoquet artériel. Audric s'abandonna à cette démence, accompagnant simplement les moulinets mortels de son corps. Il n'en était plus que l'outil, le prolongement. Face à lui, l'ennemi n'était qu'un organisme unique et sans forme, un mur de chairs et d'os à taillader.

Dans un coin de sa vision, il aperçut un de ses hommes en difficulté. Il s'arracha à son propre massacre, et obliqua pour lui porter secours. Le voyant s'approcher, les Loups battirent en retraite en désordre, et Audric comprit que ces derniers avaient déjà perdu.

Cette fois, je n'ai aucune instruction de clémence à suivre.

— Pas de prisonniers ! cria-t-il. Rameutez Trobard !

Derrière lui, ses Serpents répercutèrent l'ordre. Peu à peu, la horde du Loup se trouva refoulée vers la place centrale. Audric bondit en avant, fendant l'air. Son épée brisa un sabre avant d'ébrécher un coin de mur sur sa droite. Un nouveau moulinet acheva la vie du mercenaire désarmé. Sans cesser de ferrailler, Audric enjamba le cadavre tressautant. Le démon se repaissait goulûment de la vie de ses victimes, et Audric sut qu'il lui faudrait le combattre de toute sa volonté pour le refouler, une fois que ce serait fini. Sa soif d'âmes était inextinguible.

Il déboucha sur la place. Il pensait être le premier, mais les escouades de Swain et Driligan avaient déjà pris position de leur côté, tandis que celle d'Umiade arrivait, en compagnie de Killian. Il vérifia d'un coup d'œil que la jeune femme n'était pas blessée ; en retour, elle lui adressa un signe de connivence. Audric en éprouva une curieuse tristesse. Ce geste à lui seul résumait ce que devenaient leurs rapports : une fraternité d'armes, pas davantage.

Les Loups se retrouvaient rassemblés sur la place. Parmi eux, Audric reconnut Graleck, leur chef. Ses balafres disparaissaient sous le tatouage de loup qui recouvrait tout son visage. Le sillon noir qui prolongeait ses lèvres et remontait jusqu'aux oreilles lui donnait un air sinistre, comme s'il était capable d'ouvrir une gueule démesurée. Mais il n'en était pas capable. Il ne recelait aucune magie. Seulement une force et une fourberie hors du commun. Les mercenaires se pressaient autour de l'auberge, mais aucun d'eux ne fit mine d'y entrer : la bâtisse avait été piégée.

— Graleck ! cria Audric.

Les combattants rompirent de part et d'autre, comme il se devait quand deux chefs se parlaient.

Le chef des Loups s'avança.

—Ah, Audric, répondit-il sur un ton gouailleur. Tu viens négocier ta reddition ?

Graleck savait qu'il allait périr, mais il gardait tout son aplomb. Audric sourit.

—Il y a peu, j'ai dit qu'un jour les dieux devraient choisir entre toi et moi.

—Les dieux ? railla Graleck. En toi, il n'y a qu'un démon.

—Peu importe. Ce jour s'est levé ce matin, Graleck. Dis-moi pourquoi on a dressé ce piège contre moi et ma horde, et je te tuerai sans douleur. Je te le promets.

—Parole de serpent, hein ?

—Le serpent ne siffle que lorsque c'est strictement nécessaire. Sinon, il reste silencieux. Je ne répéterai pas mon offre.

Graleck cracha par terre d'un air méprisant.

—Si tu n'étais pas arrivé si tôt… Je vais te faire plaisir, avant de te tuer. C'est bien Wedrig qui a monté ce piège.

—Pourtant, nous avons travaillé ensemble. Nous n'avons aucun différend.

—Ce n'est pas nécessaire. Tu as vaincu au profit de Coresh, la dernière fois. Au prochain conflit, Coresh fera à nouveau appel à ta horde. C'est la coutume. Et ça, c'est quelque chose que Wedrig ne veut pas.

—Wedrig va attaquer Coresh ?

—Oh, pas tout seul.

Le *fléau du démon* fit savoir qu'il avait soif d'âmes à capturer. Audric l'ignora.

—Tu sais que je ne t'épargnerai pas, dit-il. Pourquoi est-ce que tu me livres cette information, à moi ?

—Ne sois pas aussi sûr de ta victoire, Serpent. D'ailleurs, je ne te livre rien que Coresh ne sache déjà.

Cette fois, Audric sursauta.

—Quoi ? Non, c'est impossible. Coresh ne sait rien !

Graleck éclata d'un rire éraillé.

— Parce que tu crois qu'il t'aurait prévenu ? Les querelles entre les hordes ne concernent pas leurs maîtres. D'autant plus que depuis quelques mois, tu recrutes beaucoup. Peut-être que tu es devenu trop fort au gré de Coresh, qui sait ? Les seigneurs n'aiment pas beaucoup les hordes florissantes... Tu vois : quelle que soit l'issue de l'affrontement ici, Coresh en sortira gagnant.

Audric s'avança. Graleck ferma brièvement les yeux, puis les rouvrit. D'un geste, il retira sa chemise, révélant le reste du tatouage qui descendait sur son torse – la toison du Loup. Audric l'imita. Le Serpent enroulait ses anneaux autour de son bras gauche, puis se coulait le long de l'épaule ; la tête semblait lui mordre le cœur.

Les deux adversaires avancèrent l'un vers l'autre. Graleck d'une démarche de chat, se préparant à sauter de côté, à feinter... Audric, droit sur l'ennemi. Il ne comptait pas se battre ; il comptait simplement le tuer.

Le sabre de Graleck chuinta hors de son fourreau ; de la garde jaillirent, dans un déclic, deux lames plus petites. Tous les officiers de la horde avaient des armes semblables, qu'ils appelaient *griffes-de-loup*.

Sous le brassard métallique, le démon vibra de plaisir anticipé... puis de frustration, lorsque Audric abaissa son épée.

— Ta horde m'a fait beaucoup de tort, dit-il. Elle doit disparaître. Mais j'ai besoin de toi vivant.

— Vivant ? cracha Graleck.

Il bondit, rapide comme l'éclair. Mais même son adresse stupéfiante ne pouvait rivaliser avec le *fléau du démon*. La griffe-de-loup se brisa sur l'épée qui vrombissait à sa rencontre. Au dernier instant, Audric fit pivoter son épée d'un quart de tour, de sorte que ce fut le plat de la lame qui atteignit Graleck au front, en produisant un « bong » sonore.

Le capitaine des Loups tituba, les yeux révulsés, subitement privé de force. D'un coup de poing sur la nuque, Audric l'envoya mordre la poussière.

Sans le quitter des yeux, il lança, fort et clair :

— Le combat n'est pas terminé ! Rappelez-vous, Serpents : pas de prisonniers.

Les Loups ne vendirent pas chèrement leur peau. Sans doute s'étaient-ils attendus à une issue favorable au duel de Graleck et Audric, de sorte qu'ils étaient à présent déboussolés. Ou bien voir leur chef étendu au pied de son adversaire les privait-il de tout ressort. Toujours est-il qu'au final les Serpents n'essuyèrent que peu de pertes.

Audric ne remit l'épée au fourreau que lorsque ses lieutenants furent tous revenus. Il releva Graleck, encore inconscient. Il lui tapota les joues, jusqu'à ce que le chef des Loups ouvre des yeux papillotants. Il lui maintint la tête, et approcha ses lèvres de son oreille.

— Regarde bien, Graleck – tous tes hommes, morts à tes pieds, et cela par ta faute. C'est ce que devraient voir tous les capitaines qui envoient leurs troupes à la mort. Puis ils devraient mourir à leur tour. Mais toi, je te laisse vivre.

— P… Pourquoi ? balbutia Graleck.

— Tu n'es qu'un exécutant, et le menu fretin ne m'intéresse pas. C'est ce que comprendra Wedrig… et peut-être Coresh, si tu as dit vrai.

L'espace d'un instant, Graleck porta les yeux vers l'horizon rosissant. Dans quelques minutes, l'aube pointerait. L'homme se contracta, comme s'il rendait son dernier soupir, et Audric le lâcha. Graleck rejeta la tête en arrière, et Audric crut voir son tatouage facial se fendre d'un sourire bestial.

— Ma horde est anéantie, Serpent, grogna-t-il. Mais prie ton démon que Coresh ne saisisse pas trop bien le message que tu lui envoies à travers moi. Car alors il te brisera, et pendra ta carcasse tout en haut de son Skambah.

Ce fut au tour d'Audric de sourire.

— Peut-être bien, Graleck. Peut-être bien. C'est une façon comme une autre d'arriver au sommet, non ?

— Rassemblement ! ordonna Trobard d'une voix forte.

Son escouade s'était disséminée autour de l'entrée de Rangheim. Mais l'opération ne s'était pas déroulée comme prévu, et Audric avait besoin de tous les hommes. Marween percevait à peine ses propres mouvements tant le sang battait à ses tempes. Il bouscula un de ses compagnons.

— Du calme, le cancrelat, lança l'autre sans cesser de courir.

Trobard en tête, ils se ruèrent dans la rue principale. Tout de suite, les premiers ennemis leur tombèrent dessus.

— Gare, ce ne sont pas des soldats ! cria Trobard.

Une voix confirma :

— Des Loups !

— Lanciers, devant !

L'ordre était inutile : des Serpents armés de longues piques s'étaient déjà avancés pour faire barrage à la première offensive. Des chocs retentirent. Un Loup surgit en face de Marween et, avec un cri de rage, lui porta une estocade.

À la seconde où les deux armes s'entrechoquaient, le champ de bataille devint une peinture figée, où Marween et son adversaire étaient les seuls à se mouvoir. L'esprit de Marween se dédoubla. D'un côté, il anticipait les coups, parait les attaques, contrôlait sa respiration ainsi que Trobard le lui avait appris. La seconde partie de sa conscience regardait celle qui agissait, et jugeait ses propres coups, ses erreurs et ses réussites.

Après quelques échanges, il se rendit compte que son adversaire et lui étaient de force égale. L'autre était nettement plus âgé et plus expérimenté, mais il était également plus lourd ; de surcroît, une ancienne blessure ou un rhumatisme l'empêchait de ramener complètement son bras droit en arrière. Marween rompit d'un pas, puis d'un deuxième. Le troisième pas en arrière l'amena dans l'espace de combat de Cerajar. Le Serpent se battait avec acharnement, et était en train de prendre le dessus sur son adversaire.

Ce chevauchement inattendu des deux aires de combat déstabilisa l'adversaire de Marween. Le garçon en profita pour lancer une série d'estocades. La pointe de son épée toucha enfin le vieux Loup, lui entaillant sévèrement le bras au-dessous de l'épaule. Marween distingua la chair découpée jusqu'au muscle, un instant blafarde, juste avant que le sang envahisse la plaie. *Comme le cochon qu'on saignait chaque année dans la cour de ferme*, songea-t-il stupidement.

La part primitive de Marween hurlait de joie, tandis que l'autre examinait déjà la suite des événements.

Le vieux Loup ne jeta pas un regard à sa blessure. Sa griffe-de-loup se retrouva dans son autre main, et il commença à reculer. Marween réalisa que, s'il ne le tuait pas tout de suite, le combat serait terminé. Il empoigna son épée à deux mains, et chargea en poussant un cri de rage.

Là encore, son adversaire fut pris au dépourvu par ce novice, moins robuste que lui, qui le chargeait au risque de se faire embrocher par un autre Loup. Il para, mais son bras gauche était plus faible et malhabile, et Marween n'eut aucun mal à faire voler la griffe-de-loup. Son épée pénétra dans la poitrine de l'homme, entre les deux poumons. Marween appuya, si fort qu'il eut l'impression de décoller l'autre du sol. Les yeux du Loup s'écarquillèrent tandis que son sternum craquait, fendu de haut en bas.

— Sale…

Et il expira.

Marween se rendit compte qu'il s'était avancé au cœur de la ligne ennemie. Mais celle-ci ne cessait de reculer à mesure que les Loups se faisaient refouler vers la place de l'auberge. Marween se joignit à Cerajar et un autre Serpent, vétéran celui-là. Pendant qu'il s'escrimait, la partie dédoublée de lui-même lui répétait : *Voilà. Tu as affronté un guerrier en combat singulier et tu l'as vaincu. Tu es vivant, et lui est mort. Tu es vivant. Tu es vivant !*

Le reste du combat se fondit dans sa mémoire, et lorsque, plus tard, il essaya d'en reconstituer le déroulement, il ne tira que des fragments de souvenirs épars et frénétiques.

Tout soudain, la tension du combat retomba, le laissant anéanti, comme si l'énergie qu'il avait déployée avait consumé son esprit bien davantage que son corps. Chaque centimètre carré de peau était poisseux de sueur refroidie. Il dut s'y reprendre à deux fois pour glisser l'épée dans son fourreau tant il tremblait, avant de se rendre compte qu'il n'avait pas nettoyé le sang qui maculait la lame. Son avant-bras gauche était zébré, bien qu'il ne se rappelle pas avoir été frappé.

À ses pieds s'entassaient des dizaines de cadavres. Et d'autres, plus loin. La horde du Loup tout entière était réunie dans la mort.

Si le piège avait fonctionné, ce sont tous mes compagnons qui seraient étendus là. Et moi, je serais parmi eux.

Il prenait conscience à quel point son sort était lié aux autres. Parmi les Loups, il y en avait qui étaient plus doués ou plus courageux que lui. Mais cela ne les avait pas sauvés.

Un silence total planait sur les lieux. En silence, les escouades convergèrent vers Audric, et le chef des Loups qui se tenait devant lui torse nu. Les deux hommes se faisaient face, mais le combat était terminé. Et c'était Audric qui avait vaincu. Marween comprit qu'Audric laissait la vie sauve à leur ennemi, avant même que la voix du capitaine des Serpents retentisse :

— Laissez-le passer !

Pour atteindre la rue menant à l'entrée du village, Graleck dut se frayer un chemin entre les cadavres de ses propres hommes. Au moment où il passa devant lui, Marween croisa son regard. Il n'y avait rien dans ses yeux, qu'un vide terrible et sans fond.

Il est mort, songea-t-il.

Puis le temps se remit à couler. Le premier rayon de l'aube fusa par-dessus les toits, alors qu'Audric se dirigeait vers l'auberge. D'un coup de pied, il ouvrit la porte et pénétra à l'intérieur. Puis il en ressortit quelques instants plus tard.

— Écartez-vous, tous !

Une vibration monta dans les mollets des hommes les plus proches, suivie de craquements sourds de poutres s'arrachant de leurs logements. L'auberge tout entière s'effondra dans un nuage de poussière. En quelques secondes, ce n'était plus qu'un amas de gravats fumants.

Alors, des hourras d'allégresse soulevèrent la horde. Une tape énorme dans le dos assomma à demi Marween, et Briac lui beugla :

— On a enfin fait la peau de ces Loups ! On a gagné, petit !

Marween répéta machinalement :

— Oui, on a gagné…

Oui, ils avaient gagné ! Ils avaient déjoué un piège qu'on avait dressé à leur encontre, ils s'étaient débarrassés de la horde honnie ! Graleck était vivant, mais il ne parviendrait plus jamais à rassembler des hommes autour de lui. Tout au plus pourrait-il s'engager dans une autre horde en tant que lieutenant. Audric n'avait peut-être pas fait preuve de mansuétude en épargnant sa vie.

Audric se planta devant Umiade.

— Graleck ne décimera plus ton escouade.

— Je n'ai jamais eu de haine envers Graleck, répondit-elle.

Néanmoins elle souriait, et cela suffit à Audric. Il se détourna, et ordonna à chacun de ses lieutenants de compter ses pertes. Elles étaient limitées, compte tenu de leur adversaire, mais Audric devrait tout de même recruter l'équivalent d'une escouade.

Trobard courut vers Audric, qui contemplait le tas de gravats.

— Qu'est-ce qu'on fait des corps ? On les laisse là ?

Audric sembla sortir de sa rêverie.

— Entassez-les sur un grand bûcher, et brûlez-les.

— Et leurs biens ?

— Les Loups doivent être ici depuis des jours, ils ont dû emporter leurs possessions avec eux. Elles sont sûrement dans les maisons. Vous pourrez les écumer une fois que tous les corps auront été incinérés.

— Et les villageois ?

Ils devaient se cacher dans le bois attenant, réfléchit Audric, en attendant qu'un camp ait exterminé l'autre. Puis ils reviendraient et récupéreraient leurs maisons. En attendant la prochaine catastrophe.

Trobard transmit l'ordre d'Audric. On se mit à l'ouvrage sans tarder, et de longues chaînes s'établirent le long des rues pour acheminer les cadavres ; le plus tôt on aurait fini, le plus tôt on pourrait s'approprier les biens des Loups.

Puis Audric ordonna à dix de ses hommes de fouiller les maisons afin de récupérer les possessions de leurs ennemis. Quant à lui, il se réservait celles de Graleck. Ce fut Trobard qui les dénicha, dans la maison du bourgmestre. Il y avait un sac rempli de pièces d'argent, et un papier orné d'un sceau : une lettre de change, représentant la moitié de la somme promise par Wedrig pour éliminer la horde du Serpent. Il y avait également des cartes très précises de divers comtés, marquées de signes qui devaient correspondre à des sources et des caches d'armes, et qui à elles seules devaient valoir une petite fortune.

Umiade en eut rapidement assez d'aider à trimballer des cadavres. Elle se débrouilla pour s'éclipser et suivit les hommes qui fouillaient les maisons. Elle en repéra une au coin de l'avenue principale. Il n'y avait sans doute personne à l'intérieur, mais elle avait surtout besoin de s'éloigner du massacre. Elle s'approcha de la porte entrebâillée, et la poussa du pied. Les habitants avaient dû fuir en hâte, comme le confirmait également le désordre au rez-de-chaussée.

La jeune femme s'avança dans l'unique pièce, où se trouvaient une table, un banc et quelques meubles, ainsi qu'une vasque creusée dans un bloc de pierre. Un four s'ouvrait dans le mur du fond. Umiade s'approcha de la vasque, dans l'idée de passer un peu d'eau sur son visage. Un bouchon en bois obturait un trou au-dessus de la vasque. Umiade l'ôta. Un filet d'eau claire coula au fond de la cuvette de pierre.

Alors qu'elle se penchait en avant, elle repéra un mouvement dans le reflet de l'eau. L'instinct parla pour elle, et elle se jeta de côté. Un tintement métallique résonna à son oreille, tandis qu'un éclair heurtait le bord de la vasque.

Un couteau de jet, songea la jeune femme, sortant son épée et frappant vers le plafond, à l'aveuglette.

La chance était de son côté, car la lame trouva son chemin entre deux lattes. Umiade sentit la pointe pénétrer dans une substance molle, racler quelque chose – un os. Un bruit sourd au-dessus lui indiqua que son coup avait été décisif. Elle retira l'épée, puis fonça vers une échelle adossée à un mur, donnant sur une trappe fermée. La forcer ne fut qu'une affaire de secondes. Avec précaution, elle repoussa le battant de bois.

Une forme se tassait sur le plancher recouvert d'une couche de poussière, de terre et de brins de paille. Une mare de sang s'élargissait autour de sa tête. Une vieille femme chétive, qui tentait en vain de juguler l'hémorragie avec ses mains. Tout de suite, Umiade repéra le tatouage sur son épaule tannée et décharnée.

— Une Louve, maugréa-t-elle.

Au vu de son âge et de son sexe, ce ne pouvait être que l'augure de la horde.

Et elle venait juste de la tuer.

Umiade jura, et se précipita. Se redressant vivement, elle se cogna la tête contre une poutre de la charpente, et perdit plusieurs secondes à frotter son crâne endolori. Lorsqu'elle rouvrit les yeux, la vieillarde tenait une autre dague à la main. Elle n'avait pas eu la force de la lancer. Umiade s'accroupit, et rampa jusqu'à elle.

— Du calme, fit-elle en lui ouvrant la main pour saisir l'arme. Je ne vais pas te tuer.

Elle jeta le couteau à l'écart, et scruta la blessure. Tout de suite, elle vit que la vieille femme ne s'en sortirait pas. La lame de son épée avait sectionné des veines et des tendons du cou, et cisaillé l'une des deux artères, dont le sang pulsait par saccades hors de la plaie. Sa mort n'était plus qu'une question de secondes.

Umiade lui parla doucement. Mais les yeux de la vieillarde roulaient dans ses orbites, et Umiade se rendit compte qu'elle était en transe.

Est-ce qu'elle est en train de voir sa propre mort, ou se voit-elle déjà morte, engloutie à jamais par le néant ?

Dans un mouvement convulsif, la vieille augure agrippa sa main – et son esprit se déversa en elle.

Durant une éternité, Umiade vécut des batailles. Des visions semblables aux siennes, des rêves mêlés... sa défloraison par un soudard, qui l'avait rendue à moitié folle et qui avait réveillé le don qui sommeillait en elle. Ses premières prédictions. Son engagement dans une horde mineure. Son rachat par une horde plus puissante, lorsqu'on s'était aperçu de l'étendue de son talent. Et enfin la horde du Loup, où elle était tombée amoureuse du capitaine – un lien aussi fort que celui qui existait entre Umiade et Audric. Puis le capitaine était mort, et une part d'elle-même avec lui. Mais même vide, elle avait continué à vivre, travaillant successivement pour d'autres capitaines. Jusqu'à Graleck, ni meilleur ni pire que les autres.

Puis, quelques mois auparavant, d'étranges visions avaient commencé à la perturber. Des carnages mettant en scène des monstres démoniaques lâchés en ce monde, dévorant tout être vivant sur leur passage. Dévorant des Arbres de Vie abattus.

Les mêmes visions qui assaillaient Umiade. Elle, et beaucoup d'autres. Dans le flot mouvant des souvenirs partagés, Umiade apprit que la vieillarde avait contacté d'autres augures au cours des dernières semaines. Toutes avaient témoigné des mêmes visions d'épouvante, à divers degrés. Elles étaient comme de la limaille attirée par un aimant, bien que cet aimant, malgré sa puissance, leur demeure caché.

La vieillarde lâcha sa main, et les yeux d'Umiade s'embuèrent. Elle n'était donc pas seule à être tenaillée par la souffrance au sortir de ses transes. Lorsque les visions s'avéraient suffisamment précises, le mal franchissait le seuil de la transe et les faisait souffrir ; d'après l'ancienne augure du Loup, la douleur faisait partie de la tessiture même de l'univers des démons.

Umiade chassa ses larmes. Elle savait que la vieillarde agonisante lui avait offert sa connaissance non pas comme un cadeau, mais au contraire comme une malédiction.

Les yeux chassieux de la Louve s'entrouvrirent, et une voix rocailleuse, usée par la vie, filtra de ses lèvres craquelées.

— Cette bataille… que vous avez remportée… est le premier maillon de la chaîne… et cette chaîne fera chuter…

Un flot de sang s'échappa de sa bouche. Frénétiquement, Umiade dénoua un foulard enroulé autour du bras de la vieillarde, et comprima la blessure, afin de tenter de faire bouchon. Mais le cou de la vieillarde était trop décharné, et tout ce qu'elle parvint à faire en appuyant fut de l'étouffer.

La Louve reprit en hoquetant :

— Ta perte est déjà consommée, Serpent. Celui que tu aimes t'entraînera tout au fond… mais qu'importe ? L'univers entier sombrera dans la chute des Arbres de Vie.

— La chute des Arbres ? répéta Umiade. Mais elle a eu lieu voici des éons !

— Le temps… ne veut rien dire. Toi, une augure, tu ne t'en es donc pas aperçue ? Les Arbres se sont effondrés, les Arbres s'effondrent… et les Arbres s'effondreront pour l'éternité. Les hommes sont nés de l'écho… de leur chute.

Sa main agrippa un petit objet glissé sa ceinture. Puis elle expira.

Umiade lui ferma les paupières, avant de se redresser lourdement. Ses muscles étaient ankylosés, comme si elle était restée des jours figée dans cette position. Son esprit était confus, comme couvert de bleus après une longue lutte. La plupart des visions communiquées par la vieille augure s'effaçaient déjà, mais Umiade savait l'essentiel. Les augures du monde entier avaient perçu que l'univers allait basculer dans l'inconnu, un inconnu armé de griffes et de crocs.

La jeune femme rampa vers la sortie, puis se ravisa et se pencha à nouveau sur le corps fluet, dont le sang avait cessé de couler. Elle desserra la main recroquevillée comme une serre sur la ceinture, et en extirpa une fiole. Umiade savait de quoi il s'agissait : dans les souvenirs de la vieillarde, elle l'avait vue utiliser cette potion pour apaiser les élancements succédant aux transes.

Elle savait qu'elle en aurait besoin, et de plus en plus, dans les mois à venir.

À l'entrée du village, on avait formé un bûcher pour les Serpents qui avaient succombé au combat, et il revenait à l'augure de la horde d'y mettre le feu. Comme Umiade s'apprêtait à enflammer la torche qu'elle tenait à la main, Marween surgit à son niveau.

— Umiade ! Attends…

Le garçon haletait, il avait dû courir pour être sûr d'arriver à temps.

— Tu devrais être en train d'aider ton escouade, dit-elle sèchement.

— Tu vas les brûler comme ça ?

La jeune femme le fixa sans comprendre.

— Qu'est-ce que tu veux dire ?

— Avec tes pouvoirs, tu ne peux pas les bénir ?

Umiade répondit avec une seconde de retard.

— Je suis une augure, pas une prêtresse.

— Et alors ?

Elle parut étonnée qu'il insiste.

— Alors ? Je n'ai pas cette fonction.

— Pour l'avoir, il suffit de le décider.

— Qu'est-ce que tu veux dire ?

Marween se racla la gorge.

— Eh bien, les hordes pourraient avoir leurs propres cultes ; et les augures pourraient les célébrer.

Umiade secoua la tête.

— Encore une fois, ce n'est pas ma fonction.

— Non, c'est autre chose.

Elle émit une sorte de grognement. Puis elle enflamma la torche.

— Tu veux savoir ? Tous ces hommes étendus là, c'étaient mes compagnons. Maintenant, il ne reste plus rien de leur esprit. Ce ne sont que des cadavres. Si on ne les brûle pas, ils empesteront dans quelques heures, et répandront des maladies. Et il y aura d'autres morts.

Marween ouvrit la bouche, mais ne trouva rien à répondre. Elle jeta la torche sur les branchages et les planches qui constituaient le bûcher, puis recula. Décontenancé, Marween fixa les flammes qui montaient en crépitant dans la mêlée de corps, jusqu'à ce qu'Umiade le rappelle à ses devoirs.

Il se détourna. Dans son dos, la chair grésillait au cœur du brasier, tandis que par-dessus les toits, au centre de Rangheim, une épaisse fumée noire montait dans le matin.

La horde n'était pas repartie que les villageois montraient déjà le bout de leur nez. Comme l'avait deviné Audric, ils s'étaient cachés dans les bois après que Graleck les eut chassés de chez eux. La fumée des bûchers les avait attirés. Sans doute craignaient-ils qu'on ait mis le feu à leurs demeures. Audric lut de l'étonnement sur leur visage, quand ils constatèrent que Rangheim était presque intacte.

Audric ordonna qu'on ne leur fasse pas de mal. Ils n'avaient pas pris part au piège, et la horde s'était largement servie dans leurs réserves.

La horde se remit en marche en direction de Graymouth.

Le soir, une fois le campement monté, Umiade entra dans la tente d'Audric.

— Graymouth, dit-elle. Tu comptes attaquer Wedrig ?

— Il m'a trahi.

— Il t'a menti, c'est vrai. Pas trahi.

— Pour moi, ça ne fait aucune différence.

— Il y en a une. Si tu détruis Graymouth, les nobles se rangeront de son côté, et nous nous retrouverons avec deux ou trois hordes à combattre. Et je ne te savais pas assoiffé de vengeance.

— Wedrig doit me rendre raison, d'une manière ou d'une autre. Mais il ne s'agit pas de vengeance : c'est la crédibilité du Serpent qui est en jeu. Si je laisse passer l'affront, nos futurs employeurs se croiront tout permis. (Il laissa passer quelques secondes, avant d'ajouter :) Les habitants de Graymouth n'en souffriront pas.

— Qu'est-ce que tu comptes faire ?

Audric eut un large sourire.

— Je vais assiéger le château de Wedrig, jusqu'à ce qu'il me rembourse du préjudice que j'ai subi. Tant qu'il n'aura pas payé, rien ni personne ne franchira le seuil de son château.

Umiade sourit à son tour.

— Oui. Les autres seigneurs ne bougeront pas. Du moins, tant que Wedrig n'aura pas été formellement attaqué.

— C'est précisément pour cela que je compte investir Graymouth et saper le pont-levis. Il n'y aura pas d'affrontement direct. À moins que Wedrig prenne l'initiative.

Une mèche de cheveux auburn tomba sur la tempe d'Umiade, et Audric dut se retenir de tendre une main affectueuse pour la repousser. La jeune femme ne parut pas s'en apercevoir.

— Il faut tout savoir du château, dit-elle. Ses différents passages, le nombre de gardes…

— Je sais. Mais je manque de temps pour envoyer des espions sur place.

— Que vas-tu faire, alors ?

Audric exposa son plan devant le reste de ses lieutenants. Il comptait enlever un familier du château : le cuisinier en chef, ou peut-être un garde, puis le convaincre de répondre à toutes les questions.

— Il faudra être convaincant, ajouta-t-il. On aura deux ou trois heures pour agir, à partir de l'enlèvement. Tout devra être terminé à l'aube.

— On travaille de nuit en ce moment, grommela Leihar. Faudrait penser à nous donner du temps pour dormir.

— On en aura pendant le siège.

— Un siège ? On n'envahit pas le château ?

— Surtout pas.

— Pourquoi ? Wedrig n'a sûrement pas plus de trois cents soldats.

— Si on prend le château, expliqua Audric, je devrais faire prisonnier Wedrig et sa famille. Ça signifierait que je les aurais sur les bras. Je ne veux pas d'otages, pas plus que je ne veux m'emparer de leurs biens. Je veux que Wedrig paie la dette qu'il a envers moi.

— Je suis allé à Graymouth dans le temps, intervint Swain. Il y a des maisons construites autour du château. L'isoler ne sera pas une partie de plaisir.

— Nous avons jusqu'à demain pour trouver une solution. En attendant…

— En attendant ?

— Les Serpents ont vaincu une nouvelle fois. Les dieux nous aiment ! Ce soir, on fera avec les barils de vin ce qu'on a fait avec les Loups…

— Ouais, beugla Killian, les mettre en perce !

Plus tard dans la nuit, Trobard trouva Marween. Le garçon s'était passablement saoulé, et était en train de vomir contre un arbre, au bord du campement. Il leva des yeux larmoyants vers son chef d'escouade.

— Qu'est-ce qu'il y a, chef? balbutia-t-il.

Les yeux de Trobard flamboyèrent.

— Garde à vous !

Le garçon rentra maladroitement sa chemise débraillée, et obéit.

— J'ai besoin de toi pour une mission spéciale, fit Trobard d'une voix sèche. *Tout de suite.*

Les yeux de Marween clignèrent comme un hibou aveuglé par une torche.

— Tu es sûr… Je suis pas vraiment en état de…

— Tu es un Serpent, ou tu veux rester toute ta vie un cancrelat ?

Marween déglutit afin de refouler la nausée qui lui brûlait la gorge. Il hocha la tête sans répondre. Trobard fit demi-tour et rentra dans l'enceinte du camp. Il se dirigea directement vers une tente commune. Audric l'avait fait dresser plus tôt, et cela avait étonné Marween : pour une seule nuit, c'était une perte de temps.

— Entre, ordonna Trobard.

Marween s'exécuta, surprenant un sourire fugitif sur le visage du lieutenant – mais peut-être n'était-ce qu'un effet d'une de ses cicatrices. Sitôt le pan de toile retombé derrière lui, il reconnut Cerajar, et d'autres novices : Trandor… Jedrigan… Les noms se mélangeaient dans son esprit surchauffé. Chacun d'eux était assis, immobile et livide, à une grande table. Il était très probable qu'ils souffraient du même mal que Marween. Les lieutenants étaient là, eux aussi : Swain, Driligan, Leihar… Seule manquait Umiade. Il y avait d'autres hommes dont Marween ignorait le nom, hormis Prelagord le chirurgien. Que fichaient-ils ici ?

— Ah, lança Yelaf. On n'attendait plus que vous. La fête peut commencer.

— La fête ? répéta Cerajar – aussitôt interrompu par une baffe de Swain.

Trobard fit asseoir Marween à côté de ses compagnons. Les lieutenants alignèrent des verres sur la table. L'un des novices entreprit de protester, mais une claque le réduisit au silence :

— Tu vas en avoir besoin, crois-moi. Vous tous, retroussez vos manches !

Marween ne songea pas à désobéir.

Alors, un vétéran s'assit à côté de lui et disposa ses outils sur la table : une sorte de boisseau d'aiguilles, et un flacon d'encre. Avec un sourire édenté, il lui postillonna :

— Ce n'est pas le tatouage qui fait le plus mal, tu sais. C'est l'encre.

— L'encre ? parvint à articuler Marween.

Le vétéran rigola.

— Du sang de tauroch mélangé à de la suie. Normalement, l'encre fout le camp au bout de quelques années, et il faut refaire les couleurs. Mais jamais avec du sang de tauroch, l'encre s'incruste dans la chair pour toujours. Par contre, c'est assez douloureux…

D'un geste expert, il bloqua le bras de Marween.

— Je ne peux pas voir, protesta le garçon.

— C'est exprès. Tu verras le résultat une fois que ce sera fini, pas avant.

Il appliqua sur la peau le bouquet d'épingles, qu'il venait de tremper dans une coupelle remplie d'encre noire.

Il sembla à Marween qu'on le poignardait. Une douleur intense, à la limite de l'intolérable, qui se reproduisait encore et encore, comme les battements d'un cœur bardé d'épines. Une brusque suée perla sur tout son corps, et il commença à trépigner sur son siège.

— Bouge pas et détends-toi, lui conseilla l'homme. Sinon, ça fera encore plus mal.

Marween essaya de se vider la tête. Il pensait pouvoir apprivoiser la douleur, et pendant quelques minutes, elle s'atténua en effet. Mais au fil des heures, elle s'intensifia de nouveau. Un juron retentit à l'autre bout de la tente :

— Enfer, tu transformes mon bras en viande hachée !

Mais ce fut la seule plainte. Les autres respiraient bruyamment pour évacuer leur souffrance. Un à un, les chefs d'escouade partirent se coucher, laissant les tatoueurs seuls avec les novices.

— Tu verras, lui glissa le vétéran. Dans vingt ans, tu ne te rappelleras plus le premier gars que tu as tué aujourd'hui. Par contre, tu te souviendras de ce moment, où tu as reçu le Serpent sur ta peau.

Je me souviendrai surtout de ma migraine, songea Marween en plissant le front, dans le vain espoir de desserrer le cerceau d'acier qui lui broyait le crâne. L'alcool, plus la souffrance…

— Bon sang ! fit soudain le vétéran en se reculant.

Marween réprima son soubresaut.

— Quoi ?

Le vétéran se frotta les yeux. Puis il trempa à nouveau son boisseau d'aiguilles dans la coupelle.

— Rien. J'ai cru que le foutu serpent que je te tatoue voulait fiche le camp…

— Je n'ai pas bougé…

— Non, pas toi ! Je suis crevé, moi aussi, mes yeux me jouent des tours… Enfin, peu importe. Heureusement, c'est bientôt fini.

Ce « bientôt » dura une demi-heure, pendant laquelle Marween perçut la réalité à travers un voile rouge de douleur. Enfin, le vétéran reposa son instrument sur la table. De la sueur avait dégouliné le long de ses tempes et avait séché, laissant des traînées noirâtres. Tout sourires, il tamponna le haut du bras du garçon au moyen d'un linge humide.

— Pas mal réussi, tu ne trouves pas ?

— Je peux regarder ?

— Puisque je te le dis.

Marween jeta un coup d'œil embrumé par les larmes sur son épaule, à la naissance du bras. Il fut presque déçu de constater que le motif n'excédait pas une surface de quatre pouces sur trois.

— Il est magnifique, dit-il d'une voix morne.

Le vétéran se rengorgea.

— Pas vrai ? Voilà, tu es un pur Serpent maintenant. Au fait, c'est pas gratuit. Tu me dois la moitié de ta prochaine solde.

7

À l'aube, quatre hommes filèrent sur des chevaux rapides en direction de Graymouth. Swain et Yelaf faisaient partie du raid. Ils avaient revêtu l'identité de marchands, de passage à Graymouth pour prospecter le négoce des épices.

Au terme de deux heures de chevauchée, ils atteignirent la ville, franchirent la porte après avoir graissé la patte des deux gardes de faction, et s'enfoncèrent dans les bas-fonds afin de récolter des renseignements. Ce fut Swain qui dénicha l'information : beaucoup de gens du château, principalement des gardes et des serviteurs, avaient leurs habitudes dans une taverne du quartier des plaisirs.

Les quatre Serpents habillés en marchands s'y rendirent. Ils exhibèrent leur argent, mais on ne les laissa pas entrer. Par chance, il y avait une autre taverne juste en face, d'où il était possible d'observer les allées et venues. Yelaf s'y posta le premier. Puis les autres, par roulement d'une heure.

— On n'a que jusqu'à demain, rappela Swain quand il vint relever Yelaf. Bon, tu as trouvé quelqu'un ?

Une moue plissa la tête de fouine de Yelaf.

— Peut-être. Un contremaître du personnel de maison.

— J'espère que ton gars n'est pas membre de la famille de Wedrig, ça lui suffirait pour nous déclarer officiellement la guerre. Exactement ce qu'on doit éviter.

Yelaf haussa les épaules.

— Je crois que non. En tout cas, il connaît sûrement les moindres recoins du château. À mon avis, on a tiré la bonne carte.

Swain acquiesça. C'était un risque à prendre.

Le contremaître sortit du château en début de soirée. L'air débonnaire, il était corpulent et vêtu avec élégance. De plus, aucun garde du corps ne l'accompagnait. Entre-temps, les quatre Serpents avaient fait et refait le trajet jusqu'à la taverne pour repérer le terrain. À mi-chemin, leur proie devait passer devant une ruelle qui donnait sur un terrain vague entouré d'une palissade à demi pourrie. C'est là qu'ils l'attendirent. Quand il arriva, ils n'eurent qu'à bondir et l'assommer d'un coup sur la nuque. Puis ils le transportèrent sur quelques mètres. Yelaf le jeta sans ménagement derrière la palissade, tandis que Swain jetait un coup d'œil angoissé en arrière. Un couple venait à leur rencontre, mais ils n'avaient manifestement rien vu.

Les deux autres Serpents attendaient derrière la palissade. Ils allongèrent le contremaître par terre, le fouillèrent, puis le ligotèrent. Enfin, ils le réveillèrent à grandes claques.

— Qu'est-ce que… vous voulez ? J'ai remboursé toutes mes dettes de jeu la semaine dernière ! Demandez à Golinda !

Swain s'accroupit devant lui, en jouant négligemment avec la pointe de son couteau.

— Je me fous de Golinda, imbécile.

Yelaf approcha à son tour. En voyant son regard, subitement, l'homme paniqua. Swain dut le bâillonner pour l'empêcher de hurler. Il n'ôta sa main que quand il vit l'autre virer au bleu.

— Merde, tu es en train de nous le tuer, là, pesta Yelaf.

Swain se maîtrisa pour ne pas agonir son compagnon d'injures.

— Avec ta gueule, tu lui as foutu la trouille ! Reste en arrière.

Yelaf fronça les sourcils, mais obéit. Swain redressa l'homme, qui haletait péniblement. Il empoigna une de ses bajoues, et le força à regarder Yelaf.

— Pour moi, tu as l'air d'un bon bougre, lui susurra-t-il. Mais tu vois, mon copain, là, est contrarié. Il rêverait de tailler des lanières dans ta bedaine. Entre autres choses. Mon copain a une imagination débordante. Si tu ne fais pas exactement ce que je te demande, je le laisserai toute la soirée, et toute la nuit avec toi.

Les pupilles dilatées de terreur, l'homme bégaya :

— Qu'est-ce que… qu'est-ce que vous voulez de moi ?

Swain fit signe à l'un de ses compagnons. Celui-ci laissa tomber à ses pieds une liasse de parchemins.

— Tu vas me dessiner les plans exacts du château. Sans oublier une pièce, ni un passage.

Sous l'effet de la peur, l'être humain a des ressources insoupçonnées, tant sur le plan physique que sur le plan intellectuel. Swain en eut une nouvelle preuve. Quant à l'effet dissuasif de Yelaf, il n'était plus à démontrer depuis longtemps. Les pages du parchemin se remplirent les unes après les autres, Swain se contentant de vérifier les mesures et de recouper les informations. Au milieu de la nuit, ce fut terminé. L'homme souffla. Puis il se rendit compte que ses ravisseurs avaient obtenu ce qu'ils désiraient, et qu'il ne leur servait plus à rien. Il se mit à trembler violemment et se recroquevilla.

— Je ne vais pas te tuer, dit Swain d'une voix douce. Mais tu comprendras qu'on ne peut pas te relâcher, avec ce que tu sais. Tu vas venir avec nous. On quitte la ville pour rejoindre nos amis.

L'homme risqua une question.

— Vous faites partie d'une horde ?

Yelaf s'avança pour lui assener une baffe, mais Swain sourit.

— La horde du Serpent, oui.

— Le Serpent ?… Mais vous avez travaillé pour sire Wedrig.

Yelaf ricana.

— Ton sire Wedrig a essayé de nous liquider tous en nous attirant dans un piège. Est-ce que vous avez tous cette mentalité de traîtres, à Graymouth ? Hein, dis ?

Il s'énervait et Swain lui jeta un regard pour le calmer. Le contremaître se tint coi lorsque Yelaf trancha ses liens. Les quatre Serpents quittèrent leur cachette l'un après l'autre, et se retrouvèrent dans la rue.

— Restez là, ordonna Swain à ses deux compagnons. Yelaf et moi, on emmène notre invité. Vous, vous restez dans les environs pour repérer les maisons en contact avec le château.

Il était tenté de rester avec eux, mais s'il laissait le contremaître seul avec Yelaf, celui-ci s'en débarrasserait probablement en cours de route. Et Swain n'y tenait pas, car Audric montrait parfois d'étranges scrupules.

Ils se dirigèrent vers la sortie de Graymouth, la franchirent sans encombre. Le contremaître eut la présence d'esprit de ne pas tenter de fuir. Il savait qu'il mourrait aussitôt – bien qu'il n'ait aucune garantie de ne pas être égorgé quelques minutes plus tard.

Ils récupérèrent leurs chevaux dissimulés derrière un bosquet, puis rebroussèrent chemin. Ils rencontrèrent la horde à mi-parcours. Audric donna l'ordre aux différentes escouades de s'arrêter, et écouta le récit de Swain.

— Bien joué, fit-il en prenant les parchemins. Vous pouvez rejoindre vos escouades.

Le capitaine des Serpents grimpa à l'arrière d'un des chariots de la horde afin d'étudier les parchemins. Il disposait de quatre heures avant d'arriver aux portes de Graymouth, et il devait tout connaître d'ici là. Il fit amener le contremaître, lui posa diverses questions. L'homme répondit sans hésiter. Il savait qu'il était trop tard pour résister, à présent, sa trahison était consommée. Audric le fit emprisonner et garder par deux hommes, puis il convoqua ses lieutenants.

— Une dizaine de maisons s'accotent aux contreforts du château sur le flanc ouest, résuma-t-il. Elles appartiennent à de grandes familles. Chacune d'elles pourrait facilement servir de passage entre l'intérieur et l'extérieur du château. On devra les murer et garder leurs entrées. Mais cela peut attendre demain. Les assiégés ne penseront pas à les utiliser tout de suite.

Il étala le plan du contremaître à plat sur ses genoux.

— Pour le reste, un fossé entoure le château sur trois côtés. Pour interdire tout passage, il suffit de détruire le pont-levis.

Il se rendait compte à quel point sa marge de manœuvre était étroite. Ils devaient agir en prenant soin de ne tuer aucun membre de la famille de Wedrig. Cela impliquait d'éviter les affrontements directs. Sa horde n'avait pas pour habitude de ménager l'ennemi, et il devrait faire comprendre à ses hommes que le moindre officier tué pouvait déclencher une guerre des nobles contre eux.

Quand ils atteignirent Graymouth, chacun savait ce qu'il avait à faire. La horde se rangea devant l'entrée de la ville, devant deux gardes éberlués et cramponnés à leur lance. Puis, les Serpents poussèrent un terrible cri, et chargèrent.

Marween, au premier rang de l'escouade de Trobard, brandit sa lance à l'horizontale. Ses jambes se mirent en mouvement. Il abandonnait sa volonté à la horde, et en retour, la puissance de la horde le pénétrait comme un baume bienfaisant.

Les ordres étaient clairs : ne tuer personne.

Marween remonta la rue principale en adoptant un trot cadencé, sans rien voir des maisons et des places qui défilaient autour de lui. Il était concentré sur son objectif : prendre position sur le flanc ouest du château. Une trompette sonna, et des habitants mirent le nez aux fenêtres. Trobard jeta un ordre sec ; aussitôt, les archers tirèrent quelques flèches dans les volets. Par la suite, la horde ne fut plus inquiétée par des curieux intempestifs.

Ils butèrent sur le château au détour d'une rue. La forteresse était entourée d'une douve, puis d'un espace vide n'excédant pas quinze pas de large, formant une place circulaire. La douve était asséchée, mais son fond était hérissé de pieux. Quelques mois plus tôt, Marween aurait été écrasé par la magnificence de la masse du château, son haut mur d'enceinte fait d'énormes blocs de pierre noire étroitement ajustés, ses huit tours de défense rectangulaires garnies de meurtrières sur quatre niveaux. Mais depuis, il avait vu le Skambah d'Elsenohr. Et il sut qu'Audric viendrait à bout du château de Wedrig si telle était sa volonté.

Trobard indiqua de l'index une petite échoppe.

— Ici.

Aussitôt, les hommes se mirent au travail. Ils entreprirent de dépaver la place et entassèrent les blocs de pierre devant la boutique afin d'édifier un mur de protection. Le mur était à moitié achevé lorsque des soldats apparurent aux créneaux du château. Ils semblaient plus curieux que fâchés.

— Vous ! cria un sergent en pointant sur eux un doigt ganté Qu'est-ce que vous fichez ? Arrêtez tout de suite, et restez où vous êtes !

Les hommes continuèrent à travailler comme si de rien n'était Des soldats pointèrent leurs lances dans leur direction. Trobard fit un signe et des flèches jaillirent, passant à quelques centimètres au-dessus de leur tête. Les soldats se mirent précipitamment à l'abri.

Quelques minutes plus tard, le mur était achevé. Trobard mit quatre archers en sentinelle, puis le reste de son escouade se retira. Marween comprit pourquoi on les avait tous équipés de lances lorsqu'on le plaça à un carrefour en compagnie de Jedrigan et de deux membres de l'escouade de Swain, avec l'ordre de ne laisser passer personne. Les autres furent disposés de façon à former un cordon de défense, tandis que les maisons jouxtant le contrefort nord étaient vidées de leurs habitants et condamnées.

Le siège pouvait commencer.

— Voilà les attelages, annonça Leihar.

Audric fit avancer les deux attelages composés chacun de six bœufs juste derrière la première ligne de maisons. Leihar les avait réquisitionnés dans des écuries marchandes situées à quelques pas de là. Il avait également emprunté plusieurs dizaines de mètres de cordes, les plus épaisses qu'il avait pu trouver.

— Vous êtes prêts ?

Leihar et Briac hochèrent la tête de conserve.

— Bien. N'agissez qu'à mon signal.

Audric s'avança sur la place, face au château. Seul devant le pont-levis relevé, les bras croisés sur la poitrine, le capitaine des Serpents se prépara à attendre.

L'attente ne fut pas longue. Une tête apparut tout en haut du mur. Wedrig, en personne. Ses traits chafouins étaient encore accentués par la colère qui l'habitait.

— Tu sais à quoi tu t'exposes, en venant me provoquer sur mon domaine ?

Audric ne cilla pas.

— Tu as échoué dans ta tentative de m'éliminer. Je viens

réclamer compensation pour le préjudice... que j'évalue à soixante pièces d'or. En cas de refus de ta part, personne ne sortira de ce château. Quelle est ta réponse ?

— Ma réponse ? Fiche le camp, ou toi et ta horde, vous en subirez les conséquences !

Posément, Audric tira sa longue épée de son fourreau, puis il la planta de trente centimètres en terre, pulvérisant un pavé et en fendant trois autres. Aucun être humain n'aurait pu faire cela – Wedrig le savait.

Le capitaine reprit :

— J'ai planté mon épée sur ton domaine, c'est exact. Ne compte plus trop sur Graleck pour la retirer. Viens donc le faire toi-même.

Le comte éclata d'un rire aigu.

— Tu me donnes un ordre, toi, un vulgaire chef de horde ? Tu as signé ton arrêt de mort.

La tête disparut. Deux ou trois secondes plus tard, un déclic de machinerie se fit entendre, suivi de cliquetis de chaînes. Le pont-levis commença à s'abaisser.

Audric retira son épée, et siffla doucement entre ses dents.

Derrière le pont-levis se pressait l'intégralité de la garnison, du moins tous ceux que Wedrig avait pu rassembler à cette heure matinale, durant leur échange.

— Tenez bon, murmura Audric en raffermissant sa prise sur son épée.

Son escouade était là : vingt-cinq hommes, plus les seize hommes d'Umiade.

Le brassard d'acier articulé d'Audric cliqueta de contentement anticipé, le démon qui l'habitait sentant sa récompense arriver.

Le pont-levis heurta le sol avec un bruit sourd. Sa structure était conforme à tous les ponts-levis : deux énormes madriers d'un seul tenant, cerclés d'acier, formaient l'armature soutenant le tablier ; trois épaisseurs de planches composaient celui-ci, formant une chaussée assez large pour laisser passer de front cinq cavaliers ou le double de fantassins.

Les soldats de Wedrig déferlèrent, précédés par une herse mouvante de lances dressées.

— Archers ! ordonna Audric.

Une nuée de flèches le survola. Plusieurs trouvèrent leur cible, mais le choc sourd des soldats adverses s'effondrant derrière les créneaux fut noyé sous la clameur de l'assaut.

À une seconde de se faire embrocher par les lances adverses, Audric ramena son épée derrière l'épaule, et balaya l'air avec une rapidité surnaturelle. Six lances tranchées net virent leur pointe ferrée rebondir sur le pavé. D'autres, repoussées de côté, s'emmêlèrent. D'un revers, Audric laboura les plastrons, leur creusant un sillon sanglant par le milieu.

Il laissa ses hommes le déborder, à droite et à gauche. En quelques instants, l'assaut ennemi se brisa. Les soldats de Wedrig tentèrent de se replier. Les secondes nécessaires pour que ceux qui se trouvaient en arrière réalisent qu'ils poussaient leurs compagnons vers la mort coûtèrent la vie à plusieurs d'entre eux. Enfin, la tendance s'inversa et le reflux emporta la marée humaine vers l'intérieur du château.

— Maintenant ! cria Audric en levant son épée à la verticale.

Les attelages menés par Briac et Leihar déboulèrent dans un piétinement de sabots lourds. À chacun d'eux était attachée une longue corde terminée par un nœud coulant. Le pont-levis se relevait déjà, et les deux hommes eurent tout juste le temps de passer le nœud coulant dans chacun des madriers, dont l'extrémité saillait pour pouvoir s'encastrer dans les culées du rebord pavé de la douve. Aussitôt, Briac et Leihar lancèrent les attelages dans des directions opposées.

— Protégez les attelages, ordonna Audric à ses archers.

Mais c'était inutile. Les soldats adverses étaient si désorganisés qu'ils ne réagirent pas, même quand quelques-uns virent les cordes se tendre. Le pont-levis cessa de se relever, et d'épouvantables grincements de machinerie malmenée montèrent des mâchicoulis. Un craquement retentit : les planches latérales du pont-levis se disloquaient les unes après les autres, à mesure que les madriers s'écartaient.

— Ça marche ! cria Leihar.

Et d'un seul coup, tout l'édifice s'écroula dans la douve, dans une série de jaillissements. Un hourra retentit, repris par les escouades tout autour de la place.

Dans l'heure qui suivit, les soldats vinrent colmater la brèche béante dans le mur du château. La horde les laissa faire. Leur but était atteint, et Wedrig devait le savoir. Imaginer sa fureur suffit à remplir Audric de joie.

Il fit libérer le contremaître et installa son quartier général dans l'une des boutiques réquisitionnées, dont la devanture donnait sur la place cernant le château. La réaction de la population de Graymouth fut celle qu'il escomptait : beaucoup de curiosité, mais pas de colère, hormis les personnes lésées par le blocus. En vérité, les gens étaient surtout soulagés que la lutte qui opposait leur suzerain aux mercenaires se déroule sans eux. La vie pouvait continuer normalement. Plusieurs habitants offrirent des fruits et des friandises aux Serpents en faction, sans doute afin de s'attirer leurs bonnes grâces, au cas où la horde déciderait de s'en prendre à la ville. Audric donna l'ordre de refuser tout cadeau : Wedrig devait avoir des partisans parmi eux, et il ne voulait pas avoir à gérer des empoisonnements.

Malgré toutes les tâches que réclamait l'établissement du siège, Audric prit sur lui de réserver deux heures, afin de recevoir les commerçants dont il avait réquisitionné les échoppes. Il leur permit de récupérer leurs marchandises, sous le contrôle strict de ses troupes. L'un d'eux sourit quand Audric lui fit promettre, en échange, de ne pas engager d'actions à son encontre.

— Je ne ferai rien contre vous, dit le commerçant. (Il jeta un coup d'œil au bras caparaçonné d'Audric.) Et je doute que mes confrères viennent tenter votre démon. Mais ne vous attendez pas non plus qu'ils vous facilitent la tâche.

— Pourquoi donc ?

— Wedrig a menacé de retirer les licences et les passe-droits de ceux qui vous auront aidés. Le connaissant, on peut être sûr qu'il le fera.

— Comment est-ce qu'il est arrivé à vous le faire savoir si vite ?

Le marchand haussa les épaules.

—Rien de plus simple. Un de ses hommes l'a crié de derrière l'enceinte du château. Il a aussi promis cent pièces d'or à celui qui lui rapporterait votre tête.

Cent pièces d'or de récompense. De quoi lever une petite armée. Audric ragea en son for intérieur. Le nobliau ne s'avouait pas vaincu si facilement. Ni l'un ni l'autre ne souhaitait l'affrontement direct, et chacun le savait. Le vainqueur serait donc celui qui aurait la meilleure tactique.

Audric se força à sourire.

—Je n'obligerai aucun d'entre vous à nous vendre de la nourriture. Il y a suffisamment de fermes alentour où nous ravitailler. Mais si ça peut vous rassurer, une fois que le siège sera terminé, Wedrig ne sera plus en position de vous refuser quoi que ce soit.

Le marchand ne se donna pas la peine de contenir la moue de scepticisme qui lui venait aux lèvres.

—Vous en êtes sûr ? Les caves du château sont pleines, il peut tenir un siège d'un an.

—Oui, mais le château est bâti sur une langue de roc épais. On m'a assuré qu'ils n'ont pas de puits. Ils dépendent donc de l'extérieur.

—C'est exact, fit le marchand avec un demi-sourire. Néanmoins, il y a d'autres moyens de se procurer de l'eau.

—Un faiseur de pluie ?

—Oh, rien d'aussi magique.

Le marchand secouait la tête, faisant comprendre à Audric qu'il ne parlerait pas plus… tout en en ayant dit l'essentiel. Le capitaine des Serpents eut la certitude que ce dernier réglait là un différend avec son seigneur. Il eut un geste signifiant qu'il n'avait rien entendu. Mais sitôt le marchand parti, il convoqua Trobard.

—Prends six hommes avec toi, et faites le tour des douves. Il y a peut-être un aqueduc caché qui fait communiquer une citerne ou une source avec le château. Rapport dans deux heures.

Trobard hocha la tête et partit.

Deux heures plus tard, il était de retour. À son visage réjoui, Audric comprit qu'il avait découvert ce qu'ils cherchaient.

— Tu avais raison. Le tuyau d'adduction est camouflé en étai de soutènement. Malin : il a été disposé de façon à faire croire qu'il s'agit d'un reliquat de chantier.

— Tu l'as démoli ?

— Non. J'attendais ton ordre formel.

— Tu l'as. Va.

Trobard salua et disparut. L'aqueduc coupé, il fallut attendre trois jours avant que l'effet se fasse ressentir de l'autre côté. Un matin, une forte détonation réveilla Audric. Il sortit sur le pas de la porte, au moment où un second projectile s'élevait dans les airs au-dessus de l'enceinte du château, s'immobilisait l'espace d'une seconde avant de descendre s'écraser sur une position des Serpents. Le projectile pesait une demi-tonne au bas mot. Le fracas fut tel qu'en quelques minutes tous les Serpents étaient dehors, les armes à la main.

Cet imbécile détruit sa propre ville, songea Audric, abasourdi. *Est-ce qu'il espère entraîner tous les siens dans sa chute ?*

Les tirs étaient précis : seules les échoppes réquisitionnées étaient visées. Il n'y avait aucune perte à déplorer, mais la situation avait changé : Wedrig reprenait l'initiative. Audric donna l'ordre à ses archers d'essayer d'atteindre tout soldat exposé aux créneaux. Mais il y avait fort à parier que les assiégés utilisaient des miroirs pour faire le point. Ils n'étaient pas aussi bêtes…

Son quartier général n'avait pas été touché. Audric se rendit jusqu'à une maison à moitié détruite. Le projectile était un simple rocher grossièrement sphérique, d'environ six cents kilos. Il avait pulvérisé le toit du magasin, traversé l'étage pour venir s'encastrer dans le plancher du rez-de-chaussée où il se trouvait encore. Sa force n'avait pas été assez grande pour perforer le plafond de la cave. Mais Audric demeurait malgré tout admiratif quant à la précision diabolique de celui qui réglait l'angle et la puissance de la bombarde. Il avait rarement vu un tel travail d'orfèvre. Il s'approcha, tâta le rocher. À peine tiède. Wedrig ne l'avait pas enduit de poix brûlante. Son but n'était pas d'incendier sa ville… pas encore.

— Qu'est-ce qu'on fait ? demanda Driligan.

Il faisait grise mine, car c'étaient ses positions qui avaient été le plus sévèrement touchées par les projectiles.

— Quand une maison est détruite, il suffit d'emménager dans une autre.

— Les habitants ne vont pas apprécier, fit remarquer Swain.

Telle était manifestement l'intention de Wedrig : rendre la situation intenable, pousser les habitants à se rebeller contre la horde. Sans doute Wedrig préparait-il ses soldats pour une sortie dès que les événements auraient suffisamment dégénéré dans la ville.

Il fallait une réponse immédiate. Audric convoqua dans son quartier général plusieurs commerçants, dont il avait compris qu'ils formaient une sorte d'élite dans la cité. Il leur remit à chacun un papier qui établissait les dommages faits à leur demeure.

— Je forcerai Wedrig à se rendre à mes conditions, dit-il. Parmi ces conditions figurera la reconnaissance de ces papiers, grâce auxquels vous pourrez être remboursés.

Les commerçants s'entre-regardèrent.

— Vous êtes sérieux ?

— Tout à fait. Vous croyez que si Wedrig gagnait, il vous rembourserait ?

Le silence de la réponse fut éloquent.

— Qu'est-ce qui vous rend si sûr de gagner ? dit enfin un commerçant, pragmatique.

Audric avait prévu cette question. Il saisit avec son gantelet une boule de pierre qu'il avait placée sur une table. Serra. Quand il rouvrit la main, des morceaux pas plus gros que du gravier s'écoulèrent entre les doigts.

— La question n'est pas de savoir si je peux gagner, dit-il, alors que les commerçants regardaient les débris crépiter sur le sol. Le fait est que *je ne peux pas perdre.*

Une simple démonstration de force. Le truc était grossier, mais fit tout de même son effet sur les marchands. La magie – spécialement la magie impure, celle qui faisait appel aux démons – avait ce pouvoir, peut-être le plus grand des pouvoirs, de contraindre les gens à ne plus raisonner sereinement.

Le lendemain, Audric envoya néanmoins quelques hommes chargés de soudoyer des habitants dans les auberges, afin d'être prévenu si une insurrection se préparait.

Si une telle insurrection s'était jamais préparée, Audric n'en eut jamais connaissance. Le siège se termina une semaine plus tard, aussi abruptement qu'il avait commencé.

8

La plupart des maisons bordant la place étaient en ruine. Chaque fois qu'un bombardement avait lieu, Audric se contentait de déménager ses troupes plus loin. Un matin, un projectile pulvérisa la poutre maîtresse d'une maison réquisitionnée, ensevelissant cinq hommes. On retrouva leurs cadavres sous trois mètres de décombres. Prelagord ne pouvait plus rien pour eux. Audric les fit enterrer aussitôt. Plus tard dans la matinée, un tir mal ajusté de bombarde atteignit une maison située à vingt mètres de là. Le rocher enfonça une façade et écrasa les deux femmes qui se trouvaient derrière.

Les tirs se raréfièrent, avant de cesser pour de bon trois heures avant la fin du jour. Audric se rendit au dernier point d'impact. Il constata avec satisfaction qu'il ne s'agissait pas d'un bloc de rocher mais d'un pan de maçonnerie. Les assiégés manquaient déjà de projectiles. Bien entendu, ils disposaient de suffisamment de matériau pour tenir des semaines, mais cela exigerait des heures de travail pour desceller de tels blocs. Alors même que leur ration d'eau était comptée.

Au matin du troisième jour, les bombardements ne reprirent pas. Paradoxalement, les hommes rapportèrent à Audric des signes d'inquiétude grandissante chez les habitants. Comme si ce silence soudain n'était que le prélude à une attaque bien plus redoutable, une calamité qui allait s'abattre sur Graymouth et ne laisser que des cendres. On murmurait qu'il fallait se préparer à quitter la ville pendant qu'il était encore temps. Audric savait que la simple existence de cette rumeur signait l'arrêt de mort de Graymouth d'ici quelques jours, et que tenter de la juguler ne servait à rien, sinon à accélérer le processus.

À vrai dire, il s'en fichait. Les habitants pouvaient bien tous partir, cela lui laisserait le champ libre. Car le soir, en repensant à ses cinq hommes écrasés sans avoir pu combattre, il avait envie d'investir le château et de passer tous ses occupants au fil de son épée.

Mais le temps jouait pour lui. La chance, également, fut au rendez-vous : en dépit du temps couvert, il ne se décida pas à pleuvoir. Sans eau, les assiégés ne pouvaient tenir plus d'une poignée de jours. Plus ils attendaient, moins ils seraient en état de lutter.

La nuit du cinquième jour, les soldats assiégés tentèrent une sortie.

Ils auraient pu réussir. Ils avaient fabriqué en secret des échafaudages mobiles pour atteindre les toitures des maisons adossées au nord. Personne dans la ville ne les avait entendus les assembler, et les éléments susceptibles de grincer ou de s'entrechoquer avaient été gainés de plusieurs épaisseurs d'étoupe. Puis les soldats les avaient hissés juste derrière les remparts. Les nuages couvraient la lune, si bien qu'ils bénéficiaient d'une obscurité presque totale.

Cela se joua en quelques instants. Vers trois heures du matin, une sentinelle perçut des mouvements furtifs au-dessus de l'enceinte du château. Suivant la consigne qu'elle avait reçue, elle ne sonna pas l'alerte mais alla directement rendre compte à Audric. Le chef des Serpents se leva d'un bond.

— Préviens Trobard. Son escouade seulement. Que les autres se tiennent en garde, mais pas un bruit.

L'escouade fut prête en moins de trois minutes. Ils s'étaient revêtus d'habits sombres et gardaient leurs épées dans leur fourreau afin qu'aucune lueur ne se réfléchisse sur leur lame et ne les trahisse. Ils convergèrent vers le nord, sans passer par la place centrale.

Ils parvinrent sur les lieux alors même qu'une vingtaine de soldats, habillés eux aussi de noir et la peau passée à la suie, s'entassaient sur les toits. Une fois descendus au niveau du sol, les soldats seraient beaucoup plus difficiles à appréhender. Ils devaient les avoir d'ici. Audric se retourna, et fit signe aux archers de se mettre en place.

Il savait qu'il commandait un massacre : les soldats ne pouvaient se mettre à l'abri, et n'auraient pas le temps de se sauver. Mais telle était la règle. Sans compter qu'ils devaient avoir pour ordre de n'épargner personne.

Il brandit le poing gauche, index et majeur à demi pliés : le signe de tirer en demeurant caché. Les premiers traits fusèrent. Quatre corps s'effondrèrent, deux flèches ratèrent leur cible et heurtèrent les tuiles du toit avec un son clair. Une seconde rafale partit aussitôt. Trois nouveaux corps roulèrent sur le toit en pente pour achever leur course quatre mètres plus bas, dans la rue. Un sifflement retentit parmi les soldats. Ceux-ci comprirent vite que leur plan était éventé. Ils réagirent avec vaillance. Les plus exposés firent un barrage de leur corps pour que ceux qui se trouvaient en arrière puissent s'en retourner. Ils furent les premiers à périr, et n'empêchèrent pas la moitié des autres de suivre le même chemin.

— Continuez à tirer, dit Audric en s'avançant à découvert.

Il laissa le *fléau du démon* attraper à la volée le trait décoché par un officier qui venait de l'apercevoir du toit. L'homme poussa un rugissement de rage. Il se retourna. L'instant d'après, une flèche se planta dans son dos, la pointe se logeant entre deux vertèbres. L'homme bascula et alla rejoindre le tas de cadavres en contrebas.

Les tirs ne cessèrent pas avant qu'il n'y ait plus d'ennemi en vie.

— Balancez les corps dans la douve, déclara simplement Audric.

Il fallut encore une journée entière pour que l'échec de Wedrig signe sa perte. Le siège avait atteint sa première semaine lorsqu'un drapeau blanc fut hissé au-dessus d'une tour. Audric accourut immédiatement. Un homme jeune s'était juché sur la muraille, les pieds posés sur deux créneaux. Un insigne cousu sur sa cotte de mailles arborait les armoiries de la famille de Wedrig.

— Capitaine Audric ?

Audric n'aurait su dire si le ton mal assuré de sa voix était dû à sa position précaire ou à la crainte que lui-même pouvait susciter. Ou encore par le manque d'eau qui, visiblement, l'affectait.

— Je suis Audric. Mais vous, vous n'êtes pas Wedrig.

—Wedrig est… indisposé. Il se repose dans le donjon. Je suis Srig. Je suis habilité par ma famille à traiter avec vous.

Audric se retint de rire. Finalement, c'étaient les membres de sa propre famille qui s'étaient rebellés contre Wedrig et l'avaient emprisonné dans le donjon du château. Avec la très probable complicité de la soldatesque. Ceux-ci avaient compris que, cette fois, aucun d'entre eux n'en réchapperait s'il venait à l'esprit de Wedrig d'organiser une nouvelle sortie.

—Vous acceptez mes conditions ? s'informa Audric.

—Oui.

Audric eut un sourire éclatant.

—Cent pièces d'or, soit ce que Coresh a promis pour ma tête. Plus la garantie que les commerçants de la cité qui ont souffert de votre stupide bombardement seront dédommagés.

Le jeune noble hésita. Puis hocha la tête.

—D'accord.

Sur une impulsion, Audric dit :

—Bien. Mes hommes vont rétablir l'aqueduc. Dans deux heures, vous aurez de l'eau à vos fontaines. Pendant ce temps, nous commencerons la reconstruction du pont-levis.

Srig hocha à nouveau la tête, puis disparut. Les choses une fois dites, cela ne traîna pas. Srig fit aussitôt abattre le rempart dressé en travers de l'ouverture. Audric tint lui aussi parole, mais maintint toutefois ses troupes autour de la place : mieux valait qu'elles soient là quand la passerelle serait érigée. Elle le fut au milieu de la matinée, et Srig fut le premier à sortir. Audric se tenait au bout de la passerelle. Sans un mot, Srig lui tendit un sac brodé. Audric le soupesa, et sourit. Cent pièces d'or. La famille de Wedrig ne s'en remettrait peut-être jamais, mais elle payait ici son excès d'intrigues.

Srig était plus jeune encore que ce qu'il avait laissé paraître. Il ne devait pas avoir plus de vingt-cinq ans. Mais son regard n'avait rien de celui d'un jeune homme. Une épée recourbée, de facture curieuse, battait son flanc droit.

—J'ai tenu ma parole, dit-il.

—Et vous avez la mienne que nous serons partis dans l'heure.

Audric se détourna à demi. Puis il dit :

—Dommage que vous soyez de noble famille, Srig. Je vous aurais volontiers engagé.

—Avec l'argent de ma propre famille, oui, sourit Srig en retour. Oui… J'aurais peut-être été tenté.

—Qu'allez-vous faire de Wedrig ?

Srig considéra la question plusieurs secondes avant de répondre :

—Le tort que Wedrig nous a fait, à moi et aux miens, est considérable. Il lui faudra beaucoup de persuasion pour qu'un jour très prochain il ne succombe pas à des maux d'estomac inexpliqués.

Le rendez-vous que lui donna Lauryn prit Marween par surprise. La jeune fille lui tournait autour depuis deux jours. Marween s'ennuyait ferme : il devait surveiller l'une des maisons qui s'appuyaient sur les contreforts nord du château, sachant que Wedrig ne tenterait jamais une sortie en plein jour.

—Moi, ça me va, avait rigolé Cerajar. Être payé à ne rien foutre, faudrait être dingue pour s'en plaindre.

Les doigts démangeaient littéralement Marween. Le souvenir de son premier combat se nimbait déjà d'irréalité. Il n'avait pas ressenti la peur qu'avaient avouée certains de ses compagnons… du moins, sa peur n'avait pas été forte au point de ne pouvoir la surmonter.

Puis la fille avait pointé son museau au coin d'une rue. Un squelette aux cheveux de paille, au nez pointu et à l'air espiègle. Sans doute pas plus de dix-sept ans. *Une fouine qui observe un cancrelat*, s'était dit Marween, à moitié amusé. Il s'était alors rendu compte que l'étrange sensation d'être observé depuis le matin venait enfin de trouver son explication. Il avait émis un petit rire et dit à la fille d'approcher. Elle s'était avancée d'un air bravache. Son nez avait frémi et elle avait dit, d'une traite :

—Moi, c'est Lauryn. Et toi ?

—Je suis de la horde du Serpent.

Un rire cristallin avait éclaté à ses oreilles. Il s'était senti rougir.

— Vous abandonnez votre nom, quand vous entrez dans une horde ?

— Non, non, bien sûr… Moi, c'est Marween.

— C'est joli. Tu es d'où ?

— De très loin, avait-il menti.

— Eh, qu'est-ce que tu regardes ?

Sans même qu'il s'en rende compte, ses yeux allaient de Lauryn à la maison qu'il était censé garder.

— Eh bien, je surveille la maison.

Lauryn avait gloussé :

— Personne n'en sortira, tu sais.

— Je sais.

— Alors, pourquoi…

— Parce que c'est comme ça.

Nouveau gloussement.

— C'est d'une logique imparable.

— Hum. Il y a quelque chose que tu veux savoir ?

— Tu travailles pour le *fléau du démon,* pas vrai ?

— Hein ?

— Le capitaine à la magie impure. Je ne connais pas son nom.

Marween avait froncé les sourcils. Il avait entendu plusieurs fois mentionner ce surnom, « fléau du démon », mais toujours à mi-voix, de façon détournée. Il n'avait pas été long à comprendre qu'il s'agissait d'Audric. Son bras droit, dissimulé en permanence sous un brassard d'armure… À quoi ressemblait-il, en dessous ? Les démons étaient représentés, sur les fresques et les statues des temples, comme des créatures difformes à la gueule grimaçante et hérissée de crocs ; leurs membres étaient velus ou écailleux, terminés par des griffes ou des pinces. Ils habitaient un autre monde, où les humains ne pouvaient vivre. Un monde plus lointain que la plus lointaine des montagnes bordant l'océan le plus éloigné – et cependant, plus proche que le verso d'une feuille de papier ne l'est de son recto. On racontait également qu'un jour, peut-être, les deux mondes se mêleraient l'un à l'autre. Et que, lorsque ce jour arriverait, l'humanité tout entière périrait. Non parce que les démons étaient menés par des pensées malveillantes, ou parce qu'ils étaient mauvais par nature (les prêtres tenaient pour certain que la morale des démons, tout comme l'espace et le temps où ils évoluaient, était fondamentalement différente). Mais parce que les démons, comme les humains, ne pouvaient vivre en deux endroits à la fois – et donc, que le plus fort l'emporterait.

Avant chaque bataille, chacun pouvait voir des soubresauts secouer le brassard d'acier articulé, et le visage d'Audric se contracter, comme s'il peinait à garder le contrôle de la créature qui s'y tapissait. Mais grâce au *fléau du démon*, Audric avait accompli des choses impossibles pour un homme normal. En principe, les démons ne s'aventuraient pas dans l'autre monde : on disait dans les légendes que les hommes, trop fragiles au gré des démons, ne les intéressaient guère. Quand un démon venait, c'était pour une durée limitée. Leur race était toujours malintentionnée, mais leur puissance prenait directement sa source à l'Âge de Vie ; celui qui faisait appel à leurs services le payait lourdement, un jour ou l'autre.

Marween prit conscience que ce brassard n'avait cessé de l'intriguer depuis le début. Il mourait d'envie de découvrir ce qu'il y avait à l'intérieur. Mais il savait que, pas plus que ses compagnons, il n'oserait demander.

—Alors c'est vrai ? avait insisté Lauryn. Tu travailles pour le *fléau du démon* ?

La consigne d'éviter les contacts avec les habitants était stricte. Marween avait durci le ton.

—Je ne devrais même pas te parler. Passe ton chemin.

Lauryn avait reculé et son sourire s'était un peu affaissé. Marween avait dû se forcer pour ne pas la rattraper. Il était persuadé qu'il ne la reverrait jamais. Cette nuit-là, il rêva qu'elle venait le rejoindre dans son lit, que ses bras l'enlaçaient comme les spires douces et puissantes d'un serpent, que son corps se pressait contre le sien.

Le lendemain, elle était de retour. Il en conçut de la surprise, après la brusquerie avec laquelle il l'avait chassée. Lauryn le regarda de loin, sans sourire. Puis elle mit ses mains en porte-voix et lança :

—Marween ! Je t'attendrai à la tombée du jour. Sur la grand-place, après ta garde !

Puis elle disparut, laissant Marween plongé dans un abîme de perplexité.

Longtemps, sa volonté et son désir balancèrent. Il avait envie de rejoindre Lauryn, aucun doute là-dessus. Son cœur battait plus vite quand il songeait à elle. Et ce ne serait pas une bien grande transgression s'il allait au rendez-vous. Il ne risquerait même pas d'être puni. Cependant… Peut-être était-ce une épreuve qu'on lui envoyait. Une épreuve de loyauté.

Le soleil, auréolé de nuages de bronze et de mauve, embrasa les toits. Marween ne se décida que lorsque Cerajar vint le relever.

— J'ai une course à faire en ville, dit-il.

Son compagnon fronça son épaisse barre de sourcils. Puis il sourit.

— Ah ? Comment elle s'appelle, ta course ?

— Elle s'appelle « Ça-ne-me-prendra-pas-longtemps ».

Cerajar grimaça, mais ne formula aucun commentaire. Marween fonça vers la grand-place, et arriva au moment où le soleil jetait ses derniers feux. Une silhouette fine se précisa dans la pénombre, au coin d'un pâté de maisons.

— Marween, s'exclama Lauryn. Une minute de plus, et je partais.

— Vraiment ? fit Marween. J'aurais pourtant cru…

— Tss. Évite de me vexer, ou notre conversation risque vite de s'abréger.

Le garçon réprima un mouvement d'humeur. *Pour qui se prend-elle, cette…* Et soudain il se rendit compte qu'ici, dans cette ville en temps de paix, il n'avait aucune autorité sur elle. Il ne pouvait ni la congédier, ni la faire taire. Ils se parlaient d'égal à égal. Le plus étrange était qu'il n'en ressentait aucun bien-être. Au contraire, cette liberté lui était désagréable. C'est comme s'il venait de quitter une défroque dans laquelle il se sentait parfaitement à l'aise, et qu'il se tenait nu dans le froid. Le temps d'un battement de cils, il goûta à cette liberté – et la rejeta.

Tout aussitôt, il regretta d'être venu. D'avoir désobéi aux ordres. Et il trouva Lauryn banale, plutôt mal fichue.

Il fit un pas en arrière.

— Je suis désolé, je dois partir.

La jeune fille comprit. Sa fierté l'empêcha de laisser voir son désappointement, et elle se contenta de dire :

— Ce n'est pas grave. Je ne perds sûrement pas grand-chose. Salut.

Ce fut avec un sentiment proche de la délivrance que Marween revint à son campement, établi dans l'une des maisons. Le lendemain, le château se rendit, et Marween aida à construire une passerelle en remplacement du pont-levis. En quelques heures, il avait oublié Lauryn.

— C'est nous qui l'avons fichue en l'air, fit-il remarquer à Trandor, l'un des membres de l'escouade de Driligan. Et voilà qu'on la reconstruit...

Trandor dirigeait l'opération en sa qualité d'ancien charpentier. Jadis, il s'était attiré la colère de sa confrérie en pratiquant des prix trop bas ; la cabale l'avait amené à la faillite. S'engager dans la horde du Serpent avait représenté sa dernière chance de repartir de zéro. Il l'avait saisie, et considérait qu'il avait enfin trouvé sa vocation. Il haussa les épaules.

— Bah. Traiter avec ceux qui gouvernent, ça conduit toujours à prendre de drôles de décisions. Moi je te le dis, les seigneurs sont aussi bizarres que des rakinns... Plus, je dirais.

Encore une fois, la vision prit Umiade au dépourvu. Elle s'était absentée du camp afin d'aller chercher des herbes sauvages, pour agrémenter sa soupe de raves. Naguère, elle en réservait toujours un bouquet pour Audric. Mais ses visions l'avaient obligée à mettre une distance entre eux. À mentir, même s'il pensait probablement qu'elle l'aimait moins. Elle aurait préféré qu'il en soit ainsi. Mais la plupart de ses visions d'apocalypse la prenaient dans sa tente, et elle ne voulait pas qu'il la voie au sortir de ce genre d'expérience, contorsionnée par la souffrance. Elle mentait donc, et l'éloignement qu'elle s'imposait ajoutait à la souffrance physique que ses visions lui infligeaient. Par chance, la fiole qu'elle avait récupérée sur la dépouille de la vieille augure du Loup marchait à merveille, c'est pourquoi elle l'avait sur elle en permanence. Trois à quatre gouttes suffisaient à la calmer en quelques secondes.

Elle lâcha les brins d'herbes sauvages qu'elle tenait à la main, et se recroquevilla dans un buisson. Ses yeux ne montraient déjà plus que le blanc. L'autre monde les avait capturés.

Ce qu'elle survolait, cette fois, n'était pas l'un de ces Arbres de Vie livrés en pâture aux monstres, acharnés à le détruire entièrement.

Il s'agissait d'un champ de bataille s'étendant à perte de vue, si vaste qu'il semblait ne jamais finir. Des millions d'hommes venaient de périr ici dans une guerre sans merci, sans survivant. Les couleurs qu'ils arboraient sur leur plastron se fondaient dans des teintes indéterminées. Des dépouilles de montures s'amalgamaient dans le sol gris, et des taurochs abattus formaient des collines hérissées de flèches et de carreaux d'arbalète. Çà et là se dressaient des pieux de guerre, dont la hampe s'enfonçait dans des tas de cadavres ; la pierre de dragon à leur faîte ne luisait plus. La vie, héritée du sang des grands reptiles magiques qui les irriguait jadis, les avait désertés, et l'œil noir et opaque des joyaux éteints semblait jeter un regard de désespoir sur l'immense holocauste.

Mais tout n'était pas mort. Au loin, une colonne humaine approchait. Umiade vola jusqu'à eux. Il s'agissait de prêtres. Ils étaient plus de cent. Ni enfant, ni novice parmi eux, car toutes les robes étaient couleur de terre. Leur visage était plongé dans l'ombre de leur capuche. Umiade flotta au-dessus d'eux. Elle percevait le souffle du vent tiède sur sa peau, le bruissement des fanions déchirés et des vêtements lacérés. Les prêtres, eux, ne faisaient aucun bruit.

La colonne stoppa, et les prêtres toujours silencieux s'égaillèrent à travers la plaine morte.

Ils se courbaient sur les dépouilles, et leurs doigts crochus de vieillards entrouvraient les mâchoires des combattants. Puis ils plaçaient une graine sur leur langue. Parfois, les casques qu'ils devaient ouvrir produisaient des grincements de ferraille. Une fois un soldat ensemencé, ils passaient à un autre. Stupidement, Umiade songea à des femmes au champ, semant graine après graine.

C'était un spectacle qu'Umiade connaissait bien. Après une bataille, les prêtres des Arbres de Vie purifiaient de cette manière les soldats réguliers des seigneurs, afin que leur âme atteigne le paradis. Mais cette fois, il était impossible de distinguer les mercenaires des soldats et des simples paysans recrutés de force. Tous se ressemblaient dans la mort.

Les prêtres se rassemblèrent à nouveau en une colonne, qui partit plus loin. Umiade s'apprêtait à les suivre lorsqu'un mouvement attira son attention.

Cela provenait des soldats jonchant le sol. Leur tête, lentement, remuait. Essayant de contenir l'horreur qui l'envahissait, Umiade descendit. L'un des soldats était à présent agité de convulsions. Ses mâchoires bâillèrent démesurément. Puis, dans un craquement, la mandibule inférieure se décrocha sous l'effet d'une pression intérieure. Une tige blanchâtre se déroula, telle une trompe, à la verticale. Sa germination accélérée la fit croître à vue d'œil, et après quelques instants, elle mesurait déjà un mètre de haut. Des feuilles blanchâtres, aux formes inégales, poussaient directement sur le tronc, ainsi que quelques petites branches. Umiade releva les yeux. Les autres soldats ensemencés subissaient eux aussi le même sort, comme si ces plantes étranges se nourrissaient de leur âme.

Lorsque les troncs eurent plus de trois mètres, un fruit leur poussa au sommet. Un fruit de viande violacée, veinée de rouge. Les troncs s'épaissirent, prenant de la vigueur, leurs racines agrippant le sol comme des serres. Des soldats alentour, il ne restait plus rien sinon quelques éléments d'armures et des attaches en cuir.

Avant même que les fruits enfin mûrs se fendent, laissant pleuvoir un liquide séreux et translucide, Umiade sut la nature de ce qu'ils allaient accoucher. Les corps chutèrent sur le sol avec des bruits mous, et les monstres démoniaques s'ébrouèrent, déjà formés, déjà adultes.

Umiade se trouvait à plusieurs mètres du sol, mais une peur panique la saisit, accélérant les battements de son cœur. Elle savait pourtant qu'une augure ne risquait rien. Elle ne pouvait être vue car elle ne faisait pas partie de la scène qu'elle contemplait. Et cependant, plus rien de ce qu'elle avait toujours pris pour des vérités intangibles ne paraissait solide aujourd'hui.

Le sol grouillait de monstres. Le combat, la guerre les avait engendrés. Ils appartenaient au monde des démons, mais désormais ils étaient ici. Tapis dans l'avenir.

Dans le lointain, la silhouette immense d'un Arbre de Vie vacilla sur l'horizon.

Une brèche dans sa vision survint, et Umiade s'y engouffra précipitamment.

Le retour fut terrible.

La douleur, plus intense que d'habitude, la plia en deux. Geignant, Umiade se prit la tête entre les mains. L'espace d'un horrible instant, elle crut que son crâne allait éclater, sous la pression du monde qu'elle portait en elle.

À tâtons, elle chercha la fiole dans ses vêtements. Elle la déboucha, fit tomber quelques gouttes au creux de sa paume, et les lécha. Il lui sembla que toutes les fibres de son corps se décontractaient, et son visage se rasséréna. Au bout de quelques secondes, elle se redressa et épousseta son pantalon. Elle ramassa son bouquet d'herbes, mit de l'ordre dans sa chevelure dont les mèches tombaient sur son visage, puis se dirigea vers les tentes.

Alors qu'elle disparaissait entre les bosquets, Marween émergea. Perplexe, il regarda l'endroit où la jeune femme s'était tenue un instant plus tôt.

Puis il haussa les épaules et retourna à son tour au camp. Si Umiade avait décidé de ne pas parler de ses crises à Audric, ce n'était pas à lui de les révéler.

Pour le moment, il décida d'oublier ce qu'il avait vu.

9

Audric ne tenait pas à s'attarder dans le comté de Wedrig, aussi la horde rebroussa-t-elle chemin. Les baronnets locaux recommençaient leurs campagnes militaires à l'est, de sorte qu'Audric mit le cap dans cette direction. L'argent gagné grâce au siège, en plus de celui de Graleck, permit à la horde d'acquérir des chariots neufs, de l'équipement et des vivres. Elle put également recruter de nouvelles têtes. Chaque escouade se composait à présent de vingt hommes, sauf celle d'Audric, qui en comptait trente.

Ils parvinrent à prendre une ville qui résistait à un baron depuis plusieurs années. Celui-ci avait engagé la horde du Serpent pour en finir. Le bourgmestre de la ville refusait de payer les taxes et lançait des raids meurtriers contre les troupes du baron. Il attaquait ses collecteurs d'impôts, et pillait ses champs. Le trublion était un cousin germain du baron spolié de son héritage. Pour Audric, la chose était claire : son plan était de déposséder le baron de ses richesses et son autorité pour ensuite lui arracher son titre en échange de sa vie. Le baron avait trop attendu, il était presque ruiné ; c'était avec ses quelques possessions restantes qu'il avait payé le Serpent.

Audric avait pensé qu'un simple assaut suffirait, toutefois la ville possédait d'épaisses murailles, des pièges et des catapultes. Après trois assauts infructueux, Audric établit un siège, malgré son contrat stipulant que le problème devrait être réglé avant la fin du mois. Or un siège pouvait durer plus d'un an. En réalité, Audric n'avait pas l'intention de le faire durer.

Au bout d'une semaine, le cousin rebelle le contacta. Audric accepta d'abandonner le siège contre une grosse somme d'argent, l'équivalent de ce que le baron avait payé. Audric encaissa l'argent et leva le camp. Trois jours plus tard, il était de retour. Cette fois, les défenseurs eurent le plus grand mal à repousser l'assaut : pour eux, la bataille était finie et ils se considéraient comme vainqueurs. Certains d'entre eux avaient commencé à démonter leurs catapultes. Leur moral retomba comme un soufflet, et deux nouveaux assauts vinrent à bout de leur résistance.

La horde déferla dans la ville. Audric canalisa ses troupes vers la demeure du bourgmestre, une sorte de donjon tout en hauteur. Le contrat stipulait de l'éliminer, mais pour cela, quatre escouades suffisaient.

Les escouades de Trobard et de Swain avaient été en première ligne lors de la prise de la ville, aussi Audric les avait-il dispensées de cette tâche. Il les avait également autorisées à exercer leur droit de pillage sur le quartier marchand avant les autres escouades. Marween descendait la grand-rue en compagnie de trois hommes de Swain.

— On a intérêt à se dépêcher, disait l'un d'eux. Les soldats du baron sont en route, ils seront là avant la fin de la journée. Ils ne sont venus que pour vider la ville de tout ce qu'elle contient, et brûler le reste.

— Avec les habitants si possible, ajouta l'autre.

L'espace d'un instant, Marween se dit qu'ils auraient pu informer la population de ce qui l'attendait. Il balaya tout de suite cette pensée. La horde n'avait pas à interférer dans les conflits.

Il vit Swain ressortir d'une maison, les bras et les épaules chargés de sacs ainsi que d'un rouleau de tissu rouge. Un autre cassait une vitrine à coups de masse. Des habitants couraient, mais pas un ne songeait à intervenir pour défendre ses biens. Ils devaient s'estimer heureux de conserver la vie.

Des cris étouffés provenant d'une maison à trois pignons attirèrent l'attention de Marween. Un gamin passa devant la fenêtre, jeta un bref coup d'œil à l'intérieur, puis fila en enfonçant la tête dans les épaules. Intrigué, Marween s'approcha à son tour. Les cris avaient cessé, mais des ahanements étaient perceptibles, par-dessus des chocs cadencés pareils à des coups de canne sur le sol. Marween entra par la porte entrouverte dans la salle principale.

Bizarrement, il enregistrait chaque petit détail de la scène, alors que l'ensemble était comme dépourvu de sens : la main qui bâillonnait la jeune femme était noire de crasse, les ongles ébréchés ; la table sur laquelle la femme avait été jetée à plat ventre était bancale ; ses jupes étaient relevées, et une petite cicatrice violette semblait errer sur la peau blanche de ses fesses. Elle avait vingt-cinq ans, trente ans au maximum. Habitant une ville et non la campagne, elle avait été relativement épargnée par les rudesses du temps. Le Serpent la maintenait pliée en deux, la poitrine écrasée contre la table, et la besognait par-derrière. À chacun des allers et retours du violeur, la femme émettait un râle qui ne parvenait pas à franchir le seuil de ses lèvres.

Le Serpent, lui, avait une quarantaine d'années. Il appartenait à l'escouade de Swain. C'était un caporal du nom de… Gwiramin, voilà !

— Gwiramin ! dit Marween à haute voix. Merde, qu'est-ce que tu fous ?

Le Serpent tourna la tête, mais sans cesser pour autant. Un sourire éclaira sa face rougeaude. Il devait avoir fêté par anticipation la prise de la ville en vidant quelques bouteilles.

— T'occupe pas, mon frère. J'ai la permission…

— Audric ne donne à personne la permission pour *ça*.

— Oh, putain…

Il était près de jouir. Marween posa la main sur la poignée de son épée, se demandant s'il ne devait pas le séparer de la femme par la force. Gwiramin était plus fort que lui, mais sa position le plaçait clairement en infériorité.

Il baissa ses yeux vers la femme. Et aussitôt, il comprit qu'il n'en ferait rien.

Les yeux dilatés par la terreur, la femme subissait son sort. Elle ne criait plus. Les mains de Gwiramin avaient quitté sa bouche et glissé jusqu'à ses seins pour les malaxer sans douceur. Elle savait que personne ne viendrait la sauver – pas même Marween. Elle l'avait su dès que le garçon était apparu, avant que lui-même se l'avoue. Si elle se taisait, c'était simplement pour que son tourmenteur la laisse en vie quand il aurait fini. Et pendant un court instant, un horrible instant, Marween la vit à travers les yeux de son camarade : une masse de chair animée, sans personnalité, un simple orifice destiné à le satisfaire.

Et l'horreur de la scène lui parut soudain dénuée d'importance.

Les coups de reins s'intensifièrent et des larmes coulèrent des yeux de la femme pour s'écraser sur la table.

— Bordel…, gémit Gwiramin.

Il donna un dernier coup de reins, si violent que la table gémit à son tour. Puis il se coucha sur sa victime en lui murmurant quelque chose à l'oreille.

Au bout de quelques secondes, il se redressa et sa verge glissa, déjà molle, hors de la fente humide. Un filet de sperme suinta – Marween détourna les yeux. Et il se rendit compte que, depuis qu'il était entré, il n'avait pas fait un mouvement. À peine avait-il respiré.

Gwiramin rabattit la jupe sur les fesses de la femme immobile. Comme si, repu, ce spectacle le dégoûtait à présent et que, par ce seul geste plein de mépris, il en rejetait la faute sur elle.

— Je devrai faire un rapport…, commença Marween.

Gwiramin remonta son pantalon d'un air indifférent.

— Un rapport, hein ? Pourquoi ?

— Cette femme, tu l'as…

— Je me suis *servi,* voilà tout. Tu vas pas en faire un plat. En ce moment, y a trois ou quatre gars qui prennent du bon temps. Tu vas faire un rapport sur eux aussi ?

— Eux, je ne les ai pas vus. Toi, si.

L'expression de Gwiramin se modifia. L'espace d'un instant, Marween envisagea la possibilité que l'homme le tue pour échapper au blâme. Sa main se rapprocha à nouveau de son épée. Mais son compagnon eut un soupir de commisération.

— Regarde-la, dit-il. C'est pour cette salope que tu risquerais de te mettre la horde à dos ?

— La horde ?

— Tu crois que dénoncer un camarade t'amènera des amis ? Je t'aime bien, Marw'. Gâche pas tout.

Il passa devant lui et sortit de la maison sans un regard pour la femme. Après une hésitation, Marween le suivit.

— Écoute, dit Gwiramin d'un ton plus conciliant. Audric essaie de faire en sorte que partout, on respecte le Serpent. Et c'est vrai qu'on en fait moitié moins que les autres hordes, pour les *à-côtés du métier.* Mais on est une horde, pas un groupe de pénitents. On n'a pas à expier pour ce qu'il a fait.

— Ce qu'il a fait ?

En guise de réponse, Gwiramin caressa son bras droit. Marween comprit. L'autre commença à s'éloigner, mais il le retint par l'épaule.

— Quoi ? Qu'est-ce que tu sais du *fléau du démon* ? Comment est-ce qu'il l'a eu ? Tu sais quelque chose ?

Gwiramin s'arrêta et dit doucement :

— Si tu retires pas ta main de mon épaule tout de suite, je te la casse en deux.

Marween le lâcha. Gwiramin redescendit la grand-rue, hélant l'un de ses compagnons pour qu'il l'aide à enfoncer une porte.

Le reste de la journée, Marween se tortura l'esprit, se demandant s'il allait dénoncer Gwiramin. L'autre avait raison : à quoi bon ? Malgré ces débordements, le Serpent était l'une des hordes les moins corrompues.

Mais en même temps, la réalité donnait tort à Audric. Les mercenaires avaient des besoins à satisfaire. Et ces besoins étaient des droits. *Je ne dois pas penser ça d'Audric,* se dit-il. *Je ne dois pas le remettre en question.*

À l'instant même où il s'exhortait, il prit la décision de ne rien dire concernant Gwiramin.

Une semaine plus tard, Trobard lui signifia qu'il était nommé caporal.

En réalité, le galon de caporal ne conférait pas à Marween beaucoup plus d'autorité ; sa paie était légèrement plus élevée, et il était dispensé de certaines corvées. En l'absence d'officier supérieur, il pouvait prendre des décisions tactiques simples dans une bataille.

Le printemps amena son lot de journées ensoleillées entrecoupées d'averses froides. Les torrents débordaient de leur lit, charriant des poissons de lune débonnaires, qu'il suffisait de pêcher à la main. Sur les versants des montagnes, des vajarans mâles se rassemblaient en troupeaux et bramaient pour attirer les troupeaux femelles. À la saison des amours, le bleu de leur peau écailleuse se teintait de vert, tandis que celui des femelles passait à l'orange éclatant. Parfois, on découvrait une douzaine de corps au bas des talus, victimes des affrontements entre troupeaux adverses. On se gardait alors de toucher à leur viande empoisonnée, qui attirait de surcroît toute une vermine venimeuse.

Les batailles s'enchaînèrent. C'étaient des conflits mineurs et peu rémunérés, les seigneurs comptant sur les villages investis pour que les mercenaires se paient en nature. Le plus souvent, Audric n'engageait pas tous ses effectifs – cela n'en valait pas la peine. Une fois sur trois, il leur suffisait de faire une démonstration de force devant la position à prendre pour que les deux parties adverses trouvent par miracle un terrain d'entente. Les autres fois, il fallait combattre. Marween le faisait avec acharnement, ne rechignant jamais à s'exposer. Les batailles ne prenaient de l'ampleur que lorsque le Serpent avait à se mesurer à une autre horde. Ce fut en ces occasions que Marween fut blessé à deux reprises. Chaque fois sans gravité, de sorte que quelques points de suture suffirent. Prelagord était un habile chirurgien. Lui aussi était requis au combat, mais bizarrement, il se trouvait toujours deux ou trois hommes auprès de lui. Jamais Marween ne le vit seul aux prises avec l'ennemi. Seul le cuisinier bénéficiait d'un tel traitement de faveur.

Il arrivait à Marween de croiser Umiade. Elle ne goûtait pas davantage sa présence qu'avant, mais au moins ne l'évitait plus. En fait, Marween semblait à présent plus l'intriguer que l'insupporter. Il ne savait s'il devait ou non s'en réjouir. Quoi qu'il en soit, elle prétendait qu'aucune vision ne l'avait assaillie depuis des mois. Ou bien se refusait-elle à les divulguer. Mais personne ne voulait contribuer à répandre des rumeurs sur la jeune femme, de sorte que Marween n'entendit rien à son sujet. C'était comme si elle *attendait* quelque chose. Qu'un événement se produise.

Deux autres novices prirent du grade avec Marween : Jedrigan et Cerajar. Ils fêtèrent bruyamment leur promotion en gaspillant leur solde à coups de tournées générales. Audric fit une brève apparition et félicita les trois nouveaux officiers, mais il ne resta pas. Il ne buvait jamais d'alcool. Les hommes vidèrent un tonneau entier, se racontant avec des tons de conspirateurs des histoires invraisemblables arrivées sur des champs de bataille, d'actes héroïques et de coups tordus… Marween réalisait qu'une horde n'était pas qu'une troupe d'hommes d'armes rassemblés afin de gagner de l'argent, mais qu'elle comportait des coutumes, des signes de reconnaissance et des légendes qui n'appartenaient qu'à elle. Il avait longtemps cru que les hordes étaient des sortes de familles. Ce n'était pas vrai. Les hordes étaient plutôt des villages. Des villages mobiles et mouvants.

Concernant Audric, on en était réduit aux spéculations sur son passé, car le capitaine n'en avait jamais rien révélé. Son prédécesseur s'était appelé Sigokin, celui d'avant Pirader, et avant Triraldan. Personne n'était suffisamment âgé pour remonter plus loin. Umiade n'était pas la seule femme de la horde à avoir acquis le grade de lieutenant : jadis, il y avait eu une Maelis, et une Yewean.

Certains pensaient qu'Audric était un ancien seigneur venu des territoires interdits, dans le Sud des confins. On racontait que sa mère était une guerrière, qui avait accouché au beau milieu d'une bataille, sur un tas de cadavres. Pendant ses contractions, une percée avait permis à ses ennemis d'arriver jusqu'à elle. Elle avait été décapitée en plein travail. Le bébé avait dû se frayer un chemin jusqu'à la lumière. Alors qu'il sortait de l'antre maternel, un coup de sabre lui avait tranché le bras. La vermine qui se nourrissait des cadavres s'était rassemblée et avait formé un bras de substitution, et ce qu'on prenait pour un démon était en fait l'agglomération d'âmes de guerriers errantes…

Interrompant Jedrigan qui racontait par le menu comment il avait tué un mercenaire de la horde du Renard, Marween demanda :

— Dites, vous savez depuis combien de temps la horde du Serpent existe ?

La question lui attira des regards interloqués. Un vétéran brandit son verre devant lui.

—Combien de temps… (Il haussa les épaules avant de reprendre, un ton plus bas:) Beaucoup d'années, voire des siècles… Depuis l'aube de l'Âge des Hommes, si ça se trouve. Je sers dans cette horde depuis vingt ans. À mon arrivée, le cuistot travaillait là depuis trente ans. Il est devenu mon pote. Une fois, il m'a dit que quand il était jeune, son chef d'escouade était lui-même Serpent vingt ans plus tôt.

L'atmosphère dans la tente perdit de son caractère joyeux. Cerajar siffla entre ses dents.

—Putain, des siècles…

Il leva son verre aux trois quarts vide, et beugla:

—Les hordes sont immortelles!

—Toutes, sauf le Loup!

Trandor émit un rot magistral, avant de lancer:

—Le Serpent sera la dernière des hordes à fouler la terre.

—Ça, oui!

—Ouais!

—Voilà qui mérite un toast!

—Ouais!

La plupart des hommes étaient allés se coucher, le tonneau de vin était presque vide. Marween parvint néanmoins à remplir le verre de chacun des convives avec ce qui restait.

—Une longue carrière s'ouvre devant nous. Ça en fait, des tonneaux à mettre en perce…

—Et des ennemis!

—Ouais. Et des ennemis.

Le lendemain, tout paraissait avoir été oublié, et la campagne militaire reprit de plus belle. Le ciel se vida de nuages. Le crincrin des grillons vibrait dans les hautes herbes, la vie débordait de partout. La guerre sporadique se porta vers le nord puis l'ouest, tel un orage d'été à la direction changeante. Une sorte de fièvre s'emparait des petits seigneurs. Les uns cherchaient à étendre leur territoire, les autres à se venger d'une ancienne offense. Les batailles n'étaient que des abcès que l'on crevait. Marween nota que, à mesure que l'on s'éloignait des Skambahs, les enjeux se simplifiaient. On était loin des jeux de pouvoir compliqués des hauts seigneurs: on se battait pour un lopin de terre, pour l'accès à une source ou un mariage annulé. Ici, les pieux de guerre n'arboraient pas une pierre de dragon enchâssée à leur sommet ; c'étaient de simples mâts décorés et ornés d'un fanion. Les prêtres des Arbres de Vie se faisaient moins présents, et rares étaient ceux que l'on voyait sur les champs de bataille planter une graine dans la bouche des morts. Ceux-ci retournaient simplement à la terre, nourrir la faune souterraine.

Au cours des trois années suivantes, la fréquence des combats s'intensifia, ne laissant guère de répit à la horde. Les affaires étaient bonnes. Mais souvent, sans qu'on sache pourquoi, les fêtes et les beuveries tournaient court.

Umiade ne parlait pas de ses visions. Mais les cernes autour de ses yeux continuèrent de se creuser.

Au cours de ces années, l'apparence physique de Marween se modifia. Ses muscles durcirent, ses yeux tournèrent au marron foncé. Sa peau s'épaissit sous les marches par tous temps, et se griffa de cicatrices. S'il demeurait un archer médiocre, il égalait presque Leihar à l'épée, et connaissait toutes les histoires de la horde. L'univers, peu à peu, rétrécissait dans son esprit. Chaque arpent de terre avait été irrigué de sang, à une époque ou à une autre, et quand Marween tâchait de se le représenter en totalité, le monde n'était qu'un immense champ de bataille où brillaient, phares sinistres, les dépouilles des Arbres de Vie.

Un hiver, Swain trouva la mort. C'était au sortir d'une taverne, dans une obscure cité aux murs et aux toits en terre cuite, qui ressemblaient à des poteries. Il était ivre et injuria une femme qui passait par là. L'homme à ses côtés tenta maladroitement de le frapper. Swain l'étendit d'un coup de poing. L'homme était accompagné de deux de ses amis, des gardes de la cité. Ceux-ci défouraillèrent aussitôt, et le poignardèrent avant que Swain ait pu dessaouler pour se rendre compte de ce qu'il avait commis. Son corps fut jeté dans un fossé d'égout, sous la muraille d'enceinte de la cité ; son pénis tranché avait été fourré dans sa bouche. Plusieurs lieutenants, Yelaf en tête, proposèrent de monter une expédition punitive contre les meurtriers, mais Audric refusa. Il nomma Jedrigan pour remplacer Swain. Depuis, Marween ne pouvait s'empêcher de penser à cet épisode sans en éprouver une rage sourde, indéterminée. Mais il préféra ne pas trop creuser de ce côté.

Au début du printemps, une rumeur circula. Les grands duchés de l'Ouest préparaient une campagne, et les hordes étaient requises pour combattre.

Audric rassembla sa horde et reprit la route. Devant elle, les villages se vidaient ; on aurait dit un ours égaré au milieu d'un troupeau de vajarans qui fait le vide autour de lui, songeait Marween.

— On retourne au duché de Coresh, annonça Trobard un soir, dans la tente qui abritait la cantine.

Marween dressa l'oreille, mais ne dit rien. Cerajar haussa les épaules et se resservit de la soupe de raves.

— Et alors ? Un duc ou un autre…

— Celui-là est particulier. Je ne sais pas pourquoi, Audric se méfie de lui. Une histoire entre eux, sûrement.

— Dans ce cas, pourquoi est-ce qu'on y va ?

Trobard cligna de son œil renfoncé.

— Peut-être parce qu'il vaut mieux avoir ses ennemis à portée de vue… N'importe comment, Coresh reste un de nos meilleurs employeurs, quelqu'un qu'il ne faut pas négliger. S'il entre en campagne, on aura du boulot pour toute la saison.

La horde du Serpent se montait à présent à deux cent cinquante mercenaires. Certains lieutenants ne voyaient pas cette inflation d'un très bon œil, à commencer par Trobard. Des hordes comptaient jusqu'à mille hommes, mais celles-là ne duraient jamais longtemps : avec un tel effectif, il était impossible aux capitaines de maintenir le lien de fidélité personnelle, et les rivalités entre les lieutenants finissaient par faire éclater la horde tout entière.

Aucun Serpent ne contestait ouvertement l'autorité d'Audric. Aucun n'en aurait même eu l'idée. Le goût de Yelaf pour le pouvoir transpirait par chacun de ses pores, toutefois personne ne suivrait un capitaine tel que lui : Yelaf lui-même était le premier à le reconnaître.

Il en allait de même des autres chefs d'escouade. Peut-être était-ce dû à la discipline féroce que faisait régner Audric. Ou au fait que les capitaines de horde étaient moins regardants que lui vis-à-vis de certaines pratiques : beaucoup rançonnaient des villages quand la campagne militaire n'avait pas été couronnée de succès, et se répandaient en exactions. Quinze ans plus tôt, la horde du Pic Bleu avait été exterminée après le sort horrible qu'elle avait fait subir à un village qui lui avait refusé l'hospitalité. Audric, en revanche, se montrait plus scrupuleux, même si cela engendrait parfois des tensions à l'intérieur de la horde. Marween avait d'abord mis cela sur le compte de la période faste qu'ils traversaient, mais des vétérans l'avaient détrompé : depuis qu'Audric était capitaine, aucun village n'avait eu à se plaindre de voies de fait auprès de son seigneur. Ce que Marween avait vécu avec Gwiramin dans la ville ne changeait rien sur le fond. Les hommes comme Yelaf se sentaient lésés de ne pas profiter pleinement de ces extra en nature. D'autres au contraire en tiraient de la fierté, et l'autorité d'Audric se trouvait renforcée auprès de ceux-là.

— On est des mercenaires, lui dit un jour Killian : on aime se battre, on laisse la politique aux seigneurs. Audric, lui, est entre les deux. On le suit parce que ses choix stratégiques sont les meilleurs.

— Ce n'est pas à cause du *fléau du démon* ?

Killian haussa les épaules.

— Oui, bien sûr. Grâce à lui, la horde est l'une des plus respectées, et nos victoires n'ont jamais été aussi nombreuses que sous son commandement. C'est le plus fort d'entre nous. Il peut battre vingt hommes, cinquante même. Il l'a déjà fait sur le champ de bataille. Mais cent ? ou deux cents ? Il faut autre chose que de la puissance pour être capitaine. Lui seul sait comment consolider le lien qui existe entre nous. On est soudés autour de lui.

— Pourtant, je ne le vois pas beaucoup participer aux beuveries et aux réjouissances après les victoires.

Marween avait remarqué que, quand Audric le faisait, il demeurait lointain, accablé de solitude. Il restait sobre, et contrairement aux autres capitaines de horde, il n'avait ni concubine ni harem. Il paraissait détaché des choses de ce monde. Plus d'une fois, Marween s'était demandé ce qui l'obligeait à se battre, lui qui jouissait si peu des fruits de ses victoires.

Killian se frotta le menton.

—Tiens, oui, tu as raison. Mais c'est pas ça l'important. Audric est notre capitaine. Il a des buts qui nous dépassent.

Ils traversèrent une longue chaîne de montagnes, une dizaine de cols se hissant à trois mille mètres, parfois davantage. Des montagnards vivaient là, des hommes trapus dont les mots ressemblaient à des grognements. Personne ne savait s'ils habitaient des villages accrochés aux versants, ou bien dans des grottes. Mais au cours des âges, aucun seigneur n'avait jamais réussi à les déloger de leur domaine. Marween se demanda s'il ne s'agissait pas de rakinns mi-hommes mi-ours. Mais ils étaient plutôt petits. Dans les vallées, Audric n'avait pas de droit de passage à acquitter : les seigneurs en exemptaient les hordes afin de ne pas avoir de problème avec elles. Les montagnards, quant à eux, exigeaient des taxes élevées pour emprunter leurs cols, et les hordes ne les impressionnaient nullement. On fit comprendre à Audric que ceux qui refusaient de payer se retrouvaient pris dans des avalanches de pierre imprévisibles. Audric paya, et ils passèrent sans encombre.

Une steppe immense s'étendait de l'autre côté de la cordillère. La horde s'y engagea après avoir acheté des provisions dans les villages au pied du dernier col.

Très vite, l'herbe céda la place à un lichen dur, d'un vert cru, qui crissait sous la semelle. Le lichen formait une sorte de matelas qui donnait l'étrange impression de marcher dans un rêve. Les sons s'y étouffaient et les hommes se surprenaient à parler bas. Par endroits, le lichen se plissait de fossettes et bourgeonnait ; à d'autres, des bancs de sable grossier affleuraient, tel le dos d'un monstre souterrain venu respirer en surface. Au bout de quelques jours, la couche de lichen s'amincit, et des terriers apparurent. L'un des hommes s'avança, la lance à la main, et fouilla le trou avec la pointe dans l'espoir d'embrocher un lièvre.

—C'est pas un lièvre qui a creusé ce trou, avertit l'un de ses compagnons. Tu vois bien qu'il est vertical.

L'autre haussa les épaules et continua… jusqu'à ce que sa lance s'enfonce de près de un mètre. Il faillit tomber, et eut à peine le temps de s'écarter lorsque la lance rejaillit en vrombissant à quatre mètres en l'air.

— Bon sang ! Qu'est-ce que… cette chose…

On courut chercher Leihar. L'homme jura qu'il avait aperçu quelque chose, une sorte de mouvement fluide, un chuintement mouillé et blême, juste avant que la lance lui soit arrachée des mains. Leihar se gratta la tête, comme il réfléchissait. Puis il dit :

— J'ai entendu des villageois parler de ça, dans le Nord. Des *woorms*, ils appellent ça. C'est pas dangereux tant qu'on ne les embête pas. À partir de maintenant, interdit de fouiller le sol !

Les hommes se le tinrent pour dit, et plus personne n'enfonça sa lance dans un terrier. Plus tard, Marween distingua une tige qui sortait d'un de ces trous, à une dizaine de mètres. Elle était pâle et lisse, épaisse comme le pouce. À peine l'avait-il repérée qu'elle se rétracta, comme les cornes d'un escargot. Au cours des jours suivants, ils traversèrent plusieurs champs de trous, et des hommes affirmèrent avoir aperçu des tiges, qui semblaient les observer.

Les champs de trous disparurent, et le plateau s'acheva abruptement.

Une vaste plaine s'étendait, mille mètres en contrebas.

La horde dévala les pentes du plateau, puis s'enfonça dans une campagne en pleine renaissance. Des merles s'envolaient dans les sous-bois, des nuées d'oiseaux obscurcissaient parfois le ciel. Les villages étaient rares ; loin des hommes, la nature éclatait d'exubérance. La progression de la horde faisait déguerpir sangliers et chiens sauvages, mais une fois, un chien se campa au bord du chemin, assis immobile sur ses pattes arrière. Ses babines se retroussaient sur un grognement sourd venant du fond de sa gorge. C'était un molosse maigre, de couleur indéterminée, comme si le soleil avait fini par délaver son pelage. Il était aussi couturé qu'un vétéran, les crocs brisés et les oreilles déchirées.

Marween marchait au milieu de la colonne en compagnie de Briac. Il arrivait au niveau du molosse lorsque l'ordre leur parvint de le laisser en paix.

— Pourquoi Audric donne cet ordre ? demanda-t-il à Briac.

Le géant haussa ses énormes épaules.

— Pourquoi est-ce qu'on le tuerait ? Il nous a rien fait.

— Mais s'il attaque…

— Ce cabot n'attaquera pas. Il l'aurait déjà fait.

— Alors, pourquoi est-ce qu'il reste aussi près de nous ?

— Peut-être qu'il est fou. (Briac fronça les sourcils, avant d'ajouter :) Mais il aurait été encore plus fou de nous attaquer. Il serait mort, à l'heure qu'il est.

Il leva à nouveau les épaules, et l'horizon ne tarda pas à avaler le chien.

Il leur fallut trois semaines pour atteindre le duché de Coresh. Ils passèrent au large d'une petite horde, qui campait à ses frontières. Au-dessus de la tente du capitaine flottait un drapeau figurant un paon. Ses hommes, une quarantaine au maximum, avaient le visage peint de couleurs flamboyantes, et les pointes de leurs lances évoquaient des plumes ovales. Les deux capitaines se saluèrent de loin, mais Audric ne s'arrêta pas. Après tout, ils pourraient bien être amenés à se rencontrer sur le champ de bataille, un jour prochain…

Le soir, ils campèrent près de Marlheim. Marween connaissait la ville ; il se perdit avec joie dans son marché. Les stands débordaient de marchandises et de victuailles. La foule était nerveuse, électrique. Les rumeurs de guerre allaient bon train, mais il ne fallut que quelques minutes à Marween pour se rendre compte que ce n'était pas comme d'habitude. Il ne parvenait pas à mettre le doigt dessus. Ce fut Killian qui le lui dit, quand il le rencontra à la sortie du marché.

— Tu as remarqué ?

Marween se gratta la tête d'un air perplexe.

— Il y a quelque chose de pas normal, lieutenant. Mais je saurais pas dire quoi.

— L'ennemi. Personne n'a l'air de savoir contre qui Coresh va se battre. Ce ne sera pas contre le comte Uther. Ni contre Briladan, qui occupe tout le Sud.

Marween claqua des doigts.

— Oui, c'est exactement ça ! Personne n'a parlé d'ennemi.

— Ce qui est sûr, c'est que Coresh prépare quelque chose.

— Mais contre qui ?

— Un territoire plus lointain. Mais je ne vois pas pour quelle raison.

Killian n'était pas disposé à en discuter davantage. Il avait acheté un petit baril de harengs, qu'il comptait revendre avec profit au cuisinier. Il pensait avoir fait une bonne affaire. Mais il s'exhalait du baril des relents si suspects que Marween doutait beaucoup que le cuisinier accepte le marché… sinon avec un couteau sous la gorge.

Il se promena un peu dans les rues bondées, puis revint pensif au campement. Quelque chose le turlupinait, lui aussi. Au milieu de la nuit, il réalisa avec stupeur qu'ils n'étaient qu'à quelques kilomètres du village qui l'avait vu naître.

Comment est-ce que j'ai pu oublier ?

C'était vrai, il avait oublié. Il y avait pas loin de quatre ans qu'il était parti. Cela aurait tout aussi bien pu être trente ans. Aujourd'hui, il aurait été incapable de décrire avec précision son père ou sa mère. Sa mère : une femme brune, ou bien rousse. Froide et distante… Son père n'était plus lui aussi qu'une silhouette dépourvue de traits caractéristiques. Pas très grand, les mains calleuses – comme tout le monde, finalement. Peut-être étaient-ils morts. Il s'en fichait. Même ses amis se fondaient dans le gris de sa jeunesse morne et sans but.

Au fond, ils ne valent pas que je me soucie d'eux. Eux aussi, ils sont comme morts.

Marween n'aurait pu croire avoir un jour ce genre de pensées. Pourtant, il ne les regrettait pas. Et il n'avait aucune intention de retourner dans son village, même en visiteur. Son foyer était ici.

Il refoula ces réflexions tout au fond de lui. Cela fait, le sommeil le rattrapa en quelques instants, et le lendemain, c'est comme si son village n'avait jamais existé.

10

Lorsque la nacelle de Coresh descendit des cieux, Audric l'attendait en compagnie d'Umiade et de Trobard. Le capitaine des Serpents avait été averti le matin même par un officier de Coresh se déplaçant sur un cheval rapide. Audric avait accepté la rencontre, mais l'annonce que Coresh viendrait en personne l'avait déconcerté. Le duc ne s'éloignait jamais de son château, or on en était à plus de quatre jours de marche.

Audric ne cessait de s'émerveiller devant la faculté de lévitation de la nacelle. Les quelques gouttes de sève résiduelle contenues dans le bois de Skambah lui permettaient d'annuler son poids, à l'instar des châteaux, et de voler jusqu'à une cinquantaine de mètres. On racontait que jadis, quand le bois était irrigué de sève, les nacelles pouvaient grimper si haut que certains seigneurs téméraires avaient étouffé, faute d'air, et qu'ils tournaient toujours autour de la terre dans leur cercueil glacé.

Coresh sauta sur le sol et attendit qu'Audric s'incline devant lui. Un sourire figé ourlait ses lèvres peintes. Dans le kiosque de la nacelle se tenaient six gardes protégés par des plastrons cloutés. Ils brandissaient des arbalètes en acier, dont les traits étaient réputés capables de traverser trois hommes d'affilée. Audric ravala sa hargne et ploya le torse. Il savait qu'il ne pourrait jamais prouver l'implication de Coresh dans le piège de la horde du Loup.

—Je suis heureux de te voir, dit Coresh. Cela fait trop longtemps à mon goût… mais le temps est venu.

— Vous êtes bien loin de votre château, sire. Que me vaut l'honneur de votre visite ?

— Une mission de la plus haute importance, que je veux te confier.

— Est-ce qu'elles ne le sont pas toutes ?

— Non, répondit Coresh abruptement. Ça n'a rien à voir avec la guerre.

L'ironie discrète qui d'habitude imprégnait la moindre parole du seigneur avait disparu, et le ton glacé qu'il avait employé doucha Audric comme une pluie d'hiver. Le capitaine des Serpents s'était préparé à marchander ses services. Mais ce qui se passait était inédit.

Coresh fit signe à ses hommes de rester en arrière, et mena Audric à quelques pas.

— Tu as accompli la dernière opération avec brio, dit-il à voix basse. Efficace et digne de confiance.

— Votre appréciation me touche. L'honneur que vous me faites, à moi et à ma horde…

— Je me fiche d'honorer qui que ce soit, le coupa Coresh. J'énonce un fait, voilà tout.

Cinq longues secondes s'écoulèrent, pendant lesquelles Audric rassembla ses doutes et ses pensées. *Le duc m'a trahi déjà une fois. Et peut-être davantage.* Il inspira longuement, puis dit, posément :

— Quelle est cette mission, sire ?

— Tu dois récupérer quelqu'un pour moi.

— Quelqu'un ?

La bouche de Coresh s'agita, et Audric le devina en proie à un dilemme intérieur. Cela aviva davantage sa curiosité.

— Peut-être en as-tu entendu parler. Son nom est Solenn.

— Solenn ? Une femme ?

— Pas n'importe quelle femme. Une femme extraordinaire…

Un sourire commença à incurver les lèvres d'Audric, mais un geste agacé de Coresh mit fin à ses spéculations.

— Ne te méprends pas. C'est une augure.

— Oh. Vous vouliez la recruter, et elle a refusé votre offre ?

Coresh secoua la tête.

— Je veux la *posséder.* Mais Solenn a refusé mon prix, comme ceux de tous les seigneurs.

Audric essaya de dissimuler ses doutes. Coresh était-il donc devenu fou ? Il demanda le montant de l'offre, et la somme vertigineuse que Coresh annonça lui fit craindre qu'il ait effectivement perdu l'esprit. Cinq cents pièces d'or. Une rançon de duc ou de comte... De quoi s'acheter un domaine de plusieurs dizaines de fermes. Ou des villages entiers.

— D'autres seigneurs ont même offert davantage, précisa Coresh. Mais Solenn a refusé.

C'était encore plus incroyable. Audric déglutit.

— Cinq cents pièces d'or, seigneur ? J'ignorais qu'une augure, quelle qu'elle soit, pouvait valoir cette somme.

Coresh jeta un rapide coup d'œil à Umiade, qui attendait en retrait.

— Solenn a autant de rapport avec ton augure, Audric, qu'un aigle avec un moineau. Ses visions ne se limitent pas à quelques jours ou quelques semaines, et ne concernent pas que son entourage immédiat.

— Qu'est-ce qu'elle a donc vu ?

Le visage de Coresh se ferma.

— C'est une chose que tu n'as pas le droit de savoir. Cela fait partie de ton contrat : tu dois retrouver Solenn et me la ramener. Mais jamais, au grand jamais, l'interroger.

Audric haussa les épaules.

— Ce n'est pas comme la dernière fois. Rien ne vous empêche d'utiliser vos hommes pour la ramener. Le secret n'est pas nécessaire.

— Tu te trompes. Les espions sont partout, et d'autres seigneurs sont prêts à tout pour s'emparer de Solenn. D'autre part, elle ne se trouve pas sur mon territoire, mais dans le comté de Galerade. Si mon armée personnelle y circule, ce sera interprété comme un acte de guerre.

— Si elle est si importante, le jeu n'en vaut-il pas la chandelle ?

— J'ai mon propre territoire à défendre. Et je t'ai, toi. Je répugne à le dire, mais tu seras certainement plus efficace que mon armée.

Sans compter que la Galerade est réputée comme l'un des territoires les plus hostiles qui puissent exister, ajouta Audric en son for intérieur.

Il n'avait jamais mis les pieds dans ce comté, mais savait que le danger y était omniprésent. Les seigneurs pouvaient passer des contrats provisoires avec n'importe quelle bande de coupe-jarrets. C'est pourquoi une armée expédiée là-bas n'était pas certaine d'en revenir. La horde elle-même serait mise à rude épreuve, elle allait devoir se défendre à chaque instant du jour et de la nuit.

Cependant, la curiosité titillait Audric. Il y avait réellement quelque chose de bizarre dans cette mission. Il ne savait pourquoi, mais il sentait qu'il devait être partie prenante dans le jeu qui s'annonçait.

— J'accepte, sire, dit-il enfin.

Les fins cheveux blancs de Coresh parurent onduler de satisfaction sur ses épaules.

— Je ne souhaite rien te cacher. Il y a trois saisons, j'ai envoyé une autre compagnie, la horde de la Martre. Elle n'est jamais revenue. Tu es toujours partant ?

Audric opina, et Coresh lui tendit un rouleau de parchemin cacheté.

— Voici toutes les informations dont tu auras besoin pour localiser Solenn. Aux dernières nouvelles, elle était dans les montagnes de Blackhorn. Mais elle bouge sans arrêt. Il vous faudra des semaines, voire des mois de traque avant de la trouver.

— J'ai besoin de tout savoir sur cette femme. Son passé, ses points d'attache…

— Tout ce qu'on sait d'elle se trouve dans le rouleau. Des cartes, aussi. (Coresh saisit le brassard articulé d'Audric par le poignet, comme s'il s'adressait en même temps au démon qu'il portait, et approcha son visage du sien.) Personne ne devra jamais lire les documents qui s'y trouvent, à part toi. Personne.

Audric hocha la tête, et Coresh lâcha son brassard.

Ils discutèrent des modalités de paiement. Audric exigea une rondelette somme d'avance. Un plan avait déjà germé dans son esprit, mais il avait besoin d'argent pour le mettre à exécution. Coresh ne songea même pas à marchander ; il lui remit l'argent sur-le-champ. Il remonta dans sa nacelle. Alors qu'elle commençait à s'élever, le duc agita la main en signe d'adieu.

— Mes vœux vous accompagnent, cria-t-il. Revenez avec Solenn. Ou, si vous ne pouvez pas l'avoir, tue-la : elle ne doit pas tomber entre d'autres mains que les miennes.

La nacelle accéléra et disparut derrière les arbres.

Audric soupesa la bourse que lui avait remise Coresh. Enfin, il appela ses lieutenants.

— On change de route. On va en Galerade.

Driligan tripota une de ses oreilles décollées.

— La Galerade ? On n'aura pas fait trois kilomètres que la moitié de la population nous tombera sur le râble.

Audric sourit.

— Tels que nous sommes, oui. C'est pourquoi nous allons changer d'apparence.

Ils retournèrent à Marlheim, puis achetèrent des vajarans à Helmouth et d'autres villes du Nord. Le plan d'Audric était des plus simples : se faire passer pour des marchands désireux d'ouvrir des comptoirs dans le Nord. Cette incursion serait considérée comme moins agressive qu'une horde en mission. Cela leur ferait gagner du temps pour leurs recherches – du moins, Audric l'espérait.

Pendant qu'ils cheminaient vers le nord, il décortiqua les documents du rouleau. L'un d'eux était un rapport d'espion, que l'on avait remis à Coresh et qui portait un sceau de confidentialité. Audric n'aurait jamais cru en avoir un à sa disposition. Le style du document était clair et concis, l'écriture était minuscule afin de tenir le moins de place possible.

Le don de la jeune fille s'était révélé quand elle avait douze ans, rapportait le document. C'était la fille du seigneur d'un domaine reculé, un de ces petits seigneurs régnant sur dix arpents de terre et deux fermes. Un jour, une transe divinatoire saisit Solenn au beau milieu d'un repas. C'était rare, mais pas extraordinaire. Ce qui l'était plus, c'est la durée. Là où une crise n'excédait pas deux ou trois secondes, celle de Solenn dura trois minutes. Ses yeux roulaient, blancs sous ses paupières papillotantes, et un masque mortuaire figeait ses traits. Lorsqu'elle revint à elle, son haleine était glacée et du givre recouvrait sa chevelure. Sa famille épouvantée s'enfuit, à l'exception de sa mère. Et ce que cette dernière entendit la glaça d'effroi. Solenn raconta la fin des temps, la course épuisée des orbes de cendres dans le ciel moribond. L'extinction du soleil et des étoiles…

Lorsqu'elle eut fini, elle souriait.

— Je me suis promenée là où personne n'est jamais allé, conclut-elle d'une voix calme. Là où ni dieu ni démon n'a survécu, où aucun homme ni aucune femme n'existe plus, car tous sont retournés à la poussière. Là où la magie même s'est asséchée.

— Tu y es allée… de ton plein gré ? demanda sa mère.

Solenn hocha la tête. Sa mère lui prit les mains.

— C'est impossible, dit-elle. Les augures ne sont pas maîtresses de leurs visions. Elles s'imposent à elles.

— Moi, je les contrôle. C'est facile, comme un ruisseau qu'on oriente à travers une étendue de sable avec un bâton. Il suffit de creuser devant le flot.

— Pourquoi es-tu allée aussi loin dans l'avenir ?

— Je voulais voir jusqu'où je pourrais aller. Je n'y retournerai jamais, il y fait trop froid.

Le dialogue, fidèlement restitué par l'espion, s'étalait sur deux pages. Ensuite, sa mère la questionna sur des faits de l'histoire familiale, puis elle lui demanda si la récolte serait bonne – cela, et d'autres renseignements en apparence anodins. En vérité, la mère était une femme cupide et les réponses de Solenn lui firent gagner beaucoup d'argent. En quelques années, sa famille devint riche et influente. Une réussite aussi fulgurante suscita des interrogations, et, dans de telles conditions, un secret ne pouvait rester longtemps enfoui.

Voilà donc ce que veut Coresh, réalisa Audric en levant les yeux du document : *le pouvoir absolu que procure une vision dirigée. Savoir qui va gagner une bataille, les alliances et les unions qui en découleront. Il y a là de quoi devenir le souverain du monde entier.*

D'après la suite du document, Coresh n'était pas le premier à y avoir songé. Un jour, un seigneur voisin tenta d'enlever Solenn. Il n'y parvint pas, mais ses nervis, dans le feu de l'action, tuèrent le père de Solenn. C'en fut trop pour elle. Elle fuit le domicile. Elle se réfugia d'abord dans un temple dédié aux Arbres de Vie. Mais les assiduités des autres seigneurs ne cessèrent pas, bien au contraire. Solenn s'y cloîtra. Rien n'y fit. Un soir, on tenta à nouveau de la kidnapper. L'une des sœurs faillit perdre la vie.

Alors, Solenn décida de disparaître. Depuis trois ans, elle parvenait à passer entre les mailles du filet tendu par le comte de Galerade. Les montagnes dans lesquelles elle s'était réfugiée étaient en réalité un véritable gruyère de roche : des centaines, peut-être des milliers de cavernes les trouaient. Les cartes fournies par Coresh étaient éloquentes par l'abondance des blancs qui les tachetaient.

Son don la protège peut-être d'une manière ou d'une autre, réfléchit Audric. *Umiade m'a dit que les augures ne peuvent bénéficier de leurs propres visions, mais Solenn n'est pas une augure comme les autres. Il faut que j'en tienne compte.*

C'était la mission la plus difficile qu'il ait eu à mener depuis qu'il était capitaine ; et il n'en avait jamais connu d'aussi dure quand il était lieutenant.

À vrai dire, il ne voyait pas comment réussir, ni même si sa horde pourrait s'en sortir indemne. Cependant il avait accepté cette tâche, et il ne se déroberait pas.

Il se replongea dans les documents de Coresh. Un portrait de Solenn réalisé au fusain montrait une jeune fille quelconque, un peu grasse, le buste fort, le visage sévère doté d'un nez en pointe. Son régime en montagne avait dû l'amaigrir, pensa Audric, essayant de l'imaginer telle qu'elle devait être aujourd'hui. Une tache de vin sur la tempe gauche, des cheveux châtains raides comme des baguettes : au moins, il pourrait la reconnaître sans difficulté.

Quant à arriver jusqu'à elle et la débusquer... Deux cent cinquante hommes ne seraient pas de trop pour quadriller la montagne où elle se terrait. Sans compter que la couverture pacifique de la horde ne s'avérerait efficace qu'un temps limité : bandits et soldats s'apercevraient vite qu'ils n'avaient pas affaire à une simple caravane.

Un mois leur fut nécessaire pour arriver aux frontières du comté de Galerade. Il ne plut pas, mais ni les hommes ni les animaux n'eurent à en souffrir. Le climat restait stable et modéré. Le relief, quant à lui, subissait de profonds changements. Une terre rouge remplaça peu à peu le riche humus. Elle semblait déteindre sur les herbes qui poussaient à sa surface. Des rochers en pains de sucre s'élevaient comme des tertres dans des vallées planes au dessin bizarre, qui rappelaient des marécages asséchés. L'eau des rivières avait une curieuse coloration rosée, et laissait un goût de cuivre sur la langue. Les habitants des villages édifiés sur les rives proclamaient à qui voulait l'entendre que cette eau prolongeait la vie, et que leurs anciens avaient deux cents ans…

Ils croisèrent de nouveaux champs de woorms. Les tentacules souterrains étaient plus grands que ceux auxquels la horde avait eu affaire sur la steppe en revenant de l'est : ceux-là se hissaient à près de un mètre hors de leur trou. Ils étaient flexibles, et avaient la même couleur pâle. Là encore, ils ne montrèrent aucun signe d'agressivité, pourvu qu'on ne les dérange pas. Audric ne parvint pas à déterminer s'il s'agissait de colonies de vers indépendants les uns des autres, ou bien des extensions d'un organisme unique, gigantesque, gisant sous terre. Pour cela, il aurait dû arracher l'une de ces tiges, un risque qu'il n'était pas prêt à prendre.

Au fur et à mesure de leur progression, Audric peaufina leur couverture, allant jusqu'à acheter des ballots de marchandises, vêtements de soie, armes et épices. L'entretien d'autant de vajarans – quarante au bas mot – nécessitait beaucoup de temps, et plus d'une fois des bandes de brigands s'allièrent pour tenter de s'emparer de leurs marchandises. Au moins, se dit Audric après la seconde attaque, leur couverture fonctionnait à la perfection…

Il restait également attentif aux rumeurs en provenance du sud. Le duché de Coresh avait pris parti dans une guerre qui impliquait trois comtés et deux duchés. Peut-être s'agissait-il d'une diversion : tous les yeux étaient tournés vers ce conflit, personne ne s'intéressait à une caravane qui s'en éloignait… hormis les bandits, naturellement. Par chance, Audric n'eut pas à déplorer de pertes sérieuses durant le trajet jusqu'en Galerade. C'était tant mieux car il ne pouvait compenser ses effectifs, à cause du risque d'engager un espion à la solde d'un quelconque seigneur.

L'entrée en Galerade s'effectua par un porche qui enjambait la route. L'arche sortait du sol telle une racine de Skambah. Sans doute était-ce l'effet recherché. Des sculptures ornaient la face tournée vers l'extérieur : des scènes de batailles, ou plutôt de massacres. Un avertissement, une mise en garde à l'intention des intrus.

Les villages étaient protégés par des murailles doubles, et des hommes d'armes patrouillaient à leur sommet. La horde dut passer au large du premier qu'elle rencontra. Quant au deuxième, les voyageurs eurent le droit de franchir l'enceinte extérieure, mais pas l'enceinte intérieure. Quelques maisons aveugles, d'une grande laideur, s'inséraient entre les deux murailles. Ils purent y échanger des marchandises contre des pommes de terre et des choux-fleurs.

Même les champs étaient sous la surveillance de tours de guet. Celles-ci pouvaient alerter et appeler du renfort à tout moment grâce à des cloches. Au grand déplaisir d'Audric, le convoi ne passa donc pas inaperçu.

Deux jours après leur arrivée, une troupe fortement armée vint, au nom du seigneur de Galerade. Elle comptait environ soixante soldats. Son chef venait réclamer la taxe de passage, ainsi que des informations sur la nature de leur cargaison. La somme était modique. Le chef de la troupe ressemblait davantage à un brigand qu'à un officier, et Audric se dit qu'il avait eu raison de se méfier. Il avait disposé ses archers à couvert, prêts à intervenir au cas où, et ordonné aux hommes d'escorte de dégainer leurs épées. Il accepta de payer.

— Qu'est-ce que vous transportez ? fit le chef en empochant les pièces d'argent.

— Rien qui vous intéresse.

L'autre grogna de mécontentement. Il lui remit cependant un papier couvert d'une écriture illisible, tamponné d'un sceau à moitié effacé.

— Avec ça, vous pourrez passer partout.

Dix kilomètres plus loin, une nouvelle troupe surgit, presque identique à la première. Avec un soupir de résignation, Audric fit signe au convoi de s'arrêter et aux hommes de défense de se disposer en formation. Le chef de la troupe s'approcha. Une trogne encore plus patibulaire que le précédent. Audric lui présenta le document. L'autre fit semblant de le lire, puis le chiffonna.

— Ce papier ne vaut rien, le sceau est un faux grossier. Vous devez me payer, moi.

— Bien sûr. Vous, vous avez le bon sceau, n'est-ce pas ?

Le bandit saisit un dé en bois, suspendu à sa poitrine par une cordelette.

— Évidemment.

— Moi qui croyais que les sceaux officiels étaient en nacre…

Audric laissa négligemment tomber sa main sur la poignée de son épée. Il sembla aux spectateurs présents qu'elle jaillissait toute seule de son étui. Le chef de la troupe n'eut pas le temps de réagir. L'épée géante vrombit à ses oreilles et le sceau vola dans les airs. Il considéra en clignant des yeux la cordelette tranchée net, à un cheveu de son cou.

Le bandit ouvrit la bouche… et la referma. Il savait qu'il ne devait la vie qu'au bon vouloir d'Audric. Il recula lentement, puis donna l'ordre à ses hommes de le suivre. Quelques instants plus tard, ils avaient disparu. Par la suite, Audric dut traiter de la même manière avec deux autres bandes. Ce n'est qu'une semaine plus tard qu'un officier, authentique celui-là, vint prélever le tribut pour son seigneur. Il venait à la tête de trois cents soldats. La taxe qu'il réclamait était nettement plus élevée. Il exigea en outre de vérifier les marchandises sur plusieurs vajarans. Audric accéda à sa demande. Satisfait, l'officier remonta à cheval.

— Vous allez dans le nord ? interrogea-t-il.

— En effet. Nous voulons ouvrir des comptoirs là où les guerres sont moins fréquentes.

Le soldat eut une moue sceptique.

— Je ne suis pas sûr que les guerres soient moins courantes que par ici… mais vous le découvrirez bien assez tôt. En attendant, ne traînez pas sur notre territoire : vous excitez les bandes de brigands qui dévastent la région.

— Telle n'est pas mon intention.

Audric attendit que l'officier ait disparu avec sa troupe. Il réunit ses lieutenants.

— Les bandes ne vont pas cesser de nous harceler. Maintenant que nous avons le droit de rester, nous devons décourager les pillards.

Chacun hocha la tête. Cela signifiait une bataille sans merci, la prochaine fois qu'une bande tenterait de les rançonner.

Avant de repartir, les archers se pourvurent en flèches et les lieutenants distribuèrent des lances aux hommes à pied. Les lances furent accrochées aux flancs des vajarans, en les camouflant pour que l'on ne puisse pas les repérer de loin.

Dès le lendemain, un éclaireur de l'escouade de Trobard revint au galop. Il alla directement prévenir Audric.

— Une troupe en embuscade dans un taillis, dit-il, le souffle court. J'ai aperçu des traînées sur le sentier, on a voulu faire disparaître des empreintes de piétinements en balayant le sol avec des branches feuillues.

Audric hocha la tête. Il devait s'agir de l'une des bandes qu'il avait tenté de décourager. Ce qui signifiait soixante à quatre-vingts hommes. La horde pouvait s'en charger, toutefois Audric devait absolument préserver ses effectifs. Il ordonna qu'on distribue des flèches incendiaires, puis la horde se remit en branle. Le taillis s'étendait sur une pente qui menait à une vallée semée d'étangs. Les arbustes montaient à hauteur d'homme. Une partie était constituée d'épineux, qui formaient une masse compacte et sombre. Un endroit idéal pour une embuscade car le sentier faisait des lacets, empêchant le convoi de se regrouper en cas d'attaque.

Parvenu à une trentaine de mètres du taillis, Audric fit arrêter le convoi. Les hommes étaient prêts, de sorte qu'il n'eut qu'à faire signe pour que les escouades de Yelaf et Leihar se mettent à courir vers la gauche, tandis que celles de Driligan et Umiade se dirigeaient vers la droite. Pendant ce temps, les archers plantèrent leurs flèches dans le pot qu'ils venaient d'allumer. Des brasillements firent pétiller l'air. Puis une pluie de feu s'abattit sur le taillis.

D'abord, il ne se passa rien. Une deuxième salve fondit sur la masse d'arbustes. Après quelques secondes, de minces colonnes de fumée s'élevèrent. De petits cris aigus résonnèrent à travers le taillis : les bandits embusqués communiquaient entre eux pour savoir quelle attitude adopter. Audric ordonna à l'escouade de Killian de déployer ses lanciers le long du taillis. Puis lui-même prit la tête de son escouade et commença à le contourner par la droite, tandis que celle d'Umiade descendait, pour couper toute retraite par le bas.

Quelques flammèches partirent au-dessus de la masse végétale.

— Tirez sur tout ce qui bouge autour des départs de feu, ordonna Audric aux archers. Ils essaient d'étouffer les flammes.

Des cris lui indiquèrent qu'il avait vu juste. Les flammes gagnèrent en intensité, dégageant volutes et crépitements. D'autres fourrés remuèrent : les brigands se déplaçaient en nombre vers la gauche. Audric avertit Yelaf et Leihar, puis il mena sa propre escouade vers l'affrontement.

Les bandits attaquèrent avec la vaillance du désespoir. Ils jetaient toutes leurs forces pour tenter une percée, mais leurs premiers rangs s'embrochèrent sur les lanciers de Driligan. Dès lors leur défaite ne fit plus aucun doute. Face à l'organisation militaire de la horde, même leur hargne ne pouvait l'emporter. Le *fléau du démon* moissonna sa gerbe d'âmes, et vibra de frustration lorsqu'il se rendit compte que la bataille cessait à peine commencée.

Audric aperçut Marween aux prises avec un bandit armé d'une épée recourbée. Le jeune homme se battait avec application. Après presque quatre ans à son service, il était devenu un combattant zélé, mais pas aussi doué que Trobard ou Driligan au corps à corps. C'est pourquoi Audric ne l'avait promu que caporal. Pourtant, il le pressentait plus volontaire et ambitieux que Jedrigan, qu'il avait nommé chef d'escouade il y a peu.

Un jour il s'éveillera à lui-même, et c'est là qu'il deviendra dangereux.

Le capitaine du Serpent regarda autour de lui. Le sol était jonché de ses ennemis terrassés, il ne restait que quelques poches de résistance. Audric saisit son épée à la manière d'un couteau de jet. D'une brusque impulsion, il la projeta vers l'ennemi qu'affrontait Marween. La lame atteignit le bandit au flanc et le transperça jusqu'à la garde. La puissance du coup le décolla littéralement du sol, le projetant à cinq pas. L'homme retomba en travers d'un arbuste, presque sectionné en deux au niveau de l'abdomen par la largeur de la lame. Marween fit volte-face, la colère enflammant son regard.

— Cet homme était à moi !

Se rendant compte à qui il avait affaire, il rabaissa sur-le-champ son épée. Audric réprima un sourire et déclara, en forçant la sécheresse de sa voix :

— L'homme est à celui qui le tue. Mais à présent, il n'est ni à toi ni à moi. Pas même à la horde. Il appartient aux dieux et aux démons.

— Je voulais dire...

— J'ai compris ce que tu voulais dire, caporal. Tu l'aurais battu, je le sais, et mon but n'était pas de te priver de ta victoire. Néanmoins, nous n'avons pas de temps à perdre avec l'amour-propre de chacun. L'enjeu est trop élevé.

Marween hocha la tête, mais Audric sentit qu'il l'avait blessé. Il désigna son épée.

— Qu'est-ce que tu attends pour la récupérer ?

Marween regarda, interdit, l'arme qui gisait dans une mare de sang au côté du bandit. À sa connaissance, personne en dehors d'Audric n'y avait jamais touché. Il l'empoigna par la garde... et poussa un juron en la soulevant à grand-peine.

— Elle est plus lourde que si elle était en plomb ! Comment est-ce qu'on peut la manier ?

Le capitaine des Serpents se contenta de sourire. Marween crispa les mâchoires. L'épée pesait bien quarante livres et il dut la traîner. Sans le moindre effort apparent, Audric la souleva puis la fit glisser dans son fourreau.

— Partons sans tarder, ordonna-t-il d'une voix forte. Laissons les corps exposés où ils sont : les bandits réfléchiront à deux fois avant de nous attaquer.

Un océan de brume s'écoula depuis l'horizon pour recouvrir la vallée, puis tout le paysage à la vitesse d'un cheval au galop. La purée de pois semblait naître de l'air même, comme si la horde avait atteint sans le vouloir l'endroit où s'accouchent les nuages. Une peur sourde s'empara des troupes, muselant les conversations. Un instant, Audric songea à faire allumer les torches, mais il réalisa que la crainte stimulait leur progression. Les hommes pressaient les flancs des vajarans pour se hâter. Deux heures plus tard, le brouillard devint si dense que leur respiration générait de petits tourbillons de vide humide dans la blancheur. Audric ordonna enfin qu'on allume les torches. On n'y voyait pas à plus de dix pas, toutefois le sentier était suffisamment bien dessiné pour qu'ils ne puissent pas se perdre.

La brume dura trois jours pleins. Puis elle se résorba aussi vite qu'elle était apparue, les laissant échoués au pied des montagnes de Blackhorn.

11

Les Blackhorn, se dit Audric en levant les yeux, découvrant la chaîne de crêtes. Certaines d'entre elles se couronnaient de neige, mais la plupart des montagnes étaient trop râblées pour se hisser jusqu'aux nuages. En réalité, la horde n'était pas si près du but qu'Audric l'avait cru au premier abord. Il consulta la carte. Ils se trouvaient à trois jours de marche en ligne droite, mais les détours du sentier multipliaient la distance par trois. Avec un soupir, Audric fit repartir le convoi. Il n'était pas fou au point de vouloir tracer sa propre route.

Le panorama était magnifique avec ses drapés de roche contrastée, ses gouffres aux parois desquelles rampaient des lichens multicolores, mais les hommes restaient sur le qui-vive. Leur approche fit détaler quelques rats gris. Il semblait que toute la vie s'était réfugiée dans les interstices, hors d'atteinte des rigueurs des éléments et de la folie humaine.

Le convoi cheminait depuis trois jours lorsque Umiade demanda à parler à Audric. Le capitaine attendit le soir pour accéder à sa requête. Il la fit entrer dans sa tente, et lui offrit des fruits séchés dans une coupe. La jeune femme en prit une poignée, qu'elle mâcha lentement. Audric lui servit un vin léger coupé d'eau. Umiade but à petites gorgées, tout en le scrutant par-dessus le bord de son gobelet. Audric tenta de détendre l'atmosphère.

—Au moins, dit-il en se palpant l'abdomen, avoir à se déguiser en riches marchands offre quelques compensations, comme dormir sur des coussins au lieu de la paillasse réglementaire, et manger ce genre de gâteries. Je crois bien avoir pris un peu de ventre...

Umiade hocha la tête d'un air absent. Audric se rendit compte que son regard s'attardait depuis une minute sur les tempes de la femme. Les filaments d'argent striant sa chevelure s'étaient mués en mèches grises. Son cou s'était creusé, laissant apparaître un réseau de tendons. Et pourtant, elle demeurait toujours désirable. Un feu couvait au fond du puits noir de ses yeux.

Le souvenir de leur rencontre le frappa.

L'air empestait la mort. Audric venait de remporter une bataille grâce au *fléau du démon*, et il était couvert de sueur. Il marchait dans un village renégat, réduit à l'état de ruines par sa horde sur la volonté du seigneur. Audric était à la recherche des derniers combattants à tuer. Mercenaires, soldats du seigneur et villageois mêlés jonchaient le sol. Tous morts ou presque.

Et Umiade avait paru devant lui.

Sans même y penser, Audric avait levé son immense épée où le sang commençait à coaguler. Mais la jeune femme avait marché sans crainte vers lui. Audric avait laissé retomber son épée. C'était comme si le démon palpitant dans son bras s'était endormi. Alors, une grande lassitude avait remplacé la fureur qui l'habitait. Et un sentiment qu'il n'avait jamais ressenti auparavant. Quelque chose comme de la confiance, une confiance totale et inconditionnelle. Audric n'avait pas cherché à lutter contre elle. Au contraire, il s'était abandonné. Il avait pris la main de cette inconnue, puis avait remonté avec elle la rue jonchée de cadavres. Leurs doigts s'entrelaçaient, mais ils n'avaient pas besoin d'aller plus loin pour le moment. Il lui appartenait, et elle lui appartenait. Il la trouvait belle avec ses cheveux auburn, ses traits bien dessinés, les proportions parfaites de son corps. Mais surtout, sa seule présence suffisait à modifier l'univers autour d'elle. Audric avait su qu'il n'aurait pas besoin de lui dire les paroles dont il usait avec les autres filles. Elle était au-delà de cela. Il lui avait simplement demandé :

— Tu es magicienne ?

— Pas exactement, avait-elle répondu d'une voix sereine.

— Alors, qui es-tu ?

— Je suis Umiade. Ton augure, Audric.

Il ne lui avait jamais dit son nom. Alors seulement, il avait remarqué l'épée qui battait sa cuisse longue et fine. C'était une guerrière.

Il lui avait demandé si elle était venue le tuer. Le punir pour ses fautes, ou lui arracher le démon avec lequel il avait pactisé. Le rire pur d'Umiade avait retenti, et l'aura de mort qui émanait du village avait reflué.

— Je n'ai pas ce pouvoir, avait-elle répondu. Le seul don que je possède est parfois une malédiction... comme le tien. »

Il avait regardé son bras, et avait souri. Elle savait tout de lui, et lui avait l'impression de tout savoir d'elle, comme si elle lui avait transmis un peu de son don. Elle était venue pour les servir, lui et sa horde. Elle le lui dit, et il acquiesça.

Elle raconta que des visions la poursuivaient depuis des années ; dans ces visions, les anneaux d'un serpent se lovaient autour d'elle. Non pour l'étouffer, mais au contraire pour la protéger. Elle avait fait un long voyage pour venir ici. Pas un instant, malgré sa beauté, elle n'avait eu peur d'être dépouillée, tuée ou violée. Elle appartenait déjà au Serpent. Elle avait dénudé son épaule, et montré son tatouage. Audric avait approché sa main, avait touché la peau veloutée. Un désir dévorant s'était emparé de lui, faisant chavirer son esprit. Mais c'était elle qui l'avait embrassé. Un baiser fougueux, qui avait ranimé en lui des sentiments si violents que le bras-démon s'était réveillé. Umiade avait contemplé sans frayeur les tressautements du brassard d'acier, animé par une créature indicible, étrangère à Audric et au monde. Audric lui avait demandé :

— Tu n'as pas peur ?

— Pourquoi devrais-je avoir peur de ce qui est au service du Serpent ? Tant que ton démon œuvrera pour nous, je n'aurai qu'à m'en réjouir.

— Il le fera, lui avait assuré Audric.

— Puisse-t-il en être toujours ainsi.

Plus tard, juste après qu'ils avaient fait l'amour – Audric s'était rendu compte avec surprise qu'elle était vierge –, il lui avait demandé ce qu'elle entendait par là. Umiade avait haussé les épaules, prétendant qu'elle ne se rappelait pas avoir dit cela. Quand il avait insisté, elle avait répondu :

— Ne sois pas de ceux qui jettent un œuf par terre pour savoir s'il peut ou non se casser, Audric. Si tu le fais, un jour, cet œuf, ce sera toi.

— Je suis plus fort qu'un œuf, avait-il plaisanté.

Elle l'avait effleuré du bout des doigts, et ce fut comme si un éclair avait traversé son corps. Puis elle lui avait soufflé à l'oreille :

« Tu te trompes. Rien n'est plus dur et solide qu'un œuf. »

— Cela faisait un moment que tu ne m'avais pas regardée ainsi.

Umiade avait un sourire triste. Audric revint brutalement au présent.

— Qu'est-ce que tu veux dire ?

Elle remit sa chevelure en arrière d'un mouvement gracieux.

— Que ça faisait un moment que tu ne m'avais pas regardée. (Elle eut un rire bref, qui portait tout le désenchantement du monde.) Bah, peu importe au fond.

Audric se raidit.

— Tu es venue discuter de nos relations ?

— Non, rassure-toi. Je suis venue t'avertir.

L'augure est venue avertir le capitaine du Serpent, rectifia Audric en son for intérieur.

Une tension le quitta, remplacée par une attention extrême.

— Une transe ? demanda-t-il. Ça concerne l'augure qu'on doit capturer ?

Le visage osseux d'Umiade se transforma, comme si ses yeux se tournaient vers l'intérieur et contemplaient, horrifiés, une vérité qu'elle aurait souhaité ne jamais voir.

— Elle ne doit pas tomber entre les mains d'un seigneur, Audric.

— On sera en danger si elle tombe entre celles de Coresh ?

— Le monde entier sera en danger si elle tombe entre les mains d'un seigneur, quel qu'il soit.

Audric eut un geste d'agacement.

— Comme si j'avais le choix ! Si ce n'est pas nous, une autre horde s'en chargera, pour Coresh ou un autre.

— Les différents destins se nouent en ce moment même. Victimes et bourreaux se rapprochent. Bientôt la terre elle-même saignera, si cette fille…

— Est-ce que ce ne sont pas tes cuisses qui sont en train de saigner, femme ? la coupa brutalement Audric. (Il la prit par les épaules, avec l'envie irrépressible de la secouer.) Tu m'as avoué un jour que le don de divination ne s'accompagne pas toujours de sagesse, dit-il entre ses dents serrées. Aujourd'hui, j'en ai la preuve.

Umiade se dégagea. Sa mâchoire s'avança quand elle cria, véhémente :

— Laisse-moi au moins la tuer !

Audric plissa les yeux et son ton se fit glacial.

— Personne ne la tuera, Umiade. Il y a trop d'argent à la clé. (Il la fixa intensément, ajoutant :) De plus, j'ai un contrat et je le remplirai. Car c'est à ça que servent les hordes.

Les traits d'Umiade se contractèrent à plusieurs reprises, trahissant la violence du combat intime qui se livrait en elle.

— Tu as toujours été juste, dit-elle d'une voix altérée. Tu as montré le chemin à la horde comme aucun autre capitaine ne l'avait fait auparavant. C'est pour ça que je suis restée à tes côtés. Et pourquoi beaucoup d'hommes se feraient hacher sur pied pour toi… même si tu n'en as pas conscience.

— Mais ?

— Mais aujourd'hui, la route que tu nous fais prendre risque de nous mener en enfer.

— Ma décision est prise. Rien ne me fera changer d'avis.

— Il ne faut pas… Il ne faut pas…

La phrase mourut sur ses lèvres. Elle était à bout d'arguments. Un silence gêné s'ensuivit. Umiade rouvrit les lèvres et dit, très vite :

— Tu la trouveras là où les morts te mèneront. Voilà ma prédiction, Audric.

Le capitaine des Serpents hocha la tête. Puis il sentit qu'il devait apaiser Umiade. Sinon, il la perdrait pour de bon.

— Je ne sais pas ce que je ferai avec Solenn, dit-il doucement. Une chose est sûre : si le monde s'écroule, quand le temps sera venu, je m'assurerai que le Serpent ne fasse pas partie des victimes.

Et tandis qu'il disait cela, il songea : *À aucun prix elle ne devra approcher Solenn à moins de dix pas, ni avoir accès à sa nourriture.*

Il sortit de la tente pour abréger la conversation.

Dehors, un vent glacial s'était levé. Il soufflait avec le fracas d'un torrent, rasant le sol comme une faux géante, faisant claquer les tentes. Audric leva les yeux vers les montagnes plongées dans les ténèbres. Quelque part, une jeune fille se terrait dans une caverne pour échapper aux bourrasques.

Le même vent court sur ta peau et sur la mienne. C'est pour ça que je te trouverai, Solenn. Tu ne pourras pas m'échapper, car d'une manière ou d'une autre, nous sommes liés.

Ils trouvèrent un endroit abrité au pied d'un col. Les deux jours qui suivirent, Audric déploya ses forces sur sept montagnes. La tâche était énorme, mais il était confiant. Au lieu de l'inquiéter, son entrevue avec Umiade avait renforcé sa détermination. Si elle avait tant plaidé pour le faire renoncer, c'est qu'elle était sûre qu'il la dénicherait, et il puisait ses forces dans sa certitude. Il fit passer le mot aux hommes : Solenn ne devait être blessée à aucun prix. S'il apprenait qu'un de ses hommes avait molesté la jeune fille, il lui arracherait son tatouage de Serpent lui-même.

Le roulement des équipes amena Marween à se retrouver avec Yelaf, bien qu'il ne soit pas dans son escouade. Trois autres hommes les accompagnaient. Ils partirent à l'aube et se dirigèrent vers une portion de montagne qui comportait une dizaine d'ouvertures. Marween était gagné par la morosité à l'idée qu'il fallait les fouiller jusqu'au moindre recoin. Cela signifiait ne pas revenir avant la nuit tombée.

Yelaf rigola en voyant son air renfrogné.

— Alors, le cancrelat, toujours heureux de ton sort ?

— Quoi ?

— Tu ne t'es jamais dit que ce n'était pas juste qu'Audric ne t'ait pas choisi pour diriger une escouade, à la place de Jedrigan ?

L'espace d'un instant, Marween fut tenté de lui clouer le bec. Mais il ne ressentait pas la même aversion qu'Audric à son égard. Et à vrai dire, il était curieux de connaître ce qui se cachait derrière ces insinuations.

— Pourquoi est-ce que je devrais trouver ça injuste ? Je suis caporal. Et Jedrigan est plus compétent, voilà tout.

Yelaf ricana.

— Plus compétent ? Jedrigan a peut-être ton niveau au maniement des armes, mais comme meneur d'hommes, il est médiocre. Toi, par contre…

— Audric a choisi Jedrigan.

— Mais j'ai vu ta tête lors de sa nomination. Tu savais que ce n'était pas juste.

Un an auparavant, un type de l'escouade de Jedrigan le lui avait dit à mots couverts, au cours d'une beuverie. Mais Marween avait supposé qu'il n'avait fait que manifester son hostilité vis-à-vis de son supérieur. Et soudain, il se rendit compte que le Serpent n'était pas le premier à lui avoir fait cette remarque. Même Briac l'avait évoqué, quelques mois plus tôt.

Troublé, Marween mima un haussement d'épaules.

— Un jour, mon tour viendra.

Yelaf sourit, narquois.

— Bien sûr. Ça arrivera sûrement. Jusque-là, tu restes aux ordres.

— Et alors ?

— Alors, le destin, ça se force.

— Comment ?

— Tu peux briguer le poste de Jedrigan en le provoquant directement, pour déterminer qui est le meilleur.

Marween ouvrit de grands yeux. Il avait entendu parler de cette coutume pour d'autres hordes, mais pas dans le Serpent. Il se tourna vers un des hommes qui les escortaient, un vétéran du nom de Sevilgan.

— C'est possible ?

Sevilgan haussa les épaules.

— Oui. C'était courant, avant qu'Audric devienne chef. Il n'y a pas eu ce genre de chose depuis des années.

Marween aurait voulu des détails, mais ils arrivaient au niveau des premières grottes. Deux ouvertures déchiquetées, crevant le flanc tourmenté de la montagne.

— Bon, on se sépare, ordonna Yelaf.

Marween et Sevilgan prirent l'entrée de gauche, Yelaf et les autres la droite.

À peine étaient-ils à l'intérieur qu'un silence absolu s'imposa. Marween alluma une torche et commença à s'enfoncer dans les ténèbres. La caverne formait une sorte de poche de sept à huit pas de large, mais très vite, l'accès se réduisait à un boyau à peine assez large pour une personne. Les parois luisaient d'humidité ; des insectes habitaient là, essentiellement de fragiles araignées décolorées. Parfois, elles tapissaient toute une paroi. Audric avait interdit de brandir une arme afin de ne pas effrayer Solenn ; chaque fois qu'il pénétrait dans une grotte, Marween ressentait des fourmillements dans sa main. Sans son épée, il se sentait nu et vulnérable.

Cette fois encore, il eut l'impression que l'air n'avait pas été remué depuis des siècles, et il douta de trouver Solenn là-dedans. Néanmoins, il poursuivit sa recherche. Sevilgan le suivait de près. Marween faisait attention à ce qu'ils conservent un intervalle de quatre pas au minimum : s'il y avait un piège, lui seul tomberait dedans et l'autre pourrait le secourir ou aller chercher des renforts.

Au bout de cent mètres, le boyau cessa de descendre et se segmenta en trois. Deux passages étaient praticables. Sevilgan alluma sa propre torche.

— Je prends celui-ci, fit Marween en désignant celui de droite avec son flambeau.

Sevilgan ne répondit pas et s'engouffra dans l'autre. Marween fit de même. La remarque de Yelaf tournait dans sa tête. Il essaya de ne plus y penser, ce qui eut pour effet de l'empêcher de penser à autre chose. Des idées se débattaient en lui, comme pour sortir. Des idées qu'il n'aimait pas.

Peu après, il dut stopper sa progression : le boyau s'abaissait brutalement pour devenir un simple trou. Marween rebroussa chemin et retrouva Sevilgan à l'embranchement. Le vétéran avait fait chou blanc, lui aussi.

— Ce ne sera pas pour cette fois, dit-il.

Il n'était pas fâché de sortir d'ici. Alors qu'ils se dirigeaient vers la sortie, Marween demanda :

— Est-ce que c'est vrai, ce que tu as dit tout à l'heure ?

Le vétéran leva un sourcil.

— Tu me traites de menteur ?

— Non, se dépêcha de dire Marween. C'est juste que je n'avais jamais entendu parler de ça.

— De quoi ?

— La possibilité de défier un lieutenant pour prendre sa place.

L'autre haussa les épaules sans répondre, signifiant qu'il avait déjà dit ce qu'il avait à dire. Marween insista :

— Si je défie Jedrigan, est-ce qu'il peut refuser ?

Sevilgan fronça les sourcils pour réfléchir. Puis il hocha la tête.

— Ouais, peut-être. Mais il ne le fera pas. Sinon, il perdrait la confiance de son escouade.

— Et ensuite ?

— Ensuite, Audric devra donner son accord. Tu ne peux pas t'en passer. Il n'y a que lui qui peut te nommer lieutenant.

Ils arrivaient à l'entrée de la grotte. Sevilgan marcha plus vite pour abréger la conversation. Alors qu'ils sortaient, Marween perçut un signal visuel clairement reconnaissable : trois points lumineux rapprochés, suivis de deux autres. Il pointa l'index dans la direction du signal.

— Ils ont trouvé quelque chose, dit Marween. Solenn, tu crois ?

L'autre grogna son assentiment, mais Marween prit conscience que c'était peu probable : si ç'avait été le cas, Audric aurait fait sonner la retraite générale.

Ils dévalèrent la pente vers le camp sans attendre Yelaf. À mi-chemin du camp, ils aperçurent un groupe de cavaliers, talonné par un second. Ils venaient à leur rencontre sur le sentier. D'un coup d'œil, Marween évalua la situation. Les fuyards étaient deux hommes en tenue sombre ; leurs poursuivants, des Serpents. Marween eut le temps de reconnaître Leihar et trois autres ; ils chevauchaient à bride abattue, mais les autres étaient diablement rapides. L'un d'eux se retourna brièvement, et lança un projectile vers le premier poursuivant. Celui-ci lâcha un juron et se coucha sur sa selle pour l'éviter. Leihar arriva à son niveau. Il lui fit signe de s'arrêter, puis éperonna sa monture.

Les fuyards étaient presque sur Marween lorsqu'il posa pied sur le sentier. Il dégaina son épée et se campa sur ses jambes. Les deux cavaliers allaient trop vite pour que le jeune homme puisse faire quelque chose, sinon se laisser écraser.

— Écarte-toi, bon sang! cria Sevilgan.

Mais Marween était comme paralysé. Il ne pouvait se résoudre à faire retraite.

Les chevaux lui passèrent de chaque côté, et le vent déplacé par les montures le gifla. Vacillant, Marween donna un coup à l'aveuglette. Sa lame rebondit sur un harnais sans même l'entamer, puis la garde lui échappa et son épée vola dans un fossé. Il avait environ trois secondes avant que Leihar l'écrase. D'une roulade, il se plaça hors du sentier.

Leihar et ses hommes passèrent en trombe, dans le martèlement lourd des sabots de leurs montures. Abasourdi, Marween battit des paupières.

— Ça va? cria Sevilgan en traversant le sentier.

Marween regarda le cavalier touché par l'un des fuyards. Il s'était arrêté à vingt pas, et glissait lentement de sa selle. Marween se mit à courir. Il ne parvint pas à rattraper le Serpent avant qu'il tombe. Un carreau fin saillait de sa poitrine, à la jointure de l'épaule. L'homme grimaçait affreusement.

— Sevilgan va s'occuper de toi, lança Marween en lui prenant son épée.

Il attrapa la bride de son cheval. Avant que l'autre ait pu protester, il avait sauté en selle et se lançait aux trousses de Leihar.

Marween n'avait jamais été un cavalier exceptionnel, même s'il parvenait à se tenir en selle sans trop de difficulté. Dès qu'il se lançait au galop, il avait l'impression de se trouver au centre d'un tremblement de terre et avait toutes les peines du monde à ne pas mordre la poussière. Mais il n'en fouetta pas moins sa monture. C'est presque avec surprise qu'il s'aperçut qu'il rognait peu à peu la distance qui le séparait des cavaliers. Quelques minutes plus tard, il chevauchait au côté de Leihar.

Les deux fuyards, quant à eux, avaient perdu leur avance.

— Ne les tuez pas ! ordonna Leihar. Il nous les faut vivants pour les interroger.

Ils n'étaient plus qu'à quelques mètres quand les hommes en noir tirèrent d'un même mouvement sur leurs rênes. Les chevaux se cabrèrent en hennissant. Les Serpents réagirent avec une seconde de retard, et l'un d'eux se retrouva à leur niveau. Les deux fuyards avaient sorti de longues épées très effilées. En un éclair, Marween remarqua que leur lame était évidée au centre. Avec un synchronisme parfait, elles plongèrent dans la poitrine du Serpent avant qu'il ait pu ébaucher un geste pour se protéger. Le cheval continua sur sa lancée, son cavalier s'inclinant en arrière. Marween sut qu'il était mort avant même qu'il tombe comme une pierre.

Les fuyards firent volter leur monture pour affronter leurs poursuivants. Marween vit leurs yeux bleus briller au fond de leur visage passé au noir de suie.

Avec un cri de rage, Leihar dégaina son épée.

— Un seul en vie suffira, cria-t-il.

Les deux hommes en noir se tenaient côte à côte. Le bas de leur visage était dissimulé sous un foulard noir, mais Marween aurait parié qu'ils souriaient. Même à un contre deux, ils semblaient certains de l'emporter... et ils avaient peut-être raison. Marween fut frappé par leur ressemblance. Ils avaient la même taille et la même corpulence, et leurs yeux, surtout, étaient les mêmes.

Les épées s'entrechoquèrent entre les fuyards et deux Serpents. Tout en ferraillant, Leihar lança :

— Vous autres, pied à terre ! Contournez-les et tranchez les jarrets de leurs chevaux !

Marween obéit, décrivant un large arc de cercle. Les fuyards sautèrent à leur tour sur le sentier. Ils paraient et portaient les coups dans un ensemble impeccable. On aurait dit qu'ils formaient un seul être, plus fort que la somme de ses parties. Marween se joignit à Leihar. Le lieutenant avait une blessure au bras ; chacun de ses mouvements faisait voler des gouttes de sang qui arrosaient les alentours. Même à deux contre un, la partie était loin d'être gagnée. Leihar commençait à fatiguer, et Marween sentit qu'ils devaient en finir rapidement. Ils attaquaient en alternance, afin de ne pas laisser de répit à leur adversaire, dans l'attente de l'inévitable faute... laquelle ne venait pas.

Marween se fendit. L'homme en noir para et riposta. Marween, au lieu de rompre pour céder la place à Leihar, s'avança au contact. Les deux épées se heurtèrent avec violence. L'épée de son adversaire parut s'enrouler autour de la sienne. L'espace d'une seconde, Marween crut que sa propre épée cherchait à s'arracher de son étreinte.

Leihar profita de cette seconde pour agir. Du coin de l'œil, Marween l'aperçut qui enfonçait sa lame dans l'abdomen de l'homme sombre. Un cri déchirant retentit aussitôt. Il ne provenait pas de la victime, mais de son compagnon. Le premier tomba à genoux. Leihar mit fin à sa vie d'un coup de pointe qui lui ouvrit la gorge. L'homme y porta la main, dans le fol espoir de juguler l'hémorragie. Ses yeux se tournèrent vers son compagnon. Puis il s'abattit avec lenteur.

— Non !

Le second adversaire rompit l'engagement et se pencha sur son compagnon. Leihar retint ses hommes.

— Il nous en faut un vivant, lança-t-il précipitamment.

Il lui soutenait la tête. Il murmura un prénom entre ses dents, et lui ferma les yeux. Puis, lentement, il se releva. Il retira le foulard du bas de son visage. C'était un homme de l'âge de Marween, au visage triangulaire.

— Lâche ton épée, le prévint Leihar. Ou bien je serai forcé de te tuer. Si tu te rends...

L'autre sauta sur lui avant qu'il ait eu le temps d'achever sa phrase. L'instinct parla avant la raison, et l'épée de Marween le transperça à mi-course, ressortant dans le dos, sous l'omoplate. L'homme en noir tendit son visage vers lui. Ses pupilles dilatées trahissaient un étrange soulagement. Le corps glissa contre lui, et Marween ne songea pas à retenir sa chute. L'homme s'effondra auprès de son compagnon.

— Merde et merde, jura Leihar. J'avais dit que je le voulais en vie !

Les autres Serpents haletaient sans rien dire. Le combat avait été éprouvant. Marween se pencha vers le premier corps, retira le foulard. Il étouffa une exclamation.

— Identiques, dit-il.

Leihar eut un mouvement de dégoût.

— Là d'où je viens, c'est considéré comme un mauvais signe. On tue toujours un des deux jumeaux.

À l'aide du foulard, Marween essuya la suie qui barbouillait leur visage. Il découvrit sans surprise un symbole étrange tatoué sur leur tempe. Leur peau était encore chaude que le symbole pâlit à vue d'œil. Leihar fit un signe de conjuration.

— Par la morsure du Serpent, un sortilège… Ils ont été marqués. Je comprends mieux pourquoi ils étaient si forts. (Il ajouta à voix basse, désignant celui qu'avait tué Marween :) Probable qu'on n'aurait pas pu le garder vivant, celui-là. Il s'est jeté sur ta lame.

Marween se contenta de hocher la tête. Sur les cadavres, ils découvrirent ce qu'ils redoutaient : des sceaux à l'effigie de Galerade. C'étaient des agents officiels. En les assassinant, la horde était donc devenue une bande de hors-la-loi. Aucun doute que leur rôle avait consisté à renseigner le seigneur de Galerade sur les allées et venues des étrangers cherchant Solenn.

Ils chargèrent les cadavres sur les chevaux, puis Leihar ordonna à ses hommes d'aller les cacher au fond d'une grotte.

— Ces foutues grottes vont enfin servir à quelque chose, maugréa Leihar.

Il glissa les sceaux dans sa veste, puis remonta sur son cheval.

— Je vais faire mon rapport à Audric, dit-il à Marween. Toi, rejoins Sevilgan et continuez à chercher la fille.

Audric soupesa les sceaux. Ils étaient en cuivre, sauf le centre qui était en argent. Des sceaux authentiques, au vu de leur valeur. À l'entrée de la tente, Leihar se dandinait d'un pied sur l'autre, mal à l'aise. Peut-être parce que son capitaine ne lui avait fait aucun reproche.

Audric se tourna vers Umiade.

— Qu'est-ce que tu me conseilles ?

La jeune femme était le seul lieutenant qu'il avait fait mander. Elle haussa les épaules.

— Le comte de Galerade ne sera pas long à s'inquiéter de la disparition de ses agents. Il enverra une unité. Ils feront vite le lien.

— Je sais. La question est : combien de temps avons-nous ?

— On devrait déjà avoir levé le camp. Même en partant tout de suite, il faudra qu'on se batte pour quitter ce comté en vie.

— Je sais, répéta Audric.

Il jeta les sceaux sur son lit en réprimant un juron. Cet incident survenait quelques jours à peine après leur arrivée. Ils n'avaient pas exploré le dixième de la zone, et ils devaient déjà fuir. Sinon, ils rejoindraient les agents de Galerade dans la mort.

« Tu la trouveras là où les morts te mèneront. »

Audric pivota vers Leihar.

— Dis-moi. Là où vous avez tué les agents… C'était au pied de quelle montagne ?

Leihar plissa les lèvres.

— Je ne sais pas.

— C'est important. C'est une montagne que nous avons explorée ?

— Non, répondit aussitôt Leihar.

— Tu en es sûr ?

— Sûr. Sinon, des hommes à nous seraient descendus de la montagne quand on a sonné l'alerte, et les agents auraient été pris à revers. On n'aurait pas été obligés de les poursuivre… Je suis désolé qu'ils soient morts, capitaine.

— C'est peut-être en les tuant que tu les as fait parler.

Audric étala une carte et demanda à Leihar de montrer l'endroit. Puis il ordonna le rassemblement. Une fois Leihar sorti, Audric contempla Umiade.

— Elle est là-bas, n'est-ce pas ?

Elle ouvrit la bouche, puis se ravisa. Les traits de son visage étaient de marbre. Lorsqu'elle parla, plusieurs secondes s'étaient écoulées.

— Tu ferais mieux d'y aller, Audric.

À l'intérieur du brassard d'acier du capitaine des Serpents, le *fléau du démon* eut un bref sursaut. Et Umiade ne put s'empêcher de penser qu'il s'agissait de joie anticipée.

12

Rameuter la horde prit près d'une heure. Certains hommes s'étaient enfoncés profondément dans le réseau de galeries souterraines, de sorte qu'Audric se résolut à ne pas les attendre pour commencer les recherches. Les heures étaient comptées.

Il apparut que la montagne possédait une centaine d'entrées différentes. *Solenn a bien choisi sa retraite,* pensa Audric en observant les colonnes de mercenaires qui montaient à l'assaut du versant. *Mais elle ne pourra pas échapper à plusieurs centaines de Serpents.*

Le soir tombait lorsque Driligan vint l'avertir que la fouille risquait de durer davantage que prévu.

— Beaucoup de galeries communiquent entre elles, ce qui complique notre travail. On peut la chercher pendant la nuit, suggéra le lieutenant. En allumant des torches…

Audric eut un mouvement d'humeur.

— Imbécile ! Tout ce qu'on fera avec les torches, c'est alerter les bandes qui écument la région à dix kilomètres à la ronde.

Driligan hésita, avant de dire :

— Quels ordres…

— Fais sonner le rappel. On recommencera les recherches demain à l'aube.

Le lieutenant sortit en trombe. Peu après, des trompes retentirent. Les Serpents réapparurent sur les flancs de la montagne, tels des termites chassés de leur nid, et reformèrent des colonnes. À leur retour, Audric constata combien la fatigue leur pesait. Il supprima les corvées inutiles, puis appela Trobard. Des cernes creusaient la face de son lieutenant en second. Audric lui ordonna d'envoyer des éclaireurs dans un périmètre d'une lieue. Il devait savoir si une troupe venait les intercepter. Il perdait l'équivalent d'une escouade qui aurait été utile pour les recherches de Solenn, mais il ne pouvait faire autrement.

Il était environ trois heures du matin lorsqu'un remue-ménage tira Audric de son sommeil. Il passa sa tenue en hâte et releva l'entrée de sa tente.

Une sentinelle arrivait vers lui en courant. C'était l'un des hommes de sa propre escouade. Il salua.

— Capitaine, un intrus a été attrapé au point nord-est…

Audric ne mit qu'une seconde à comprendre.

— Amenez-la-moi, tout de suite !

Pendant que l'homme pivotait sur lui-même pour s'exécuter, il héla un autre soldat :

— Toi, file me chercher Umiade et Trobard. Tout de suite !

Audric rentra dans sa tente, et acheva de s'habiller. Quand il ressortit, Solenn était arrivée. C'est à peine s'il remarqua que Trobard et Umiade étaient là eux aussi. Il n'avait d'yeux que pour elle. Et il se rendit compte qu'il vivait la rencontre la plus importante de sa vie.

Des relents de moisi émanaient de sa tunique à manches longues déchirée et rapiécée. En dessous se devinait une carcasse crasseuse, où saillaient les os. Ses cheveux étaient emmêlés, il manquait deux dents à son sourire grimaçant. Un nez en pointe perçait une face sans relief. Et pourtant, quelque chose en elle irradiait. Une lumière invisible, une lumière sombre qui l'enveloppait.

La jeune fille avait le regard perdu dans le vague. Soudain, elle parut s'éveiller et dévisagea Audric de ses yeux sans âge… ou plutôt, d'yeux qui cumulaient tous les âges. Elle le connaissait depuis toujours. D'un battement de cils, elle avait dévidé le fil de son destin, depuis sa naissance jusqu'à cette seconde – et sans doute jusqu'à sa mort. Ses yeux s'attardèrent sur son brassard. Elle eut un demi-sourire énigmatique, et Audric se demanda si le *fléau du démon* avait senti sa présence. Mais il demeurait aussi inerte qu'un bout de bois.

Par le Serpent, cette fille est un être humain, ou un démon ?

Il s'aperçut qu'il luttait pour ne pas détourner son propre regard. Il toussota dans l'espoir de raffermir sa voix :

— Alors, tu es venue de toi-même.

Solenn répondit sans détour.

— À quoi bon me cacher, puisque vous alliez me trouver de toute manière ? Mon séjour dans les Blackhorn s'achève cette nuit. Voici des semaines que j'y suis préparée. Je suis prête à vous suivre.

— Au nom de Coresh, duc d'Elsenohr, je viens te chercher…

— Ne te fatigue pas, coupa Solenn. Je connais la raison pour laquelle tu es venu m'enlever.

Sa voix, malgré sa ténuité, coupa Audric dans son élan. Solenn tourna la tête en direction d'Umiade.

— Ainsi c'est toi, l'augure de la horde… C'est ta faute si je suis là.

Umiade porta la main à ses lèvres, comme si ses paroles l'avaient frappée en pleine figure. Son être tout entier la rejetait. Elle parla avec un effort évident :

— Non, je n'ai jamais voulu ça.

Si elle était consciente de sa réaction, Solenn n'en laissa rien paraître.

— C'est pourtant ta faute, rétorqua-t-elle sur un ton léger. Mais ça n'a pas d'importance, puisque ta prédiction appartient déjà au passé.

Elle eut un sourire sans joie, puis dit :

— Tu aurais dû me tuer dès que je suis apparue, c'en serait fini de tes cauchemars. Tu as manqué de courage, et maintenant il est trop tard.

— Comment ça ? intervint Audric.

— Elle ne t'a pas dit, bien sûr. Tu aurais pu te douter que son abnégation l'empêcherait de parler de ses souffrances. Mais tu ne voulais pas vraiment savoir.

— Savoir… savoir quoi ?

Solenn souffla par les narines, indiquant qu'elle ne reviendrait plus sur le sujet.

Audric dit à Trobard d'approcher.

— Personne n'a molesté Solenn quand elle est arrivée ? lui souffla-t-il à l'oreille.

— Non, capitaine.

— Bien. Qu'on apporte de la nourriture. Je veux qu'elle se restaure et qu'elle dorme dans un lit confortable.

Il reprit à voix haute :

— Considère-toi comme mon invitée plutôt que ma prisonnière.

Solenn fit mine de ne pas avoir entendu. Audric était si troublé qu'il ne trouva rien d'autre à dire. Finalement, elle déclara :

— Je ne m'échapperai pas, capitaine. Ne t'inquiète pas pour ça. Mon destin est scellé… comme le tien.

Audric se força à ne pas l'assaillir de questions. Une seule l'intéressait pour le moment.

— Ce sera difficile de sortir de Galerade, dit-il. Tu nous aideras ?

Le geste de refus de l'augure n'étonna pas Audric. Il plaida cependant :

— Je te garantis que tu seras mieux traitée avec nous qu'avec ces sauvages qui nous entourent.

Solenn ricana.

— Pour moi, vous êtes tous pareils. Certains des tiens périront. Je n'ôterai pas de tes épaules le poids de leur mort. (Elle sourit, avant d'ajouter d'un ton malicieux :) D'ailleurs, dois-je te rappeler que tu as déjà une augure ?

Audric faillit lui dire qu'elle avait tout intérêt à l'aider, car il avait aussi pour ordre de ne pas la laisser tomber entre des mains ennemies. Elle ne l'ignorait sans doute pas – et manifestement, elle s'en fichait. Peut-être savait-elle qu'ils réussiraient à la sortir du comté de Galerade. À moins qu'elle veuille réellement mourir.

Il se tourna vers Umiade.

— Prépare des vêtements pour Solenn. Elle ne peut pas rester comme ça.

Umiade ne se fit pas prier pour filer. Deux aides de camp apportèrent un bol de soupe de raves et du pain, ainsi qu'une table. Audric leur fit signe de poser tout cela dans sa tente, puis invita

Solenn à entrer. Elle s'exécuta sans façon. L'espace d'un instant, il songea que son geste pourrait être mal interprété. Mais l'étrange aura qui entourait la jeune fille éteignait tout désir autour d'elle.

Il la regarda enfourner le pain, et engloutir la soupe de raves épaissie de pommes de terre broyées. Quelque chose lui souffla qu'elle ne s'était pas donné la peine de chercher sa pitance ces deniers jours, sachant à la minute près quand elle se livrerait à ses ravisseurs. Sa raison lui disait qu'il était impossible qu'une gamine famélique puisse déterminer le destin du monde. Mais il l'avait vue, il avait perçu la destruction potentielle qui irradiait d'elle comme un halo. Subitement, une grande peur lui empoigna les entrailles.

— Tu as vu qui mourra, pour sortir de la Galerade ? demanda-t-il à voix basse. Combien ?

Solenn releva la tête, et, continuant à mâcher :

— Pas mal.

— Combien ?

— C'est un chiffre que tu veux ? Les chiffres ne m'intéressent pas. Il est trop tard de toute façon. Ça aura lieu, c'est tout.

La colère enfla dans le cœur d'Audric, et il résista à l'envie de faire valser le bol à travers la tente et de lui coller une gifle. Peut-être qu'en la bousculant un peu… Aussitôt, il eut honte de cette pensée.

Solenn suçota ses doigts gluants. Puis soupira, comme si elle était lasse de répéter tout le temps la même chose :

— À quoi bon te citer les noms qui agonisent et meurent à mes oreilles… Si je te les dis, tu changeras ces hommes de place. Ce faisant, tu seras responsable d'autres morts – ceux par lesquels tu les auras remplacés. Des flèches trouveront leur cible. Des hommes seront démembrés au rythme des tambours.

Démembrés au rythme des tambours ? répéta Audric, interloqué, en son for intérieur.

Il comprit qu'il serait inutile d'insister. Quelles que soient ses questions, Solenn les avait esquivées. Elle parlait comme si elle pouvait sonder les pensées, et il se dit qu'il devrait peut-être surveiller ses émotions. Avant de réaliser que, bien sûr, une telle chose était impossible. Il cessa donc de s'en préoccuper.

— Une chose m'intrigue, dit-il néanmoins. Si tu peux prédire ce qui arrivera quoi que tu fasses, comment se fait-il que tu te retrouves dans une situation aussi inconfortable ? Tu pourrais déjà être duchesse, quelque chose de ce genre.

Solenn cligna des yeux.

— Ce n'est pas aussi simple. Le présent n'est pas un moment, mais un *carrefour* entre le paradis et l'enfer, le passé et l'avenir. Et ce carrefour a beaucoup de voies. On peut les explorer, mais pas toutes en même temps. De plus, la précision de la vision dépend de l'échelle. Je peux facilement voir le futur lointain de l'humanité, comme une peinture détaillée, car dans ce futur, je suis morte… et à l'inverse, je peux voir les événements récents qui me touchent directement, car leur éventualité est comme un dessin en fil d'or sur une tapisserie. Entre les deux, la vision est plus floue : les différents avenirs se bousculent comme les vagues d'un océan en mouvement. Ce mouvement, c'est le désir des hommes… et le bon vouloir des démons.

Audric se figea, comme Solenn lorgnait son brassard.

— Le destin est voilé par les désirs et les rêves, poursuivit Solenn. Ils le font sinuer comme les spires d'un grand serpent… et ce faisant, ils tissent la tapisserie du temps. Les démons le savent, car c'est dans les interstices de la trame que se trouve leur monde. L'esprit humain s'est prémuni depuis l'aube des Âges contre la vision de cette trame. Contre la vision des démons, aussi. S'il ne le faisait pas, chaque individu ne verrait plus que sa propre fin. Combien de peuples ont disparu, victimes du don de vision ! (Elle posa une main sur sa poitrine.) Parfois, cette défense de l'esprit se constitue mal. Cela produit des fous, des prophètes ou des augures. Nous n'avons pas quelque chose en plus par rapport au commun des mortels, mais en moins.

Lisant l'incompréhension sur le visage d'Audric, Solenn eut un sourire sans joie.

— Autant parler de la couleur rouge à un aveugle… Bah, qu'importe ? Si tu m'avais comprise, tu m'aurais déjà fait taire, de peur d'en savoir trop.

Elle bâilla à s'en décrocher la mâchoire. Audric la conduisit à une tente qu'on avait dressée à son intention. Il lui montra les commodités, lui détailla les règles : elle pouvait aller où elle voulait à l'intérieur du camp, à condition d'être accompagnée par au moins deux Serpents, et sans en franchir jamais les limites. Si elle tentait de s'échapper, on la rattraperait et on lui mettrait des fers.

— Si je voulais m'échapper, vous ne me retrouveriez jamais, dit-elle simplement. Bonne nuit, capitaine.

Par acquit de conscience, Audric fit poster trois hommes à chaque coin de la tente, mais il savait qu'elle ne tenterait pas de s'échapper.

La nuit était bien avancée. Tant qu'elle durerait, il n'y avait rien à faire. Autant essayer de récupérer quelques heures de sommeil.

Sur le chemin de sa tente, il aperçut Umiade. La jeune femme se tenait devant une torche, les bras croisés sur la poitrine.

— Tu es encore là ?... Tu devrais être couchée, avec la longue route qui nous attend demain.

Le haussement d'épaules de la jeune femme se termina en frisson. Malgré lui, Audric s'approcha.

— Puisque tu es là, que penses-tu de notre petite protégée ?

Umiade trouva la force de sourire.

— Protégée ? S'il y a une personne qui n'a pas besoin de protection, c'est bien cette fille.

— Idiotie, répliqua Audric. Tout être de chair et de sang est vulnérable.

— Alors, tu n'as jamais rien compris à la chose que chacun qualifie de destin.

— Qu'est-ce que tu veux dire ?

Elle leva les yeux vers lui.

— Prends un vulgaire ver de terre. Si ce ver de terre a la capacité de prévoir à l'avance qu'il va être mangé par une taupe ou un oiseau, il devient invulnérable – davantage même que l'être humain le plus fort. Et pourtant, il ne resterait qu'un ver de terre.

— Elle est capable de prévoir son propre destin, c'est ce que tu veux dire ?

Un silence lui répondit.

— Si tu dis vrai, ça signifie que cette gamine a voulu que nous l'attrapions. Alors, pour quelle raison n'a-t-elle jamais cessé de se cacher ?

Umiade secoua la tête en signe d'ignorance. Audric éclata de rire.

— Tu vois bien que ça ne tient pas. Franchement, je n'imagine pas qu'une gamine malingre et amochée ait les pouvoirs d'une déesse.

— Oh non, Audric. Certainement pas les pouvoirs d'une déesse. Même une déesse ne peut prévoir son destin. C'est bien plus terrifiant, vois-tu.

Audric fit éteindre les torches, et retourna se coucher. Le sommeil le prit presque tout de suite, et il se retrouva debout une heure avant l'aube. Le camp fut démonté en un temps record. Alors que le soleil émergeait de l'horizon, ses rayons chauffant à blanc les sommets des Blackhorn, la caravane se mit en branle dans l'habituel vacarme des vajarans. L'escouade de Yelaf était déjà partie en avant-garde.

Umiade arriva ; elle chevauchait sa jument Ebiade. Solenn était assise en croupe et agrippait Umiade par la taille. Débarrassée de ses hardes, elle portait à présent une robe et un foulard sur les épaules. Umiade avait également récuré la couche de crasse qui la recouvrait. Néanmoins, la jeune fille ne paraissait pas beaucoup plus avenante que la veille. Lorsque Audric demanda si elle ne voulait pas sa propre monture, elle répondit qu'elle ne savait pas monter à cheval.

— Tu peux monter sur un des vajarans, dit Audric. Il y a de la place entre les ballots.

Solenn hocha la tête.

— Bientôt, dit-elle, laconique.

Le temps manquait à Audric pour continuer la discussion. La caravane s'engagea sur la steppe de lichen. Audric ordonna aux conducteurs de vajarans d'augmenter l'allure, bien qu'il sût que le rythme des reptiles dépendait avant tout de la température ambiante. Jedrigan eut l'idée de les emmitoufler dans des couvertures et des bâches de tentes afin d'accroître leur chaleur interne. Cela parut fonctionner, car en une demi-heure la marche des varajans devint plus soutenue.

Vers dix heures, un cheval surgit au détour de la route. Il s'agissait de Sevilgan. Le chef des Serpents s'assombrit. Le comte de Galerade avait fait plus vite qu'il ne l'avait espéré.

Sevilgan stoppa devant le cheval d'Audric.

— Capitaine ! Plusieurs troupes se dirigent vers nous.

— Plusieurs ?

— Au moins trois. Celle qui vient vers nous par la route compte deux cents soldats au bas mot.

— Tu as vu leur étendard ?

— C'est celui de la Galerade.

Audric retint un juron. Le comte se déplaçait en personne.

— Et les autres ?

— Ils n'ont pas d'étendard.

— Tu dis qu'il y en a deux ?

Sevilgan secoua la tête.

— On en a aperçu deux, mais il y en a sûrement d'autres, plus loin. Ils ne se cachent pas.

Audric réfléchit. Le comte de Galerade avait passé des contrats avec des bandes, comptant sur leur nombre cumulé pour les submerger. Sans doute avait-il promis une récompense à ceux qui parviendraient à stopper la horde.

La seule tactique, pour le moment, était de rester mobile afin d'éviter que les forces ennemies n'aient le temps de se regrouper et de les bloquer. Ils devraient enfoncer les barrages en évitant de ralentir. Audric fit passer le mot dans les escouades, puis organisa les préparatifs. Tout en marchant, les hommes chaussèrent leurs casques, les cavaliers passèrent leurs carquois remplis de flèches à leur épaule et accrochèrent des lances à leur selle. Plus la peine de jouer les marchands, désormais – même s'ils conservaient les vajarans et leur chargement : ceux-ci pourraient leur servir, plus tard.

Puis Audric quitta la route et s'enfonça dans la steppe. Par chance, la carte dont il disposait était précise à cet endroit, et aucune rivière ou précipice ne les bloquerait.

Un rapport arriva de l'escouade de Leihar. Celle-ci progressait sur son flanc gauche, à un kilomètre : une bande les avait repérés et se dirigeait vers le convoi. Cinquante guerriers, dont trente montés sur des chevaux. Audric rappela toutes les escouades.

— Ils nous attendent en haut d'une colline où nous devons passer, dit Audric à ses lieutenants. On va passer en force, sans chercher à les tuer tous. C'est pourquoi le rôle des archers à cheval sera déterminant.

Il plaça les archers à cheval au centre du convoi, et fit armer un groupe d'assaut : celui-ci devrait charger les chevaux ennemis et les percer de leurs lances. L'escouade de Trobard ouvrirait la voie. Il aperçut Umiade, qui déposait Solenn sur l'un des vajarans avant de rejoindre son escouade.

Les hommes formèrent les rangs, et s'élancèrent au petit trot.

La colline ne tarda pas à apparaître : une simple bosse dans le paysage. Les ennemis s'étaient disposés sur une ligne de vingt mètres de large environ. Ils avaient placé des pieux en quinconce pour briser une charge éventuelle, mais quelques hommes suffiraient à les mettre à bas. Audric tira lentement son épée géante, et la brandit au-dessus de sa tête.

— Les dieux nous aiment ! Chargez !

Marween attendait ce moment depuis des jours. La rage indéterminée qui l'habitait trouvait enfin un exutoire. Il se retrouva à courir auprès de Cerajar en braillant un cri de guerre. Ils brandissaient une lance pourvue d'une rondelle d'acier à la base de la pointe pour ne pas s'enfoncer trop profondément, et pouvoir ainsi ressortir sans se briser. Devant eux couraient quatre hommes désignés pour porter les lourds boucliers de défense, en cas de tir rasant. L'épée au clair, Trobard menait la charge. La pente était si faible que Marween avait l'impression de courir sur du plat. Des flèches partirent de derrière la ligne ennemie. Mais ce n'étaient pas des tirs ciblés, et ils étaient trop clairsemés pour représenter un danger. Manifestement, les brigands n'étaient pas de bons archers, car leurs tirs étaient aléatoires et non coordonnés. Marween aperçut, de chaque côté de son champ visuel, les archers à cheval converger sur l'ennemi. Il n'était pas arrivé au contact que les Serpents avaient décoché trois salves meurtrières.

Marween arriva au sommet de la colline où une quinzaine de cavaliers les attendaient. Ils portaient des piques barbelées, des casques peints et ornés de cornes pour effrayer. Tout de suite, Marween localisa la brèche dans le barrage : trois cavaliers, qui se gênaient mutuellement. D'un coup de coude, il avertit Briac et le géant hocha la tête. Marween assura sa prise sur la hampe de sa lance, la serrant contre son flanc pour que l'impact puisse être absorbé par tout son corps. Juste avant le choc, ils se ruèrent vers la brèche. Le cavalier ennemi dévia la lance de Marween, mais celle de Briac perça son abdomen. La force décolla le cavalier de sa selle. Celui qui se trouvait à sa gauche rugit une malédiction, et assena sa pique sur la tête de Briac. Marween leva sa lance pour atténuer le coup ; la pointe heurta le crâne épais de Briac, ses barbelures lui arrachant un morceau de scalp.

— Que les fruits pourrissent sur l'Arbre de Vie, jura Marween.

Briac partit d'un énorme rire, alors même que le sang coulait à flots le long de sa tempe.

— Bah ! T'inquiète pas. J'ai vécu pire.

Trois autres Serpents vinrent leur prêter main-forte, et la brèche s'élargit. La ligne de défense une fois brisée, il ne fallut que quelques minutes pour qu'elle se désagrège complètement. Les archers montés s'engouffrèrent dans la percée, et prirent les cavaliers ennemis à revers. Très vite, tout fut consommé. Soudain, une détonation éclata au-dessus de leurs têtes. Étonné, Marween leva les yeux ; un petit nuage noir dérivait dans le ciel, à une trentaine de mètres.

Une fusée d'alerte, se dit-il. *Un des fuyards l'a envoyée. Ils savent où nous sommes, maintenant.*

Une trompette sonna le rassemblement.

— Grouillons-nous, lança Trobard d'une voix dure, surgissant à côté de Briac. Ce ne sera peut-être pas la seule bande qu'on aura à affronter aujourd'hui.

Il eut à peine un regard pour Briac, qui se confectionnait un pansement de lichen arraché au sol. Et deux minutes plus tard, Prelagord surgit et l'entraîna vers un chariot, où il gardait ses instruments. Briac grogna, mais le suivit sans résister.

La marche reprit. Une partie de l'escouade de Trobard partit en avant, mais Marween dut rester avec le gros de la troupe, dans la caravane. Il repéra Cerajar qui marchait près d'un chariot, et le héla. Son compagnon lui fit signe d'approcher. Depuis qu'il avait été engagé, Cerajar avait considérablement forci. Il était à présent presque aussi large que haut – et ça n'était pas qu'une image.

De tous les coins de l'horizon montaient des colonnes de fumée. Les bandes communiquaient les unes avec les autres. Il y en avait… Marween jura entre ses dents : il comptait sept points d'émission.

— Pas de quoi paniquer, grommela Cerajar à côté de lui. C'est sûrement un piège. Ils ont envoyé des types aux quatre points cardinaux pour nous faire croire qu'on est encerclés. Non ?

Marween était certain du contraire, mais il ne détrompa pas son compagnon.

Quelques minutes plus tard, Audric fit obliquer le convoi. Après une heure de marche, de nouvelles fumées s'élevèrent dans l'azur et le convoi vira de nouveau.

Pendant deux jours, la horde zigzagua à travers la lande selon la position des bandes ennemies. Les hommes commençaient à murmurer, car elles semblaient se rapprocher. Toutefois Marween avait l'impression qu'ils progressaient. Encore un ou deux jours, et ils seraient sortis de la Galerade. Si invraisemblable que cela leur paraisse à tous, l'espoir de s'enfuir du comté maudit revenait. Et cela, malgré le fait que quatre bandes se soient rassemblées devant la horde.

Le troisième jour, le terrain se modifia. La ligne de montagnes bornant la Galerade apparaissait à l'horizon.

À nouveau, une bande leur coupa la route. Elle était deux fois plus nombreuse que la première, et cette fois, il ne fut plus question de l'enfoncer. Il fallait se battre. Marween retrouva les ordres de bataille désormais habituels : la marche en formations serrées, protégées par les cavaliers. L'ennemi, s'il ne possédait pas la discipline de la horde, compensait par la sauvagerie brute. Les combats au corps à corps éprouvèrent Marween. Il se rendit compte que les recherches dans les Blackhorn et la marche forcée l'avaient affaibli. Les assauts se succédèrent, jusqu'à ce qu'Audric estime qu'ils avaient suffisamment désorganisé la défense adverse pour passer en force. Alors qu'ils enfonçaient sa dernière ligne, la bande se regroupa plus loin et fondit sur l'arrière du convoi. Ils parvinrent à isoler une quinzaine de vajarans retardataires.

— Laissez tomber les marchandises, ordonna Audric à ses lieutenants. De toute façon, la caravane ne fait que nous ralentir.

La horde se replia. Marween lut des mimiques de regret plisser le visage de ses compagnons au vu des ballots jetés sur la lande par les bandits, comme des marchandises dérivant après le chavirage d'un navire.

Les bandits survivants, voyant l'ennemi leur échapper, se vengèrent sur les vajarans. Ils tranchèrent les tendons de leurs pattes, puis les éventrèrent. Ils plantèrent leurs piques dans les entrailles fumantes et les regardèrent se dévider tandis que les animaux se traînaient en bramant misérablement. Marween et quelques autres furent saisis de rage, mais ils étaient trop loin pour les achever à coups de flèches.

Ce barrage leur avait fait perdre le peu d'avance qu'ils possédaient. Les bandes arrivaient de toutes parts, il y avait au moins un millier d'hommes à leurs trousses. Audric rassembla ses lieutenants, et indiqua la vaste étendue devant eux.

— Les cartes de Coresh sont muettes sur tout le territoire qui s'étend devant nous, dit-il. J'ignore ce qui s'y trouve. Mais il faut passer.

Trobard haussa les épaules.

— Moi, ça me va, capitaine. De toute façon, il est trop tard pour le contourner. Nos poursuivants sont partout.

— Je tenais à vous prévenir, dit Audric. Il se pourrait bien qu'on livre notre dernière bataille.

Les hommes se regardèrent sans mot dire. Audric ne leur avait jamais tenu ce genre de discours auparavant. Puis ils retournèrent à leurs escouades.

Trobard désigna Cerajar et Marween.

— Vous, vous resterez au milieu du convoi, avec Solenn.

Cerajar fronça son épaisse barre de sourcils.

— Quoi, la sorcière ? jeta-t-il. Je croyais qu'il y avait déjà quatre hommes de l'escouade d'Audric affectés à sa protection, chef.

Trobard claqua dans ses doigts pour indiquer qu'il n'était pas d'humeur à discuter. Bougonnant, Cerajar traîna les pieds vers le chariot où on avait placé Solenn. Au cours des derniers jours, Marween n'avait pas eu l'occasion de penser à la jeune fille. Il savait seulement que c'était une devineresse très puissante, convoitée par les seigneurs. Contrairement à la plupart de ses compagnons, les augures ne lui inspiraient pas de crainte. La seule qu'il connaissait était Umiade, et son hostilité déclarée ne lui avait jamais causé de tort. Aujourd'hui, elle ne lui témoignait plus d'animosité, même s'il prenait bien garde à ne pas traîner dans les parages où elle paraissait.

Quant à Solenn, elle n'était en principe qu'un colis à livrer à un seigneur.

— C'est là, dit Cerajar en montrant un chariot bâché, flanqué de quatre cavaliers.

Le convoi se mettait en branle. Marween soupira de fatigue. Pour le moment, se retrouver au milieu du convoi lui convenait. Il n'essaya pas de regarder dans le chariot. Cependant, après quelques minutes, un pan de la bâche se releva. Une main qui n'était qu'un squelette recouvert de peau blafarde émergea. Les yeux de Marween tentèrent de préciser la forme, guère plus qu'une esquisse au fusain, qui se brouillait dans la pénombre intérieure. Cerajar ouvrit la bouche, mais la plaisanterie salace qu'il s'apprêtait à prononcer mourut sur ses lèvres.

— Putain de merde…

Marween secoua la tête comme pour en chasser quelque chose de désagréable. Une voix chuinta jusqu'à eux.

— Approche, Marween.

Cerajar fit lui aussi un pas en avant. La voix de Solenn le figea.

— Marween seulement. Toi, tu n'existes presque pas, Cerajar.

— Comment tu connais mon nom ? fit Marween.

La jeune fille secoua la tête.

— Ça n'a pas d'importance. Je sais qui tu es, et ce que tu seras.

— Je sais ce que je suis. Je suis un Serpent.

— Aujourd'hui, oui. Mais bientôt… Je vois un autre animal. Un aigle, peut-être… Un aigle décapitant un serpent de son bec.

Marween se força à ne pas reculer. Soudain, son cerveau

bouillonnait. Il se dit qu'il pourrait tirer son épée, là, tout de suite, et la lui passer à travers le corps. Et cependant, cette fille lui semblait plus dangereuse que Briac… qu'Audric même.

Audric n'aurait jamais dû accepter cette mission. Ça le mènera à sa perte. À notre perte à tous.

Et cependant, quelque chose l'attirait. Cerajar approcha de nouveau, les poings fermés.

— Fiche-lui la paix, sorcière !

Marween se tourna vers lui pour le prévenir, mais la jeune fille leva la main.

— Ne m'importune pas, Cerajar. Ou je te révélerai le jour de ta mort, et tu n'auras plus jamais de repos… à moins que je dise à tout le monde le nom de *celui* qui t'a fait perdre ta virginité ?

Cerajar s'écarta comme s'il avait été piqué. Lorsque le regard de Marween revint sur Solenn, elle était en train de refermer la bâche.

— Attends !

L'espace de quelques instants, elle suspendit son geste.

— Plus tard. Nous sommes appelés à nous revoir, tous les deux. À condition que tu survives à ce soir.

— Hein ? Qu'est-ce que tu veux dire ?

La bâche s'était déjà rabattue. Marween regarda autour de lui d'un air inquiet. De gros rochers jonchaient la lande, obligeant le convoi à sinuer. Cela augmentait également les risques d'embuscade. Mais les guetteurs qu'Audric avait envoyés n'avaient rien signalé.

Les rochers s'éclaircirent et le convoi déboucha sur une plaine qui s'étendait jusqu'aux montagnes. Le lichen avait à nouveau cédé la place à l'herbe rouge. Par endroits se creusaient de petits cratères. Trandor, le premier, vit les woorms surgir : les tentacules blanchâtres se dressaient autour d'eux, agités de lentes ondulations. Ceux-là montaient jusqu'à la taille. Le Serpent tendit la main vers l'un d'eux, qui poussait à côté de lui ; le woorm se rétracta. Trandor essaya de l'attraper au passage. Le woorm frappa le sol à ses pieds avec un bruit de gifle humide. De surprise, l'homme fit un bond en arrière, suscitant les ricanements des spectateurs de sa prouesse. Le tentacule parut se faire avaler par son terrier.

— Rappelle-toi ce qu'a dit Leihar l'autre jour, lança Driligan. Ces bestioles sont inoffensives tant qu'on ne les taquine pas.

— Merde, rigola un autre, ce truc a débandé encore plus vite que toi !

Les vers tentaculaires avaient l'air de surveiller leur progression de loin, apparaissant et disparaissant au fur et à mesure. Ils formaient une haie mouvante, de dix pas d'épaisseur. Il y en avait des milliers.

Marween n'eut pas le temps d'éclaircir la vague crainte que soulevaient ces milliers de créatures bizarres grouillant dans le sous-sol : un trille d'alerte retentit, provenant de l'arrière-garde. Quelques instants plus tard, Yelaf arriva au galop.

— Au moins cinq bandes se sont réunies, annonça-t-il après avoir stoppé son cheval devant celui d'Audric. Il y a au moins cinq cents hommes.

Il n'avait pas terminé son rapport que deux autres signaux vrillaient l'air : des unités se dirigeaient vers eux par les côtés, pour les prendre en tenailles.

— Ils nous ont rabattus jusqu'ici, grimaça le capitaine des Serpents.

Malgré son inquiétude, il s'estimait heureux que le comte de Galerade ne les ait pas interceptés plus tôt. La voie de retraite était toujours ouverte. Il lança le trille de ralliement : il était inutile de laisser ses forces éparpillées. Les escouades qui revenaient à bride abattue étaient talonnées par quelques dizaines de cavaliers ennemis. Ceux-ci se contentaient de les suivre. Derrière, le reste de la bande arrivait en trottant.

— Curieux, dit Marween à Cerajar. On dirait qu'ils ne veulent pas les intercepter.

Issue d'un lointain passé, l'image de gardiens de troupeaux surgit à son esprit. Non, songea Marween, les bandits n'allaient pas au combat : ils vérifiaient juste que toutes les escouades revenaient bien au convoi. D'ailleurs, ils s'arrêtèrent brusquement aux abords du champ de woorms.

— Les lâches, rigola Cerajar. Ils ont la trouille des woorms.

Audric attendit que les escouades les aient rejoints pour sonner le signal de départ. Pendant qu'ils s'ébranlaient, Marween remarqua l'étrange manège auquel se livraient certains bandits. Ils avaient apporté, attachés à la selle de leurs chevaux, de grands tambours peu profonds. Il y en avait une bonne cinquantaine. Des hommes creusaient le sol, manifestement pour les y enfouir. Marween se gratta l'arcade sourcilière.

Qu'est-ce qu'ils fabriquent?

Leurs agissements n'avaient pas l'air agressifs, et les autres Serpents qui les avaient remarqués se contentèrent d'en rire.

Et en effet, des bandits à la figure peinturlurée s'accroupirent devant chaque tambour, dont n'émergeait plus que le disque de peau tendue. Pour les frapper, ils avaient des bâtons recourbés à l'extrémité évasée. Ils effectuèrent avec leurs bâtons un curieux ballet au-dessus de leurs têtes.

Soudain, ils les abattirent à l'unisson sur les tambours enterrés.

Ils étaient à plus de deux cents mètres, mais Marween perçut le son au plus intime de son être. Ce n'était pas un son, ni tout à fait une vibration. Il sentit la vague qui remontait dans ses jambes pour se répandre dans son bas-ventre, ses reins, ses tripes, son estomac, avant d'éclater dans les poumons.

— Saloperie…, jura Cerajar en étreignant sa poitrine.

Le coup figea net les woorms qui observaient le convoi.

Puis tous se rétractèrent en même temps.

Marween jeta un coup d'œil au chariot de Solenn, juste au moment où elle rabattait la bâche. L'espace d'un instant, il put la dévisager. Et ce qu'il y lut lui fit froid dans le dos.

Il ne s'était pas aperçu qu'un silence absolu les entourait. On aurait dit que l'onde avait balayé les autres sons sur son passage. Quinze battements de cœur après le premier coup, les tambours résonnèrent de nouveau. Les chevaux hennirent et les quelques vajarans qui leur restaient se mirent à secouer violemment la tête. Au cinquième coup, une rumeur parcourut la horde.

Quelqu'un, à gauche de Marween, s'avança.

— C'est sympa de nous faire un concert d'adieu, lança-t-il d'une voix forte.

Il commença à danser sur place en tapant du pied.

— Reviens, Leddio! grommela Cerajar.

Marween, lui, était pétrifié. Il savait que le drame était en marche. Il l'avait su avant que l'homme se mette à se trémousser de façon grotesque.

Au dixième coup de tambour, deux woorms jaillirent de trous au pied du Serpent. Ils s'entortillèrent autour de ses chevilles.

Leddio n'eut pas le temps de tomber, ni même de crier. Les deux tentacules tirèrent de conserve. Et, dans un bruit horrible, lui arrachèrent les jambes.

13

Marween était à moins de dix mètres de Leddio lorsque les woorms le démembrèrent. Il eut le temps d'apercevoir, au moment où le Serpent bascula en arrière, la boule luisante de l'articulation des fémurs, les jambes retenues au torse par les tendons. Puis les jets de sang aspergèrent le sol. Aussitôt, un tentacule rampa hors d'un terrier près de la tête de l'homme, s'enroula autour de son cou.

Comme s'ils obéissaient à un signal, trois autres hommes furent entraînés par des woorms. Marween aperçut l'un d'eux, tiré sur deux mètres jusqu'à un trou, où un autre ver s'enroula autour de sa cheville. Celui-ci fit pivoter sa victime d'une pirouette pour la mettre à portée d'un tentacule voisin, qui broya ses vertèbres cervicales.

Cerajar dégaina son épée en vomissant une bordée de jurons. Partout dans le convoi, des cris retentissaient : des rangées de tentacules jaillissaient sous les pieds, avec pour but de tuer ou d'estropier.

Marween imita son compagnon. À un mètre à peine, un woorm émergea en tâtonnant. Puis il vit Marween et se détendit comme un fouet. Cela avait été si rapide qu'il n'eut pas le temps de bondir de côté ; le tentacule de chair rigide le cingla à la cuisse, laissant une empreinte brûlante. Marween poussa un cri de douleur et abattit sa lame, mais le woorm s'était déjà enfoui. Déjà, une autre créature s'insinuait hors d'une cavité voisine…

Les tambours continuaient de faire trembler le sol.

— Ces salauds ont réussi à domestiquer les woorms ! beugla Cerajar. Ils sont trop loin pour qu'on les abatte avec des flèches.

— Je ne crois pas, rétorqua Marween.

— Pourquoi... Attention ! (Il sabra le sol avec son épée juste devant Marween, obligeant un woorm à battre en retraite.) Pourquoi tu dis ça ?

— Je ne crois pas qu'ils leur donnent des ordres, là-bas. Les coups de tambours rendent les woorms fous furieux, c'est pourquoi ils attaquent tout ce qui passe à portée.

Marween assena un coup sur une créature qui rampait silencieusement vers Cerajar. Avec satisfaction, il sentit la lame qui entamait la tige souple, puis celle-ci se déroba en produisant un curieux chuintement. Les woorms pouvaient donc être blessés, et éprouver de la douleur.

Ceux qui le pouvaient s'étaient réfugiés sur les chariots, les autres sur le dos des vajarans. Mais Marween savait que ce n'était qu'une question de minutes avant que les woorms s'en prennent aux montures. Des ordres furent criés, relayant Audric : ils devaient avancer coûte que coûte. Le convoi s'ébranla, mais il ne fallut pas longtemps à Marween pour se convaincre que toute fuite était vouée à l'échec. Les woorms étaient trop nombreux, ils ne feraient pas cinq cents mètres avant d'être tous réduits en charpie.

L'un des hommes sembla devenir fou : il quitta le convoi en courant, sabrant l'air en direction d'un bouquet de tentacules. Marween aperçut Umiade qui tentait de le retenir, mais le Serpent s'était déjà trop éloigné. Elle poussa un juron en se rejetant en arrière. Les woorms disparurent, comme aspirés par le sol, avant qu'il ait pu les atteindre. Il fit volte-face, soudain dégrisé. Un woorm réapparut dans son dos et le fit trébucher. Quelques secondes plus tard, ses lambeaux sanguinolents étaient jetés aux quatre vents.

— Mettez-vous par deux, avertit Trobard d'une voix forte, dos à dos, et protégez-vous mutuellement !

Marween et Cerajar appliquaient déjà cette consigne, avec succès. Mais la peau des woorms était incroyablement résistante : pour les sectionner, trois ou quatre coups d'épée donnés à pleine force étaient nécessaires.

Un juron éclata tout près. Le conducteur du chariot de Solenn avait beau fouetter son attelage, il n'arrivait plus à avancer. Marween se pencha : deux woorms s'étaient entortillés dans les rayons de la roue arrière. Ils étaient distendus, mais tenaient bon. Le chariot était immobilisé.

Marween bondit au pied de l'un d'eux et frappa, frappa encore. Au bout de trois coups, le tentacule céda et une humeur visqueuse, pareille à du jaune d'œuf, gicla des tronçons. Lorsque le jeune homme se dirigea vers le second woorm, celui-ci lâcha prise. Le chariot libéré fit un bond en avant, écrasant au passage l'un des pieds de Marween.

— Et voilà notre sort, gloussa Cerajar, de façon incongrue : on n'a vraiment aucune reconnaissance !

Marween répondit par un rire hystérique. Il sentait qu'il évacuait la boule d'angoisse qui grossissait en lui, alimentée par chaque coup de tambour.

La colère des woorms ne connaissait plus de limites : ceux qui se trouvaient en bordure devenaient fous, ondulant et s'abattant en rythme contre le sol comme pour flageller la terre qui ne les protégeait plus...

— On n'en sortira jamais, geignit un voisin de Cerajar. Quand on en fait disparaître un, il en repousse un derrière !

Marween fit quelques pas en arrière. Le woorm qu'il avait sectionné était toujours là.

— Protège-moi ! lança-t-il à Cerajar.

Avec sa lame, il élargit le terrier circulaire. Puis il remit l'épée au fourreau, et empoigna le tentacule à deux mains. C'était froid, de texture caoutchouteuse sans être spongieux. Marween tira, d'abord sans résultat : c'était comme si le tentacule était directement ancré au soubassement de roc. Il s'acharna. Peu à peu, centimètre par centimètre, cela commença à céder.

Puis, dans une ultime traction, la chose se déracina.

Cela ressemblait à un sac de cuir blême, deux fois gros comme une tête ; de la face antérieure aplatie partait une chevelure emmêlée de radicelles écarlates ; le tentacule, lui, émergeait de la face supérieure de cette sorte d'oignon. Il était impossible de dire s'il s'agissait d'un animal ou d'un végétal. Marween le brandit devant Cerajar.

— Regarde !

Son compagnon ferraillait contre un woorm. Il ne jeta qu'un bref coup d'œil.

— Et alors ?

— En dessous, ce n'est pas une seule créature géante, avec les woorms qui serviraient de membres. Chaque woorm est une bête à part entière, isolée des autres. Ça signifie que chaque fois qu'on en tue un, il n'en repousse pas un autre et le terrain est dégagé.

Les coups d'épée de Cerajar dessinaient des zébrures sur la colonne de chair d'où suppurait du sang jaune, mais sans parvenir à le tuer. À présent, les woorms étaient si énervés par le chant des tambours qu'ils se dressaient de toute leur hauteur, essayant de briser les membres de quiconque s'approchait, comme des massues. Il fallut une dizaine de minutes pour sécuriser les abords immédiats du convoi. Les lieutenants annoncèrent leurs pertes respectives. En tout, quinze hommes avaient péri – un chiffre énorme. Cerajar avait raison, ils n'arriveraient à sortir du territoire qu'au prix de nombreux morts.

Le convoi reprit sa progression.

Audric marchait en tête. Il avait délaissé son épée et empoignait les woorms au moyen de son bras-démon. Il les arrachait de terre et les jetait au loin. Dans leur fureur aveugle, leurs congénères les attrapaient au vol et les disloquaient. Mais Audric ne pouvait assurer à lui seul l'avancée du convoi. Au bout d'une demi-heure, il renonça. Chaque bataille gagnée ne les faisait avancer que de deux ou trois mètres, alors que chaque faux pas leur coûtait une vie. Le martèlement lancinant des tambours les empêchait de penser, et certains hommes commençaient à tituber.

Il faudrait éventrer ces maudits tambours, et ceux qui les battent !

L'idée jaillit, et Audric se maudit de ne pas y avoir pensé avant. À quoi bon tuer les musiciens ? Ils pouvaient être combattus d'ici.

Rapidement, il donna des ordres, et la moitié des hommes se retrouva dotée d'une casserole ou d'une gamelle. Ils les posèrent sur le sol, et les lieutenants donnèrent le signal.

— Il faut contrecarrer le rythme des tambours, rappela Audric. Vous ne devez pas frapper en cadence !

Une cacophonie métallique s'éleva du convoi. Il fallut calmer les vajarans, déjà rendus à moitié fous par les woorms et les pulsations souterraines. Mais le résultat se fit ressentir tout de suite. En quelques instants, les attaques cessèrent et les tentacules se rétractèrent lentement. Le chant des tambours n'avait plus d'effet sur eux.

Un rugissement de joie parcourut le convoi. Audric se porta à l'arrière, et s'éloigna de dix mètres. Il se tourna vers l'ennemi, et hurla :

— Guerriers de Galerade ! Nous sommes le Serpent, et les dieux nous aiment !

La victoire avait galvanisé la horde à tel point que la première charge menée par Audric écrasa l'ennemi deux fois supérieur en nombre. D'autres bandes attendaient à l'écart. Elles se dispersèrent en voyant le sort réservé aux combattants. Les Serpents voulaient faire payer la mort de leurs camarades. Marween vit Yelaf traîner un homme blessé près d'un trou de woorm. Il enfonça une pique dans le trou afin de blesser le woorm. Le tentacule sortit aussitôt et se referma sur le cou du blessé – puis lui arracha littéralement la tête.

Marween se dirigea vers un petit groupe de soldats qui arboraient les couleurs du comte de Galerade. Le seigneur s'était retiré, encadré par son unité d'élite. Deux soldats avaient jeté leurs armes, mais les Serpents les avaient tués tout de même. Ceux qui restaient défendaient leur vie – sans grand succès. Quand Marween arriva, il ne restait que des blessés. Cerajar était déjà sur place, il lui fit signe de le rejoindre :

— Tu nous aides à élaguer ?

Élaguer : le terme consacré, pour achever les blessés. Marween hocha la tête. Il ramassa une lance, et fit sa part de travail.

Ensuite, la horde alla fouiller les morts afin de récupérer ce qui pouvait l'être : armes, nourriture et argent. Après les premières batailles, Marween avait répugné à dépouiller les cadavres. Puis la raison l'avait emporté sur les scrupules. Ces hommes étaient morts, ils n'avaient plus besoin de leurs possessions. De plus, il méritait sa part de butin : il s'était battu comme les autres. Il avait vite appris où les soldats dissimulaient leur pécule : les petits bijoux dans les revers ou suspendus autour du cou, l'argent cousu dans des poches sur la face antérieure des vestes, près des coutures. La plupart des soldats croulaient sous les fétiches : sachets d'herbes magiques, bijoux en cuivre gravés de symboles bénéfiques… destinés à conjurer le mauvais sort. Malgré le fait que jamais aucun porte-bonheur n'avait protégé le moindre d'entre eux.

Il remarqua que Cerajar avait arraché une poignée de fétiches de la poitrine d'un mort, et qu'il les triait. Il prit une sorte de vieux morceau de cuir gravé d'un symbole, le glissa autour de son cou.

— Tu crois que ce machin peut te protéger ?

Cerajar haussa ses épaules massives.

— Tout est bon pour rester en vie, non ? Toi, tu ne crois en rien ?

— Moi ?

Marween s'aperçut qu'il ne s'était jamais réellement posé la question.

J'ai cru en Audric.

Cette pensée même le déconcerta. Il *avait cru* en Audric.

Je crois en Audric, rectifia-t-il aussitôt. Mais le ver était dans le fruit. Il se gratta le nez pour dissimuler son embarras. Puis, il passa un doigt sur la lame de son épée.

— Moi ? répéta-t-il. Je crois en ça. Ma force et mon adresse.

Et soudain, la confidence de Yelaf à son sujet lui revint en mémoire, dans les grottes de Blackhorn.

J'ai assez attendu.

— Qu'est-ce que tu as ? demanda Cerajar.

Il le dévisageait, les sourcils arqués.

— Quoi ? lâcha Marween rudement.

— Tes yeux. Bon sang, ils ont eu une manière de briller qui m'a rappelé Yelaf, quand il « s'amuse ».

— Hein ?

— Oh, rien. Laisse tomber.

Audric sonnait le rassemblement de la horde. Ils reformèrent les rangs, puis s'enfoncèrent dans la plaine aux woorms.

Au pied des montagnes qui formaient la limite du comté, Audric décida qu'ils ne risquaient plus rien : les bandes de Galerade ne les avaient pas suivis. Il établit un camp pour deux jours sur une colline dominant la plaine.

Le lendemain de leur installation, Marween se rendit au quartier de Jedrigan, constitué de quatre tentes en enfilade. Assis sur un baril renversé, le chef d'escouade était en train de graisser ses bottes. Il ne leva pas les yeux quand Marween se planta devant lui.

Jedrigan était un blond aux mains énormes, qui semblaient capables de réduire un caillou de granit en poussière rien qu'en le serrant. Il mesurait une tête de plus que Marween. Ses yeux globuleux affleuraient sous des sourcils si blonds qu'ils en étaient presque invisibles.

— Qu'est-ce que tu veux ?

Marween ne répondit pas, et Jedrigan leva ses yeux à fleur de peau.

Ce qu'il y vit lui fit lâcher sa botte. Sa main descendit jusqu'à la taille… mais son épée se trouvait derrière lui, au pied de sa tente.

— Attention, Serpent…

— Je ne suis pas venu te tuer, Jedrigan. Je suis venu te défier.

— Hein ? fit-il, comme si Marween s'était exprimé dans une langue étrangère.

— Je conteste ton grade de chef d'escouade. Je suis plus compétent que toi. Désiste-toi du commandement en ma faveur.

L'espace d'un instant, Jedrigan demeura sans réaction. Puis il se renversa en arrière et éclata de rire.

— Ha ha ! Allez, dis-moi : qui me fait cette blague ? Yelaf, Killian ?

Une bouffée de chaleur sauta au visage de Marween. Il conserva son calme et répéta d'une voix sourde :

— Désiste-toi maintenant, Jedrigan. Tu garderas ton honneur. Ou nous nous affronterons, et je te vaincrai.

Le rire de Jedrigan s'effrita et son regard s'enflamma. Il se leva, les mains sur les hanches.

— Dégage, le cancrelat. Ou je te refais le portrait.

Marween recula. D'un mouvement coulé, il sortit son épée et sabra l'air à quelques centimètres du nez du lieutenant.

— Tu es prévenu. J'aurais pu t'ouvrir la gorge à l'instant. Mais je ne veux pas inaugurer mon grade par une ignominie.

— Inaugurer ton grade ? Espèce de sale...

D'un coup de pied, il projeta le baril sur Marween. Celui-ci l'esquiva sans difficulté. Jedrigan bondit vers son épée. Quand il se retourna, Marween s'était éloigné. Décontenancé, Jedrigan ressortit.

— Bon sang..., jura-t-il.

Marween se campait au centre d'un espace dégagé. Il fit un geste ample de l'épée.

— J'aurais pu te trancher la gorge par-derrière avant que tu aies pu atteindre ton arme. Mais je te l'ai dit, Jedrigan, je veux un duel honnête. Qu'il n'y ait aucun doute sur ma supériorité.

Les Serpents présents avaient saisi qu'il se passait quelque chose d'anormal. L'escouade de Jedrigan s'amassa autour de l'arène ; d'autres ne tardèrent pas à arriver. Certains braillaient des encouragements au chef d'escouade, d'autres se contentaient de regarder. Marween distingua Gwiramin, qui se frayait un passage au premier rang.

— Allez chercher Audric ! fit quelqu'un. Ces idiots vont vraiment se battre !

Marween assura son épée dans sa main. Il avait craint que la nervosité le fasse transpirer, aussi avait-il saupoudré la poignée de talc. Mais sa main était parfaitement sèche et il ne tremblait pas.

Malgré cela, il réagit presque trop tard et le coup porté par Jedrigan fut à un cheveu de lui perforer l'aine. Les deux épées s'entrechoquèrent dans un bruit assourdissant, au moment où la lame s'enfonçait dans sa cuisse. Le sang jaillit – mais un sang veineux, qui se tarit aussitôt.

Jedrigan enchaîna les coups, avant de se rendre compte que l'entaille n'était pas assez profonde pour avoir touché l'artère. Il rompit et parodia un salut.

— Cette entaille est la barre supérieure du grade que je vais te graver dans la chair, *lieutenant.* Une belle scarification, tu verras.

En guise de réponse, Marween se fendit. L'adrénaline qui coulait dans ses veines anesthésiait la douleur.

Jedrigan l'attendait de pied ferme. Il para, feinta en quarte, se fendit – et lacéra le bras de Marween. Cette fois, il cherchait à affaiblir son adversaire afin de pouvoir l'achever sans risque.

Il prend le dessus, réalisa Marween.

C'était sa vie qu'il avait mise en balance, et elle était sur le point de lui échapper. Bizarrement, il n'en éprouvait aucun regret : il voyait enfin les limites de sa propre existence. Jedrigan n'était qu'une forme mouvante devant ses yeux. Était-ce cela que voyait Solenn ? Des ectoplasmes qui s'agitaient en vain à la frontière de son esprit ? Il tâcha de chasser la fille de son esprit – que ses dernières pensées ne soient pas pour elle.

Cette pensée même le secoua de haut en bas, avec la violence d'un éclair lui passant au travers.

Cette foutue sorcière a peut-être vu mon sang gicler sur le sol. Mais je n'en ai rien à foutre. L'univers où je vis est autant le mien que le sien. J'ai plus de droits qu'elle sur ma vie.

Son épée bloqua le coup de taille de Jedrigan. Dans un mouvement spiral, elle glissa le long du plat de la lame adverse. Pour l'assistance, elle sembla acquérir la souplesse d'un woorm et *s'enrouler* autour de l'épée de Jedrigan. Elle fendit sa garde, et sectionna son pouce au ras de la première phalange.

L'épée chut aux pieds de Jedrigan. Ses yeux s'agrandirent comme s'ils voulaient s'échapper de leurs orbites. Une seconde plus tard, l'épée de Marween lui transperça le cœur. Il tomba à genoux. Puis s'affala face contre terre.

Fendant la foule, Audric surgit.

Le silence emplit le campement.

— *Marween !*

Audric n'avait pas élevé la voix, mais il sembla à Marween qu'elle emplissait tout l'univers. Il lâcha son épée, comme si elle lui brûlait la main, en se rendant compte qu'il n'avait pas agi autrement qu'un ennemi. Il avait tué un Serpent.

Audric marcha sur lui. Marween lutta contre l'impulsion de se protéger le visage, comme s'il avait craint qu'il ne le gifle.

— Je ne voulais pas qu'il meure, balbutia-t-il. Je le jure… Seulement le blesser pour l'immobiliser. Lui prouver que je méritais son grade.

Audric leva lentement son brassard, dont le gantelet se referma sur sa gorge.

— Tu l'as tué.

— J'ai agi pour le bien de la horde. Je suis meilleur que lui et je l'ai prouvé.

— C'est moi qui décide ce qui est bon pour la horde! Je commande le Serpent. Et tu as tué un de mes hommes!

Audric se retint de broyer le cou de l'impudent, se contentant de serrer un peu. Le *fléau du démon* manifestait par de petits soubresauts son désir de s'emparer de cette âme. Audric jeta un coup d'œil au cadavre étendu.

— À moins que tu veuilles monter en grade et me défier? ajouta-t-il.

Marween secoua la tête, au risque de se briser les vertèbres. Ses yeux larmoyaient tant qu'il ne voyait plus rien.

Audric lâcha son cou. Marween tituba, mais parvint à rester debout.

Bon sang, quel gâchis, songea Audric. *J'en porte une part de responsabilité.* Puis, il contempla Marween qui reprenait une contenance. *Où ai-je échoué avec lui? Bon sang, ça tombe au plus mauvais moment.*

N'importe quel capitaine aurait sorti son épée et l'aurait exécuté. Mais en cet instant, il avait besoin de tous ses hommes.

— Tu voulais le grade de Jedrigan, déclara-t-il. Tu l'as défié dans les règles. Je ne peux rien redire à ça, sauf si l'escouade de Jedrigan... si *ton* escouade te répudie à l'unanimité. Est-ce le cas?

Quelques mains se levèrent, à peine un quart de l'escouade. Audric prit acte de l'acceptation d'un hochement de tête.

— Tu as le commandement.

Il se pencha vers Marween et lui souffla à l'oreille:

— Ce soir, ne t'avise pas de fêter ta victoire. Si j'apprends que tu l'as fait, c'est moi qui te défierai. En attendant, porte Jedrigan hors du camp et enterre-le.

Il fit volte-face et disparut. Les autres se dispersèrent sans un mot.

Avec des mouvements d'automate, Marween ramassa son épée, essuya le sang et la remit au fourreau. Ses oreilles le brûlaient, son cœur était contracté, comme s'il charriait un sang glacé. Il chargea Jedrigan sur ses épaules pour le transporter à une centaine de mètres du campement. Il creusa une tombe, laissa tomber le corps dedans. Un bref instant, l'idée de le fouiller afin de récupérer ses possessions le traversa. Machinalement, il regarda en arrière pour voir si un Serpent n'était pas en train de l'observer.

Une silhouette se dressait en bordure du campement. Elle ne se cachait pas. Leurs regards se croisèrent, supprimant la distance entre eux.

Tu savais que je gagnerais, sorcière. C'est pour ça que tu n'as pas assisté au duel.

Comme pour lui répondre, Solenn lui adressa un sourire et tourna les talons.

Ils franchirent la petite ligne de montagnes, puis continuèrent vers le sud pour sortir de la Galerade. Ils traversèrent les ruines envahies par le lierre d'une bourgade victime d'une guerre oubliée. Quelques bandes de cavaliers rôdèrent aux alentours. Audric n'eut aucun scrupule à leur faire tirer dessus par les archers dès qu'elles approchaient un peu trop. Des corps s'abattirent. Les bandits n'insistèrent pas.

Dès qu'ils furent sortis du comté, Audric envoya Leihar sur son coursier le plus rapide pour informer Coresh de leur réussite et l'avertir qu'il revenait avec sa prise à Elsenohr.

Leihar revint au bout de quatre jours. Averti par les sentinelles, Audric vint à sa rencontre.

— Que se passe-t-il ?

— Coresh a fait stationner une troupe. Ils nous attendent.

— Combien sont-ils ?

— Trente.

— Des soldats cachés, à ton avis ?

— Je ne pense pas.

— Comment s'appelle celui à qui tu as parlé ?

— Romuald. Il est revêtu d'une armure en cuir rouge où sont gravées les armoiries d'Elsenohr.

L'un des hommes de confiance du duc. C'était lui qui l'avait introduit au cœur du palais. Un sourire flotta sur les lèvres d'Audric. Coresh avait eu confiance en lui. Il avait su qu'il réussirait.

Son contentement fut de courte durée lorsqu'il demanda à Leihar de lui rapporter toutes les paroles de l'émissaire.

— Romuald m'a demandé combien d'entre nous ont survécu.

— Que lui as-tu répondu ?

Leihar cligna de l'œil.

— Eh bien, comme je n'ai pas fait le compte, j'ai préféré m'abstenir de donner un chiffre qui aurait été sûrement erroné.

Audric lui donna une bourrade amicale.

— Je n'aurais pas fait mieux. Ensuite ?

— Romuald a dit qu'il n'était pas nécessaire que nous allions jusqu'à Elsenohr. Il prendra Solenn en charge et la ramènera lui-même.

Les poings d'Audric se crispèrent. Percevant sa bouffée de rage, le *fléau du démon* sortit de sa léthargie.

Du calme, démon.

Audric se força à sourire à Leihar.

— Rassemble les chefs d'escouade. J'ai à leur parler.

Son lieutenant hésita.

— Eh bien, quoi ?

— Euh… Marween aussi ?

Cette fois, Audric eut un geste d'agacement.

— Il est chef d'escouade, avec les prérogatives qui vont avec. Ça te pose un problème ?

— Il a tué Jedrigan pour…

— J'ai accepté son nouveau grade. Il n'y a plus à en discuter.

Lorsque ses lieutenants entrèrent dans sa tente, Audric ne put s'empêcher de détailler Marween. Et il eut du mal à le reconnaître. Il avait pris de l'assurance. Et de la force.

Je ne l'ai pas vu grandir. Si je m'en étais rendu compte, je lui aurais donné des responsabilités et il n'aurait pas commis la stupidité de tuer Jedrigan.

Marween gardait les yeux fixés sur un coin de la tente. Les autres chefs d'escouade ne faisaient pas attention à lui, sauf Umiade qui se tenait éloignée. Son expression semblait dire : « J'ai eu tort de négliger de te surveiller, tu n'as jamais cessé d'être dangereux. »

Audric s'apprêtait à parler quand le pan de la tente se souleva. Solenn apparut. Audric se tourna vers elle, courroucé.

— Qu'est-ce que tu viens faire ici ?

— Il est question de moi, non ?

— Ce n'est pas la place d'une fille.

Solenn lâcha un petit rire et se tourna vers Umiade.

— Umiade n'est pas une fille ? Je croyais que tu étais bien placé pour le savoir.

— Umiade est là en tant que lieutenant.

Soudain, Solenn cessa de sourire et la température à l'intérieur de la tente baissa.

— Et moi, je suis là en tant qu'augure. Je pourrais dire à quelle seconde chacun de vous mourra, de quelle façon, et ce qu'il pensera à cet instant précis. (Elle eut un bref coup d'œil à Marween avant de continuer :) Vos muscles et vos épées ne m'impressionnent pas, capitaine. Ne comprenez-vous pas ? Mes yeux sont remplis d'étoiles. J'ai vu ma propre mort. J'ai vu la mort de ce monde. Que valent vos petites intrigues comparées à ça ?

— Pourquoi es-tu venue, si nous sommes aussi insignifiants à tes yeux ?

— Tout ce qui me touche touche le monde entier, puisque j'aurai un rôle à jouer dans son devenir.

Les lieutenants s'entre-regardèrent sans oser parler.

Elle ment ! Elle sait quelque chose, qu'elle ne veut pas dire pour l'instant. C'est pour ça qu'elle est descendue de sa montagne. Pour quelque chose de précis.

Mais pour le moment, ces réflexions ne menaient à rien, et Audric décida de ne plus s'occuper d'elle. Il savait à présent qu'elle ne tenterait pas de fuir. Elle avait dit que son destin était lié au Serpent, et cela lui suffisait. Quand leur chemin divergerait, il serait certainement incapable de la retenir.

— Pourquoi nous as-tu réunis ? demanda Umiade.

— Oui… (Il tâcha de se concentrer à nouveau.) Nous nous mettons en route pour Elsenohr.

Leihar intervint.

— Romuald a dit…

— Romuald n'est pas allé dans les montagnes de Blackhorn au prix de sa vie. *Nous* avons fait le travail ! Il est temps que les hordes tirent un peu de gloire de leur travail. Si Coresh veut récupérer Solenn, il devra s'accommoder de notre malodorante présence.

Quelques rires ponctuèrent sa déclaration.

— Et s'il ne s'en accommode pas ? lança Yelaf.

Le *fléau du démon* tressaillit. Audric se tourna ostensiblement vers Solenn.

— Eh bien, dit-il, ce sera tant pis pour lui.

La horde changea d'itinéraire pour ne pas croiser la petite troupe de Romuald. Ils continuèrent vers le sud, passant au large de bourgades fortifiées. Le paysage redevenait verdoyant.

Ils ne firent pas attention au faucon qui les survolait. À sa patte gauche s'accrochait un ruban jaune, la couleur ducale ; au cou, une cartouche en acier contenait un message. Romuald n'essaya pas de les intercepter. Il savait que c'était inutile. Il se contentait de les suivre à distance, sans chercher à se dissimuler de l'arrière-garde de la horde.

Elsenohr n'était plus qu'à dix jours de marche lorsque l'éclaireur revint au galop. Une troupe importante bloquait la route.

— Importante comment ? interrogea Audric.

— Des centaines !

— Calme-toi et décris-moi ce que tu as vu.

L'armée du duc Coresh s'était déplacée au grand complet. Son but était clair : prendre livraison de Solenn avant que la horde ait atteint Elsenohr. Audric ne pensait pas que Coresh ait engagé une autre horde : avec un enjeu tel que Solenn, des tiers ne devaient pas interférer.

Audric envisagea les possibilités. Il pouvait conclure le contrat ici, puis reprendre ses activités habituelles après avoir empoché la fortune promise. C'est ce que lui conseillerait Umiade, et probablement tous ses lieutenants.

Mais alors, rien ne changera jamais. Que l'armée de Coresh soit venue nous arrêter est une preuve de plus. Nous serons toujours les larbins des seigneurs, dans la vie comme dans la mort.

Non. Pour la première fois, la horde possédait quelque chose que convoitaient les seigneurs. Quelque chose qui pouvait les mener à un pouvoir supérieur, ou bien les détruire.

Quelque chose, enfin, qui valait la peine qu'on se batte.

La route faisait un coude avant de descendre en pente douce vers une vallée aplatie, où les prairies alternaient avec des bois clairsemés. Une ville fortifiée se dressait en bordure d'une rivière sinueuse, à quelques pas de la route. D'après l'éclaireur, elle se nommait Aslerdeen. L'armée de Coresh l'avait investie. Des arbalètes géantes, juchées sur les tours d'angle des remparts, la protégeaient. Impossible d'approcher sans être criblé : les carreaux pouvaient traverser des boucliers en chêne. L'armée était trop nombreuse pour loger dans la cité, ses tentes s'étalaient tout autour ; cela lui permettait d'en contrôler l'accès. Il y avait là plus de quatre cents hommes, et sans doute davantage qui ne tarderaient pas à arriver.

Audric fit stopper la horde. Il appela Umiade et Trobard, et les fit se tenir à ses côtés, sur leur cheval. Un quart d'heure plus tard, un petit détachement de cavaliers arriva. Audric reconnut l'un des généraux de Coresh. Il était flanqué de soldats en armure de cuir vernissé d'écarlate, au casque pourvu d'ailettes.

— Je suis le baron Sareg. Je viens prendre possession de Solenn, ainsi qu'il était convenu.

— Il était convenu que je la remette à Coresh.

— Je le représente. Voici son sceau.

Il exhiba un cube en métal ; l'une des faces plaquées d'or reproduisait les armes personnelles du duc en miniature. Audric secoua la tête.

— Je me fiche de ce sceau. J'irai à Elsenohr pour donner Solenn en main propre à Coresh.

Sareg lança un juron sonore.

— Tu n'iras pas ! Les ordres de Sa Seigneurie sont clairs. Tu aurais dû remettre la fille à Romuald, et en ne le faisant pas tu as désobéi. Encore un acte de rébellion de ce genre, et nous…

— Toi et ton armée, écartez-vous de ma route. Ou bien, je vous écrase.

Sareg ouvrit la bouche, mais il était trop interloqué pour répondre. Jamais aucun capitaine de horde ne lui avait parlé sur ce ton.

— Ton maître pensait que les bandes de la Galerade rogneraient mes effectifs, et que j'en ressortirais si affaibli qu'il suffirait ensuite de me prendre Solenn à vos conditions. Mais j'ai eu de la chance. Ma horde est intacte. Je ne braderai pas mon butin.

— Tu seras payé de la même manière que d'habitude.

— Je veux remettre Solenn en main propre au duc, dans son fief.

— Tu te rends compte de ce qu'il en coûte de s'opposer au plus puissant duc du Sud ?

Audric croisa les bras sur sa poitrine.

— Ce que je sais, c'est que si Solenn échoue entre les mains d'un autre seigneur, Coresh ne restera pas duc très longtemps.

Sareg ravala son mépris si vite qu'Audric crut qu'il allait s'étrangler avec. L'espace d'un instant, son regard devint flou alors qu'il réfléchissait.

— Je dois en aviser sire Coresh. Tu dois attendre sa réponse ici.

— Fais donc. J'attendrai deux jours. Sache que je me rendrai à Elsenohr quoi qu'il arrive… à moins qu'un autre seigneur m'offre davantage que les cinq cents pièces d'or de Coresh.

D'un geste brusque, Sareg fit volter sa monture et retourna au galop à Aslerdeen. À Audric qui le regardait partir, Trobard dit :

— Pourquoi tu lui as offert deux jours ? Tu te fiches de la permission de Coresh – qui ne te la donnera d'ailleurs pas !

Audric sourit avec malice.

— Bien sûr que non. Je donne seulement l'occasion à cet imbécile de nous attaquer.

— Comment ça ? demanda Umiade.

— J'ai lu l'humiliation dans ses yeux. Il voudra me faire payer mes paroles sur son duc… tout en essayant de gagner ses faveurs. Je n'ai pas cessé de brandir la menace de la horde. De plus, si Sareg parvient à récupérer Solenn, Coresh lui sera reconnaissant de lui avoir fait économiser cinq cents pièces d'or.

Umiade hocha la tête : elle avait trouvé bizarre qu'Audric ait révélé à Sareg le montant de sa transaction avec Coresh. Ce n'était que pour inciter Sareg à agir.

— Quand attaquera-t-il, à ton avis ? demanda Trobard.

— Le plus tôt possible. La nuit prochaine sûrement, juste avant l'aube.

Ils établirent un campement à une centaine de mètres de la rivière, là où elle faisait un coude. Audric fit venir ses lieutenants pour entendre leurs suggestions. Cette fois, il posta des gardes devant sa tente : il n'était pas d'humeur à gérer la présence de Solenn.

Marween était là, lui aussi, ainsi qu'Umiade. Très vite, tous se rangèrent à l'hypothèse que Sareg tenterait de les surprendre par la rivière.

— Cette nuit sera sans lune, dit Leihar, et il y aura du vent pour couvrir les bruits de leur approche. La rivière est assez large pour que des hommes puissent nager sans se faire repérer. Il suffit de poster une escouade pas très loin, et…

— La grève est dégagée, riposta Trobard. Personne ne pourra se cacher sans être aussitôt repéré par les guetteurs ennemis.

— On pourrait les enterrer…

— Ils nous verront tout de même approcher de la berge.

— Et alors ? Dans ce cas, ils renonceront.

— Ils ne doivent pas penser qu'on se prépare au combat, fit Audric. De plus, je ne veux pas immobiliser une escouade pour rien toute une nuit, avec le combat qui nous attend demain. Tant pis, nous les laisserons approcher et les combattrons dans le campement même.

— Il y a peut-être une solution, intervint Marween.

Les têtes se tournèrent vers le jeune homme. C'était la première fois qu'il s'exprimait. D'instinct, les visages d'Umiade et de Leihar se fermèrent. Ils n'avaient pas apprécié la manière dont il était arrivé à la tête de son escouade. Chez les autres, la curiosité l'emporta. Audric croisa les bras sur sa poitrine.

— Qu'est-ce que tu proposes ?

La voix de Marween se raffermit.

—On pourrait piéger la rivière! Mettre des cailloux dans l'eau, entourés de filets qu'on aurait bardés d'hameçons...

—Ça ne marchera pas, objecta aussitôt Leihar. Ils les verront...

—De nuit, ils ne les verront pas, riposta Marween du tac au tac.

Audric fit taire d'un geste Leihar, qui ouvrait la bouche pour entamer une dispute.

—Comment vois-tu ça?

Marween se lança dans une explication, mais Audric l'interrompit.

—D'accord, fais comme tu veux. Prends tout le matériel et la main-d'œuvre dont tu as besoin. L'important est que ce soit prêt pour cette nuit.

—Entendu, capitaine, dit Marween en lançant un regard victorieux à Leihar.

Pendant ce temps, on érigea des murets derrière lesquels Umiade et Killian postèrent des sentinelles. Dans les tentes on s'activait à dresser des palissades derrière les pans de toile, afin que l'ennemi ne puisse les cribler de flèches à travers. Audric avait ordonné à son escouade de vaquer aux corvées ordinaires. Les hommes s'y livraient le plus bruyamment possible, et semblaient donner le change: leur expérience du camouflage en Galerade faisait merveille. Les sentinelles repérèrent des mouvements de troupes dans le camp de Sareg; visiblement, les soldats ne parvenaient pas à être aussi discrets.

Lorsque la nuit tomba, l'escouade de Marween se dirigea vers la rivière. Ils portaient des seaux. Manifestement, ils venaient ravitailler la horde. Ils se répartirent sur une centaine de mètres et entrèrent dans l'eau jusqu'à mi-cuisse. Rapidement, chacun se délesta du chargement dissimulé dans son seau, dans un ordre précis: d'abord celui qui se trouvait en aval, puis en remontant vers l'amont.

Une fois que ce fut fait, ils revinrent au camp. Marween dispersa ses hommes, puis alla faire son rapport à Audric. Ensuite, il se dirigea vers sa tente pour sécher ses vêtements. Alors qu'il passait une tunique, un mouvement l'attira. Instinctivement, sa main se referma sur son poignard. Il le lâcha aussitôt en reconnaissant Umiade.

— Que veux-tu ?

— Je suis venue te dire que je sais à qui j'ai affaire.

— Quoi ?

— En tuant Jedrigan, tu as montré ce qui couve en toi. Ce que j'ai entrevu il y a quatre ans. Mais ce n'est pas avec tes petites ruses que tu effaceras la tache.

Sa voix glaça Marween. Il fit un effort pour répondre :

— Il n'y a pas de tache. Je n'ai commis aucune faute.

— Vraiment ? La tache restera. Tu auras beau gratter, tu ne pourras jamais rien y faire. Elle restera.

Cette fois, il soutint son regard.

— Je suis chef d'escouade aujourd'hui. Tu ne peux plus m'effrayer comme avant.

— Même si un jour tu deviens le favori d'Audric, tu ne seras jamais pour moi qu'un assassin… Mais tu n'y arriveras pas. Je m'y emploierai chaque jour.

Elle pivota et disparut.

Alors quelque chose enfla en Marween, quelque chose qu'il n'avait jamais voulu voir en face mais qui n'avait cessé de grossir en lui et qui pouvait enfin se frayer un chemin. *Cela* poussa un appendice jusqu'à sa bouche. À travers ses dents serrées, *cela* chuinta :

— Ne te dresse pas contre moi, Umiade. Ne deviens pas un obstacle. Ou je te briserai.

14

Lorsque le pan de la tente se souleva à nouveau, Marween sursauta. La bouffée de haine pure s'était évaporée aussi vite qu'elle l'avait envahi. Il en gardait une saveur contradictoire sur la langue, mélange de dégoût et d'ivresse. Pendant une seconde, il s'était senti étranger à lui-même ; et en même temps, une aura d'invincibilité l'avait enveloppé de pied en cap.

Non. C'était plus que ça. La haine pourvoyait un incroyable sentiment d'*aisance* ; c'était un chaud manteau dans lequel on se blottissait confortablement. Dans sa lumière, on pouvait avoir raison contre le monde entier. Grâce à la haine tout était possible, n'importe quel crime trouvait sa justification et son pardon.

— Écoute, Umiade…, commença-t-il.

Il s'interrompit en levant les yeux.

— Oh, Solenn ?

La jeune fille croisa les bras sans répondre. Un sourire qui ressemblait à une grimace déformait ses traits ingrats. Marween se rendit alors seulement compte qu'elle s'était à demi dénudée. Sa chemise bâillait sur ses seins. Pour la première fois de sa vie, il détourna les yeux.

— Qu'est-ce que tu veux ?

Son sourire bizarre, à nouveau.

— Tu ne voulais pas être dérangé ?

— Exactement.

— Si tu ne veux pas être dérangé, qu'est-ce que tu fiches dans une horde ?

Marween ouvrit la bouche pour répliquer vertement... Tout ce qu'il en sortit fut un éclat de rire.

—Tu es impossible! Mais tu as raison. La vérité, c'est que...

—Tu es nerveux parce que tu as posé des pièges contre les hommes de Sareg. Du moins, c'est ce que tu te préparais à me dire. Maintenant, la *vérité,* c'est que tu es arrivé à un moment de ta vie où tu devras faire des choix cruels.

—Si tu es venue juste pour me dire ça...

—Je te dis ça pour que tu sois sûr que je ne suis pas une simple augure comme Umiade. Et encore moins une gamine.

—Qu'est-ce que tu es donc, dans ce cas?

Solenn fit un pas en avant, et ce fut comme si elle apparaissait en pleine lumière. Il n'avait vu en elle qu'une espèce de monstre. Un outil utilisable par les seigneurs dans leurs guerres éternelles, comme un nouveau modèle de baliste.

À présent, il la voyait pour ce qu'elle était. Son visage trop plat, au nez pointu et de travers, ses cheveux raides, ses jambes arquées et trop courtes, tout cela ne comptait plus en cet instant. Ses pupilles étaient dilatées, ses lèvres entrouvertes. Il aurait voulu la gifler puis la repousser. Mais il était trop tard. Il avait envie d'elle. Elle ne s'était pas dévêtue pour le séduire: simplement, elle savait ce qui allait se passer entre eux – ce qui *devait* se passer. En un éclair, Marween comprit que rien ne pouvait arriver qu'elle n'ait prévu.

Qu'est-ce qui m'arrive? se demanda-t-il, paniqué. *Je n'ai pas vraiment envie d'elle. Est-ce que cette sorcière m'a jeté un sort? Non, je sens qu'elle ne me force pas.*

—Est-ce que tu... Je veux dire, comment...

Les mains de Solenn se posèrent sur ses épaules, aussi doucement que si elle touchait une blessure.

—Je suis au-delà de la sorcellerie, Marween. Je suis au-delà des formes de ce monde.

Le chaos assourdissant qui régnait dans son esprit s'apaisa aussitôt. Il l'enlaça, puis l'entraîna vers sa couche. Sa chair n'était pas différente de la chair des filles faciles qu'il avait connues jusque-là. Hormis le fait qu'elle était squelettique, que sa peau blafarde était plus pâle par endroits. Elle restait la tête baissée, le visage dans ses cheveux, comme si elle craignait qu'il s'arrête de bander en la dévisageant.

— Ne pense pas, chuchota Solenn, la voix altérée. Laisse-toi faire… comme ça.

Marween se laissa engloutir dans le moment présent. Leurs gestes s'imbriquaient à la perfection… Il n'avait jamais connu cela. Il n'avait jamais eu la sensation d'être aussi tendu. Elle gémit quand il la déflora. Il crut qu'il ne pourrait pas tenir plus d'une minute, mais avec des gestes experts, elle parvint à prolonger son désir plus longtemps qu'il n'aurait cru possible. Encore en elle, il ouvrit la bouche pour lui poser une question, mais elle lui posa des doigts humides sur les lèvres.

— J'ai déjà vu tout ce que nous faisons, mon chéri. Je l'ai passé et repassé des dizaines de fois dans ma tête. Je connais tous les gestes qui…

Un spasme bref tordit son tronc trop maigre. Il jouit à son tour, au moment même où elle s'abattait sur lui. Son corps était léger, osseux. Elle transpirait. Rapidement, Marween tira une couverture sur lui pour s'écarter de ce corps qui lui répugnait, une fois l'excitation retombée. Solenn fit mine de ne pas s'en apercevoir. Une éternité, ils restèrent silencieux, fourbus, perdus dans leur respiration.

— Pourquoi est-ce que c'est arrivé si vite ?

Il avait posé la question avant même que son esprit l'ait formulée clairement. De la surprise teinta la figure de Solenn – peut-être ne l'avait-elle pas anticipé. Ou bien, elle n'avait pas voulu explorer ce recoin-là de son avenir. Elle hocha la tête comme à contrecœur.

— Les choses se précipitent, Marween. Pour moi comme pour toi. Nous pourrions être séparés.

— Je vais mourir, c'est ça ? Je vais mourir dans l'affrontement contre l'armée de Coresh ?

Elle secoua la tête.

— Je ne peux rien te dire.

— Pourquoi ?

— Je briserais une barrière.

— Alors, brise-la !

— Si c'était aussi facile…

— C'est facile. Il suffit de le faire. À moins que tu t'en fiches, puisque tu as eu ce que tu voulais ?

Elle ébaucha le geste de lui caresser la joue, avant de se raviser à mi-chemin. Peut-être avait-elle prévu qu'il s'y déroberait. Elle se releva et se rhabilla.

— Tu es différent d'Audric.

— Bien sûr ! C'est le capitaine, et...

— Ce n'est pas de ça que je parle, le coupa Solenn. Audric croit qu'il peut dominer sa destinée, mais que rien, au fond, ne peut changer en ce monde. Toi, tu es son exact contraire. Ta volonté est comme un vent qui te pousse dans le dos. C'est pour ça que tu réussiras là où il a échoué.

— Audric n'a jamais échoué !

— Audric échoue tous les jours. Il échoue contre lui-même.

Comment cette putain ose-t-elle le juger !

Il leva la main pour la frapper, mais Solenn ne broncha pas. Il la laissa retomber. Il n'avait pas été véritablement en colère ; il l'avait feinte pour lui-même. À nouveau, la crainte qu'il avait d'elle s'infiltra dans son cerveau.

Elle sourit, de son atroce sourire édenté.

— Faire l'amour m'a donné faim. Tu as quelque chose à manger ?

Marween secoua la tête.

— Mais si, insista-t-elle. Là-bas.

Machinalement, il ramassa la cantine en fer sur son paquetage, qu'elle lui désignait d'un index impérieux. À l'intérieur se trouvait un morceau de pain d'épice enveloppé dans un papier huilé. Il l'avait oublié. Il le lui tendit. Solenn le déballa, mordit dedans avec une grimace de contentement.

— Au fait, dit-elle, la bouche à moitié pleine. Tu as intérêt à t'habiller, toi aussi. L'ennemi est sur le point d'attaquer.

Les silhouettes noires glissaient dans l'eau sombre. Seules leurs têtes dépassaient. Le fond était un mélange de sable et de caillasse, qui rendait leur progression facile. Le groupe était mené par Brenn, l'officier en second de Sareg. Il comptait soixante-quinze hommes, l'élite de son unité. Chacun portait une torche enveloppée dans une toile cirée imperméable, ainsi que le nécessaire pour l'allumer. Le but n'était pas de prendre le camp d'assaut, mais d'incendier les tentes et d'attaquer sur l'un des flancs.

De son côté, Sareg menait une division d'arbalétriers ; elle se postait en ce moment même à trois cents mètres du camp ennemi. Quand les flammes s'élèveraient, les silhouettes des mercenaires se découperaient nettement dans la nuit et les abattre serait un jeu d'enfant. Le reste des fantassins était prêt à passer à l'action. Jusqu'à ce que l'incendie se déclare, ils demeuraient cantonnés à Aslerdeen.

Sareg comptait sur l'effet de surprise, mais Brenn doutait qu'Audric soit aussi stupide. C'est pourquoi il avait pris autant de soldats, et non un commando réduit. Ce serait un assaut frontal. Il avait averti ses hommes que la partie serait difficile et qu'il était probable qu'ils devraient combattre dès qu'ils auraient posé le pied sur la berge.

Cependant, il ne doutait pas de la réussite de ce plan. Il haïssait les hordes autant qu'il les méprisait. Sans elles, les combats auraient pu être honorables. Mais les seigneurs avaient choisi de les utiliser… donc de les entretenir.

À présent, c'était à lui de faire le ménage.

L'eau était froide. C'est pourquoi il s'était enduit de graisse et avait ordonné à ses hommes de faire de même. Puis il avait étalé de la suie sur les parties visibles de son anatomie : les mains et le visage. La graisse mélangée à la suie empêchait celle-ci de se diluer dans l'eau.

— Rappelez-vous, avait-il dit à ses hommes avant de se mettre à l'eau : la priorité est d'incendier les tentes. Dès qu'elles brûleront, nous serons à l'abri. Les premiers arrivés sur la berge formeront une ligne de défense pendant que les autres enflammeront les torches. Haut les cœurs ! J'ai réservé le bordel d'Aslerdeen rien que pour nous, demain.

Quoi qu'il puisse se passer, cette maudite horde ne pourrait pas s'en sortir indemne. Brenn avait calculé qu'il décrocherait dès que la moitié de ses hommes seraient à terre. La marge d'erreur était minime, même si Audric se doutait de quelque chose.

À deux cents mètres de l'objectif, l'une des têtes qui précédaient Brenn disparut soudain. Puis réapparut aussitôt, crachant de l'eau. Brenn leva la main, poing serré, pour indiquer aux hommes de s'immobiliser. Il se porta à son niveau. Le soldat grimaçait, mais il fit signe qu'ils pouvaient continuer.

Trente secondes plus tard, un soldat chuchota un juron entre ses dents. Furieux, Brenn lui indiqua de se taire. Puis il signala aux autres hommes de hâter le mouvement. D'autres jurons étouffés ne tardèrent pas à retentir.

Quelque chose cloche...

D'abord, il ne ressentit qu'une petite piqûre au mollet. Puis plus rien. Brenn continua. La douleur réapparut, beaucoup plus vive. Il s'immergea, tâta. Rien, sinon un courant tiède contre ses doigts, à l'endroit de la douleur. Celle-ci tarissait déjà.

— On touche au but, murmura-t-il. Pas question de renoncer.

Mais cinquante mètres plus loin, la moitié des hommes étaient immobilisés par quelque chose qui les retenait. Quand ils tentaient de le retirer, cela leur déchirait la peau et les chairs.

Encore cinquante mètres, et la plupart des soldats étaient empêtrés. Brenn comprit alors seulement la nature du piège. À voix basse, il ordonna aux hommes de plonger et de trancher les hameçons barbelés. Mais il était trop tard. Les deux tiers des hommes étaient blessés, l'eau où ils pataugeaient charriait leur sang. À la lumière du jour, nul doute que la rivière aurait pris une teinte rosée.

Alors qu'il approchait de la rive, un hameçon glissa sous sa ceinture et s'enfonça dans son flanc. Il ne s'en aperçut que quand son épiderme se déchira sur cinq centimètres. Il dut se mordre les lèvres au sang pour ne pas hurler.

Pas question de renoncer, répéta-t-il en son for intérieur.

Ni Coresh ni Sareg ne lui pardonneraient son échec. À l'inverse, une victoire contre la horde du Serpent pouvait lui valoir un domaine. Voire plus, s'il en venait à bout tout seul. Rien n'était perdu, car il n'y avait aucun signe qu'ils avaient été repérés.

Brenn dédaigna les appels à l'aide codés que lui envoyaient des officiers. Des soldats avaient été pris par plusieurs hameçons à la fois, et étaient en train de se noyer. Il répondit en faisant le signe de les ignorer. *Tant pis. On ne fait pas d'omelette sans casser d'œufs.*

L'un de ses hommes se débattait en faisant de grands moulinets avec ses bras. Brenn glissa vers lui en dégainant son couteau. Le soldat avait quatre hameçons plantés dans diverses parties du corps. L'un d'eux saillait entre deux côtes. D'un mouvement rapide, Brenn lui sectionna la carotide. Le corps eut un soubresaut, puis cessa de s'agiter.

Il n'était plus qu'à quelques pas de la berge quand un hameçon se planta dans sa cheville. La souffrance le fit hoqueter. Il trancha la corde d'un revers de lame, sans chercher à retirer le morceau de métal barbelé de sa chair.

Cinq soldats émergèrent à côté de lui. L'un d'eux se tenait le côté gauche. Sitôt qu'il fut hors de l'eau, le sang se mit à imbiber son plastron. L'un d'eux avait un bouclier lié sur son torse. Il le déposa à terre, puis sortit son épée.

Les autres atteignaient la berge lorsqu'un mouvement provenant du camp l'avertit. Un instant plus tard, une flèche se planta dans le sable à ses pieds. D'autres la suivirent.

— Les boucliers ! cria Brenn. Déployez les boucliers !

La plupart de ceux qui les transportaient s'étaient déchirés sur les hameçons. Sa première ligne était défaite avant même d'avoir livré bataille. Il poussa un cri de rage et rassembla ses hommes. Il désigna cinq soldats.

— Vous, allumez les torches ! Nous allons former un noyau de protection autour de vous.

Les hommes s'entre-regardèrent.

— Exécution ! hurla Brenn.

— Sire, nous sommes à découvert, et…

— Nous sommes ici pour accomplir une mission ! Nous…

Sur sa gauche, un soldat poussa un râle et s'abattit en avant. Une flèche lui ressortait par le dos. Les soldats se replièrent en désordre sur la berge sans plus tenir compte des ordres. Soudain, Brenn se retrouva à découvert. Le froufrou d'une flèche fendit l'air, suivi du choc mat de la pointe pénétrant dans la chair. Sa chair.

L'information parvint à son cerveau et ses jambes s'entrechoquèrent et fléchirent. Des taches opalines envahirent ses yeux.

Brenn eut encore le temps d'apercevoir d'autres flèches qui volaient autour de lui, avec une lenteur telle qu'il aurait pu les cueillir en plein vol, s'il avait eu la moindre force. Une clarté apparut, chassant la nuit. Il avait toujours considéré la mort comme un puits de ténèbres. Une simple négation de la vie. Jamais il ne l'avait envisagée comme cette lumière qui progressivement prenait possession de lui. La vie, soudain, n'avait plus d'importance. La mort l'accueillait et il n'avait pas peur.

Il voulut tendre les bras. Il tendit les bras. Et lorsqu'il toucha enfin la lumière, elle explosa et il ne resta plus que les ténèbres.

— Les dieux nous aiment !

Killian et Yelaf lui avaient conseillé de ne pas prendre le risque de récolter une flèche ou un mauvais coup. Cela pouvait arriver, même à lui. Toutefois, Audric tenait à mener lui-même l'assaut. Bien que ce soit inutile au vu du faible nombre d'ennemis, il autorisa Marween à y participer. Il l'avait mérité. Les archers firent l'essentiel de la besogne, mais à cause de l'obscurité, il était nécessaire de manier l'épée : ils ne pouvaient illuminer le terrain avec des torches, sinon les archers de Sareg les prendraient pour cibles. Les guetteurs discrètement mis en place par Driligan avaient fait merveille en les localisant.

Les quelques soldats arrivés sur la grève ne posèrent pas de problème. Pour certains, le combat tint davantage de l'« élagage ». Puis les archers fléchèrent les soldats retenus par les filets à hameçons. Quelques-uns parmi les plus éloignés parvinrent à s'enfuir. Mais le courant, cette fois, était contre eux et plusieurs d'entre eux, blessés et affaiblis, furent rabattus. Audric les fit abattre sans pitié. Il n'y avait rien de glorieux à les exterminer, mais il n'avait pas le choix. Il fit jeter les cadavres dans la rivière, à l'exception de leur chef. Audric ne connaissait pas son nom. Il l'attacha sur un cheval, puis l'envoya en direction d'Aslerdeen, une torche fixée sur la selle.

Un quart d'heure plus tard, des mouvements furtifs eurent lieu du côté des archers de Sareg. Driligan vint rendre compte à Audric :

— Ils se retirent, capitaine.

— Tous ?

Le chef d'escouade hocha la tête.

— Tous, à part quelques sentinelles.

— Bien. Que tout le monde se repose. Demain sera une longue journée.

Au matin, Sareg n'avait pas tenté de reprendre contact avec le chef des Serpents. Les guetteurs ne repérèrent aucun mouvement de troupes dans le camp d'Aslerdeen. Une atmosphère étrange s'installa dans la horde. Un événement décisif allait bientôt se dérouler, tout le monde en était persuadé. Les vajarans le percevaient également, et le faisaient savoir avec force barrissements. Marween ne parvint pas à l'identifier tout de suite. Jusqu'à ce qu'il réalise que cette attente était celle qui s'empare des hommes quelques secondes avant un assaut. Une sorte de recueillement face à l'inévitable. Comme si les esprits tentaient, malgré toute logique, de savoir qui survivrait et qui mourrait. De tirer une cohérence, une justification de ce gâchis de vies humaines.

Mais Marween ne partageait pas ces sentiments. Depuis qu'il était éveillé, il ne cessait de repenser aux quelques mots qu'Audric lui avait adressés pour le féliciter de son piège, juste après le combat :

« Bravo. Toi et ton unité, vous aurez droit à une double solde ce mois-ci. »

Et c'était tout.

Vers onze heures, un détachement vint rejoindre Sareg. Il s'agissait de l'unité de Romuald. Audric ne s'interposa pas quand il passa à quelques mètres de son camp : ce n'était que du menu fretin.

La journée s'écoula, monotone. Deux escouades allèrent inspecter le terrain afin de dresser une carte des environs et vérifier qu'il n'y avait pas d'unités de soldats dissimulées.

— Nous partons demain, dit Audric à ses lieutenants le soir même. Nous allons à la rencontre de Coresh.

Umiade intervint.

— Coresh est en route à la tête d'une grande armée. Je l'ai vu cette nuit.

— Peut-être vaut-il mieux attendre ici ? fit Driligan.

Audric se massa le menton tandis qu'il réfléchissait. D'ordinaire, les choses étaient simples : on attaquait le camp adverse pour le compte d'un seigneur. Cette fois, la horde était le centre de l'enjeu. La situation était inédite, et de sa décision dépendrait la survie du Serpent.

Il se tourna vers Umiade.

— Dans cette armée, il y avait des hordes ?

— J'ai vu une marée de soldats.

Pas de mercenaires, donc. Audric hocha la tête. Coresh jetait toutes ses forces dans la bataille, probablement aussi ses vétérans et ses réservistes. La capture de Solenn valait n'importe quel massacre.

— Qu'as-tu vu d'autre ?

Umiade ouvrit la bouche, puis la referma sans mot dire.

— Parle. Tu n'es pas payée pour faire des mystères, mais les éclaircir.

Mais elle n'avait pas de mots pour décrire ce qu'elle entrevoyait... ce que même les hommes pressentaient. Une torsion de l'avenir.

— Qu'est-ce que tu as vu ? répéta Audric, une nuance d'impatience dans la voix.

— Les nuages noirs de l'avenir, lâcha-t-elle. Une grande bataille est à venir. Je ne peux pas t'en dire plus. Je ne sais rien d'autre.

Elle ne mentait qu'à demi. Les nuages qu'elle avait aperçus n'étaient pas une image, un simple mauvais présage. Ils étaient *réels*. Pendant sa transe, elle s'en était tenue éloignée. Car elle savait que, si elle s'en approchait, ces nuées vivantes parcourues d'éclairs l'engloutiraient. Ce n'était autre que les cauchemars des démons... des démons sur le point de s'éveiller. Elle avait été obligée de détourner les yeux, car le fait même de les regarder suffisait à attirer leur attention.

Une seule personne était capable de plonger au cœur de cet avenir mortel sans y perdre la vie ou la raison. Mais ce n'était pas elle.

— Tu es sûre ? insista Audric. Est-ce qu'ils se battaient, ou bien...

— Bon sang, arrête de me questionner ! J'ai dit ce que j'avais à dire.

Elle ne s'était jamais énervée ainsi et les lieutenants la regardèrent, décontenancés. Audric fronça les sourcils.

— Umiade, dis-moi ce qui se passe.

Un coup de sifflet retentit au-dehors, évitant à Umiade de répondre. Quelques instants plus tard, un guetteur surgit. Il était hors d'haleine, le souffle rauque et précipité.

— Une armée approche, capitaine !

Audric afficha une moue d'incrédulité.

— C'est impossible. Coresh ne pourrait pas avoir couvert la distance d'ici à Elsenohr en si peu de temps.

— Leur bannière n'est pas celle de Coresh.

— Quoi ?

Le guetteur la lui décrivit. En effet, les symboles ne correspondaient pas aux armoiries du duc. Il s'agissait d'un comté voisin.

— Un espion a dû le prévenir de notre arrivée, fit remarquer Yelaf.

Les seigneurs dépensaient de fortes sommes pour entretenir un réseau d'informateurs chez leurs voisins. Celui-ci avait fonctionné, dès l'instant où la horde du Serpent avait posé le pied dans le duché de Coresh.

On dirait que j'ai bien fait d'attendre un peu. Seuls, nous n'aurions peut-être pas pu tenir tête aux milliers d'hommes que Coresh envoie contre nous.

Cela signifiait qu'il devrait se ranger sous la bannière d'un des deux seigneurs.

Ou bien les affronter tous les deux.

15

L'armée étrangère atteignit la vallée en début de soirée. Elle se composait de douze cents soldats fortement équipés. À sa tête chevauchaient le seigneur inconnu et tout son corps de chevaliers. Elle s'arrêta sur le flanc d'une colline, à cinq cents mètres de la horde du Serpent, et à égale distance du campement de Sareg. Un guetteur signala à Audric qu'une troupe de cavaliers partait d'Aslerdeen ; il s'agissait de Sareg et de son escorte, qui arboraient les couleurs de leur duc. Ils se dirigeaient droit sur le nouveau venu.

Audric retint un sourire.

— La donne vient de changer. Mon cheval, ordonna-t-il. Trobard, avec moi !

Umiade les rejoignit alors qu'il franchissait la limite du campement.

— Laisse-moi venir avec vous.

Audric hésita avant d'accepter. Puis il hocha la tête. Ils chevauchèrent vers les nouveaux arrivés. Sareg avait pris de l'avance, ce qui obligea Audric et ses lieutenants à lancer leur monture au galop. Néanmoins, le baron était déjà arrivé lorsqu'ils les rattrapèrent.

Les deux nobles, Sareg et le seigneur inconnu, se faisaient face, à dix pas l'un de l'autre. Aucun n'était descendu de cheval.

Sareg laissa échapper un hoquet de surprise quand Audric arriva devant lui. Il lança vivement :

— Toi, un homme de ton rang, comment oses-tu…

— Il est mon invité, coupa le seigneur qui se trouvait en face de lui. Ne t'avise pas de porter la main sur lui.

Sareg s'interrompit aussitôt.

L'homme qui venait de parler était beaucoup plus jeune qu'Audric. Sa voix était fluette, et sous son plastron en métal doré, on devinait une poitrine étroite. Les mains qui tenaient les rênes de son magnifique cheval blanc étaient menues, si diaphanes qu'on distinguait les ramifications bleuâtres de ses veines. Un sceau monté en bague alourdissait son annulaire. Mais sa chevelure était d'ivoire, ses traits acérés comme ceux d'un oiseau. Il n'avait pas besoin de signes d'autorité. Il *était* l'autorité.

À son côté se tenait un dignitaire, noble également, portant un pieu de guerre au sommet duquel scintillait une pierre de dragon.

— Je n'ai aucun besoin de protection, lança Audric sans ambages. Ni Sareg ni ses hommes ne pourraient me blesser.

— Je me garderais de négliger le fait que tu possèdes le *fléau du démon*. Je ne pense pas que quiconque ici soit assez idiot pour croire pouvoir te vaincre en combat singulier... N'est-ce pas, Sareg ?

L'interpellé crispa les lèvres sans répondre.

— Bien. Maintenant que ce détail est réglé, passons aux choses sérieuses.

Audric leva la main.

— Un instant, seigneur. Qui êtes-vous ?

— Oh, je suis confus. Nous n'avons pas eu l'honneur d'être présentés, bien que tu aies combattu mes troupes il n'y a pas si longtemps. (Il eut une inclinaison du buste à peine perceptible.) Je suis le comte Uther de Valakhnohr.

— Le comte Uther ?

Il se rappela. Oui, cela remontait à plusieurs années. Le comte avait contesté des taxes douanières imposées par le duc Coresh. Ce dernier avait engagé le Serpent, et la horde avait remporté la victoire. Néanmoins, Audric n'avait jamais vu le comte en personne.

— J'ai une proposition pour toi, capitaine.

— Je t'écoute.

Son tutoiement était un message en soi : pour négocier, Uther ne devrait pas le traiter en subordonné.

Sareg éclata :

— Vous n'avez pas le droit…

Uther leva deux doigts de sa main gauche, l'index et le majeur collés l'un à l'autre. Derrière lui, quatre soldats pointèrent leur arbalète sur Sareg.

— Encore une interruption et je n'hésiterai pas à vous tuer, tes acolytes et toi.

— Les lois de la guerre…, commença Sareg.

— Les lois de la guerre sont en train de changer. Bientôt, plus rien ne sera pareil. Toi, tu l'as compris, n'est-ce pas, capitaine ?

Audric hocha la tête en souriant.

Mais visiblement, l'enjeu véritable échappait à Sareg, car l'homme se drapa dans sa dignité et déclara :

— Je suis venu afin de négocier selon les règles de…

Uther abaissa sa main. Le son des cordes brusquement détendues siffla aux oreilles d'Audric. Trois carreaux s'enfoncèrent dans la poitrine de Sareg ; deux autres allèrent se nicher dans le cœur de deux des officiers d'escorte.

Les deux cavaliers et le dignitaire qui restaient contemplèrent, incrédules, les corps de leur maître et de leurs compagnons s'effondrer sur leur monture.

On dirait que Romuald vient de prendre du galon, se dit Audric.

Il jeta un coup d'œil rapide à Umiade et Trobard, avec l'ordre implicite de ne pas bouger. Il eut la satisfaction de constater que ses lieutenants n'avaient même pas cillé.

— Trahison…, commença le dignitaire portant le pieu de guerre.

Uther le coupa :

— Votre maître a été prévenu. À votre tour : vous avez le choix de partir sur-le-champ, ou de partager son sort.

Les soldats ne se firent pas prier pour tourner bride. Il y eut un mouvement derrière Uther, mais celui-ci lança :

— Laissez-les partir. Je n'ai qu'une parole.

Le message s'adressait à Audric. Ni lui ni ses lieutenants ne jetèrent un coup d'œil aux cadavres.

— Quelle est ta proposition ? demanda Audric sans préambules.

— Le double de ce que t'a offert Coresh.

— Tu ne possèdes peut-être pas mille pièces d'or.

— Mille pièces d'or, plus des terres.

— Les terres ne m'intéressent pas.

— Tu pourras les offrir à tes officiers. Ou les revendre.

Audric hocha la tête.

— J'y réfléchirai.

— Ne réfléchis pas trop longtemps. De toute façon, tu ne peux pas garder la fille. Qu'en ferais-tu ?

Audric haussa les épaules.

— Il y a beaucoup de possibilités, pour qui veut remodeler le monde.

— Tu crois qu'un simple capitaine de horde pourrait le remodeler ? Moi, j'ai la légitimité d'un seigneur. Toi, tu n'as rien.

C'est cela qui pourrait changer. Mais Audric n'était pas fou au point d'exprimer cette opinion face à des arbalètes pointées dans sa direction.

— Je vais considérer ta proposition.

Uther hocha la tête en souriant. Néanmoins, Audric garda les yeux braqués sur lui tandis qu'il faisait signe à Umiade et Trobard de faire demi-tour. Uther claqua des doigts, comme s'il avait oublié de mentionner un détail.

— À propos, permets-moi de te montrer quelque chose. Une surprise, pour ton édification.

Il fit un signe, et une silhouette brune se fraya un chemin à travers la cohorte d'Uther. Une silhouette massive aussi grande que les chevaux… et manifestement non humaine. Trobard ne put s'empêcher de jurer.

— Qu'est-ce que c'est que cette abomination ?

C'était un gorille des montagnes. Il marchait sur quatre mains, et une dense fourrure marron parsemée de poils blancs le recouvrait. En revanche, son visage rond était celui d'un homme… ou plutôt d'un enfant, en dépit de sa taille, double de celle d'un être humain. *Un rakinn,* songea Audric stupéfait. Sa tête était glabre, ses lèvres épaisses, ses joues gonflées. Mais ce n'était pas le plus curieux : son bras gauche était enfermé dans un brassard d'acier articulé.

Sitôt qu'Audric l'eut identifié, un élancement de douleur l'étreignit, faisant danser des taches noires devant ses pupilles. Il serra les jambes pour ne pas tomber au bas de son cheval.

Que les Arbres de Vie pourrissent sur pied ! Qu'est-ce que c'est ?

Le silence du bras-démon lui répondit.

De son côté, le rakinn parut ressentir la même douleur, car il se cabra en poussant un mugissement plaintif. Il tenta d'arracher son brassard. Uther sortit de sa manche un morceau de cuir sur lequel il appuya. Ce fut comme si une main invisible terrassait le rakinn – il s'écrasa littéralement contre le sol.

Audric appela le démon, mais celui-ci s'était recroquevillé sous le brassard comme une araignée dans son nid. L'instinct lui souffla de tirer son épée et de trancher la tête de cette créature, tout de suite.

— Où l'as-tu trouvée ? souffla-t-il. Qu'as-tu fait avec elle ?

La voix d'Uther se fit conciliante.

— Je voulais te montrer que tu n'es pas seul de ton espèce. Hélas, seul un être inférieur, un rakinn où la part humaine est négligeable, a pu survivre à l'implantation de *ce que tu sais.* Néanmoins, cela offre un avantage : les créatures de ce genre ont en commun avec les soldats une capacité illimitée à obéir aux ordres sans en comprendre les tenants et les aboutissants.

Lentement, péniblement, Audric rassembla ses pensées. La menace d'Uther à son encontre était claire. Mais pour le moment, il n'en avait cure. Seule la proximité d'un autre démon avait pu plonger le sien dans une telle détresse. Il l'avait senti. Deux forces aussi puissantes ne pouvaient cohabiter si près l'une de l'autre. Elles devaient s'éloigner – ou se détruire.

Umiade n'avait pas prévu cela.

Il essaya de ne pas montrer le trouble qui l'habitait.

— Tu n'avais pas ce rakinn il y a quatre ans. Sinon, tu l'aurais utilisé contre moi.

— C'est exact, convint Uther d'un ton égal. Mais si je l'avais utilisé et que tu avais été vaincu, tu ne serais pas ici aujourd'hui, avec Solenn. Il n'y a donc rien à regretter, n'est-ce pas ?

Sois maudit, Uther.

Il s'apprêtait à rebrousser chemin, quand Uther pressa les flancs de son cheval. La monture bondit jusqu'à Audric. Uther posa la main sur l'encolure. Les chevaliers d'Uther réagirent lorsque Umiade et Trobard tirèrent leur épée. Aussitôt, Audric leur fit signe qu'il ne risquait rien.

Uther se pencha vers lui et lui chuchota :

— J'ai entrevu le démon, moi aussi. Si mes cheveux n'avaient pas la couleur de l'ivoire, ils auraient blanchi en une seconde.

Audric le fixa.

— Et tu crois que cela nous rapproche, comte ?

Uther émit un rire glaçant.

— Fréquenter les démons et les nobles permet de penser sur une autre échelle. Une échelle globale. La réalité, c'est que nous nous épuisons en querelles stériles depuis des siècles et des siècles. Et quand les seigneurs s'épuisent, la terre s'épuise. Nous ne bâtissons rien. Nous n'avons jamais rien bâti depuis l'aube de l'Âge des Hommes. Vends-moi cette fille, Audric. Moi, je bâtirai quelque chose.

Audric lui renvoya son sourire.

— Tu sais, Uther ? J'en suis venu à vous détester, vous les seigneurs. Parce que vous nous nourrissez, nous les hordes, mais que vous nous tuez en même temps. Rien que pour ça, je devrais te vendre Solenn et te laisser éliminer tous tes concurrents. Ensuite, il ne restera plus que toi – et je n'aurai plus qu'à te massacrer.

— Qu'attends-tu ? Tue-moi tout de suite.

Audric referma son gantelet sur la main d'Uther. Il ordonna au *fléau du démon* de serrer. Les doigts d'acier cliquetèrent, et le comte lâcha la rêne en étouffant un soupir de douleur. Audric maintint la pression quelques secondes, et ne consentit à la relâcher que quand il entendit le craquement des os.

L'escorte d'Uther était sur le point de tirer. D'une voix altérée, le comte lança :

— Baissez vos arbalètes. (Sa peau paraissait plus pâle encore, mais il sourit.) On ne tire pas sur des invités. Même les seigneurs s'y conforment... parfois. Alors, quelle est ta réponse à mon offre ?

Le visage d'Audric ne laissa rien transparaître de son contentement. Il était probable qu'Uther tente de se débarrasser de lui s'il n'obtenait pas satisfaction. Sans doute ne disposait-il même pas des mille pièces d'or. Mais contrairement à Coresh, il avait compris qu'il devait ménager ce capitaine de horde rebelle.

—Je garde Solenn, dit enfin Audric. Au moins provisoirement.

—J'admire ta façon de faire monter les enchères, capitaine. Je l'admire vraiment... tout en espérant pour toi que ce n'est qu'une question d'enchères.

Audric fit demi-tour, Umiade et Trobard sur les talons. La voix d'Uther retentit dans leur dos.

—Quand puis-je espérer ta réponse?

Audric ne se retourna pas quand il dit:

—Bientôt. Le duc Coresh ne saurait tarder à arriver.

Le lendemain, Audric évalua la situation avec ses lieutenants. Ils se mirent d'accord pour constater que leur camp était vulnérable à n'importe quelle attaque. Il n'y avait pas de bois à couper dans les environs pour édifier une palissade de pieux.

—On devrait aller s'installer de l'autre côté de la rivière, proposa Trobard. Comme ça, aucune attaque ne pourra nous prendre par surprise.

Leihar et Yelaf opinèrent du chef.

—Oui, renchérit Yelaf. Construisons des radeaux et laissons-les amarrés le long de la berge opposée. Il n'y a pas besoin de beaucoup de bois pour ça. Si quelqu'un cherche à nous attaquer, on n'aura qu'à couper les cordages et se laisser emporter par le courant.

Audric y avait songé. Mais cela ne réglait pas la question du nombre d'ennemis à affronter: ils allaient se battre à six contre un. Certes, chaque Serpent valait six soldats... mais dans une charge simultanée, ils seraient débordés. Or, le devoir d'Audric en tant que capitaine était d'éviter les situations désespérées.

—Où est le problème? intervint Killian. Ton but, c'est bien de vendre Solenn au plus offrant, non?

Le capitaine des Serpents ne répondit pas. Les lieutenants se regardèrent, perplexes.

— Hein, capitaine ? insista Yelaf.

Umiade s'avança.

— Que se passe-t-il ici ? Nous sommes allés chercher cette fille, martela-t-elle. Comme tu me l'as dit, Audric, nous devons honorer notre contrat.

— C'était avant…

Audric laissa sa phrase inachevée. Les lieutenants se lancèrent un nouveau regard d'incompréhension.

Umiade poursuivit pour lui.

— Avant que tu sois témoin de ses pouvoirs, c'est ça ?

Audric hocha la tête. Il avait fait comme si les pouvoirs de Solenn n'étaient qu'un élément de la partie qui se jouait, alors qu'ils en étaient le centre.

— Uther sait que tu ne comptes pas lui livrer Solenn ?

La question d'Umiade le prit au dépourvu.

— Comment ?

— Est-ce qu'il se doute que tu vas la garder ?

Les autres lieutenants protestèrent – Audric n'avait rien décidé, après tout !

Le capitaine les fit taire d'une phrase :

— Umiade a raison.

— Quoi ? fit enfin Leihar. Bon sang, je ne pige rien à tes intentions. (Il se tourna vers ses compagnons.) Quelqu'un les comprend, ici ?

Tous, à l'exception de Marween, secouèrent la tête.

— Tu vois, continua Leihar, personne…

— Qu'est-ce que tu en penses, Marween ?

Les yeux convergèrent vers lui – hormis Umiade, qui jeta un regard scandalisé à Audric. Le jeune homme se racla la gorge. Puis sa voix retentit sous la tente, claire et ferme :

— Solenn connaît le futur, tous les futurs. Or, elle reste là. Est-ce que ce n'est pas le signe qu'elle veut rester parmi nous ? Donc, nous ne risquons rien dans l'immédiat, puisqu'elle ne se mettrait pas en danger de mort.

— Stupidité ! cracha Driligan. Cette fille n'est qu'une augure…

— Solenn est beaucoup plus qu'une augure. Elle est l'Augure.

Driligan pointa un doigt accusateur sur Marween.

— La nuit du commando de Sareg, j'ai vu Solenn sortir de ta tente. Pas étonnant que tu ne veuilles pas qu'elle parte. Qu'est-ce qui te plaît en elle, dis-moi ? Sans dents, j'imagine qu'elle peut…

Le coup de poing de Marween le cueillit au creux de l'estomac. Driligan s'effondra d'un bloc, le souffle coupé. Avant que quiconque ait pu intervenir, Marween dégaina son poignard et traça un sillon sanglant sur sa joue.

— Je devrais te provoquer en duel pour ce que tu as dit. Je te tuerais, tu peux en être sûr.

Audric posa une main sur son épaule, et Marween raidit l'échine. Cette main pesait dix tonnes.

— Laisse-le, dit le capitaine des Serpents à son oreille. Driligan a raison, pour Solenn et toi ?

Marween se contenta de hocher la tête. Il se sentait coupable – et il détestait cette culpabilité. Il avait envie de s'excuser, mais il était trop tard.

Audric passa un bras sous l'épaule de Driligan, et le fit asseoir. D'un regard, il lui intima l'ordre de garder le silence.

— Il n'empêche que Marween a raison, reprit-il à haute voix. Choisir entre les deux seigneurs, c'est emprunter une voie. Tant que ce n'est pas fait, le carrefour est devant nous. Tout est encore jouable, à condition que ni Coresh ni Uther n'aient la main.

Et Solenn non plus, ajouta-t-il en son for intérieur.

C'était ce qui l'effrayait le plus : savoir qu'il pouvait aller jusqu'à la tente de Solenn et l'égorger sur-le-champ. Mais que cette réalité n'existait pas dans un million d'avenirs possibles. Alors même qu'il tentait de se libérer de la tyrannie des seigneurs, il avait l'impression de n'être qu'un navire chargé d'amener Solenn à destination. Un simple instrument.

— Attendre d'être attaqués, c'est ça, ton plan ? interrogea Yelaf, pragmatique.

Audric garda les yeux fermés une longue seconde. Il les rouvrit, et lâcha :

— Mon plan, c'est de prendre un chemin de traverse. Chacun des deux seigneurs attend que l'on fasse un choix. Mais quel que soit ce choix, nous serons perdants. Nous allons donc emprunter une troisième voie.

— Laquelle ? demanda Killian, n'y tenant plus.

— Nous allons attaquer Aslerdeen, et nous y enfermer.

Passé le premier instant de stupeur, Killian s'exclama :

— C'est du suicide ! On sera sous le feu de leurs arbalètes géantes. Et la ville est envahie par les forces de Coresh !

Audric secoua négativement la tête.

— Comme toutes les villes dans ce genre de situation, Aslerdeen a dû payer les soldats pour qu'ils se tiennent hors de ses murs. Seul un petit contingent s'est posté sur les créneaux. Le reste campe au pied des murailles, à l'extérieur. Tout ce que nous avons à faire, c'est entrer et nous barricader.

— Rien que ça, gouailla Yelaf. Les arbalètes géantes nous auront cloués au sol avant.

— Pas si nous arrivons en tant qu'alliés.

— Et ensuite ? Les soldats formeront toujours un barrage entre nous et la ville.

Yelaf avait raison : à un moment ou à un autre, ils devraient attaquer. L'effet de surprise ne durerait pas longtemps, or ils n'étaient que trois cents. Les défenseurs de la cité ne mettraient qu'un instant à fermer les portes.

— Une fois devant le campement ennemi, nous nous fragmenterons en de multiples petits groupes. Quatre ou cinq cavaliers au maximum. Nous traverserons le campement sans nous arrêter. Les premiers arrivés aux portes d'Aslerdeen les maintiendront ouvertes. Le facteur temps sera décisif : si tous les soldats de Coresh ont le temps de s'armer et de se grouper pour nous affronter, on ne gagnera pas. C'est pourquoi il faudra les prendre de vitesse.

Leihar indiqua qu'ils devraient abandonner les chariots et se charger d'autant de nourriture et de matériel qu'ils le pourraient, pour le siège qu'ils devraient ensuite supporter. Cela les ralentirait, mais ils n'avaient pas le choix. Leihar s'était attaché aux vajarans, s'en séparer ne lui faisait visiblement guère plaisir.

— Peut-être qu'Uther tentera de nous intercepter quand on arrivera au camp, fit remarquer Killian.

— Oui, cette diversion nous faciliterait beaucoup le passage. Mais inutile de compter là-dessus : Uther ne prendra pas le risque de s'approcher autant du camp adverse.

La rapidité serait essentielle dans cette opération. Au moindre contretemps, Romuald comprendrait leur plan et agirait en conséquence.

— À moins qu'on les attaque ? suggéra Marween.

Les lieutenants froncèrent les sourcils en entendant sa voix. Marween s'était calmé avec une rapidité surprenante, sa voix était à nouveau douce et posée. C'était comme si son altercation avec Driligan n'avait jamais eu lieu.

— Il suffirait d'envoyer un petit groupe d'archers, leur décocher quelques flèches.

Audric fut tenté par cette proposition. Uther ne pourrait se laisser tirer dessus par de simples mercenaires sans réagir ; l'honneur des seigneurs l'exigeait. Mais dans ce cas, il saurait aussitôt qu'Audric n'avait pas l'intention de lui céder Solenn. Le doute devait continuer à planer.

Il secoua la tête.

— Je ne veux pas qu'Uther nous considère d'emblée comme des ennemis. Ce serait difficile, ensuite, de traiter avec lui si les circonstances l'exigeaient. De plus, si on l'attaque en cours de route, Romuald se doutera d'une ruse.

— Mais…, commença Marween.

Audric le dévisagea, et Marween se tut. Puis il hocha la tête à contrecœur. Audric donna les ordres, puis congédia ses lieutenants. Au moment où ils prenaient congé, Audric nota que Driligan restait aussi éloigné de Marween que possible.

Umiade passa devant le capitaine. Après une hésitation, elle demanda :

— Tu crois pouvoir tromper le destin en faisant un choix contre toute logique ?

— Si nous fuyons, nous serons vite rattrapés. De toute façon, la question n'est pas là. Ce qui importe, c'est de défier le destin. Même si on n'a aucune chance d'être victorieux, en fin de compte.

— À quoi bon, dans ce cas ?

— Pendant le temps où l'on aura essayé, on aura été véritablement humain.

Umiade s'apprêtait à lui répondre lorsque sa tête se rejeta violemment en arrière. Ses yeux se révulsèrent et des spasmes la secouèrent de haut en bas. Audric la prit à bras-le-corps afin d'éviter qu'elle ne se blesse, récoltant au passage un coup de coude au menton. La crise s'arrêta à peine trois secondes après avoir commencé. Le corps d'Umiade devint mou comme une chiffe. Toute sa peau était recouverte d'une pellicule de sueur. Ses yeux papillotèrent et elle se redressa maladroitement.

— Tu peux me lâcher maintenant.

— Ça ne t'était jamais arrivé avant, une transe aussi violente. Tu es sûre que tu vas bien ?

Un tic agitait convulsivement le coin de sa paupière, mais elle hocha la tête.

— Ne t'en fais pas pour moi.

— On peut repousser d'une heure ou deux, si tu as besoin de récupérer...

— Je t'ai dit que c'est fini.

— Qu'est-ce que tu as vu pendant ta transe ?

Elle fixa sur lui un regard halluciné.

— J'étais au cœur des nuées noires. Je n'ai pas discerné autre chose que les cauchemars des démons, qui s'entrechoquaient dans un chaos brûlant. (Elle eut un rire sec, mais ses yeux perdirent leur éclat glacé.) On dirait que prendre ton chemin de traverse produit déjà son effet.

J'avais raison, songea Audric. *Le monde va réellement basculer, et le Serpent en est le pivot.*

Il avait confié Solenn à Trobard plutôt qu'à Marween. Il avait décelé chez ce dernier une colère qu'il n'avait jamais montrée auparavant. Une face sombre qui le laissait perplexe. Sa colère n'était pas comme celle de Yelaf. Yelaf cédait à ses pulsions morbides à cause de la faiblesse de son caractère. Marween, en revanche, était parfaitement maître de lui. Il avait marqué le visage de Driligan sans nécessité ni désir, simplement pour prouver sa supériorité. À cet instant, Audric avait croisé le regard d'Umiade. Il y avait lu de la résignation, comme si ce à quoi elle assistait n'était que le prélude de la catastrophe à venir.

Je ne peux pas bannir Marween. Surtout pas avec ce qui se prépare. Il n'a rien fait de grave et est très respecté par les hommes de son escouade.

Peut-être était-il influencé par l'inimitié qu'éprouvaient certains Serpents à son égard, Umiade en tête. Cependant, les sentiments personnels ne devaient pas compter. Et les faits étaient là : Marween servait la horde ; en fait, il l'avait plus d'une fois sortie de situations périlleuses.

Il se secoua et sortit sans regarder Umiade.

Les Serpents n'avaient pas posé de questions lorsque les chefs d'escouade les avaient avertis de se préparer à investir Aslerdeen. Discrètement, ils accrochaient des sacs de provisions à leurs chevaux. Il y avait trop de matériel dont on ne pourrait se passer pour un siège. Audric dut accepter de charger plusieurs vajarans pour transporter le matériel le plus encombrant – réserves d'armes et d'éléments d'armures, outils, grain, eau-de-vie... On laisserait la moitié des tentes ainsi que les chariots.

Audric monta sur son cheval ; dans ses fontes, il avait entassé ses cartes, de l'encre et des plumes, l'argent de la troupe ainsi que ses affaires personnelles. Celles-ci se montaient à peu de choses : quelques bijoux, sa bourse, des vêtements de rechange.

Il éperonna sa monture. C'était le signal du départ : pas question de coup de sifflet susceptible d'alerter les hommes. Rapidement, il partit en tête, rejoint très vite par Trobard. L'homme avait Solenn en croupe. Le visage de la jeune fille était indéchiffrable. Elle se contenta de lui lancer un regard ennuyé lorsqu'il lui demanda si elle était bien installée.

— Tu ne risques rien, lui dit-il.

— Bien sûr que non, riposta-t-elle du tac au tac. C'est vous qui risquez gros.

Une nouvelle fois, le doute envahit Audric, aussi puissant qu'une nausée. *Elle a raison. Je mets en jeu la survie de la horde pour cette fille, sans même savoir ce qu'elle nous rapportera. Tout ce que je sais, c'est que je dois la garder coûte que coûte.*

Ce n'était plus le temps de la réflexion. Audric dévala la plaine au trot, longeant la rivière pour rester au large de l'armée d'Uther. Ses fontes bourrées à craquer pesaient sur son cheval. Il espérait qu'il tiendrait jusqu'au bout. Derrière lui marchait sa horde. Le Serpent ! Trois cents hommes répartis en huit escouades, les meilleurs guerriers qui soient, de toutes les seigneuries connues.

Les dieux nous aiment, oui. Ils vont encore le prouver tout à l'heure. Mais ce qui va advenir dépasse peut-être l'entendement des dieux.

L'arrivée aux abords du campement ne provoqua pas de cavalcade dans le camp de Romuald. Le général devait penser qu'Audric avait renoncé à traiter avec Uther et qu'il venait se mettre sous la protection du duc.

Si c'est le cas, il est encore plus infatué de lui-même que je ne l'avais imaginé.

Les Serpents avaient le regard rivé sur Audric : il n'y aurait pas de signal pour charger. Chacun avait pour mission de rejoindre la porte par ses propres moyens. Ce qui signifiait que, si certains se faisaient bloquer, ils devraient se débrouiller par eux-mêmes.

Aslerdeen se précisait. C'était une cité enfermée dans un rempart en pierre de taille, de sept mètres de haut au bas mot. Des meurtrières en forme de croix la fendaient tous les quatre mètres, sur deux niveaux. Six tours octogonales s'élevaient à dix mètres ; une flèche géante en saillait, se découpant sur le ciel. Une douve baignait son pied, alimentée par la rivière. Elle ne semblait pas très profonde, mais suffisante pour empêcher l'approche de tours d'assaut. La herse était relevée, le pont-levis baissé ; un chariot était stationné dessus – parfait !

Le campement de Romuald étendait ses tentes autour de la chaussée d'accès à l'entrée. Des soldats et des officiers commençaient à courir entre les tentes.

Les choses ne vont pas tarder à se gâter, songea Audric en lorgnant du côté des tours. Mais les arbalètes ne les avaient pas pris pour cibles. D'ici une à deux minutes, ils seraient sortis de leur angle de tir.

Restaient les soldats. Audric laissa son pouls s'accélérer, et il sentit le réveil du *fléau du démon*. Sans changer d'allure, il tira l'épée fixée dans son dos. Trois soldats convergeaient sur lui, avec l'intention de saisir sa monture par le harnais.

— Capitaine, veuillez...

D'un geste ample, Audric ramena en arrière sa gigantesque épée – et frappa le premier d'entre eux en un mouvement de faucille. Le soldat vacilla, tandis que la force du coup décollait brièvement son cheval du sol... Dans un affreux chuintement, son bras chuta à terre, tronçonné au-dessus du coude ; une ligne rouge apparut en biais sur son torse jusqu'à l'épaule opposée. Il ouvrit la bouche, mais un flot de sang en jaillit tandis qu'il s'effondrait – le haut de son buste en avant, le reste du corps en arrière.

Audric n'attendit pas pour frapper le deuxième d'estoc. Son adversaire n'eut pas le réflexe de s'écarter : l'idée que quelqu'un puisse manier une épée aussi lourde comme la plus légère des rapières lui était inconcevable. La pointe biseautée pénétra entre les clavicules, sectionna la trachée-artère et pulvérisa une vertèbre cervicale avant de ressortir entre les omoplates. L'homme pivota d'un quart de tour. La lame, en s'extirpant, coupa l'artère menant au cerveau, avec une partie des muscles du cou. La tête se mit à pendre sur son épaule, tressautante ; juste avant qu'il tombe, un jet de sang artériel inonda son plastron.

— Avec moi, Serpents ! hurla Audric.

Le troisième soldat portait un petit bouclier rond, épais de près de deux pouces. Il eut le temps de le lever, mais la galette de métal ne pouvait résister à la force surnaturelle du *fléau du démon* qui la fendit en deux, avant de percer l'homme de part en part.

Les habitants de la place forte n'avaient pas encore réagi – en cette minute, les dieux aimaient véritablement la horde. Mais les dieux étaient versatiles et les soldats de Romuald se regroupaient à présent, afin de faire barrage aux Serpents. Pour le moment, la stratégie adoptée par la horde portait ses fruits : face à une multitude de petits groupes, former des bataillons était inefficace. Mais c'était ce que prévoyait la procédure militaire en cas d'attaque, et les soldats l'appliquaient à la lettre. Le temps qu'ils s'aperçoivent des intentions de la horde, il serait trop tard.

Quelques groupes de l'escouade de Driligan commençaient à rencontrer de sérieuses résistances. Driligan était retourné en arrière en dépit de ses ordres. Il bataillait contre un ennemi deux fois supérieur en nombre… et qui ne cessait de croître de seconde en seconde. Leur avantage fondait comme neige au soleil.

Il faudra que je le punisse pour sa désobéissance, songea Audric.

Driligan avait renversé un brasero sur une tente, qui se mit à fumer en émettant une fumée très noire. Audric se désintéressa de lui : il avait traversé le camp, et était presque arrivé devant la douve. Il donna l'ordre à son escouade de se disperser aux abords, afin de les sécuriser. Des cris retentissaient au sommet des remparts, mais ce n'était pas des ordres de tirer, plutôt des appels. Mais mieux valait ne pas offrir une cible trop tentante. Tant que le pont-levis ne se relevait pas…

Soudain, une division ennemie surgit au détour d'une allée, à moins de vingt mètres. Il s'agissait d'un groupe d'élite, une quinzaine de guerriers lourdement armés et vêtus d'armures intégrales articulées, curieux patchwork de cuir et de métal. Sous leurs casques mafflus, leurs yeux bleus apparaissaient derrière des sortes de grillages tombant de la visière. Ils portaient à la main droite un glaive épais et court ; leur main gauche était enfermée dans un gantelet prolongé d'une chaîne épaisse, au bout de laquelle se balançait une masse d'acier hérissée de longs piquants.

Audric fit volte-face. Il repéra Briac, non loin de là : le géant dominait ses adversaires de sa haute taille. Deux Serpents couvraient ses flancs.

Résolument, Audric sauta de selle et donna un coup sur la croupe de son alezan pour l'éloigner.

— Briac ! cria-t-il. Prends soin de mon cheval. Il y a des papiers importants dans ses fontes.

Sans plus s'en préoccuper, il assura son épée dans ses deux mains et sentit la puissance du démon enfler, comme pour faire craquer son brassard.

— À toi de jouer, démon, murmura-t-il. Tu auras ta ration d'âmes, une fois que tu auras percé toutes ces boîtes en acier qui les contiennent.

L'unité d'élite n'eut pas à arriver jusqu'à lui : Audric la chargea, l'épée levée contre son épaule. Le premier ébaucha le geste de parer avec son glaive. D'un coup peu appuyé, Audric déboîta son gantelet, broyant la main à l'intérieur. Il doubla aussitôt le coup vers le deuxième soldat qui formait la première ligne d'attaque. La lame géante s'enfonça de biais dans le plastron, tranchant la graisse et les muscles pour mordre les intestins. Le casque de l'homme étouffa son cri de souffrance.

Le coup déporta Audric vers le soldat qui le suivait. Il le percuta de l'épaule, et se servit de lui pour rebondir, extirpant sa lame dans un mouvement tournant. Un instant, la lame se coinça, à la manière d'un coin bloqué. La force phénoménale du *fléau du démon* parvint néanmoins à l'extraire dans un long grincement de métal torturé. Un débris d'intestin suivit, s'effilochant sur la brèche du plastron.

Audric continua sur sa lancée, balayant l'espace autour de lui. Il ne se préoccupait pas de combattre, se contentant de se mouvoir pour se placer au plus près de l'ennemi. L'épée fendait les casques, brisait les os par le seul choc des impacts, tranchait les membres et broyait les organes… Les masses d'armes vrombissantes tentaient de le frapper, en vain. Une fois, une masse atteignit l'épée. Elle rebondit dessus avec un tintement clair, comme si elle avait heurté une muraille d'acier.

Tout à coup, le *fléau du démon* partit en arrière, forçant Audric à se retourner. Il eut le temps d'apercevoir l'un des soldats blessés qui revenait à la charge, sa masse d'armes tournoyant au bout de sa chaîne. L'épée s'abattit et cueillit l'homme au genou. Entraîné par sa lourde armure, l'homme se déporta et s'étala dans la terre. La masse d'armes s'incrusta dans le sol avec un cognement sourd. L'épée l'acheva d'un coup à la nuque.

Audric se tourna vers le pont-levis, soudain conscient qu'il avait délaissé sa tâche initiale.

Quel idiot ! Tous les soldats se ruent vers nous maintenant. Et les escouades sont encore en chemin…

De nouveaux ennemis avançaient en rangs serrés. Audric recula vers l'entrée de la place forte, l'épée dressée devant lui.

Six hommes de l'escouade de Marween gardaient le pont-levis. Des soldats gisaient à leurs pieds. Quant à Marween, il combattait sous la herse en compagnie de Gwiramin. D'où il se tenait, Audric ne pouvait voir s'il s'agissait de soldats du duc ou de gardes d'Aslerdeen. Ce qu'il savait, c'était que les deux Serpents résistaient à un ennemi trois fois supérieur en nombre. Et qu'ils n'avaient pas, eux, le *fléau du démon* pour lui tenir tête.

Audric grimpa sur un chariot pour évaluer la situation. Trobard et ses hommes étaient à deux cents mètres. Ils étaient littéralement assaillis par l'ennemi, mais tenaient bon et parvenaient même à progresser. Solenn n'était pas en danger. Les escouades de Leihar, Umiade et Killian continuaient de converger vers la chaussée. Driligan avait pris du retard, mais les soldats adverses manquaient de coordination et les Serpents en profitaient pour passer au travers des mailles du filet.

Trois soldats cuirassés chargeaient dans sa direction. Audric sauta au sol en étouffant un juron. Ce nouveau contretemps l'empêchait de porter assistance à Marween. Celui-ci devait absolument tenir le pont-levis, ou ils étaient tous perdus.

À l'instant même où il se faisait cette réflexion, le pont-levis commença à se relever, dans un cliquetis de chaînes.

16

— On est en train de se faire déborder ! cria Gwiramin. Qu'est-ce qu'on fait, lieutenant ? De nouveaux ennemis arrivent.

À quelques pas, Marween ferraillait contre deux adversaires en même temps. Il s'agissait de soldats de Romuald : les gardes civils d'Aslerdeen avaient fui sans demander leur reste, ne sachant qui était le véritable ennemi. Marween était arrivé le premier sous la herse avec quatre hommes de son escouade, mais dix soldats leur étaient aussitôt tombés dessus. À présent ils n'étaient plus que deux, avec quatre soldats en face d'eux. Le mécanisme de levée du pont-levis se trouvait de chaque côté de la porte, à l'abri dans une guérite abritant un système de treuils et de contrepoids, au niveau du chemin de ronde. On pouvait discerner les chaînes en acier dans leurs glissières le long de la muraille, enduites d'une épaisse couche de graisse.

— Il faut tenir, haleta Marween entre deux passes d'armes. Il faut tenir, ou nous perdrons Aslerdeen !

Il était trop loin pour appeler le reste de son escorte en renfort. Il feinta, entailla d'un revers l'avant-bras d'un des deux soldats. Celui-ci recula avec un juron.

Maintenant ou jamais.

D'un coup latéral violent, il écarta la lame du premier soldat et bondit en avant comme pour le percuter. L'autre fit un pas de côté. Marween porta sa main gauche à sa ceinture, tira son poignard et le lança à la tête de son adversaire. Si près, il n'avait aucune chance de le tuer, ni même de le blesser sérieusement. Mais le soldat leva la main dans un geste de protection. La pointe ne fit que l'érafler avant d'aller tinter sur le pavé. Marween n'attendait que cette occasion. Son épée perça le flanc découvert, perforant rein et entrailles. Le soldat émit un gargouillis en s'effondrant. Marween le repoussa du pied pour dégager la lame. Il attaqua aussitôt l'un des deux adversaires de Gwiramin. L'homme était coriace, parant chacune de ses bottes.

Des raclements sourds s'élevèrent de chaque côté de la porte.

Les chaînes de levée coulissent dans les glissières. Ils sont en train de remonter le pont-levis...

— Gwiramin ! cria-t-il. Il faut aller jusqu'aux treuils, stopper le pont-levis ! Ou bien, c'est la fin !

— Bon sang, si tu crois que c'est facile...

Une grande colère envahit Marween.

— Par le cul puant des dieux, sois digne une fois dans ta vie de ton tatouage de Serpent !

Gwiramin éructa un juron – mais l'instant d'après, son adversaire mordait la poussière.

— Tu insinues que je ne suis pas digne, c'est ça ?

Marween éclata de rire et désigna le cadavre du soldat.

— Tu avais seulement besoin d'un petit coup de fouet... Viens. On doit empêcher les autres de remonter le pont-levis.

Il siffla ses hommes qui se trouvaient au-dehors, sur la chaussée du pont, afin de les rameuter. Sans les attendre, il se rua vers un escalier menant au treuil de gauche. Il vérifia qu'aucun arbalétrier ni aucun archer ne le visait, puis s'élança à l'assaut des marches intérieures.

Un coup d'œil panoramique lui apprit qu'une douzaine de soldats descendaient l'avenue principale de la ville, en direction de la porte. Marween déglutit, la gorge sèche : l'adrénaline ne parvenait pas à anesthésier sa peur.

Il posa le pied sur le chemin de pierre, à mi-hauteur de la muraille. L'entrée de la guérite était devant lui.

S'ils sont plus de deux dans la guérite, je ne pourrai rien faire.

Mais s'il parvenait à bloquer un seul des deux treuils, cela suffirait à stopper la remontée du pont-levis.

Il pénétra dans la guérite en faisant tournoyer son épée. Deux hommes costauds manœuvraient un treuil horizontal à manivelle, de plus de trois mètres de long. Un soldat était là, revêtu d'une cotte de mailles trop grande pour lui, où s'accrochait un baudrier permettant de remonter la corde d'une arbalète… Arbalète qu'il étreignait, pointée vers l'entrée.

Dès qu'il vit Marween, le soldat déclencha la corde bandée. D'où il se tenait, il ne pouvait le rater, mais il tremblait tellement que le carreau percuta la lame de son épée, avec un « dzinnng » chuintant. L'homme n'avait manifestement jamais tué. L'espace d'un battement de cœur, Marween sut qu'il n'aurait aucun mal à le désarmer et à l'obliger à filer, mais que cela lui ferait perdre les quelques secondes qui séparaient la victoire de la défaite. L'autre mourut sans opposer de résistance. Marween l'enjamba, l'épée levée.

— Vous ! Soit vous rabaissez le pont, soit vous mourez tout de suite.

Les deux gaillards venaient de voir le jeune soldat périr sous leurs yeux, ils savaient que le Serpent n'hésiterait pas à mettre sa menace à exécution. Ils débloquèrent un cliquet, lâchèrent leur manivelle et reculèrent au fond de la guérite. Marween jeta un coup d'œil en contrebas par une meurtrière perçant la muraille en biais, et qui offrait une vue imprenable sur le pont-levis. La remontée de ce dernier s'était interrompue à une cinquantaine de centimètres. L'espace d'un instant, Marween songea à saboter le treuil et il releva son épée… mais il la rabaissa. Ils avaient besoin du pont-levis intact.

— Laissez-nous partir, commença l'un des deux gaillards, dont le visage était mangé par une épaisse barbe rousse. Nous, on n'est pas des combattants.

Marween réfléchit, avant de secouer la tête.

— Non, vous restez avec moi. Vous allez avoir l'occasion de finir votre boulot ici.

Il obligea l'un des deux manœuvriers à se poster devant la meurtrière et à lui décrire ce qu'il voyait au bas du rempart, puis il alla s'embusquer derrière la porte de la guérite. Un instant plus tard, un individu armé déboula. Ce n'était pas un soldat, mais un garde civil. Marween le poignarda par-derrière, sous l'omoplate gauche. L'homme mourut sur le coup. Marween le désarma, puis le chargea sur ses épaules et le balança dehors. Il entendit le corps s'écraser sur le pavé de la cour d'entrée.

Voilà qui va leur donner à réfléchir.

Mais ce n'était plus nécessaire : le manœuvrier l'informa que les Serpents affluaient par dizaines dans la place forte. Par mesure de précaution, Marween ramassa l'arbalète, puis remonta la corde à la main.

— Restez là, leur ordonna-t-il.

Il sortit. En bas, les soldats qu'il avait aperçus affluer vers l'entrée rebroussaient chemin, se dispersant dans la ville. Marween aperçut Cerajar, qui menait un petit groupe vers le chemin de ronde en haut du rempart. Puis, juste en dessous, Sevilgan. Le vétéran lui adressa un geste de la main.

— Tout le monde est là ? lança Marween.

— Umiade est saine et sauve, mais Driligan s'est fait retarder. Audric tient le pont au-dehors, le temps qu'il revienne.

L'espace d'un bref, très bref instant, Marween songea qu'il pouvait faire refermer le pont-levis, et enfermer Audric dehors. Mais il se secoua et rejeta l'idée avec violence.

Il a le fléau du démon. *C'est lui qui détient le pouvoir.*

Marween repéra Nelin, un homme de son escouade. Il lui cria de monter dans la guérite, et de tenir les deux manœuvriers en respect. Puis il descendit.

La petite place intérieure était encombrée de Serpents. Leihar ordonnait à ses archers d'aller se poster aux créneaux et de couvrir Audric. Les dernières escouades déboulaient sur le pavé dans le vacarme de sabots de leurs chevaux. À vue de nez, leurs pertes semblaient minimes.

Marween se fraya un chemin parmi la foule, et déboucha sur le pont. Les soldats du duc avaient enfin compris les intentions d'Audric. Ils avaient abattu leurs propres tentes pour faire place à leur cavalerie.

Audric se tenait au côté de ses hommes, et combattait une nuée de soldats. Marween s'élança pour l'aider. Des mouvements provenant de la bordure du campement attirèrent son attention. On se battait, là-bas… mais il n'y avait plus personne.

De quoi s'agit-il ? Qui peut... Uther ?

Alors que Driligan et ses hommes atteignaient enfin le pont, Marween comprit qu'il s'agissait bel et bien du comte. Celui-ci avait enfin pris conscience que Solenn était en train d'échapper tout aussi bien à lui-même qu'à Coresh. D'un point de vue militaire, son intervention était incompréhensible – qu'espérait-il ? Peu importait : la cavalerie ducale menée par Romuald dut changer d'objectif et se concentrer sur ce nouvel ennemi.

— Dépêchez-vous ! hurla Audric. On ne va pas laisser éternellement la porte ouverte pour vous !

En passant devant lui, Driligan lui jeta un coup d'œil amusé. Son plastron et son casque étaient cabossés, et il saignait de multiples plaies.

— Je croyais qu'on devait laisser les retardataires en arrière, capitaine...

— Oui, et je te priverai de ta prochaine solde... avant de me priver de la mienne. Maintenant, tous dans les murs d'Aslerdeen !

Ils se replièrent, et le pont-levis commença à se relever. Marween remonta vers le chemin de garde, à mi-hauteur, où se trouvaient des meurtrières. Il pouvait voir le camp de Sareg dévasté, et les nouveaux combats qui faisaient rage. Un petit groupe de cavaliers étaient parvenus à enfoncer l'armée ducale, et traversait le camp en piétinant les tentes abattues.

Que les Arbres de Vie tombent en poussière...

Une silhouette brune et hirsute, monstrueuse, progressait sur un vajaran caparaçonné d'une cuirasse hérissée de clous. Elle tenait une énorme hache prolongée d'une lame d'épée. Une arme improbable, mais redoutable ; chaque coup de taille dévastait les rangs ennemis. Marween l'aperçut, qui pourfendait le poitrail du cheval d'un cavalier ennemi. Lorsque la lame se retira, la blessure était si large et profonde que la monture s'ouvrit littéralement en deux.

— C'est impossible, murmura Marween.

Seul un *fléau du démon* était capable de telles prouesses. Marween avait entendu la rumeur circuler parmi les Serpents, sur la rencontre d'Audric et d'Uther. Le comte possédait une créature ensorcelée, dotée d'immenses pouvoirs. Et quand Uther l'avait présentée à Audric, celui-ci avait vacillé sur son cheval, comme s'il avait reçu une flèche en pleine poitrine. Trobard l'avait vu perdre toute couleur. La créature elle-même avait été aussi frappée et avait perdu le contrôle d'elle-même.

Il la distingua mieux lorsqu'elle apparut sur la chaussée menant au pont-levis. C'était un singe gigantesque, une sorte de gorille que l'on avait bardé d'acier. Sous son casque énorme, d'où saillaient trois paires de cornes acérées, il était impossible de discerner son visage. Mais Marween savait qu'il s'agissait du visage d'un enfant en bas âge, et cette idée suffisait à dresser tous les poils de son corps.

Le pont-levis était à mi-parcours et continuait de remonter. Il cacha le monstre à la vue de Marween.

C'est fini, il ne pourra plus passer.

À cet instant, un impact énorme secoua le pont-levis avec un bruit sourd, comme si un bélier l'avait heurté. Puis, des cris retentirent en dessous. Non, ce n'était pas possible, le rakinn n'avait pas pu…

Marween sauta à bas du chemin de ronde et atterrit sur le pavé, trois mètres plus bas. Ses genoux encaissèrent rudement. Un instant plus tard, il courait vers l'entrée. Plusieurs Serpents de faction le regardèrent sans comprendre. En arrivant sous le porche couvert, il aperçut la créature, qui se hissait sans effort apparent au sommet du pont. Dans quelques secondes, il lui suffirait de se laisser glisser de l'autre côté. D'autres Serpents suivirent son regard et poussèrent des trilles d'alerte.

— Le capitaine, où est-il ? cria Marween à la ronde. Audric, tout de suite !

La masse sombre bascula par-dessus le bord du pont. Ses mouvements avaient la fluidité et l'horrible délicatesse d'une araignée.

Marween poussa un rugissement pour obliger les autres à l'écouter.

— Écartez-vous de lui ! J'ai vu ce qu'il a fait, il est invincible. Allez chercher Audric, vite !

Le rakinn heurta le sol dans un silence presque parfait. Dans son dos, le pont-levis se referma avec un bruit sourd, et les cliquetis de chaînes cessèrent brutalement.

Le rakinn se dressa sur ses pattes arrière, courtes et trapues. Tous les hommes rassemblés purent voir que la description qu'on leur avait faite de ce monstre était vraie – et en dessous de la réalité. Seule sa tête était humaine. Pour le reste, sa morphologie était en tout point celle d'un gorille.

Les hommes restèrent pétrifiés en voyant le bras droit du rakinn, enfermé dans un brassard semblable à celui d'Audric. Un grand silence tomba sur la place. Au bout de sa main deux fois plus grosse qu'une main humaine, sa hache-épée rougie de sang. Sa longueur était supérieure à celle de l'épée d'Audric. Quant à son poids...

— Le *fléau du démon,* murmura quelqu'un.

Chacun l'avait ressenti au plus profond de sa chair.

Marween comprenait à présent le comte Uther. Son attaque du camp ennemi n'avait rien eu de hasardeux. Il avait décidé d'accélérer les choses en allant récupérer Solenn lui-même – du moins, en utilisant cette monstruosité.

Cela se produisit en une fraction de seconde. Soudain, le rakinn fit deux pas de côté. Cela suffit à le mettre à portée du Serpent le plus proche. D'un seul coup de lame d'une précision diabolique, le rakinn lui trancha la tête.

Les autres regardèrent le crâne de leur compagnon rouler à plusieurs mètres. Puis son corps, s'effondrer d'une masse.

Dans le camp adverse, de l'autre côté de la muraille et du pont relevé, cet acte aurait immédiatement provoqué un début de panique. Mais ils étaient la horde du Serpent. Les premiers rangs dressèrent leur épée à l'horizontale en reculant posément. Deux flèches traversèrent l'air, venant des créneaux. Elles se plantèrent dans les épaules du monstre, sans effet. La fourrure dense et drue paraissait aussi efficace qu'une cotte de mailles.

— Les piques, lança quelqu'un. Apportez les piques !

— Pas besoin de pique, lança quelqu'un, de l'autre côté de la place. Il est à moi.

Marween reconnut la voix de Briac. Mais il était trop loin pour l'intercepter. Il hurla :

— Briac, tu vas te faire écrabouiller ! Cette chose n'est pas humaine.

Le géant n'entendait pas. Ses yeux étaient injectés de sang. Il brandit sa massue par-dessus l'épaule, prête à l'assener en un mouvement de balayage. La force de ses coups était incroyable, Marween l'avait vu stopper un cheval lancé sur lui au galop, faire exploser les poumons dans la poitrine de l'animal en pleine course.

Il savait aussi que contre le rakinn, ce serait en pure perte.

Trois Serpents de l'escouade d'Audric convergeaient vers le rakinn. Celui-ci les laissa approcher d'un air placide. Lentement, à la façon d'un mécanisme bien huilé, il remonta sa hache-épée pour un coup horizontal.

Au moment où les trois Serpents se jetaient sur lui, le rakinn sauta en l'air.

Ce mouvement prit ses assaillants au dépourvu – tout comme les spectateurs. Le rakinn s'envola littéralement, pour atterrir à quelques pas du premier attaquant. La hache-épée retomba sur lui. Un bruit écœurant, et le Serpent s'affala, coupé en deux au niveau de la taille. Le rakinn roula sur lui-même pour se redresser devant le deuxième attaquant. Il l'embrocha par la pointe, et le fit voler dans les airs en ramenant son arme terrifiante vers lui. Le troisième Serpent subit le même sort une demi-seconde plus tard.

Trois hommes, trois hommes expérimentés et sur le qui-vive, tués en moins de dix secondes. Un flottement se fit ressentir dans la masse des Serpents.

Briac poussa un rugissement et bondit sur le rakinn. En cet instant, il évoquait ces terribles guerriers du Nord, comme accouchés des montagnes mêmes : des forces élémentaires, qui puisaient leur violence aux courants d'énergie souterraine.

Sa massue s'abattit avec une telle vitesse que Marween perçut le vrombissement du déplacement d'air.

Le rakinn se contenta de lever son brassard. La massue s'écrasa sur son avant-bras, sans même l'ébranler. Dans un craquement sinistre, le manche de la massue se rompit. L'extrémité ricocha et fut projetée comme un boulet sur la muraille, fêlant le bloc de pierre qu'elle heurta.

Le rakinn attrapa Briac par son plastron. Il lâcha sa hache-épée et prit la tête du géant entre ses mains. Puis il commença à presser. Quatre nouvelles flèches l'atteignirent dans le dos, sans plus de résultat. Marween vit du sang suinter des oreilles et des yeux de Briac. Il serra les dents, dans l'attente du craquement caractéristique que ferait son crâne en se disloquant...

— Tu peux le lâcher, démon. Voici un adversaire à ta taille.

Audric pénétra dans le cercle.

Enfin ! se dit Marween, pour ajouter aussitôt : *S'il était apparu plus tôt, trois des nôtres seraient vivants.*

Mais il se joignit à l'ovation générale. Posément, Audric dégaina la longue épée dans son dos.

Le rakinn s'immobilisa. Il lâcha Briac, le rattrapa par une main et le projeta négligemment hors du cercle. Puis il ramassa sa hache-épée et fit face à Audric. Lentement, avec méticulosité, il retira les attaches de son casque. Les hommes étouffèrent une exclamation de dégoût et d'horreur en voyant le visage de bébé qui se dissimulait dessous. Ses grands yeux limpides n'exprimaient rien, sinon une conscience atrophiée et curieuse.

Le combat commença sans préambule. Le rakinn bondit dans les airs, la hache-épée relevée. Un quart de seconde avant qu'elle frappe Audric, celui-ci bougea avec une rapidité stupéfiante. Les deux armes semblèrent se jeter l'une sur l'autre. Elles grincèrent dans un monstrueux jaillissement d'étincelles – et ce fut comme si elles se repoussaient avec une force irrésistible.

Marween sursauta presque, lorsque Umiade surgit à son côté.

— Ce n'est pas Audric et ce monstre qui s'opposent, dit-elle. Ce sont leurs démons.

Marween hocha la tête. Si cela n'avait été qu'une question de force brute, Audric aurait été terrassé par le monstre. Mais le capitaine des Serpents, les jambes ployées comme s'il voulait s'enraciner dans le sol, bloquait tous les coups, et en donnait dans un fracas assourdissant. C'était un combat primitif, impitoyable. Le miracle était que leurs armes, pour démesurées qu'elles soient, résistent à la puissance surnaturelle qu'ils développaient. Les adversaires ne perdaient pas de temps à feinter : ils assenaient leurs coups directement.

Les deux combattants se séparèrent enfin. Leurs épées étaient ébréchées. Audric haletait, et la transpiration coulait de son visage pour goutter de son menton en un filet presque continu. Il ne savait si son ossature, même avec l'aide de son démon, allait résister aux assauts furieux du rakinn. Chaque coup menaçait de réduire son squelette en esquilles.

De son côté, le rakinn roulait des yeux et avait la figure rouge, tuméfiée par l'afflux de sang.

Rapidement, Audric balaya l'arène du regard, s'attardant une seconde sur les épées des Serpents abattus. Puis il commença à tourner autour de son adversaire afin de s'en rapprocher.

Ce n'est qu'une bête, se dit-il à travers le brouillard de la fatigue. *Il n'y a pas d'intelligence dans ce monstre. Nous sommes de force égale. Mais moi, j'ai mon autre main. Et cette main sait manier l'épée.*

Il n'avait que quelques instants avant la reprise du combat. Plus que deux mètres... Le rakinn bondit alors même qu'il se baissait pour ramasser l'arme. Le *fléau du démon* bloqua la hache-épée à la seconde où la main gauche d'Audric se refermait sur la poignée.

— Par les dieux..., ne put s'empêcher de jurer Marween.

Avec une vélocité incroyable, le rakinn prit appui sur son autre main – tandis qu'avec un de ses membres inférieurs il saisissait le bras gauche d'Audric. Les deux adversaires luttèrent de tous leurs muscles. Peu à peu, Audric fléchit, ses tendons craquèrent...

Soudain, une lance traversa l'espace pour se ficher dans le flanc du rakinn.

Trobard!

De surprise, la créature desserra sa prise. Audric se tordit pour extirper son bras. Il le ramena en arrière – frappa. L'épée traversa la paume du rakinn, ressortit dans le dos de la main.

Avec une sorte de crachement de chat en colère, le rakinn se rejeta en arrière. La douleur se lisait sur son visage débile... la douleur, mais aussi l'étonnement. Comme si le nourrisson qui était en lui cherchait à comprendre ce qu'était cette sensation étrange.

Il se débarrassa d'une pichenette de l'épée fichée dans sa paume, puis de la lance. Quand il se redressa, Audric abattait déjà son arme sur lui. Il leva sa hache-épée...

Un instant trop tard. La lame ébréchée d'Audric heurta le crâne du rakinn, et s'y enfonça de plusieurs centimètres avant de rebondir.

Aussitôt, Audric doubla son coup. Il n'y eut qu'un seul son, lorsque les deux armes se brisèrent. La lame du rakinn vrombit au ras du sol, et alla faucher les jambes d'un des spectateurs avant de tuer celui qui se trouvait derrière lui.

Audric s'abattit sur son adversaire. Les deux brassards s'empoignèrent mutuellement…

Alors, leurs esprits se touchèrent. Ensemble, ils basculèrent dans l'autre monde.

Des odeurs de terre mouillée, de pierres rouges, d'aiguilles de pin… Du fond des ténèbres de sa conscience primitive, la peur. La peur et la rage. Précédés de leur odeur exécrable, les montagnards pistent le gorille depuis des jours. Ils ont tué sa compagne et son petit devant la grotte où il s'est réfugié, avec pour seul but de le faire sortir. Leur sang répandu sur les pierres l'a rendu fou. *Tuer, tuer!* Il surgit et les filets tombent sur ses épaules. Il réussit à déchirer le premier, mais d'autres l'empêtrent. Il tombe sur le dos. Sa fourrure s'imbibe du sang de sa famille.

—Un beau spécimen, rigole l'un des montagnards. Ils en donneront un bon prix, en bas.

Le gorille bande ses muscles, mais ses liens le garrottent, l'empêchant même de respirer à fond. Les montagnards ont apporté un long morceau de bois ; ils le passent dans les filets et redescendent leur fardeau de la montagne. Ils mettent deux jours pour ce faire, ne lui donnant ni à boire ni à manger. Le soir, ils le bourrent de coups de pied pour s'amuser, mais le gorille ressent à peine la douleur. Son esprit cherche celui de sa compagne, et ne le trouve pas.

Puis ils arrivent dans la vallée, le chargent sur un chariot gardé par des hommes avec des fouets et des piques. D'autres coups pleuvent. Le chariot atteint un endroit plein d'humains, où l'air lui-même empeste de tous les animaux qui souffrent dans les arrière-cours. On le jette dans une cage. Le gorille supporte ces relents d'abattoir avec indifférence. Il ne s'alimente pas, décidé qu'il est à mourir.

Il change de mains. Une fois, deux fois. Chaque fois, des disques de métal s'échangent. Dans d'autres cages, il entrevoit deux congénères ; ils portent des chaînes et leur dos est pelé, strié de marques rouges. Puis un homme enveloppé dans une houppelande noire vient voir celui qui le possède. L'odeur qu'il dégage est étrange, il n'en a jamais senti de telle. Davantage de métal tinte. On le met sur un nouveau chariot, et on le transporte jusqu'à une cave voûtée située dans les combles d'un château. Des globes de lumière orangée s'accrochent aux arches de pierre. Des étagères croulent sous de curieux instruments, des fioles et des rouleaux de parchemin. Une table massive, légèrement inclinée, trône au milieu. Elle est bardée de sangles et de fers rivetés.

L'homme retire sa houppelande. Son corps est humain, mais son visage n'est pas normal. On dirait celui d'une bête. Il s'approche du gorille, passe une main sur son pelage.

— Je ressens ta souffrance, tu sais. Nous les rakinns, nous connaissons la souffrance animale… Bien sûr, tu ne peux pas comprendre ce que je dis. La base de ton être est bestiale, non humaine comme la mienne. Mais cela va changer.

Le gorille aurait voulu mordre cette main qui le caresse, et qu'il devine pareille à celle des chasseurs qui ont tué les siens et l'ont capturé. Mais il en est incapable. Il reste pendant plusieurs jours ainsi. Sans qu'il sache pourquoi, il s'est remis à manger les fruits qu'on lui donne. Un matin, l'homme revient avec un bol rempli de soupe. Il a changé d'habits, il porte à présent une vareuse en toile cirée exhalant des parfums alchimiques.

— Bois, dit-il simplement.

Sitôt fait, le gorille sent une faiblesse au creux des reins, et cette faiblesse se communique dans son être tout entier. Ses jambes se dérobent sous lui. Son mufle s'écrase contre les barreaux de sa cage ; le choc lui fêle une dent, mais il ne sent déjà plus la douleur.

Il demeure néanmoins assez conscient pour se voir transporté jusqu'à la table, et sanglé de pied en cap. Des courroies lui maintiennent la tête immobile, au point qu'il ne peut plus remuer que les yeux.

Plusieurs minutes passent, puis de petits cris retentissent à ses oreilles. Des cris aigus de bébé.

La tête du rakinn s'encastre dans sa vision. Le gorille sent sa main qui lui caresse l'arcade sourcilière.

— Bientôt ta vie va changer, lui murmure le rakinn. Pour l'implantation, j'ai choisi un bébé car vos esprits inachevés sont compatibles. Tu auras son visage, mais aussi les capacités d'évolution de son esprit. Dans quelques années, si tout se passe bien, tu pourras apprendre à parler.

Tout en déblatérant, il lui plante de fines aiguilles en or autour du visage. Les aiguilles ne font pas mal. La conscience du gorille se détache lentement de son corps. Alors, une autre voix éclate, résonnant sous la voûte.

— Toujours à tes expériences, vieux sorcier…

— Comte Uther ! Mes respects…

— Allons, ne fais pas cette tête. Continue, je t'en prie. Mon ami et moi ne voulons pas t'interrompre en pleine opération.

— Cela risque de prendre du temps, sire…

— Continue, j'ai dit. Tu connais mon ami, même si tu ne l'apprécies pas tellement. Cette fois, il m'a proposé quelque chose de très intéressant.

Une troisième présence s'impose au gorille, le gardant en suspens. Son aura est si maléfique que, en dépit de son détachement, la bête sent sa volonté se recroqueviller. C'est comme d'être plongé dans un bocal plein d'araignées, il ne peut rien faire que la subir.

— Oui, fait la voix, sépulcrale. Il conviendra parfaitement.

— Sire, je vous assure que, plus tard…

— Mon augure a prévu un grand changement, magicien. Un changement où les démons joueront leur rôle. Il me faut ce singe, et le plus vite possible.

Le rakinn commence à protester, mais le comte le fait taire d'une phrase acerbe :

— Sans mes interventions, tu serais monté dix fois sur le bûcher. Je te permets de faire tes petites expériences, à condition que cela me serve. Aujourd'hui, c'est le cas. Tu as quelque chose à y redire ?

Le rakinn s'incline.

— Alors, procède.

La conscience du gorille sombre un peu plus. Et soudain la douleur engloutit tout, passé, présent et avenir. Un gouffre terrifiant, carnivore, bâille et l'avale… Tout au fond s'ébattent des créatures de cauchemar, ni mortes ni vivantes. Des créatures plus noires que la nuit, qui puisent leur vie dans une lumière inversée ; elles se dévorent sans fin, chaque battement de cœur n'étant rien d'autre qu'un claquement de mâchoires. Au loin, une voix inconnue prononce des paroles incompréhensibles. L'esprit du gorille se débat, comme un noyé qui tente désespérément de rejoindre la surface, et qui voit celle-ci s'éloigner. Il continue de couler, et des serres en dessous se distendent pour le déchiqueter. Elles approchent, elles sont sur lui…

La voix inconnue enfle et termine sur un cri. Et ce cri prend forme. Une ombre immense le recouvre et l'emporte au loin, hors des serres et des tentacules et des mâchoires claquantes. Des ondes de haine pure émanent du démon, allant et venant tel un ressac. Non pas contre le gorille, mais contre le sorcier qui le contraint à obéir.

La voix du démon se fait entendre. Une voix abominable, pareille à du feu et froide comme de la glace. Elle dit…

Un bref instant, l'esprit d'Audric se retrouva en équilibre sur le fil d'un rasoir invisible. Les voix de ses compagnons lui parvenaient par-delà les éons.

— *Tuons ce monstre pendant…*

— *Non, il faut d'abord dégager…*

Il tenta de leur dire qu'ils ne devaient pas tuer le rakinn. Que celui-ci n'était pas responsable…

Il bascula de nouveau.

À l'origine de sa propre malédiction.

17

La petite troupe chevauche depuis deux jours. Elle longe une forêt impénétrable, ou plutôt un lacis de ronces qui ne laisse poindre la cime des arbres qu'à regret. Une pluie fine tombe du couvercle nuageux depuis le matin. L'ambiance est morose. Audric et ses camarades sont trop jeunes pour rejoindre la milice de la cité, aussi ont-ils formé leur propre compagnie. Ils écument la campagne à la recherche d'aventures… ce qui consiste pour l'essentiel à avertir la milice de l'approche de convois ou de bandes de brigands.

— Un jour, dit Felix, on rejoindra une vraie horde, pas vrai ?

— Ouais, renchérit Joran. Et on entrera directement au grade de lieutenant. C'est pas toi qui me diras le contraire, hein, Audric ?

Celui-ci passe une main sur son visage pour chasser les gouttes qui tombent sur son front et ses joues. Il est trop épuisé pour leur déclarer qu'ils n'ont aucune chance, car ils ne sont pas assez robustes. Felix est mince comme un fil, Joran a une malformation de naissance qui l'empêche de plier correctement le bras. Quant à Ocihar, sa bedaine l'oblige souvent à s'y prendre à deux fois pour grimper sur sa mule.

Mais leur physique n'est que l'expression de la mollesse de leur volonté. Audric, lui, est acéré comme une lame. Aucun des trois ne s'est opposé à lui quand il s'est proposé comme chef, même s'il ne profite pour ainsi dire jamais de ce statut. Le fait de le *posséder* lui suffit.

Joran se lance dans le récit d'une de ses innombrables conquêtes féminines. Ses camarades les jugent aussi improbables que les récits de batailles rapportés des comtés lointains, magnifiés et déformés. Ce qui ne les empêche pas de les commenter à longueur de journée. Après tout, la figure avenante de Joran compense largement son infirmité, et Audric a vu plus d'une fois son ami une fille au bras. Ce n'est pas le cas d'Ocihar, bien que ce dernier parvienne parfois à récupérer une belle délaissée, une fois que Joran s'en est lassé.

Audric, lui, n'a pas le goût de ce genre de petit jeu. Les filles sont des proies faciles, leur conquête ne nécessite pas de génie humain. Les machines de guerre ont sa préférence : balistes et trébuchets, catapultes, arbalètes géantes et tours d'assaut... Là, le génie peut s'épanouir à loisir. Certains seigneurs sont à l'affût de nouvelles armes, de nouvelles stratégies. Un jour, Audric confectionnera une arme si puissante qu'elle permettra à un seigneur de s'imposer face à tous les autres.

Quand il s'en est ouvert à ses compagnons, Felix lui a rétorqué en haussant les épaules :

« Moi, si j'avais une arme qui me rend invincible, je la garderais pour moi. La première chose que je ferais, ce serait de massacrer le baron et sa famille, pour m'installer sur son trône !

— Ça, c'est du bon sens ! », a approuvé Ocihar.

Audric leur a expliqué que les pactes entre seigneurs rendent la chose difficile, mais les autres n'ont pas répondu. De toute façon, tout cela est hypothétique, et les garçons préfèrent parler de choses plus concrètes. De surcroît, Audric pense qu'il vaut mieux d'abord connaître à fond le métier des armes ; donc, s'engager.

Une chose est sûre : un jour, ils partiront de la baronnie où ils croupissent, pour se faire un nom dans une compagnie de mercenaires. Un destin glorieux les attend. Pour Audric, cela ne fait aucun doute. Quant à ses camarades, en dépit de la confiance qu'ils ont en lui, Audric ne sait s'ils parviendront à quitter leur patrie pour voguer sous des cieux inconnus.

— On rejoint la route de Helitlane ? propose Felix.

Personne n'a d'objection.

— D'accord, on y va, fait Audric.

La ville n'est pas loin, et ils ont quelques pièces de cuivre à dépenser pour se réchauffer. Il y a là-bas une auberge où l'on sert une bière chaude et mousseuse.

— Le dernier à atteindre la route paie la tournée ! crie Joran en bourrant sa monture de coups de talons.

Comme d'habitude, Ocihar arrive bon dernier. Cependant, aucun de ses compagnons n'a l'idée de plaisanter à son sujet. Tous regardent le spectacle sur la chaussée, à deux cents pas de là.

— Par l'Arbre de Vie, c'est quoi ce truc ? murmure Joran en ébauchant un signe de conjuration.

— On dirait un convoi.

— Pas possible...

Trois chariots gisent sur le côté. Ou plutôt, ce qu'il en reste : on dirait qu'un troupeau de taurochs les a piétinés. Même les roues sont brisées. Quant aux vajarans qui les tiraient, ce qu'il en reste n'est pas beau à voir.

— Regardez, là autour...

Dans un périmètre de cent mètres autour du convoi, tout est mort : l'herbe, mais aussi les buissons, et deux arbres dont les branches sont comme carbonisées. La terre elle-même n'est plus que poussière brune. Les branches d'un troisième arbre surplombent le périmètre ; elles aussi ont été vidées de toute vie. Il s'agit d'un cercle parfait.

Audric calme sa monture, qui renâcle.

— En avant, bourrique !

Impossible de la faire avancer. Audric doit descendre pour franchir la ligne délimitant le cercle de mort. Il ne se soucie pas des appels à la prudence de ses compagnons. Sans même s'en apercevoir, il écrase la carcasse d'un rat sous sa semelle ; le squelette s'éparpille sous la peau desséchée.

Ses compagnons hésitent avant d'entrer dans le cercle maudit. Joran étouffe une exclamation en approchant des vajarans. Ils sont dans le même état que le rat : des squelettes friables dans des sacs de peau aux écailles ternies. Soudain, Ocihar désigne une masse affalée.

— Là, un cavalier !

Ils en trouvent tout de suite quatre autres, amalgamés au sol. Les dépouilles momifiées tiennent encore un sabre à la main. Même les armes, ébréchées et rouillées, ont l'air d'avoir été déterrées après des décennies. Quant aux hommes...

— Des types de la bande à Careban, réalise Ocihar en se penchant sur eux.

— Hein ?

— Là. Ils portent tous un foulard rouge autour du cou.

Il y en a d'autres : des bandits, ainsi que des gardes du convoi. Audric note leurs vêtements et leur peau lacérés ; certains n'ont plus de mains, d'autres sont éventrés.

— Les blessures sont énormes. C'est pas des épées qui ont fait ça, maugrée Felix.

Sa voix est étrangement lointaine mais Audric n'y prête garde. Il s'avance vers l'un des chariots. La planche sur laquelle il pose la main se désagrège avec un crissement de biscuit écrasé qui fait sauter son cœur dans sa poitrine. Il étouffe un juron. Tout ça n'est plus qu'un bloc de sciure.

Ocihar s'accroupit auprès d'un cadavre.

— Voilà Careban. Il porte trois foulards rouges, un au cou et un en haut de chaque bras. Ils ont dû attaquer ce convoi, mais ils sont tombés sur quelque chose qu'ils n'avaient pas prévu. Et qui les a pris par surprise, sinon ils auraient pris le large. Bon sang, qu'est-ce qui leur est arrivé ?

Careban a une réputation de soudard sans pitié, pas celle de couard. Et pourtant, sa figure décharnée porte les stigmates de la terreur.

Audric s'approche du dernier chariot.

— Il y a de la sorcellerie là-dedans, lance Felix dans son dos. S'il nous restait un brin de bon sens, on filerait sans rien toucher, et on irait avertir le prêtre de Helitlane.

— C'est vrai, renchérit Joran. On n'a plus rien à faire ici. Audric, ramène-toi. On se barre.

Audric l'ignore. A-t-il rêvé, ou bien...

À peine l'a-t-il effleuré que le chariot tombe lui aussi en poussière. Mais au centre, une forme se dessine. Une forme humaine, et qui remue avec peine. Fébrilement, Audric ôte l'épaisse couche de sciure qui l'enveloppe comme une couverture.

— N'approche pas ! s'écrie Joran, derrière lui.

— Aidez-moi plutôt.

Felix le rejoint à contrecœur, suivi par les autres. L'autorité naturelle d'Audric surpasse la peur effroyable que chacun ressent. Ce n'est peut-être pas fini. Et si la chose – ou les choses – était embusquée quelque part, à attendre d'autres victimes ?

— Je t'en prie, gémit Ocihar.

Il tente de le tirer en arrière, mais Audric le repousse violemment. Le garçon tombe sur les fesses dans un nuage de poudre de bois. Joran le regarde comme s'il avait perdu la raison. Puis il dit :

— Ocihar a raison. Il y a quelque chose de mauvais ici. De très mauvais.

— Vous êtes idiots ou quoi ? siffle Audric. Quoi que ce soit, ce qui a fait ça est puissant. La puissance, c'est justement ce qui nous manque pour nous faire une place. C'est une chance, on ne doit pas la laisser passer. Ou alors, c'est qu'on mérite notre sort !

L'homme qu'il dégage vit encore. Avec ses cheveux gris et sa peau jaunâtre, on dirait un vieillard sans âge. Ses traits sont affreusement émaciés, ses yeux disparaissent dans les puits jumeaux de ses orbites. En d'autres circonstances, son aspect aurait suffi à les faire fuir. Mais au milieu de cette désolation universelle, l'étincelle de vie qu'il représente le rend presque rassurant. Une sorte de robe de prêtre le revêt ; en guise de chausses, il n'a que des sandales de corde. Une lance brisée traverse sa poitrine, la pointe saillant sous l'omoplate. Son poumon a été transpercé, et chacune de ses respirations produit des bulles de sang au coin des lèvres. L'un de ses bras est dissimulé sous sa robe.

— Sire ? dit Audric.

Le prêtre ouvre la bouche et tente de parler. Audric lui pose l'index sur les lèvres.

— Ne vous fatiguez pas. Vous allez survivre, on va vous sortir de là.

Le vieillard pose sa main sur celle d'Audric, et dégage péniblement sa bouche.

— Vous arrivez enfin, coasse-t-il. Je vais enfin pouvoir mourir.

Il délire, songe Audric. Il se demande s'il doit retirer la lance qui perce son flanc. Non, il risque d'aggraver l'hémorragie en repassant la pointe acérée dans l'autre sens. Mieux vaut laisser cela au guérisseur de la ville.

—Laissez-vous faire…, commence-t-il.

—Le voilà. *Le voilà !*

Audric remarque que la luminosité a baissé. Il lève les yeux vers le soleil et étouffe une exclamation.

—Une éclipse !

—C'est pas normal, dit Ocihar, que la panique commence à gagner. L'augure de la ville l'aurait annoncée.

Le rire d'Audric manque de conviction.

—Bah, les augures ne voient pas tout…

Joran se redresse en secouant la tête.

—Bordel, quelque chose cloche. Ce qui a causé cette merde est encore là, je le sens.

—On ne peut pas laisser ce type ici, plaide Audric.

Felix a un sourire méchant.

—Depuis quand tu te préoccupes de quelqu'un d'autre que toi-même, Audric ? D'ailleurs, regarde-le, il est aux trois quarts mort. Si on le déplace, il mourra.

—Il nous apprendra ce qui s'est passé ici.

—Moi, je m'en fiche. Si on reste une minute de plus, on risque de ne pas avoir à le lui demander.

Audric sent qu'il a raison. Il lâche l'agonisant. Dans le ciel, l'éclipse est complète. Quelque chose change : de noire, la lune devient rouge, comme si elle se teintait de sang. Ses feux projettent une lueur écarlate sur le cercle. Au-delà, tout se fond dans une épaisse pénombre, pareille à celle d'une mare boueuse. Joran recule.

—Le sol, il remue… Non, c'est l'herbe…

Audric plisse les yeux pour mieux voir. Et tous ses poils se hérissent sur son corps lorsqu'il se rend compte que ce n'est pas l'herbe qui remue, mais de gros asticots qui sortent du sol en se contorsionnant.

Ocihar empoigne le vieillard inconnu par le col.

—Où sommes-nous, espèce d'ordure ? Réponds, bon sang…

Le prêtre le fixe sans ciller. Lentement, un sourire se dessine sur ses lèvres sanglantes.

— Toi, tu seras le premier…

Un hoquet puis une convulsion le tordent sur le sol. Épouvanté, Ocihar se redresse et se met à courir droit devant lui. Tout autour, le sol ondoie comme un tapis d'algues au fond d'un étang. Les buissons se sont ratatinés en prenant des formes menaçantes. Les cailloux ont à présent l'air de têtes de mort ricanantes.

Audric remarque alors qu'Ocihar devrait être sorti du cercle maudit depuis plus d'une minute. Mais les limites du cercle reculent à mesure que son ami s'en rapproche.

Joran s'en aperçoit lui aussi, et commence à paniquer. Audric se tourne vers l'agonisant. Ses yeux ne montrent plus que le blanc. Malgré les flots de sang qui s'écoulent de ses lèvres, il sourit. Audric lui relève la tête.

— Qui es-tu, sorcier ? Qu'est-ce que tu as invoqué ?

Plus loin, Ocihar se met à hurler, mais Audric demeure immobile, le regard fixé sur le prêtre. Le sang se tarit à ses lèvres, et son cœur cesse de battre. *Maudit soit-il, il est mort !* Mais ses paupières se rouvrent, et une voix différente, une voix sépulcrale, s'élève :

— Un seul de vous survivra. Avec celui-là, le pacte pourra avoir lieu.

Il dresse le bras qu'il a tenu dissimulé… ou plutôt, la chose qui en tient lieu. Audric bondit en arrière, et *cela* claque dans le vide. C'est une chose reptilienne, dotée de crochets sur toute sa longueur, d'une espèce de gueule verticale, d'yeux qui semblent semés çà et là. Audric se redresse sans cesser de reculer, et regarde autour de lui.

La métamorphose du paysage est achevée. Il est au cœur d'une lande morte, baignée dans une lueur crépusculaire. Le sol est tapissé de crânes à moitié enfouis. Des mares de sang croupi reflètent la lune rouge, des collines mouvantes de vermine grouillent au loin. L'univers extérieur a cessé d'exister. Ils sont prisonniers de cette lande, et pour le moment, ils ne peuvent s'en échapper.

Joran a tiré son épée et s'escrime contre quelque chose qui lui emprisonne la cheville. Plus loin, Ocihar est aux prises avec une créature, tandis qu'une seconde rampe dans sa direction. Audric se met à courir. En chemin, il apostrophe Felix :

— Aide-moi ! Ocihar a besoin de nous.

Le jeune homme secoue la tête, le regard fou. Cloué sur place, il tremble violemment. Audric se précipite vers Ocihar. Il lui semble mettre une éternité pour le rejoindre.

— Tiens bon ! hurle-t-il. Il ne faut pas…

D'un bond, la seconde créature a atteint Ocihar. Elle évoque une de ces gargouilles qui défigurent les temples. Ses mâchoires sont disproportionnées, à elles seules elles représentent le tiers de son corps. Ocihar donne des coups d'épée à la première, mais les entailles disparaissent en quelques secondes. L'autre bondit derrière le garçon, et ses mâchoires se referment sur son crâne, l'engloutissant tout entier. Ocihar pousse un dernier cri avant que le monstre lui arrache la tête. Audric stoppe net – c'est fini pour lui.

Il pivote pour prendre la fuite. Une créature s'extrait du sol à proximité de Felix… En fait, elle semble plutôt pousser, telle une plante monstrueuse.

Au centre du convoi, quelque chose est en train de croître. Un bouquet de membres tentaculaires grossit en ondulant. Des formes obscènes pendent au bout de certains d'entre eux, grappes de viscères, gueules bestiales… Un brouhaha de voix discordantes s'en échappe.

Quoi que ce soit, on dirait que ça se montre enfin.

Le sorcier a dû invoquer un quelconque démon afin de se protéger de l'attaque de Careban et sa bande. Ou peut-être, au moment où il a été blessé par la lance. Le démon est apparu, mais il était trop tard, et le sorcier a péri en laissant cette faille ouverte entre les deux mondes.

Un pacte, il a parlé d'un pacte.

Il manque déraper sur un crâne luisant. Il se rétablit à grand-peine, termine sa course aux pieds de Joran. Il se relève et secoue son compagnon comme un prunier.

— Réagis, bon sang ! Ou on va tous y passer. On doit lutter !

— Ocihar est mort, pas vrai ?

La voix de Joran est dépourvue de timbre, comme si son âme l'avait déjà quitté. Audric se trouve incapable de répondre. Puis il se retourne, donne un violent coup de pied à un monstre de la taille d'un chien – des mâchoires montées sur des pattes d'araignée. La créature boule à dix pas. Un tentacule émerge du sol, et s'enroule autour de lui dans un bruit de succion.

Un seul de nous survivra, se rappelle Audric.

Il se secoue. Il ne doit pas penser à ça. Il doit y avoir un moyen de s'enfuir du cercle maudit. D'abord, se regrouper pour faire front. Ensuite…

— Felix, où est Felix ?

Là-bas, le garçon affronte un monstre plus grand que les autres. Avec ses pattes trapues, il évoque la portion antérieure d'un tauroch, le crâne coiffé d'une collerette de tentacules. Audric prend Joran par la main.

— On y va ! dit-il.

Joran se laisse entraîner comme un enfant. Audric arrive au moment où Felix reçoit un coup de corne qui le désarme. La créature n'a pas de bras, mais ses tentacules sont capables de s'allonger pour aller frapper l'adversaire. Audric l'évite une fois, deux fois. Si un tentacule parvient à s'enrouler autour de son épée, il est fichu.

— L'épée de Joran, halète-t-il. Passe-la-moi, Felix !

Son ami s'exécute. Audric tient sa première épée levée. Comme il l'avait prévu, un tentacule s'enroule autour de la lame. Aussitôt, Audric le tranche au moyen de la seconde épée.

— Un autre monstre, par là ! crie Felix.

— Tiens-le en respect ! Il faut protéger Joran…

Il s'interrompt, le temps de trancher un nouveau tentacule. Quand il se retourne vers Joran, il laisse échapper une plainte : pendant qu'il combattait, une gueule circulaire s'est ouverte sous les pieds du garçon. Elle l'avale en une longue déglutition. Audric court vers lui. Au moment où il l'atteint enfin, la gueule referme ses crocs et coupe Joran en deux, juste sous les bras. Cela produit un bruit qui ressemble à l'écrasement d'un œuf.

Un seul de nous survivra.

En trois bonds, Audric contourne le monstre et lui tranche les tendons derrière l'articulation. Une humeur verdâtre suinte de la plaie. Le monstre pousse un cri horrible en s'affalant. Audric lui enfonce l'épée à travers le corps. Puis il court vers Felix. Un point de côté le plie en deux de douleur, mais il continue en ahanant.

Le monstre qu'ils doivent combattre est une masse informe de trois ou quatre cents kilos, d'où émergent des membres griffus, des barbes, des tentacules. L'horreur menace de submerger l'esprit d'Audric. Il jette un coup d'œil à Felix. Le garçon filiforme est concentré sur la bataille qu'ils livrent. Audric se joint à lui. Il pare un tentacule qui s'abat, esquive un appendice recourbé comme un sabre. À son côté, un jet de sang asperge sa chemise.

— Felix !

Son compagnon serre les dents. Une balafre lui cisaille la poitrine, si profond qu'Audric entrevoit le clavier des côtes. D'autres blessures constellent ses bras et ses poignets. Mais il continue de se battre.

Je ne l'ai jamais vu faire preuve de courage, se dit Audric. *C'est la première fois...*

Le monstre bat en retraite, abandonnant plusieurs tronçons de membres dans son sillage, qui continuent de s'agiter. La fatigue laisse les garçons pantelants.

Un instant, Felix lève les yeux vers le ciel rougeoyant de l'autre monde, traversé par des chauves-souris géantes aux ailes déchiquetées.

— On va mourir, pas vrai ? Il n'y a plus que nous, et tous les monstres...

— Non, on ne va pas mourir, murmure Audric.

— On t'a suivi. On t'a tous suivi. Et voilà.

Le monstre repart à l'attaque. De nouveaux appendices cornés lui ont poussé, en forme de faux.

Progressant lentement dans les ténèbres rouges, un mur grouillant de créatures avance. *D'ici quelques minutes, elles seront sur nous.*

Le spectacle est tel qu'il anéantit tout sentiment d'horreur. La conscience d'Audric s'est retirée tout au fond de lui, l'instinct de survie seul commande ses muscles et ses tendons. Il pare sans cesse, entaille, saute à droite et à gauche. Les faux lui lacèrent la poitrine, les avant-bras. Audric a l'horrible sensation que la créature s'amuse avec eux. Mais il ne peut mettre fin au cauchemar.

Puis, un appendice s'infiltre dans leurs défenses, et perfore Felix au flanc gauche. Le garçon ne résiste pas. Il se laisse happer. Au moment où la gueule l'enfourne, il jette un cri de haine et enfonce son épée dans un œil large comme une soucoupe. Le monstre se dresse sur ses moignons de pattes avec un meuglement déchirant.

Audric ne regarde pas Felix se faire dévorer vif. Il pivote et prend la fuite, se bouchant les oreilles pour ne pas entendre les craquements d'os de son compagnon.

—Je suis le dernier, répète-t-il en marmonnant, je suis le dernier…

Les ténèbres rouges se referment lentement. Le troupeau de crocs et de pointes le talonne, lui soufflant une haleine de forge dans le cou. À plusieurs reprises, un monstre manque le dépasser, l'obligeant à changer de direction. Des griffes gigantesques balayent le sol pour le faire trébucher.

Tout à coup, il se rend compte qu'il est revenu à son point de départ. Il a tourné en rond, ou bien l'espace s'est recourbé… mais ça n'a plus d'importance.

Audric s'arrête, le souffle court. Le convoi a presque disparu, les cadavres de vajarans ne forment plus que des monticules parcourus de curieux réseaux veineux.

Les monstres se tiennent en retrait. Ils forment un mur circulaire d'une vingtaine de pas de diamètre. L'un d'eux tente d'avancer, mais l'appendice qu'il pose sur le sol fume et se consume en un instant. Audric est sauf. Pour le moment.

Il lève les yeux.

Au centre du cercle se dresse le démon. Immense et tutélaire, il s'ancre tel un Arbre de Vie aux branches squameuses. Chacun de ses fruits est une tête déformée, la bouche ouverte sur un cri muet. Le tronc est noir, agité de pulsations liquides; au sommet, une tête majestueuse, couronnée de tentacules, se perd dans la nuée écarlate. Le démon se penche sur Audric. Son visage est humain, il lui ressemble même de façon frappante. Audric comprend que le démon ne veut pas qu'il voie son vrai visage. Seuls les puits ardents de ses yeux trahissent sa radicale altérité.

En arrière, les monstres reculent dans une cavalcade affolée pour ne pas être engloutis dans son ombre.

La voix grave du démon emplit tout l'univers:

— Tu es le dernier. Bravo, humain. À vrai dire, je n'en ai jamais douté.

Audric déglutit péniblement.

— Pourquoi ? Pourquoi moi ?

La voix du démon se rapproche… ou plutôt, elle change d'échelle. Sans qu'il ait eu à se modifier, ni même à bouger, le démon a rapetissé. Il ne mesure plus qu'une douzaine de mètres de haut. Des branches fusionnent pour former deux paires de bras ; les bras supérieurs sont grossièrement humains, les bras antérieurs évoquent des pattes d'insecte.

— Pourquoi toi ? Parce que les autres n'en étaient pas dignes. Tu es le plus apte à conclure un accord avec moi.

— Alors, c'était une épreuve ?

— Appelle ça comme tu veux.

— Felix aurait dû survivre. Il a été le plus héroïque d'entre nous.

— C'est vrai. Tu aurais pu te jeter sur la pique qui a empalé ton ami. Lui se serait sacrifié pour toi. Toi, tu as d'abord pensé à ta survie. C'est justement la raison pour laquelle tu as survécu, et pas lui.

Des questions brûlent les lèvres d'Audric : les gardes et les bandits ont-ils subi la même épreuve, ou bien le démon les a-t-il laissés à ses créatures infernales, en attendant que les véritables compétiteurs arrivent ?

Il n'a pas le temps de les poser. Soudain, une patte d'araignée géante s'abat sur lui. Les barbillons qui tapissent ses palpes s'enfoncent dans son dos comme autant de minuscules hameçons, et le soulèvent à plusieurs mètres du sol.

La douleur fait suffoquer Audric. Il n'ose se débattre, de peur que sa peau ne se déchire. Il laisse pendre ses bras le long de son corps. Ses pensées sont pareilles à un arc dont la corde vient de se rompre.

La patte l'amène face à la tête du démon. Son haleine le submerge, froide, humide. Douce aussi. Porteuse de la seule vie possible en ce monde. Audric comprend qu'ici l'entité qui se dresse devant lui n'est pas un démon mais un dieu.

— C'est bien. Tu apprends vite pour un humain. Tu as supposé juste : je t'attendais… Au fait, tu peux m'appeler Outtouk.

Audric n'est même pas étonné que le démon puisse lire dans son esprit.

— Ce n'est pas tout à fait ça, dit Outtouk sur le ton de la conversation. Simplement, dans mon univers, je suis capable de prévoir ce qui va advenir. N'est-ce pas la prérogative d'un dieu ? J'ai horreur de perdre du temps, aussi je vais répondre à ta prochaine question, à savoir la nature du pacte que je compte te proposer.

La patte d'araignée avance, de sorte que le visage du démon emplit tout l'univers.

— Ce que je t'offre est ce que tu désires le plus. Depuis toujours, tu rêves de fabriquer la machine de guerre la plus puissante qui soit. Mais cette machine, ce n'est rien d'autre que la force dont tu rêves. Et le respect issu de la force. Et le pouvoir qui découle du respect – le seul qui compte vraiment : celui qui lie un être à un autre. Voilà ce que je t'offre.

— Et moi, qu'est-ce que je peux t'offrir ?

— Seulement un bras. En fait, il s'agit d'un échange.

— C'est tout ?

Outtouk pousse un soupir qui enveloppe Audric d'indescriptibles odeurs.

— Si je devais t'expliquer les tenants et les aboutissants de notre transaction, je devrais t'expliquer les mécanismes de l'univers. Alors, que décides-tu ?

Audric secoue la tête. En fait, il ne sait rien de cet accord, pour quelle durée il s'applique, s'il est possible de le rendre caduc… et cependant, le démon a dit l'essentiel.

Il sait aussi que, s'il refuse, il sera dépecé et déchiqueté. Mais s'il accepte, son sort sera peut-être pire, plus tard.

— J'oubliais, dit Outtouk d'une voix négligente. Tes compagnons, ils sont à moi désormais.

— Mes compagnons ? Ils sont morts, je les ai vus…

— Ici rien n'est vraiment mort, à moins que je ne le décide. Je les ai seulement un peu… abîmés.

Une excroissance bourgeonne à la base du cou du démon. Il s'allonge en ondulant, à mi-chemin d'une branche et d'un tentacule. Trois masses oblongues y éclosent. C'est presque sans surprise qu'Audric voit les figures de ses compagnons se dessiner. Leurs traits expriment la souffrance la plus intense.

— Felix…, murmure Audric.

Les deux autres faces poussent un juron.

— Putain, Audric ! crache Joran. Et nous, tu nous oublies ? Trouve un moyen de nous délivrer…

— Oui, sors-nous de là ! geint Ocihar.

Audric secoue la tête.

— Vous avez été dévorés ! Si le démon vous délivre, vous mourrez aussitôt. Souvenez-vous des victimes qu'on a trouvées.

— Je préférerais être mort que vivre une éternité ici, coupe Joran.

Une onde de souffrance convulse les trois visages, faisant perdre à leurs traits leur cohérence pendant un court instant. Audric ferme les yeux, au comble de l'horreur. Lorsqu'il les rouvre, les visages n'ont plus de bouche.

Outtouk sourit toujours.

— Tu peux les délivrer. Il te suffit de dire : *Libère-les.* Cela annulera le pacte, et vous mourrez tous. Dans la douleur, cela va de soi.

Il perçoit l'hésitation qui torture Audric. Son sourire s'élargit.

— Sinon, prononce ces mots : *Je les sacrifie.*

— Je serai un misérable…

— Tu es humain. Les humains se pardonnent volontiers, même les plus soucieux de morale. Surtout ceux-là ! Je peux t'y aider : tu ne te souviendras pas de cette scène, jusqu'à ce que nos routes respectives se croisent à nouveau.

Alors, dans un souffle, Audric prononce les paroles fatidiques :

— Je les sacrifie.

Les trois visages s'effacent aussitôt, absorbés dans la branche. Le ciel tout entier semble entrer en ébullition. Des éclairs jaunâtres strient les volutes rouges.

— Le pacte est prononcé ! s'exclame le démon.

Son bras s'allonge démesurément, et va cueillir l'un des monstres qui se pressent à la lisière du cercle. Celui-ci se débat, paniqué, essaie de mordre le membre en poussant des couinements apeurés. Outtouk lui arrache avec une délicatesse affectée un appendice corné en forme de faux. Puis il le rejette négligemment, tel un fruit avarié. Sitôt que le monstre s'est écrasé, ses congénères se précipitent sur lui et le réduisent en charpie. En quelques instants, il n'en reste plus rien.

Puis le bras immense s'approche d'Audric. C'est à peine si le garçon a peur. Sans préambule, le démon attaque son bras droit à la naissance de l'épaule. La peau se fend, le muscle chuinte sous la morsure de la faux, puis celle-ci crisse contre les tendons. Audric ne peut détourner la tête, il assiste impuissant à sa propre amputation.

— Bravo, dit Outtouk. Tu n'as pas crié.

Le bras sectionné est saisi et disparaît.

Outtouk approche la faux du tentacule où ses compagnons sont apparus. D'un coup sec, il le tranche à un mètre de l'extrémité. Puis il applique le morceau contre l'épaule sanguinolente.

Aussitôt, le tentacule se transforme. Il se rigidifie, se coude par le milieu. Son extrémité s'élargit et se segmente en cinq appendices plus petits, prenant l'apparence grossière d'une main. Sa texture s'assouplit, tandis que des écailles verdâtres se dessinent.

C'en est trop pour Audric qui ne peut s'empêcher de hurler. Pas de douleur, celle-ci a quasiment disparu. Mais de trop-plein d'horreur. Il se débat, jusqu'à ce qu'il s'aperçoive qu'Outtouk l'a reposé sur le sol. Frappé de stupeur, il contemple ce bras étranger, enraciné dans son épaule comme une plante ; on distingue des radicelles qui s'enfoncent sous la peau, pompant le sang à la source. Il a la même forme que l'ancien, hormis les écailles verdâtres qui recouvrent un épiderme brun, presque noir. À l'exception du pouce, tous les doigts sont de la même longueur. D'instinct, Audric veut écarter cette *chose*… qui répond à la perfection à son ordre mental. Elle fait partie de lui désormais.

Autour, les monstres s'estompent. La lueur rouge s'atténue, remplacée par une obscurité grandissante. La voix d'Outtouk éclate à nouveau.

— Trouve une épée qui te convienne. Peu importe son poids et sa taille, ton nouveau bras pourra la manier comme tu l'entends. Rien ne lui résistera.

— Que va-t-il arriver à Felix et aux autres ?

Un ricanement énorme enfle.

— Pourquoi te torturer ? Il est trop tard pour eux. Ils sont dans mon monde, à combattre, se faire dévorer et renaître sans cesse. (Sa voix change et Audric reconnaît la sienne, qui chuchote :) *Je les sacrifie.*

Au moment où l'éclipse prend fin et où le paysage infernal se fond dans les ténèbres de la nuit, le démon se penche au-dessus d'Audric. Sa voix prononce des mots brûlants et terrifiants, que l'esprit torturé d'Audric refoule aussitôt.

Outtouk pose une main sur son front.

— À toi de jouer maintenant. Tu verras mon utilité lors de ton ascension, à toi et à ta horde.

Lorsqu'il retire sa main, une partie de la réalité se déchire, ouvrant un abîme sous les pieds d'Audric. Il tombe à quatre pattes sur le sol poudreux.

Audric relève les yeux. Il se trouve à la lisière du cercle, sur la route de Helitlane. Une nuit froide recouvre la plaine, éclairée par une lune pâle. Sa monture est toujours attachée à un buisson, à quelques mètres. Les carcasses des chariots et les dépouilles vides des hommes sont encore visibles. Audric se redresse et parcourt le cercle des yeux. De ses trois compagnons, ne subsistent pas même leurs ossements. La plupart des événements qu'il a vécus se dissolvent tel du sucre dans du lait chaud. Déjà, les détails se mélangent. A-t-il rêvé, ou bien… ?

Personne ne croira mon histoire quand je la raconterai.

Lorsque son regard tombe sur son bras droit, son cœur manque un battement.

Quoi ? Que m'est-il arrivé ? Le démon…

Il parvient néanmoins à se calmer. Ses pensées se réordonnent. Ce bras est le sien à présent, chacun est tributaire de l'autre. Audric le plie en tous sens.

Il va jusqu'à un arbre, et empoigne son tronc. Puis serre. Des craquements sourds ne tardent pas à retentir, remontant le long de l'arbre. Les fibres s'écrasent sous la formidable force. Une sensation incroyable envahit Audric, plus puissante que la plus extrême des drogues. Impressionné malgré lui, Audric lâche le tronc. L'écorce garde l'empreinte des doigts incrustés jusqu'au cœur.

— Outtouk... Tu ne m'avais pas menti. Mes camarades n'ont pas été sacrifiés en vain.

Un sentiment d'urgence le saisit à la gorge. Les familles de ses compagnons ne comprendront pas ses explications – ou plutôt, celles qu'il ne sera pas en mesure de leur fournir. Elles ne tarderont pas à l'accuser de les avoir assassinés et réclameront sa tête. Et que dira-t-il au sujet de ce bras monstrueux qui est le sien ? Il imagine un récit extravagant dans lequel un savant l'a enlevé, lui et ses amis, pour se livrer à des expériences pour transformer des hommes en rakinns... mais il n'y a pas de tels savants à cent lieues à la ronde.

Il n'a pas le choix. Il doit partir loin des siens, au plus vite, et les oublier. Quitter la baronnie pour toujours.

À cette évocation, son bras-démon tressaute d'impatience. Il ne peut parler, seulement communiquer des impressions, son excitation ou sa lassitude. Plus tard, Audric apprendra que le *fléau du démon* ne s'apaise que dans le combat.

Il saute sur son cheval, et met le cap sur Helitlane. Il a entendu parler d'une horde, qui campe à proximité.

18

Les yeux d'Audric papillotèrent. Il était allongé de tout son long sur le pavé. Il se redressa brutalement. Aussitôt, l'univers tournoya autour de lui et des taches noires dansèrent follement. Il dut se rasseoir en fermant les paupières. Des bras le soutinrent.

— Comment tu te sens ?

Audric rouvrit les yeux, le visage inquiet d'Umiade près du sien.

— Mieux. Beaucoup mieux.

Son brassard articulé était fendu sur toute sa longueur, comme si le bras-démon avait gigoté pour tenter de s'en extraire, à l'image d'une larve prisonnière de sa chrysalide. Toutefois, les attaches en cuir avaient tenu bon.

Trobard lui adressa un sourire timide. À ses côtés se tenait Solenn. La jeune fille faisait grise mine. Audric devinait sans peine que Trobard l'avait menacée de la jeter par-dessus les remparts si son capitaine trépassait.

Le rakinn était toujours inconscient. On lui avait ligoté les pattes, et six arbalétriers le tenaient en joue. Au moindre signe de réveil, ils pouvaient lui hérisser le crâne de carreaux. Son brassard avait éclaté, révélant le bras-démon écailleux. C'était la première fois qu'il apparaissait dénudé, et ses squames jaunes et bleuâtres réfractaient la lumière d'étrange manière, comme si elles bougeaient sans cesse malgré leur immobilité apparente. L'articulation du coude semblait mal dessinée, comme inachevée ; le membre donnait la désagréable impression d'avoir été façonné dans de la glaise par un artisan malhabile.

Briac était assis non loin de là, sous le porche ; bien qu'il ait volé à travers la place, il n'avait aucun membre brisé. Deux Serpents s'affairaient autour de lui. Le soulagement envahit Audric. Il tenait à son vieux compagnon autant qu'à Trobard ou Umiade.

C'est alors qu'il vit Cerajar et Harold, qui se tenaient au-dessus du gorille. Le premier tenait une énorme hache de guerre, l'autre la masse de Briac. Les pupilles d'Audric s'agrandirent lorsqu'il vit l'épée s'abattre sur l'épaule du gorille évanoui.

— Non…, murmura-t-il.

Mais sa voix était trop faible pour qu'il puisse espérer les arrêter. D'instinct, Audric se crispa violemment dans l'attente du choc de la douleur. La hache s'enfonça à la jointure. À sa grande surprise, il ne ressentit rien. Le lien qui avait uni les deux démons lorsqu'ils s'étaient touchés était rompu.

La hache trancha les muscles à la naissance de l'épaule. Puis Harold brisa l'articulation au moyen de la hache. Cerajar acheva sa besogne, sectionnant le réseau de veines noires. Du sang écarlate éclaboussa le pavé. Le rakinn grogna du fond de son inconscience.

Le bras-démon, quant à lui, était pris de frénésie. Doué d'une vie propre, il tentait de s'échapper. L'un des arbalétriers lui décocha un trait, qui rebondit sur les squames de son épiderme sans même l'entamer.

— Tenez-le ! cria Driligan.

Personne ne paraissait pressé d'attraper la créature. Tous savaient d'expérience ce qu'elle était capable de faire. Elle rampa sur deux mètres, en un itinéraire zigzagant. Audric comprit que, sans son hôte, elle était aveugle et sourde. Elle ne pouvait aller bien loin.

Alors, les doigts de longueur égale du bras-démon tracèrent un symbole sur le pavé. Une fissure apparut, rougeoyante. Le bras s'y glissa, tel un serpent du désert s'enfouissant dans le sable. Derrière lui, la fissure se referma. Driligan s'approcha avec méfiance, l'épée dégainée. Du bout de sa botte, il ausculta le pavé. Avant qu'il parle, chacun sut que c'était comme si la fissure n'avait jamais existé.

Le bras-démon avait regagné son monde.

Le rakinn s'éveilla enfin et se mit à gémir. Cerajar se tourna vers Briac.

— Eh Briac, tu veux le finir ? Il est à toi, si tu veux.

Audric avait récupéré de sa force. Il se redressa, puis leva le bras.

— Non. Ce rakinn n'est pas responsable de son état. Que quelqu'un aille chercher Prelagord. Il faut lui suturer l'artère avant qu'il se vide complètement de son sang.

Le crâne enfantin du rakinn se tourna vers lui. Avec difficulté, les yeux voilés par la souffrance, il prononça :

— Je vous suis reconnaissant, sire. Même si je ne survis pas.

La surprise fit bondir Cerajar en arrière. Par réflexe, il empoigna ses amulettes et les brandit dans un espoir illusoire de protection.

Audric s'approcha.

— Tu parles ? Je n'avais pas décelé d'esprit en toi.

Un peu de bave s'écoula hors des lèvres lippues du rakinn.

— Je n'en avais pas, balbutia-t-il. L'esprit du petit d'homme en moi n'a jamais pu grandir dans les limites de mon crâne de singe. Le démon lui a permis de s'étendre en lui, quand il m'a habité. Au moment où vous l'avez séparé de moi, cet esprit s'est réfugié dans ma tête. Je peux penser, maintenant.

— Et tu t'exprimes parfaitement… Tu as un nom ?

— Non, sire.

— Toutes les créatures libres ont un nom. Il t'en faut un. Lequel voudrais-tu ?

Le rakinn s'apprêta à répondre, mais Prelagord arrivait et Audric préféra remettre son interrogatoire à un moment plus adéquat. Il fit signe à Cerajar de trancher ses liens. Puis, il ordonna à ses lieutenants de rejoindre leurs escouades : la menace, dehors, était toujours là, et leur sort plus incertain que jamais.

— Reste un peu avec moi, Umiade, ajouta Audric.

Elle revint à lui. Ses pieds foulèrent un débris d'acier, qui tinta. Audric s'aperçut qu'il s'agissait d'un morceau de son épée brisée en trois.

Il l'avait fait forger près de vingt ans plus tôt. Bien avant qu'il soit devenu capitaine de la horde. Depuis, elle l'avait accompagné tout au long de l'ascension du Serpent.

À présent elle gisait devant lui, tel un augure funeste.

Comment avait-il osé oublier Felix, Ocihar, Joran ? Il avait la conviction que le démon n'aurait jamais pu lui effacer la mémoire s'il ne l'avait souhaité, tout au fond de lui.

Péniblement, il refoula l'émotion qui lui venait aux yeux. Le temps des pleurs n'était pas venu.

Plus tard. Maintenant, il faut sécuriser Aslerdeen.

Il demanda à Umiade combien de temps sa transe avait duré.

— Seulement cinq minutes ? répéta-t-il, stupéfait. J'ai l'impression d'être parti des heures.

— Où es-tu parti ?

Il eut un geste indiquant que ce serait trop long à expliquer.

— Les arbalètes géantes sont sous notre contrôle, lui apprit-elle. Les hommes de Yelaf s'en sont emparés. Pour le moment, il semble que les soldats au-dehors ne préparent pas d'assaut. Ton plan a réussi. On les a pris au dépourvu.

— Et Uther ?

— Il s'est replié. Mais il n'a pas levé le camp.

Audric hocha la tête d'un air appréciateur. Tant qu'Uther resterait sur sa position, Romuald ne se risquerait pas à un assaut contre Aslerdeen qui dégarnirait sa défense extérieure. Il n'avait pas les moyens de combattre sur deux fronts.

— Trouve-moi le meilleur forgeron d'Aslerdeen. Il me faut une nouvelle épée. Et un brassard, aussi. Au fait, Marween est sur les remparts ?

La jeune femme pointa l'index sur l'avenue principale.

— Il reste des soldats de Coresh dans la ville. L'escouade de Marween les a localisés. Elle leur fait la chasse.

— Combien sont-ils ?

— Marween n'a pas encore envoyé de rapport.

Audric eut un mouvement du menton vers le sommet du rempart.

— Il faut que je sache. Quelqu'un doit pouvoir voir quelque chose, de là-haut.

Umiade appela l'un de ses hommes. Deux minutes plus tard, un rapport lui parvint : Marween et son escouade avaient repoussé les soldats, ainsi que quelques-uns des gardes civils, jusqu'à la bibliothèque. Les soldats s'y étaient retranchés.

Audric grimaça.

— On doit à tout prix éviter de tuer ou blesser les gardes civils. Sinon, la population se retournera contre nous. Nous avons besoin de tranquillité.

— Marween est assez malin pour y avoir pensé.

Audric la contempla en souriant.

— Tu as changé d'avis sur Marween.

— Au contraire. Simplement, je ne néglige pas ses capacités. Il a tenu le pont avec son escouade. Sans lui, nous aurions peut-être été bloqués à l'extérieur.

Il percevait combien cette louange coûtait à la jeune femme, et un pli d'amusement apparut au coin de ses lèvres. Comme toutes les augures, Umiade pouvait se montrer d'une honnêteté maladive. Il ordonna à l'un de ses hommes de faire chercher le chef de la garde civile. Il devait, sinon lui faire abjurer son serment de fidélité à Coresh, du moins obtenir sa neutralité.

— Marween, est-ce qu'il a besoin d'aide ?

Umiade eut un sourire étrange.

— Je ne pense pas qu'il ait besoin de nous.

Une vingtaine de soldats s'étaient fait piéger lorsque la horde avait remonté le pont-levis et que l'alerte avait retenti. La plupart revenaient des tavernes de la cité. Se croyant en totale sécurité, ils portaient leur épée réglementaire, mais ni armure ni lance. Marween et les siens avaient tué les plus combatifs d'entre eux sous le portail d'entrée. Les autres s'étaient repliés vers le centre, repoussés par l'escouade.

Aslerdeen abritait trois mille foyers répartis de façon concentrique. Six grandes avenues rectilignes déterminaient les quartiers ; les rues latérales formaient des ramifications évoquant un flocon de neige. Les demeures, de un à trois étages, n'avaient en soi rien de remarquable : comme dans toutes les villes importantes, leurs murs étaient épais et leurs volets fendus pouvaient servir de meurtrières. Néanmoins, aucun carreau ne vint se planter dans la poitrine des Serpents, alors qu'ils poursuivaient les soldats à travers les rues. Marween se félicita d'avoir ordonné à ses hommes d'épargner les gardes civils.

L'escouade se retrouva au complet devant l'entrée barricadée de la bibliothèque.

Le toit qui coiffait la bibliothèque ne manquait pas d'originalité, avec son beffroi surmonté d'une tourelle et d'un clocheton revêtu de tuiles en châtaignier. Le symbole du Dragon ornait chaque point cardinal. La configuration des murs indiquait que, avant d'abriter des livres, le bâtiment avait eu une fonction militaire. Sans doute s'agissait-il d'un ancien donjon reconverti à l'époque de l'édification de la ville. Ce qui n'était pas bon signe pour la suite des opérations.

Gwiramin l'aperçut. Il se planta devant lui et le salua. Marween lui jeta un coup d'œil.

— Tu as survécu à l'attaque du pont-levis, on dirait. Pas de blessure grave. On a eu de la chance.

Le vétéran secoua la tête.

— Non, c'est toi qui avais raison. Si je m'étais écouté, j'aurais pris la fuite et les soldats auraient fait remonter le pont-levis.

— Mais tu m'as écouté.

— Tu es mon lieutenant. Tu sais ce qu'il faut faire.

L'homme faillit ajouter quelque chose, mais se reprit et désigna la bibliothèque de la pointe de son épée.

— Qu'est-ce qu'on fait, mon lieutenant ? Ces chiens se sont barricadés à l'intérieur.

Marween réfléchit. Personne ne proposait de déloger les soldats en mettant le feu à la bâtisse. Une crainte semi-religieuse les empêchait de le faire, car on racontait que le monde entier était contenu dans un livre, caché quelque part dans une bibliothèque ; par conséquent, il y avait un risque de détruire le monde, si l'on incendiait une bibliothèque.

— On n'a pas le temps ni les moyens de faire le siège, dit-il. On doit se débarrasser d'eux le plus vite possible.

Gwiramin se frotta le menton.

— Ça va nous coûter des hommes, c'est sûr. Faudra des cordes, pour que deux ou trois d'entre nous grimpent le long de la façade et hissent un contingent. Ensuite, on essaiera de forcer une fenêtre… Je ne vois pas d'autre solution.

Marween tendit la main.

— Ton poignard. Prête-le-moi.

Gwiramin s'exécuta sans sourciller. Marween passa l'arme à sa ceinture, dans son dos. Puis il ordonna qu'on lui procure un drapeau blanc.

— Tu vas négocier ? s'étonna Gwiramin.

— Tenez-vous prêts à foncer dès que j'aurai franchi la porte. Une fois là-dedans, pas de quartier. Mais ne faites rien si j'échoue.

Il s'avança vers la porte, le drapeau brandi devant lui. La porte s'entrouvrit sur la pointe d'une épée. Marween réprima le sourire qui lui venait aux lèvres. Comme il l'avait deviné, les soldats n'avaient pas d'arbalète. Ils n'avaient pas les moyens de les repousser.

— Je suis venu négocier votre vie, dit-il.

Son interlocuteur était un sergent bedonnant à la moustache poivre et sel. Il n'avait pas dû fouler de champ de bataille depuis vingt ans. Ce qui n'empêchait pas diverses décorations de cliqueter sur son plastron. Il considéra Marween avec suspicion.

— Négocier notre vie ? C'est vous qui êtes enfermés dans Aslerdeen. Si vous nous libérez, je vous promets que…

Marween se tourna de sorte que l'officier ne voie pas son côté gauche. Ce dernier s'aperçut qu'il avait tiré son poignard à la seconde où la lame s'enfonçait dans son abdomen. Marween remonta la lame vers le sternum, l'empêchant de crier. Il prit l'officier à bras-le-corps et avança.

L'entrée était trop exiguë pour que trois hommes puissent s'y tenir côte à côte. Le soldat en arrière tenta de lui porter un coup, mais Marween interposa le corps du sergent. Le soldat planta son épée dans son dos afin de traverser l'épaisseur de son ventre, dans l'espoir d'atteindre Marween… Espoir futile.

Marween entendit le piétinement des hommes de son escouade, et sut à cet instant qu'il avait gagné. Dans les minutes qui suivirent, une bataille éclata dans les salles du rez-de-chaussée. Les soldats, plus âgés et moins équipés, ne firent pas le poids contre les mercenaires aguerris. Il ne fallut que quelques minutes pour que leur sang arrose les dalles de pierre.

— Le niveau est nettoyé, lieutenant, lança Gwiramin d'une pièce voisine. Trois hommes avec moi, pour les étages !

Marween leva la main.

— Non, j'y vais seul. J'appellerai si c'est nécessaire.

— Tu es sûr…

— Occupez-vous des corps, et lavez-moi ce sang. Gwiramin, tu trouveras ton poignard dans le ventre du gros sergent, à l'entrée.

Il s'engagea dans l'escalier. Il avait son épée à la main, mais doutait fort qu'il reste un seul soldat dans les étages.

En haut de l'escalier se trouvait une lourde porte cloutée, fermée à clé. Marween frappa du pommeau de son épée.

— Ouvrez ! Vous ne risquez plus rien. La bataille est terminée, il n'y aura pas d'autre mort… à moins que vous m'attaquiez, bien entendu.

Il attendit patiemment. Au bas de l'escalier, Gwiramin le regarda avec inquiétude. Marween lui fit signe de s'éloigner. À ce moment-là, un guicheton s'ouvrit dans le panneau de la porte. À travers le grillage, des yeux d'épervier le jaugèrent. Le guicheton claqua en se refermant. Un instant plus tard, la porte fut déverrouillée. Marween la poussa, et s'introduisit dans la bibliothèque.

Il avait pénétré dans un autre monde. Un monde ouaté, coupé de la violence extérieure. Un simple escalier puis une porte suffisaient à quitter l'enfer et accéder à une autre sphère.

La pièce, ronde, se hissait sur deux étages. Les poutres de soutènement formaient une armature où s'adossaient plusieurs échelles. Elle était entièrement tapissée d'étagères croulant de grimoires et de rouleaux de parchemin. Il y avait là des milliers de volumes. Des fenêtres en ogive laissaient tomber des rais de clarté obliques. De la poussière dansait dans ces découpages de lumière, comme si elle y demeurait confinée.

Le regard de Marween se reposa sur le vieillard qui lui avait ouvert.

Du haut de son mètre cinquante, celui-ci le considérait sans aménité, les lèvres pincées jusqu'à disparaître complètement. Une couronne de cheveux blancs ceignait son crâne semé de taches rousses. Il renifla, puis dit, d'une voix chevrotante mais sèche :

— Tu pues le sang… Essuie-toi.

Il lui tendait une serviette blanche. Interdit, Marween s'exécuta en silence. Une atmosphère pesante l'écrasait.

Il y a un sortilège dans ce lieu, pensa-t-il alors que le vieillard reprenait le linge et le jetait dans un panier. *Un sortilège qui empêche tout guerrier de s'attarder.*

Et qui semblait préserver son gardien de la mort, ajouta-t-il en son for intérieur. À vrai dire, Marween n'avait jamais vu d'individu si avancé en âge. L'espérance de vie d'un homme normal n'excédait pas cinquante ans. Celle des seigneurs, peut-être dix de plus. Le gnome chétif qui se tenait devant lui en avait beaucoup plus. Un nombre incroyable de rides parcouraient son visage, et tout son squelette était déformé par l'arthrite. Pour Marween, que l'on puisse vivre si longtemps relevait presque de la magie. L'être qui se tenait devant lui était une créature étrangère, un peu répugnante, un peu effrayante dans le mystère qu'elle recelait.

— Je suis Dorelan, le maître archiviste d'Aslerdeen. Les érudits viennent de trois comtés différents pour consulter les ouvrages qui sont en ma garde.

— En votre garde ?

Le rire du vieillard ressembla au bruissement d'un fagot de branches sèches que l'on presse.

— Garder une bibliothèque, ça ne consiste pas à préserver les ouvrages de la destruction par les gens dans ton genre… ou par les seigneurs, qui n'ont pas d'autre respect pour la connaissance que celle qui assoit leur pouvoir. Garder une bibliothèque, cela consiste à garder tous les textes à l'esprit, de telle sorte que l'on puisse retrouver un volume particulier parmi des milliers d'autres. Ce que je détiens, c'est la mémoire de ce lieu… Maintenant, pose ta question.

— Hein ?

Le vieillard cligna des yeux.

—Personne ne vient ici sans une bonne raison. Une question, dont la réponse se trouve peut-être dans mes rayonnages. Quelle est ta question ?

Un brouhaha retentit derrière la porte. Marween se dirigea vers elle, tira le guicheton. Gwiramin et deux Serpents discutaient à vive voix en haut de l'escalier.

—Ça va, chef? s'enquit Gwiramin.

—Fichez le camp d'ici, vous trois. Regagnez la porte, on a besoin de nous là-bas. Je vous rejoins dès que j'en aurai fini ici.

Il rabattit le guicheton avant que Gwiramin ait pu répondre. Puis il se tourna vers Dorelan.

—Oui, en effet. Je veux savoir quelque chose sur les démons.

—Je m'en doutais. Ton chef est l'homme au *fléau du démon,* n'est-ce pas ?

—Comment le savez-vous ?

—Les rumeurs circulent même jusqu'ici.

Dorelan s'interrompit, mais trop tard : Marween avait décelé la brève oscillation de ses pupilles en direction d'un carré d'étagères. Il dégaina son épée et bondit en avant. L'archiviste poussa un cri guttural. Un adolescent jaillit, manquant tomber sur l'épée de Marween.

—Ne le tue pas! cria Dorelan. C'est mon apprenti, il est inoffensif.

Marween le croyait sans peine. En fait, le jeune homme avait plus de vingt ans, en dépit de ses boutons et de son allure dégingandée. Marween ne chercha pas à dissimuler le mépris qu'il lui inspirait.

—Tu peux arrêter de trembler. Mais reste dans mon champ de vision.

Il se tourna vers Dorelan.

—C'est ton fils, ou le fils de ton fils ?

Le vieillard secoua la tête.

—Non, mais il m'est tout aussi précieux. C'est le disciple que je forme depuis dix ans. Il perpétuera ma tâche après ma mort.

Marween désigna des chaises.

—Mieux vaut nous asseoir. J'ai besoin de tous les renseignements dont tu disposes…

Dorelan ricana.

— Dans ce cas, tu as intérêt à monter ta tente ici, et camper un mois dans cette salle.

— Je n'ai pas le temps.

Il réfléchit, puis demanda :

— Quelle est la nature des démons ?

Le rire agaçant de l'archiviste bruissa comme une masse de feuilles mortes.

— Toutes tes questions sont de cet acabit ? Si c'est le cas, un mois ne suffira sûrement pas.

Sur une impulsion, Marween attrapa le bras de l'apprenti. Ses muscles étaient mous, presque inexistants, sous sa poigne. Il poussa un gémissement. Un début de peur transparut sous le masque de rides du vieillard. Marween se tourna vers lui.

— Réponds, ou tu perdras dix ans de transmission de ta précieuse mémoire.

— Les démons existent dans les interstices du monde, qu'ils appellent eux-mêmes le *monde du Destin.* Ils sont constitués des parfums insubstantiels, des reflets de miroirs en abyme, des cauchemars des bêtes traquées, des graines des Arbres de Vie qui n'ont jamais poussé. Les échos des langues mortes sont le bruit de leur respiration.

Tout en parlant, l'archiviste grimpa à une échelle jusqu'à un rayonnage dépourvu de toute inscription. Sans hésiter, il extirpa d'une rangée de livres un épais grimoire, redescendit d'un pas chancelant. Puis il le posa sur un pupitre incliné et feuilleta quelques pages.

— Là, marmonna-t-il. Non, c'est un peu plus loin...

L'existence de Marween passa au second plan, et au bout de plusieurs minutes, le jeune homme pensa trancher l'auriculaire de l'apprenti pour se rappeler à sa mémoire. Enfin, Dorelan s'exclama :

— C'est là !

Marween s'approcha avec précaution, pris d'une soudaine timidité. Les pages du grimoire, sèches et jaunâtres, rappelaient la peau d'antiques momies... ou celle de Dorelan. Peut-être était le cas ? se demanda-t-il, peut-être que l'archiviste n'était qu'un ectoplasme des livres eux-mêmes ?

—Mhm…, fit Dorelan en se penchant par-dessus le pupitre. La nature des démons est sujette à de nombreuses interprétations. Étant liés au destin, ils n'apparaissent en ce monde que quand la trame s'est déchirée, ou est sur le point de l'être.

Marween secoua la tête.

—Audric a passé un pacte avec un démon il y a de nombreuses années. Il ne s'est rien passé de notable depuis.

Dorelan sourit, dévoilant des dents du même jaune craquelé que sa peau.

—La graine du grand changement a peut-être déjà été semée. Nul n'en sait rien.

—Parle-moi des pactes.

L'archiviste fit défiler les pages d'une main sûre. L'écriture était serrée, presque illisible. Le texte était contenu dans des cartouches ornés de fioritures, qui évoquaient des conjurations gravées au fronton des temples. Quelques dessins apparaissaient, tracés à la plume. Des figures rappelant des gargouilles ou des chimères, des formes monstrueuses… Pour la première fois, Marween s'interrogea sur la création des rakinns. Les magiciens les avaient-ils créés pour rappeler aux hommes qu'ils côtoyaient les démons sans le savoir ? Ou bien…

—Les pactes, déclama Dorelan. Hum… À vrai dire, nul ne sait qui est à l'initiative d'un pacte : celui qui invoque un démon, ou le démon lui-même. Dans ce dernier cas, les circonstances qui ont mené au pacte peuvent apparaître comme un accident. C'est le cas de ton capitaine ?

Marween haussa les épaules en signe d'ignorance.

—Personne ne sait ce qui s'est réellement passé. On ignore s'il le sait lui-même.

—Les démons ont le pouvoir de modifier la mémoire, quand c'est nécessaire ou que ça sert leurs intérêts.

—Le *fléau du démon*, c'est un pacte ordinaire ?

—Non, répondit Dorelan d'un ton catégorique. Il est aussi douloureux pour un démon de rester dans le monde des hommes que pour un homme de rester dans le monde des démons. Il doit y être contraint par une force supérieure… ou trouver un intérêt puissant à le faire. D'ordinaire, un démon est invoqué pour une tâche précise. Il l'accomplit, prend son dû, et disparaît.

—Audric... Est-il... maudit?

Dorelan eut une moue d'ignorance.

—Qui a la malédiction, lui ou bien le démon? Encore une fois, c'est une question de point de vue. Peut-être est-ce les deux. Ou aucun.

—Comment ça?

—Personne ne peut dire si son destin s'est accompli, ou bien s'il n'est que le maillon d'un destin plus vaste.

—Ou de celui d'un autre, murmura Marween pour lui-même.

Les paroles de Solenn lui revinrent en mémoire, tout d'un bloc. Ce fut comme s'il regardait le soleil en face. Soudain, il eut la conscience aveuglante qu'Audric n'avait rien accompli qui soit véritablement digne du *fléau du démon*. Il ne s'était pas acquitté de sa tâche.

Dorelan lui fournit les renseignements qu'il désirait sur les pactes. Il n'y avait pas de rituel consacré, mais certains sorciers parvenaient à invoquer des démons spécifiques, pour des tâches spécifiques. En général, il s'agissait de démons mineurs, capables d'envoûtements limités. Marween posa encore d'autres questions. Puis il hocha la tête.

Sa décision était prise.

Il se leva, remercia Dorelan. Bien entendu, il ne pouvait prendre le risque que leur conversation soit ébruitée. Et il savait que l'apprenti colporterait la rumeur. La rumeur qu'un lieutenant de la horde s'était renseigné sur le pacte que son capitaine avait passé avec un démon. Cela, et d'autres choses.

L'archiviste passa devant lui pour lui ouvrir la porte. Marween l'égorgea proprement, afin qu'il ne souffre pas. Sans doute ne s'aperçut-il de rien. Puis il bloqua le verrou. Pendant que l'apprenti tentait de fuir à travers la pièce, hurlant et bousculant les étagères, Marween leva les yeux vers les rayonnages qui s'élevaient jusqu'au plafond. Il ressentait de la peine pour les ouvrages soigneusement rangés, davantage peut-être que pour leurs gardiens.

Vous êtes orphelins. Bientôt, je partagerai votre sort.

19

Audric convoqua le chef de la garde civile d'Aslerdeen. Ils se rencontrèrent dans l'une des tours de défense, où le capitaine des Serpents avait établi son quartier général. Il s'agissait de la tour nord, à gauche de l'entrée de la ville. Solenn logeait au-dessus, sous la surveillance d'Umiade.

Audric n'eut pas à faire pression sur le chef de la garde pour lui faire abjurer son serment de fidélité à Coresh. L'homme, du nom de Tohamas, était un ancien officier de l'armée ducale, limogé dix ans auparavant pour avoir dénoncé un trafic de prostituées en son sein. Il vouait une haine farouche aux soldats qui campaient au pied de sa cité.

— Officiellement, dit-il néanmoins, nous ne prendrons pas parti pour vous, car quelques-uns d'entre nous ont été tués par vos hommes.

— C'est arrivé malgré mes ordres, répondit Audric. J'en suis désolé, et je dédommagerai les familles des victimes. C'est tout ce que je peux faire dans la situation actuelle.

Tohamas hocha la tête pour prendre acte de sa décision.

— Des soldats du duc se sont réfugiés dans la bibliothèque…

— L'un de mes lieutenants s'en est déjà occupé. Hélas, il m'a révélé aussi que les soldats, avant de tous succomber, ont tué votre bibliothécaire et son apprenti.

Tohamas eut un mouvement de hargne.

— Les chiens ! Dorelan était notre doyen, mais avant tout un savant d'une grande valeur pour la renommée d'Aslerdeen. Rien que pour ça, on vous aidera dans la mesure du possible.

Ils discutèrent des modalités d'occupation par les mercenaires. Ceux-ci logeraient dans les entrepôts de la cité, ainsi que dans les étages des tours de défense. Les maisons ne seraient pas fouillées. Tant qu'aucune agression n'était signalée contre un Serpent, les citoyens pourraient circuler sans entraves à l'intérieur des murs. Tohamas partit un sourire aux lèvres.

Après l'entrevue, Umiade vint l'informer de la santé du rakinn. Prelagord demeurait à son chevet, bien qu'il ne fût pour rien dans son rétablissement. En fait, il s'était contenté de lui donner à boire. Le rakinn se remettait à toute allure. La blessure béante de son épaule cicatrisait à vue d'œil. Personne ne s'en étonnait, après ce qu'on avait vu du duel. Audric avait non seulement vaincu le rakinn, mais il l'avait dompté. Les hommes parlaient de cet exploit avec une admiration mêlée d'une crainte obscure. Certains autres, de l'escouade de Yelaf et de Marween, avaient fait savoir qu'ils auraient préféré que le monstre soit tué.

« Audric n'aurait pas épargné un simple soldat, avait maugréé un des Serpents. Ce rakinn vaut plus que nous. »

Audric n'avait pas songé à le punir. Peut-être aurait-il dû, finalement. Mais il n'avait pas le cœur à cela. Ils étaient sains et saufs, dans une place forte inexpugnable. Ici, ils pouvaient tenir tête à un contre dix, ce qui n'aurait pas été le cas à l'extérieur. Il savait maintenant qu'il avait fait le bon choix. Le seul choix raisonnable. Coresh arriverait bientôt, c'était une affaire de trois à quatre jours à présent. Les autres seigneurs, de leur côté, ne tarderaient pas à se manifester. C'est pourquoi ils devaient préparer la défense de la forteresse sans plus tarder.

Il monta au sommet des remparts et parcourut la muraille du portail d'entrée. Ses jambes manquaient de vigueur ; heureusement qu'il n'avait pas à porter de grande épée. Le forgeron à qui il avait donné des instructions avait été clair : il lui faudrait trois jours pour forger une épée d'une taille et d'un poids aussi inhabituels.

Les ombres s'allongeaient à mesure que le soir tombait. Romuald avait vidé les abords immédiats du rempart afin de ne pas offrir de cibles aux archers ennemis en surplomb. Audric attarda son regard par-dessus les créneaux. Des chariots sillonnaient la plaine, chargés de troncs abattus dans les bois voisins. Ils les entassaient, en prévision des palissades et des pieux à fabriquer. Au loin, les troupes du comte Uther se préparaient, elles aussi. Elles s'étaient concentrées le long de la rivière et édifiaient ce qui paraissait être une machine de guerre. Les coups de masse et les bruits de scie se répercutaient à la surface de l'eau et parvenaient jusqu'à lui. Audric ignorait si cette machine serait utilisée contre Coresh, ou contre Aslerdeen.

Un bruit de pas grimpant l'escalier de pierre intérieur le fit se retourner. Marween venait à sa rencontre.

— Capitaine ?

— Oui ?

— Les tours de garde ont été distribués.

— Et alors ?

— Mon escouade a été désavantagée par le tirage au sort. C'est grâce à elle que nous sommes ici. Ce serait juste qu'on ait une nuit complète, non ?

Audric leva un sourcil.

— Chacun s'est battu pour franchir ces murs. Il n'y aura pas de favoritisme.

— Les miens ne vont pas accepter sans…

— Les *tiens* ? coupa Audric d'une voix glaciale. Les Serpents ne sont pas à toi.

Il s'approcha et plongea son regard dans celui de Marween.

— Est-ce que je devrai te le répéter sans cesse ? Tu es mon lieutenant. Cela veut dire que j'ai plus de droits sur toi que toi sur tes hommes. Avant de t'obéir, ils doivent m'obéir.

Marween détourna les yeux. Non par crainte, mais parce qu'il ne voulait pas qu'Audric voie ce qui l'habitait en cet instant.

Le moment est proche où notre destin commun va basculer.

Le soleil atteignit les arbres à l'horizon, et un vent frais se leva, ébouriffant les cheveux d'Audric.

— Je sais ce que tu as fait sur le pont, soupira-t-il.

— Gwiramin a autant de mérite que moi, capitaine. Sans compter les autres.

— Tu es leur supérieur hiérarchique, il te revient donc de transmettre mes félicitations à ton escouade.

— Pourquoi ne veux-tu pas le faire toi-même ?

Le chef des Serpents fronça les sourcils.

— Qu'est-ce que tu espères exactement ? Une médaille, une promotion ? Si c'est le cas, tu t'es trompé de camp. Nous ne sommes pas des soldats. Nous sommes une horde.

— Ce n'est pas ça que j'attends !

Audric écarta les bras en signe d'impuissance.

— Alors, qu'attends-tu ?... J'ai toujours su administrer mes hommes. Mais avec toi, j'ai l'impression d'échouer toujours. Tu m'accompagnes depuis des années, pourtant j'ai l'impression de ne pas te connaître.

Marween éclata d'un rire amer.

— Bien sûr, capitaine. Que suis-je à tes yeux ? Un lieutenant parmi d'autres.

Audric secoua la tête.

— Non. Je te regarde de loin depuis longtemps, car je sais que tu es spécial. Umiade aussi le sait.

— Oui. Elle me hait, depuis le début. J'ai même pensé que tu ne m'avais pas nommé lieutenant pour lui faire plaisir.

— Tu te trompes. Je prends mes décisions seul.

Un long moment passa, au cours duquel les deux hommes mesurèrent enfin la distance qui les séparait. Peu à peu, pas à pas, ils s'étaient éloignés l'un de l'autre. Audric n'avait pas vu les aspirations de Marween. Il ne l'avait pas vu grandir. Marween, quant à lui, ne s'était pas encore révélé à lui-même. Mais c'était avant de rencontrer Solenn. Aujourd'hui, il était temps qu'il prenne son envol.

Marween fit face à Audric.

— Non, je ne me suis pas trompé. Tu savais que je méritais de devenir lieutenant, mais tu ne m'as pas nommé. Parce que Umiade t'a influencé, toi, le porteur du *fléau du démon.*

Sans crier gare, il empoigna son brassard d'acier au niveau du poignet. Le *fléau du démon* réagit aussitôt, tordant son bras, l'obligeant malgré sa force à se mettre à genoux. Au niveau en dessous, deux Serpents en faction devant des meurtrières les regardèrent en murmurant. Audric se pencha sur Marween, réprimant la violence du bras-démon qui montait en lui, l'obligeant à se rendormir. Son visage ne reflétait pas la colère. Seulement l'étonnement et la lassitude.

— Je ne sais pas ce qui se passe en toi, Marween, mais tu t'égares. Peut-être que tes victoires t'ont tourné la tête. Si c'est le cas, tu n'es pas aussi fort que je le croyais. Ou bien Solenn t'a mis en tête je ne sais quelle faribole... Je l'ignore. D'ailleurs, ça ne m'intéresse pas. Mais sache une chose : si tu es insatisfait, je te libérerai du serment qui t'attache à la horde du Serpent, et tu seras libre de partir.

Il avait murmuré ces dernières paroles, mais elles résonnèrent comme les cloches d'un temple sous le crâne de Marween.

Il siffla :

— J'ai sauvé la horde, tout à l'heure ! Je vous ai sauvés, tous. Et me voici à tes pieds, comme un ennemi.

Audric força le *fléau du démon* à le lâcher. Il avança la main pour aider Marween à se relever, mais le jeune homme se déroba à son geste. Audric posa les mains sur les créneaux, regarda sans les voir les centaines de soldats au-dehors.

— Bientôt nous aurons des milliers d'ennemis, qui chercheront à nous abattre. Je n'en veux pas un de plus, surtout à l'intérieur de ces murs.

— Les ennemis en ces murs, c'est moi et mes hommes qui les avons tués.

— Tu peux disposer.

Marween partit sans se retourner. Audric le suivit des yeux. Plusieurs Serpents les observaient des remparts. Ils avaient vu Marween porter la main sur lui, et Audric le faire fléchir. Cette nuit même, tous seraient au courant de leur différend.

Une chape d'abattement tomba sur lui.

Marween a raison sur presque tout. Umiade m'a influencé. Et je l'ai sans doute sous-estimé, moi qui étais pourtant attaché à son devenir. De sorte qu'il a été obligé de rompre une règle implicite de la horde pour s'imposer.

Néanmoins, il percevait à présent dans le jeune guerrier la part d'ombre qu'avait décelée Umiade voilà si longtemps. Et ces ténèbres semblaient dorénavant le dévorer tout entier. Peut-être n'avait-il pas voulu la voir auparavant, justement parce qu'il en était à l'origine ?

Il savait qu'il aurait dû l'interroger sur ses rapports avec Solenn. Mais il n'avait pas envie de braquer davantage encore son lieutenant. Le crépuscule finissant apportait un vent glacé.

Il retourna dans le quartier général, où l'attendaient ses lieutenants pour une dernière réunion. Ils discutèrent jusqu'à une heure avancée de la nuit des dispositions à prendre. Audric observa Marween du coin de l'œil, mais son lieutenant ne laissa rien transparaître de ses émotions. Après quelques instants, le capitaine des Serpents décida de l'ignorer.

Il n'en allait pas de même pour Umiade : l'augure paraissait nerveuse, angoissée même. Audric la questionna longuement après le départ des autres. Il en fut pour ses frais.

— Tu ne peux donc rien me dire, hormis cette menace diffuse que tu ressens depuis des semaines ? fit-il, excédé.

Umiade eut un sourire grave.

— Cette menace dure depuis des années. Mais il s'est passé quelque chose aujourd'hui…

Audric éclata d'un rire amer.

— Oh, tu as remarqué, toi aussi ?

— Quelque chose dont ni toi ni moi n'avons conscience.

— Coresh arrive ?

— Il arrivera à la tête de son armée, nous y sommes préparés. Le danger est d'une autre nature. Il se dissimule dans les nuages noirs de l'avenir. Il te guette.

— Par les racines pourries des Arbres de Vie, tu ne pourrais pas émerger des nuages noirs qui submergent ta vision ? Si tu ne vois rien, pourquoi m'inquiètes-tu ?

Il savait que les autres augures qu'ils avaient croisées depuis plusieurs mois ne voyaient elles aussi que le chaos. Un chaos grandissant, menaçant.

— Les nuages noirs de l'avenir tournent autour de nous, comme un maelström, dit-elle enfin.

De façon incongrue, Audric sourit.

— Moi, j'y vois la preuve que Solenn est la clé de l'avenir… et par conséquent, que nous avons toujours la main, tant qu'elle est en notre possession.

Et nous en la sienne, poursuivit Umiade en son for intérieur. Néanmoins, elle hocha la tête. Non pour conforter la certitude d'Audric, mais parce qu'elle savait désormais que rien ne pouvait plus empêcher le maelström de les emporter à présent. La tempête était sur eux.

Le lendemain matin, Audric affecta une escouade entière aux remparts, pour le décompte précis des troupes ennemies et la façon dont elles s'organisaient. Leihar fut chargé de se procurer toutes les cartes de la ville et des abords auprès des autorités d'Aslerdeen ; Killian, de déterminer les chemins de ronde. Les autres devaient préparer les points d'approvisionnement des remparts : réserves de flèches et de carreaux d'arbalète, perches pour repousser les échelles, etc. Les murailles étaient solides. Leur épaisseur minimale était de quatre mètres, et des contreforts les renforçaient tous les dix mètres.

Vers midi, Audric passa voir le rakinn dans l'hôpital que Prelagord avait installé au rez-de-chaussée de la tour de défense nord-est de la cité. Le gorille était accroupi dans un coin, sa face enfantine perdue dans le vague. Une ride d'attention apparut sur son front quand Audric parut. Prelagord ne s'en occupait pas, vaquant aux préparatifs des combats.

— Capitaine, tu tombes bien, dit Prelagord. Cet idiot de Driligan n'arrive pas à me dégotter une citerne convenable pour l'alimentation en eau. Tu sais qu'il m'en faut à volonté. Des bouilloires, aussi… Et j'aurai besoin de bougies.

Audric attendit que la litanie du chirurgien se tarisse.

— Tu auras tout ce dont tu as besoin, comme d'habitude. Maintenant, dis-moi comment va le rakinn.

Prelagord haussa les épaules.

— Il est guéri. Et pas grâce à moi. Je le garde pour qu'il n'effraie pas la population en déboulant dans les rues. Tant qu'il ne me dérange pas…

Audric lui fit signe de poursuivre ses occupations. Il marcha jusqu'au gorille et prit son énorme main ; le cuir noir était parcouru de profondes crevasses. Et pourtant il était incroyablement lisse et doux. Son pelage, en revanche, était constitué de poils rêches entrecroisés, aussi épais que du gros fil. Une véritable cotte de mailles ; pas étonnant que les flèches l'aient à peine égratigné.

Audric se pencha sur son épaule. La blessure s'était refermée, quelques poils commençaient même à pousser sur la peau rosâtre. Il ne restait qu'une curieuse cicatrice étoilée, comme si le bras-démon avait été une sorte de parasite, une sangsue qui avait fini par se détacher. Sous son brassard, un tressaillement conseilla à Audric de ne pas trop penser à cela.

—Comment vas-tu ? demanda-t-il sur le ton de la conversation.

Le rakinn poussa un long soupir, puis répondit par un seul mot :

—Faible.

—Tu vas vite te remettre. Quand tout ça sera fini, tu pourras retourner dans ta montagne.

—Ma montagne ? (Le rakinn pouffa, découvrant des dents jaunes.) Ah oui, tu as vécu mon histoire, quand nous nous sommes touchés. Et j'ai vécu la tienne. Intéressant.

Un bref sentiment de honte fouailla Audric. Le rakinn continua :

—Il n'y a plus rien qui m'intéresse là où je vivais. Les tiens ont tué les deux seuls êtres que j'ai aimés et que j'aimerai jamais.

On peut vivre sans amour, faillit rétorquer Audric. Cependant, il saisit que le rakinn n'était pas totalement sérieux.

—Au fait, tu t'es trouvé un nom ?

—Quoi ?

—Tu n'as pas de nom, lui rappela Audric.

—Je suis un gorille…

—Tu es un rakinn. Les rakinns ont des noms.

—Celui qui m'a transformé ne m'en a pas donné.

—Oui, je m'en souviens. Il n'en a pas eu le temps.

—Peut-être. Je ne saurai jamais ses intentions réelles. Je suppose qu'il est mort aujourd'hui.

Oui, il était très probable qu'Uther ait éliminé le savant rakinn pour s'assurer que l'expérience du sorcier demeure secrète. Le gorille avait vite appris la bassesse humaine, songea Audric.

— Alors, reprit-il, tu as une idée ?

— C'est très important pour vous, les humains. Toute votre vie, vous essayez d'accumuler les noms. Comme s'il s'agissait de récipients dans lesquels vous entassez votre pouvoir. Pourquoi ? Il me semble que les noms ne contiennent pas de magie.

Audric sourit.

— À vrai dire, je n'y ai jamais réfléchi. Le nom est ce qui nous différencie en premier lieu.

— Non. Ce qui vous différencie d'abord, ce sont vos odeurs.

Audric éclata de rire.

— Tu as raison. Seulement, les humains ont un mauvais odorat.

Le rakinn s'esclaffa à son tour. Si son palais parvenait à former les mots sans trop de peine, son rire en revanche s'apparentait au gloussement d'un dindon.

— Je suis condamné à vivre parmi les hommes, convint-il. J'aurai besoin d'un nom, c'est vrai. Veux-tu m'en donner un ?

Il perçut l'embarras chez le capitaine des Serpents.

— Pourquoi est-ce que tu hésites ? N'importe quel nom fera l'affaire.

Audric se gratta la nuque.

— Tu es libre. Tu devrais le choisir toi-même.

— Parce que tu penses que si tu me donnes un nom, je perdrai ma liberté ?

— Est-ce que tous les rakinns ont toujours cette manie de discuter sur le sens des mots ? grogna Audric avec humeur. D'accord. Eh bien, je te nomme... Sigokin.

Le nom franchit presque malgré lui le seuil de ses lèvres, et il mit deux à trois secondes à se rappeler d'où il venait. Du fond des âges... près de vingt ans. L'époque à laquelle il était arrivé dans la horde du Serpent. Pourquoi ne s'en rappelait-il que maintenant ? À l'époque où il s'était fait recruter par la horde, Sigokin était le capitaine des Serpents. C'était un rustre, qui encourageait ses hommes à piller le plus possible. Sous son commandement, la horde avait perpétré un trafic de femmes avec les bordels des cités de plusieurs seigneuries. Audric avait été le premier lieutenant à oser se rebeller contre cette pratique – celle-là, et beaucoup d'autres. Il avait été le déclencheur d'une fronde : ses compagnons s'étaient rangés à ses côtés et personne n'était intervenu lorsqu'il avait défié Sigokin en combat singulier.

— Sigokin, répéta le rakinn d'une voix traînante, comme s'il mâchait chaque syllabe pour tout connaître de leur consistance. Est-ce que c'est… joli ?

— Tout dépend de la conception de la beauté. L'homme qui a porté ce nom n'était pas beau. Mais son nom était synonyme de force, dans cette horde.

— Tu l'as tué ?

— Oui.

— Tu m'as sauvé. C'est pour ça, le nom que tu me donnes ? Pour racheter sa mort ?

Audric éclata de rire.

— Parfois, tu me rappelles Umiade : voilà bien le genre de paroles qu'elle est capable de proférer. (Soudain, il redevint sérieux.) Mais non. Je n'ai aucun remords. Sigokin était l'ancien capitaine du Serpent. J'ai débarrassé la horde de sa tyrannie malfaisante, et j'ai restauré le nom du Serpent. Les hommes ont oublié à quel point Sigokin était mauvais, mais son nom reste associé à la force. Voilà pourquoi il m'est venu à l'esprit… Mais tu n'es pas obligé de le prendre.

Le rakinn se leva lourdement. Debout sur ses pattes arrière, son crâne touchait presque le plafond et sa masse semblait occuper tout le fond de la pièce. Il ferma la main, et son poing heurta sa poitrine dans un bruit sourd.

— À partir de cet instant, je suis Sigokin.

Audric hocha la tête.

— Où comptes-tu aller maintenant ?

L'incertitude fit osciller la tête épaisse du rakinn.

— Je n'ai pas de direction précise. Mais je ne resterai pas ici, pas dans une ville pleine d'humains.

— Je te déconseille de partir maintenant, dit Audric. Les soldats là-dehors te cribleront de flèches à l'instant où tu sauteras la muraille. Même de nuit. Tu parviendras peut-être à t'enfuir, mais tu y laisseras des plumes.

— Que me conseilles-tu ?

— Reste avec nous. Ici, tu ne risques rien pour le moment. Si le siège se prolonge, tu pourras toujours partir.

Sigokin cligna des yeux pour marquer son assentiment.

— D'accord.

Les trois jours qui suivirent, la horde prépara le siège. D'ordinaire, c'était la horde qui jouait le rôle d'assiégeant. Audric ne se rappelait pas avoir subi de siège depuis qu'il était devenu capitaine. Sous le commandement de Sigokin – l'ancien capitaine, pas le rakinn –, la horde avait dû se replier dans un village qu'elle avait transformé en place forte. Ils avaient perdu beaucoup d'hommes dans cette affaire. De cette époque, Audric savait que la victoire se jouait davantage sur la gestion des ressources que sur le courage au combat. Cela, et la connaissance intime du terrain. Voilà pourquoi il avait pesté en son for intérieur quand il avait appris la mort de l'archiviste. Il avait perdu une mine de renseignements précieuse.

On lui avait apporté des cartes d'Aslerdeen et des environs. Par chance, ces cartes étaient précises. Depuis, Audric prenait trois heures par jour pour les étudier et les mémoriser. Les égouts de la cité traversaient la muraille pour se jeter dans la rivière, ouvrant une voie possible d'infiltration par un commando ennemi. Audric y envoya Trobard. Son lieutenant revint deux heures plus tard : d'énormes tiges de bronze barraient l'accès.

— À quelle distance les barreaux sont-ils les uns des autres ? questionna Audric.

Trobard plaça ses mains à une vingtaine de centimètres l'une de l'autre. Audric grimaça.

— Des hommes très minces, ou des enfants, pourraient passer. Fais poser un rabat en chêne sur la conduite, et postes-y un gamin que tu auras recruté, pour le relever quand il faut que l'eau s'écoule.

— Ce sera fait, capitaine.

— C'est bon, tu peux disposer.

Audric retourna voir les arbalètes géantes. Il ne se lassait pas de les contempler. Au nombre de quatre, elles trônaient au sommet des tours d'angle et couvraient les environs de la place forte. Il était impossible de se soustraire à ses tirs, à moins de lancer un assaut depuis la rivière, ce qui interdisait tout assaut massif. L'arc en bois cerclé d'acier était monté sur un fût, lui-même fixé sur un plateau doté de petites roues en bois coulissant sur des rainures. Des filins maintenaient les bords du plateau à des anneaux fixés dans la pierre.

Les deux servants frottaient de graisse la roue dentée servant à tendre l'arc lorsque Audric arriva en haut des marches d'accès au sommet. Un Serpent avait été affecté à leur surveillance, mais il ne gardait qu'un œil distrait sur eux, car ils ne manifestaient aucune mauvaise volonté, bien au contraire. Pour eux, peu importait la nature de l'ennemi : ils tireraient sur quiconque attaquerait la cité. Audric jeta un coup d'œil sur la flèche encochée, aussi longue et lourde qu'une lance. Il eut un mot d'encouragement, puis repartit.

Tohamas, le chef de la garde civile, tint parole : les habitants n'entravèrent pas les actions de la horde. Quant aux réfractaires, ils acceptaient leur sort avec fatalisme. Ils savaient qu'ils n'avaient rien à attendre du camp adverse si jamais la cité tombait. Certains habitants, de jeunes hommes le plus souvent, approchèrent les lieutenants de la horde dans l'espoir de se faire recruter. La réputation du Serpent y était pour beaucoup. Audric les accueillit, même s'il devinait qu'il y avait forcément un ou deux espions au service de Coresh dans le lot. Il n'était pas en position de faire le difficile. Bientôt, il aurait besoin de tous les bras disponibles.

Une nouvelle l'assombrit brièvement : le forgeron avait pris du retard sur son épée. La lame s'était fendue au cours du trempage, et il devait recommencer. Audric devrait patienter deux jours supplémentaires.

Deux guetteurs surveillaient le camp d'Uther en permanence. Là-bas, les ouvriers continuaient de monter leurs machines de guerre.

Les échafaudages se hissaient à plus de sept mètres. Des bâches empêchaient d'en voir les détails, mais il devait s'agir de tours d'assaut mobiles, dotées de rampes et de grappins.

Le matin du quatrième jour, une grande rumeur enfla. Puis une vibration sourde telle que seule une armée de plusieurs milliers d'hommes était capable de produire. Audric donna l'ordre à toutes les escouades de grimper aux créneaux. Leurs ennemis devaient voir leur force. Lui-même s'accouda au rempart en surplomb de l'entrée, entre Umiade et Trobard. Tohamas se tenait en retrait, invisible mais présent.

Puis l'horizon se mit à vomir des flots de soldats. Les colonnes semblaient ne jamais vouloir se tarir. Tous avaient sous les yeux ce qu'Umiade avait entrevu dans ses transes : une marée humaine hérissée de lances. Alors surgirent les taurochs, et même les vétérans tressaillirent. Il y en avait plus de vingt, les plus massifs qu'ils aient jamais vus. Les reptiles mesuraient dix mètres, des cornes jusqu'au bout de la queue. Leur peau était une cuirasse squameuse. Des plaques d'armure pendaient sur leurs flancs, attachées par des harnais. Huit d'entre eux traînaient quatre catapultes montées sur d'énormes chariots spécialement conçus pour leur transport. Des acclamations montèrent des troupes assiégeantes, et parmi l'armée d'Uther, des mouvements d'inquiétude étaient perceptibles.

Trobard se pencha vers Audric.

— J'ignorais que Coresh avait de tels monstres.

Malgré lui, Audric était impressionné. La démonstration de force produisait son effet. Une vibration de plaisir anticipé remonta le long de son brassard. L'appel du carnage.

— L'épaisseur des murs nous protégera des mois s'il le faut, dit-il à voix haute, même de ces catapultes. On ne risque rien.

Les nouvelles troupes s'amassaient hors de portée des arbalètes géantes des tours d'angle. D'instinct, Audric chercha dans le ciel un point noir trahissant la présence de la nacelle volante de Coresh. Pour le moment, le duc ne daignait pas paraître.

Des coups de trompe retentirent d'un bout à l'autre de la plaine. Tout à coup, Audric comprit. Il se tourna vers le chef de la garde civile :

— Coresh va lancer un assaut tout de suite. Les flèches vont pleuvoir d'ici peu. Faites passer le mot : les citoyens sont invités à se barricader chez eux jusqu'à la tombée de la nuit.

Tohamas hocha la tête et disparut.

Audric fit déployer archers et arbalétriers aux meurtrières. Umiade et Trobard allèrent rejoindre leurs escouades. Audric se rendit compte qu'il n'avait pas vu Marween depuis deux jours. Son lieutenant l'évitait. Il était à son poste, au mur sud.

Les minutes s'égrenèrent une à une. La grande bataille allait commencer, et chacun, sans aucun doute, songeait à sa propre destinée. Du coin de l'œil, Audric lorgna Umiade, dont l'escouade se trouvait sur le rempart nord. Elle semblait totalement absorbée par sa tâche, et Audric ne put discerner en elle aucune peur. Ses visions paraissaient l'effrayer bien davantage.

Un quart d'heure plus tard, des trompes sonnèrent sur la plaine, et trois mille soldats déferlèrent vers les murailles dans un vacarme assourdissant. Des nuées de flèches volèrent de part et d'autre. Celles des assaillants s'écrasaient contre la muraille ou retombaient dans les rues, à l'intérieur, sans faire le moindre mal. Celles du Serpent, en revanche, trouvaient sans peine leur cible dans la marée de soldats qui avançait. Des corps anonymes tombaient, aussitôt remplacés par d'autres. Le premier assaut n'atteignit même pas la douve. Les soldats se replièrent en emportant leurs morts, qui se comptaient par dizaines. Audric poussa le cri de guerre de la horde, repris par ses lieutenants, puis par tous les Serpents :

— Les dieux nous aiment ! *Les dieux nous aiment !*

Avant la fin de la journée, les assauts se succédèrent sans interruption. Derrière les soldats venaient des ingénieurs, accompagnés d'ouvriers et de mules de bât chargées de pieux. Leur but était de monter des palissades de repli. Trobard les repérait chaque fois, et ses arbalétriers d'élite parvenaient à les abattre. Les arbalètes géantes des tours d'angle auraient pu s'en occuper, mais Audric voulait montrer à l'ennemi que même sans elles il parvenait aisément à les repousser.

À l'écart du champ de bataille, Uther n'intervenait pas. Son armée avait formé une ligne de défense. Pour le moment, le duc, son rival, l'ignorait.

La tombée de la nuit sonna le glas de la première journée de bataille. Audric ne s'y trompa pas : il avait emporté cette manche parce que le but des généraux de Coresh n'avait pas été de la gagner, mais seulement d'évaluer ses forces.

L'escouade de Killian se chargea de récupérer les flèches intactes lancées par l'ennemi.

Dans la nuit, des formes mouvantes sillonnèrent le champ de bataille. Audric leur fit tirer dessus : ainsi, l'ennemi devait savoir qu'il n'aurait aucun répit, même pour dépouiller ses propres morts. Au matin, on découvrit que Coresh avait tenté de profiter de la nuit pour monter des palissades. Des cadavres d'ingénieurs et d'ouvriers jonchaient la plaine. Quatre pans de pieux avaient néanmoins pu être dressés. Audric décida de tester ses arbalètes géantes.

Il faisait beau, l'air était presque immobile. Alors que les troupes ducales se regroupaient pour l'assaut du matin, Audric grimpa sur l'une des tours de défense, et ordonna aux servants de viser une palissade, qui se trouvait à deux cents pas.

— Le carreau ne pourra pas disloquer le panneau tout entier, lui opposa l'un des servants. En revanche, on peut lui envoyer un trait incendiaire.

Il s'agissait d'un sac en cuir attaché à la hampe, rempli d'un demi-gallon de poix brûlante que l'on enflammait juste avant le lancement. La manœuvre était difficile, expliqua le servant, car il arrivait parfois que le choc du lancement fasse exploser le sac, avec les dégâts que l'on pouvait imaginer. Mais le résultat était spectaculaire. Il était impossible d'éteindre un objet ou un corps soumis à la brûlure de la poix, à moins de l'enterrer sous des kilos de terre ou de sable.

— Vous avez de la poix ?

— Elle chauffe à l'étage en dessous, répondit le servant avec une fierté non dissimulée.

Ils remontèrent une petite marmite en fonte où bullait une substance boueuse.

— Vous devriez vous mettre à l'abri, sire, lui conseilla l'autre servant. On ne sait jamais.

Audric secoua la tête.

— J'ai toute confiance en vous.

Les servants échangèrent un sourire de satisfaction, puis ils procédèrent. Le premier aligna la direction et le degré d'inclinaison du fût, tandis que le second préparait le sac en cuir, enduisant la face intérieure d'une pellicule de graisse avant d'y verser la poix au moyen d'une louche. La graisse grésilla à son contact et une curieuse odeur de lard fondu s'éleva. Le servant resserra le cordon. Enfin, il soupesa le sac.

— Parfaitement étanche, dit-il simplement.

Il noua avec soin le sac au projectile, puis désigna un levier qui se trouvait à la base du fût.

— Pour libérer la corde, il n'y a qu'à pousser la clenche, là.

Audric le laissa faire. Le servant mit le feu au sac, puis déclencha le tir. Audric se précipita au créneau. La vitesse du carreau était de beaucoup supérieure à celle d'une flèche, de sorte qu'il avait déjà atteint son but quand Audric baissa les yeux. Le servant avait visé juste. Le carreau avait perforé le pieu de part en part, puis sa hampe avait éclaté. Le sac avait été projeté sur la palissade. À présent celle-ci brûlait en émettant une fumée noire très épaisse.

— Combien de temps faut-il pour retendre l'arbalète ?

— Dix bonnes minutes, fit l'un des servants.

— Bien. Continuez.

Ce jour-là et le lendemain, les assauts alternèrent avec des périodes de calme. Les taurochs n'étaient pas encore intervenus, les forces d'Uther pas davantage. En revanche, les catapultes apportées par les taurochs entreprirent de bombarder la ville. Les rochers étaient trop légers pour endommager les murailles ou les tours de défense, mais les toits des maisons juste derrière les remparts firent les frais des premières destructions. Audric, sous la direction de Tohamas, les fit évacuer. Par chance, il n'y eut pas de pertes à déplorer ce jour-là. Audric savait que cela ne durerait pas.

On semblait s'installer dans une logique de siège. Ce qui, pour l'instant, faisait l'affaire d'Audric. Même s'il commençait à craindre qu'une alliance ne voie le jour entre les deux seigneurs : qu'ils prennent la ville ensemble, puis se partagent le butin.

Solenn n'est pas partageable, se dit-il pour se rassurer. *Ils le savent tous les deux. Et il n'y a qu'elle qui les intéresse. Ils savent aussi qu'ils ne peuvent pas patienter trop longtemps. D'autres seigneurs vont venir.*

Ce qui signifiait que le siège ne durerait pas des mois. Coresh, selon toute vraisemblance, préparait un assaut massif, engageant l'intégralité de ses forces. Les assauts précédents n'avaient été qu'un leurre.

Dans ce cas, je n'ai aucune raison de rationner les projectiles.

Par conséquent, chaque point de défense devait avoir une réserve de flèches et de carreaux suffisante. Il fit passer le mot : tout blessé pouvant se déplacer aurait pour charge de veiller à l'approvisionnement en projectiles des combattants valides.

Un envoyé du forgeron d'Aslerdeen vint avertir Audric que son épée était prête. Le capitaine des Serpents se hâta d'aller la chercher. Dans l'atelier surchauffé au fond duquel brasillait la forge, de grandes barres de fer, des ustensiles et des chaînes pendaient aux murs. L'épée géante reposait sur deux tréteaux. La lame neuve rutilait. Le forgeron avait respecté ses indications à la lettre. Audric la souleva lentement, sous les exclamations étouffées des apprentis.

— Ça m'a posé beaucoup de problèmes pour la battre à chaud, avec ce qu'elle pèse, déclara le forgeron en jetant un œil au brassard d'acier. J'aurais dû vous demander de l'aide, sire.

Audric sortit une bourse remplie de pièces, et la jeta au forgeron.

Le lendemain, le temps se couvrit, mais le soleil brillait derrière les nuages. Contrairement à leur habitude, les trompes ne sonnèrent pas le rassemblement des troupes ennemies. Une rumeur d'inquiétude parcourut la ville.

C'est pour aujourd'hui, songea Audric en observant les mouvements de troupes dans le lointain.

Néanmoins, la journée passa sans que l'ennemi se décide à attaquer. Seules les catapultes continuèrent de bombarder la ville. La nervosité gagnait peu à peu les lieutenants d'Audric. À la réunion du soir, Killian fit part de ses interrogations et de celles de ses hommes. Audric le rassura, mais il sentait un flottement chez une partie de ses lieutenants. Il devina qu'il ne s'agissait pas du combat à venir, ni des taurochs.

— C'est cette fille, lâcha enfin Killian, avec un bref regard en direction du plafond. Le plus vite on en sera débarrassés, le mieux on se portera, moi et mes gars.

Driligan n'émit pas de commentaire, mais renifla en guise d'assentiment. Les bras croisés sur la poitrine à l'autre bout de la pièce, Marween demeurait lointain, comme si tout ce qui se disait ne le concernait pas.

— Allez tous vous coucher, fit Audric. Demain sera une rude journée.

Après le départ de ses hommes, le capitaine des Serpents monta l'escalier en colimaçon qui menait aux appartements de Solenn. Umiade vint lui ouvrir. Audric entra et lui fit signe d'attendre à la porte.

Solenn regardait par une meurtrière les feux de camp de l'ennemi. Elle souriait à demi.

— Entre, je t'en prie, dit-elle sans se retourner.

Un moment, Audric resta là à la contempler. Rien en elle n'était plaisant, tout était tordu, contourné. C'était un de ces chatons mal formés que la mère dévore à peine nés. Et cependant, il se dégageait d'elle quelque chose d'ineffable. Une intelligence effrayante parce que inhumaine. Était-ce ce qui avait attiré Marween, chez elle ? Cette sorte d'attrait du vide que lui-même éprouvait parfois quand il pensait au démon ?

Solenn secoua lentement la tête.

— Marween a entrevu ce que je suis vraiment. Comme toi, juste à l'instant. Il a cru me posséder, comme toi tu crois me détenir en ce moment.

Audric émit un rire bref.

— Je n'ai pas cette prétention. Je sais que tu peux partir quand tu le désires. Choisir un futur où Umiade tombe en syncope, et où tous les gardes regardent dans le sens opposé quand tu passes devant eux.

— Bravo. Je pourrais en effet faire comme tu dis. Pourquoi es-tu venu me voir ?

— Je voulais seulement m'assurer que tu vas bien. Que tu as tout ce dont tu as besoin.

Solenn parcourut des yeux la pièce nue, avec son lit droit, son tapis râpé et son broc d'eau froide.

— J'ai tout ce qu'il me faut.

— Bonne nuit, donc.

Alors qu'il franchissait la porte, la voix de Solenn le rattrapa.

— Attends.

Il se tourna. La jeune fille le scrutait intensément. Elle hocha la tête.

— Tu n'es pas comme les autres. Tu es différent.

— Tu as dit la même chose à Marween ?

Elle rougit.

— Marween et moi… Nos routes se croiseront à nouveau. Toi, tu es la seule personne qui m'ait utilisée non pas pour ton pouvoir personnel, mais pour essayer de changer les choses.

Audric laissa la porte entrebâillée afin qu'Umiade n'ait plus qu'à la pousser pour rentrer. Elle dormait dans la même chambre que la prisonnière depuis leur installation ici.

Alors que ses pas retentissaient dans l'escalier, Solenn murmura :

— Mais ta route à toi devrait s'arrêter ce soir. C'est pourquoi je te regretterai, Audric.

20

Les dernières paroles de Solenn repassaient dans son esprit lorsque Audric posa son épée à côté de son lit. *J'arriverai à changer les choses,* se dit-il. *Avec ou sans toi, sorcière.*

Il devait y croire, car seule sa conviction les avait amenés jusqu'ici. Il s'abattit sur sa couchette, et se laissa rattraper par le sommeil.

Un coup brutal le propulsa à la surface de sa conscience. Un poids énorme lui écrasait la colonne vertébrale et les omoplates. Il était immobilisé sur son lit, la tête aplatie sur sa couche par une poigne de fer. Il ne put inspirer à fond tant la pression sur son dos était forte. Encore un peu, et sa colonne vertébrale se briserait.

Une voix chuinta à son oreille.

— Ne bouge pas, fils de pute. Ou bien… tu sens la lame contre ton épaule ? Je te couperai le bras en moins de temps qu'il ne faut pour le dire.

Malgré l'asphyxie qui menaçait, Audric maîtrisa tant bien que mal le *fléau du démon* qui s'agitait, excité par le danger. Plusieurs hommes circulaient dans la pièce, remuant les objets en tâchant de ne pas faire de bruit. Quelqu'un lui ligota les jambes. Puis on lui attacha la main gauche sans qu'il fasse de résistance. La lame d'un couteau courut sur sa chemise, puis entailla le harnais qui maintenait son brassard.

Une autre voix s'éleva, au pied du lit :

— C'est mieux. Cerajar, tu peux relâcher la pression. Notre bon capitaine est en train de devenir tout bleu. Et nous ne voulons pas qu'il meure, n'est-ce pas ?

Le poids s'allégea un peu. Audric inspira et expira plusieurs fois à fond.

La première voix était celle de Yelaf. Il n'était guère surpris. Quant à Cerajar, il appartenait à l'escouade de Trobard. Or, Audric ne pouvait concevoir une trahison de la part de Trobard… Son champ de vision était limité par l'inconfort de sa position. Néanmoins, il put voir les deux autres Serpents qui se trouvaient là : Gwiramin, et… quel était son nom ? Ah oui : Nelin.

Il lança :

— Tu peux te montrer, Marween. Ou est-ce que tu as peur de me parler les yeux dans les yeux ?

Cerajar appuya sur ses omoplates, et Audric se retint de gémir.

— Laisse, fit la voix de Marween.

Le jeune homme apparut dans son champ de vision restreint. Comme ses compagnons, il était habillé de noir et son visage était maculé de suie. Mais son regard brûlait d'une ardeur insoutenable. Audric sentit qu'il devait parler, ne pas laisser son ennemi avoir l'avantage. S'il pouvait retourner ses complices…

— Il a dû te falloir des semaines pour monter ton coup, commença-t-il.

— Quelques jours ont suffi. La preuve que ton règne arrivait à son terme, de toute façon.

— Et tu crois que le reste de la horde du Serpent t'acceptera après que tu m'auras assassiné ? Curieux. Toi qui es si soucieux des règles, d'habitude… Ça ne te ressemble pas.

Marween fit signe à Gwiramin d'apporter l'épée géante. Le mercenaire s'exécuta, soufflant sous l'effort.

Audric se crispa. Jusqu'à présent, l'éventualité de sa propre mort ne l'avait pas effleuré. Son bras-démon l'avait vacciné contre cette peur primale. Mais soudain elle resurgissait, araignée noire tissant sa toile d'effroi dans son cerveau.

— Ne l'écoutez pas, lança-t-il aux acolytes de Marween. Vous courez à votre perte. Si vous me lâchez tout de suite, je ne retiendrai que de l'insubordination contre vous.

Marween s'accroupit devant lui en souriant.

— Et moi ? Tu m'épargneras ?

— Toi… (Audric inspira à nouveau.) Je te bannirai. Je ne te tuerai pas, parce que tu es aveuglé. Comme je l'ai été, jadis.

L'épée géante quitta son champ de vision. Audric s'aperçut que Marween transpirait. Ses pupilles étaient dilatées. Comme s'il appréhendait quelque chose. Pourtant, il savait que ce n'était pas lui la source de son inquiétude : il gisait à ses pieds, désarmé et impuissant. Le couteau de Yelaf continua de défaire le harnais retenant son brassard à l'épaule. Puis, il trancha les attaches des jointures qui retenaient les éléments du brassard entre eux.

Yelaf étouffa un juron en voyant le bras reptilien enraciné dans l'épaule, tel un monstrueux surgeon.

— Bon sang, ça sent bizarre, ce truc… C'est tiède…

Soudain, un grand froid envahit Audric. Il comprenait ce qui effrayait tant Marween.

— Tu ne vas pas faire ça, murmura-t-il. Dis-moi que tu ne vas pas faire ça.

Marween s'approcha et lui prit la tête entre les mains. Un bref instant, Audric pensa qu'il allait, d'une torsion, lui briser les vertèbres cervicales. Mais non, il avait besoin de lui vivant pour le transfert du *fléau du démon.*

— Tu n'y arriveras pas, dit Audric dans un souffle. Si tu le tranches, le sol s'ouvrira et il retournera dans le monde auquel il appartient.

Marween lui tapota la joue d'un air apitoyé.

— La première fois que je t'ai vu te battre, dans ce défilé où tu as liquidé le neveu de Coresh, il y a quatre ans… j'ai su sans l'ombre d'un doute qu'il y avait de la magie dans ton bras. Ton épée a intercepté le rakinn, alors qu'il aurait dû t'aplatir la tête ; ensuite, c'est comme si ton épée te traînait à sa suite. D'abord j'ai cru que c'était l'épée qui commandait, ou bien ton brassard tout seul. Mais plus tard, le bibliothécaire m'a tout appris au sujet des pactes avec les démons. Il m'a révélé qu'il était possible de substituer un hôte par un autre.

— C'est donc toi qui as tué l'archiviste d'Aslerdeen.

Marween fit signe que cela n'avait aucune importance. Ses yeux luisaient, comme si toute sa vie s'était concentrée au fond de ses pupilles.

Il est temps d'arrêter cette folie, se dit Audric en bandant ses muscles.

Marween eut un petit mouvement de l'index, et un coup sur la nuque l'étourdit. Le capitaine des Serpents lutta pour ne pas se laisser engloutir dans l'océan de l'inconscience. À travers un brouillard rouge, il vit Marween retirer sa chemise, et s'accouder au bureau de la chambre. Nelin lui passa une gourde remplie d'alcool. Le jeune homme la vida. Puis il sortit une petite fiole à moitié remplie, se versa cinq gouttes au creux de sa paume, et les lécha.

— Moi d'abord, dit-il. Quand vous en aurez fini avec mon bras, vous séparerez le *fléau du démon.*

— Et après ? fit Gwiramin.

— Vous n'aurez qu'à le plaquer sur mon épaule. Il se greffera de lui-même. Allons, dépêchons ! La nuit avance, bientôt ce sera l'aube.

Dans le reliquat de sa conscience, Audric assista à l'amputation du jeune homme. Ce fut Gwiramin qui procéda à l'opération. Il dégaina un long couteau à la lame affûtée, et passa derrière lui.

— Ne regarde pas, dit-il. Fixe la bougie, là-bas.

S'il avait été dans son état normal, Audric aurait admiré la rapidité et la précision de ses gestes. Le sang gicla, rouge vif. Marween mordait un morceau de bois que Yelaf lui avait placé entre les dents. Nelin le tenait par-derrière. Il gémit lorsque la lame entailla le renflement de l'omoplate coiffant l'articulation, puis tailla savamment les couches de tendons. Audric vit de la salive couler le long de son menton, comme dans un temps ralenti. Enfin, la tête blanche et luisante de l'humérus sortit avec un « clap » sonore. Gwiramin termina de sectionner les chairs en dessous. Le bras tomba sur le sol avec un bruit sourd. Marween était pâle comme de la cire, mais il n'avait même pas gémi.

Nelin appliqua une serviette sur la plaie béante.

— Presse ça sur la plaie, lui intima Gwiramin, sinon il va se vider de son sang et dans deux minutes il sera mort.

Puis le mercenaire s'approcha d'Audric. Celui-ci tenta de réagir, mais le coup qu'il avait reçu l'avait laissé sans force et sans volonté. Cerajar augmenta la pression. Audric se sentit partir à nouveau.

Non... Je ne dois pas m'évanouir, ou je ne me réveillerai jamais.

Le couteau remplit sa vision. La lame tremblait légèrement.

— Qu'est-ce que t'as ? jura Cerajar, au-dessus de lui. Merde, Gwiramin, c'est pas le moment de flancher.

— Je ne sais pas jusqu'où le *fléau du démon* s'est greffé. En profondeur, je veux dire. Si je le blesse, et qu'il se rebiffe ? Faudrait peut-être creuser plus loin...

— Pas question. Si tu creuses, tu toucheras une artère et Audric mourra avant la fin de l'intervention. Ça ne doit pas arriver, ou on aura fait tout ça pour rien. On était bien d'accord là-dessus, alors fais ton boulot. Tout de suite !

Audric n'éprouva aucune douleur quand la lame transperça ses chairs et découpa son épaule à la jonction du bras-démon. Il entendit l'exclamation ravie de Gwiramin :

— Bon sang, c'est comme dans du beurre ! On dirait que le *fléau du démon* me facilite la besogne.

La séparation fut indolore. Et cependant, Audric la ressentit comme un arrachement d'une partie de lui-même. Il comprit que le *fléau du démon* – qu'*Outtouk* – avait poussé des extensions jusqu'au tréfonds de son esprit. Celles-ci se retiraient, laissant des traînées humides en train de se résorber.

Au moment où le bras-démon se détachait, il envoya un souvenir qui propulsa à nouveau Audric dans l'antre d'Outtouk.

L'ombre de l'arbre-démon le recouvre tout entier. Les feuilles claquent dans le vent comme des peaux de tannerie. Au-dessus d'Audric, l'éclipse rouge ensanglante le paysage infernal du cercle maudit. Non loin de là, les restes du convoi anéanti par les monstres se confondent presque avec le sol. Incrédule, Audric contemple le bras reptilien aux doigts d'égale longueur, qui saille de sa propre épaule. D'instinct, il serre le poing... et le bras-démon obéit.

La voix d'Outtouk tonne :

— Pourquoi te torturer ? Il est trop tard pour Felix et tes autres compagnons. Ils sont dans mon monde, à combattre, se faire dévorer et renaître sans cesse.

La lande se transforme à mesure que l'éclipse s'achève, telle une marée qui se retire.

La frondaison immense de l'arbre démoniaque se penche au-dessus d'Audric. Ses paroles retentissent, décroissant à mesure que la nuit gomme son monde.

— Ton ascension sera une porte pour moi, humain. Et toi, tu seras mon porteur jusqu'au prochain qui sera l'élu de ma prophétie. Et ce jusqu'à ce que je puisse l'atteindre, *elle*.

— Elle ? De qui parles-tu ? Pourquoi ce n'est pas moi l'élu ?

Le rire d'Outtouk se répercute à travers son monde, jusque dans les ténèbres qui l'absorbent. Audric crie de toutes ses forces :

— Si je ne suis qu'un intermédiaire, le pacte est rompu ! Je ne…

Une branche terminée par une serre s'abat sur son front. D'une simple pression, elle pourrait lui disloquer le crâne. Outtouk chuinte :

— Tu ne te rappelleras pas cet échange jusqu'à ce que nous soyons séparés pour toujours… (La serre s'infiltre dans son crâne et agrippe son cerceau.) *Oublie maintenant.*

Pendant l'opération, le *fléau du démon* n'avait pas ébauché le moindre mouvement. Mais dès que Gwiramin eut terminé, le membre se démena comme un beau diable pour lui échapper. L'espace de plusieurs secondes, Gwiramin offrit le spectacle grotesque d'une mère étreignant sa progéniture atteinte de convulsions.

Soudain, il y eut un bruit pareil à celui que produit une bûche trop verte jetée dans une cheminée qui se fend en sifflant. Une faille apparut dans le sol, exhalant une haleine de forge. Cerajar sursauta en portant la main à ses amulettes.

— Bordel, c'est quoi encore ?

— T'occupe pas, lança Marween d'une voix altérée. Vite, va aider Gwiramin !

Cerajar bondit du lit. Tous deux enjambèrent la fissure rougeoyante et se présentèrent devant Marween. Le jeune homme cligna des yeux, une fois.

— Faites-le.

Nelin retira la serviette de la plaie. Aussitôt, un jet de sang artériel jaillit de l'épaule de Marween. Gwiramin appliqua la base du bras-démon sur la plaie. Le membre reptilien eut un violent soubresaut – puis s'immobilisa.

Alors, dans un bruit indescriptible, des tentacules poussèrent du membre et s'introduisirent dans la plaie. Sur le visage de Marween, une sensation extatique succéda à la souffrance. Ses yeux ne montrèrent plus que le blanc, et il ferma les paupières.

Sur les dalles de pierre, la fissure se referma sans laisser de marque.

Nelin se plaça devant le visage de Marween. Il claqua dans ses doigts, plusieurs fois.

— Marween ? Bordel ! Marween, tu m'entends ?

— *Marween.*

— Je t'entends, démon. Comment se fait-il ?…

Ses compagnons ont disparu. La chambre a disparu. De même qu'Aslerdeen, et le monde entier. Marween se trouve sur une route serpentant à travers une plaine sans fin, rougeâtre et désolée. Le sol n'est ni de l'herbe, ni du roc ; on dirait des œufs craquelés alignés en rangs serrés, ou bien des crânes polis par le temps. Il est nu – mais il a ses deux bras. Une lune rouge occupe un quart de l'horizon, où une masse effilée se hisse jusqu'au ciel. Quand Marween tourne la tête, il aperçoit une forme humaine qui gît sur la route derrière lui. Une grande épée saille de l'abdomen du cadavre. Comme s'il venait de l'abattre.

Je suis donc dans un rêve, se dit Marween.

Un besoin impérieux l'oblige à avancer. Il s'y abandonne. Ce qui l'attend au bout de la route, il sait de quoi il s'agit. Il sait de *qui* il s'agit.

— Tu n'es pas dans un rêve, fait le démon dans sa tête.

— Je suis dans ton esprit ?

— Tu es dans mon monde. Ce qui revient exactement au même.

— Où es-tu ?

— Devant toi.

Il lui semble marcher pendant des heures. Le ciel est pareil à un océan de sang en ébullition. D'étranges carcasses jonchent parfois le sol, squelettes de monstres à la gueule hérissée de crocs, rakinns d'animaux improbables. Mais nulle plante, nul insecte.

La présence sur l'horizon se précise. Il ne s'agit pas d'une montagne, mais d'un arbre gigantesque, dont les branches ondulent lentement, croisant et se décroisant dans un ballet aux dimensions cosmiques. Marween a conscience qu'il devrait être terrifié, pourtant aucune peur ne l'habite. Il est là par sa volonté. Du coin de l'œil, il remarque que tous les squelettes sont tournés vers l'arbre, comme s'ils s'étaient trouvés en posture de prière quand la mort les a saisis.

— Voilà ce que c'est, un démon ? murmure Marween.

La voix emplit tout le ciel.

— Ce que je suis, tu ne pourras jamais en embrasser la totalité. Pour toi, je suis Outtouk. C'est ainsi que tu peux m'appeler.

— Outtouk…

— Tu as tâtonné. Tu as perdu du temps, beaucoup de temps, mais tu as réussi.

— Réussi ? Qu'est-ce que j'ai réussi ?

— Nous sommes enfin réunis. Les choses sérieuses vont pouvoir commencer.

— Les choses sérieuses ?

Marween arrive au pied de l'arbre, alors qu'une minute plus tôt il s'en trouvait à des kilomètres. Et cependant il aperçoit sa cime, à travers les branches qui peu à peu se figent. Il s'approche du tronc large comme un donjon… en réalité, des visages d'hommes, de femmes et de rakinns agglomérés tel un tapis d'écorce. Marween ne peut s'empêcher de reculer devant ces centaines de milliers de faces qui l'écrasent de leur regard. Ces visages n'expriment ni colère ni souffrance, mais un immense chagrin qui emplit le cœur du jeune homme.

Je me suis damné moi-même.

Il se reprend aussitôt. Il n'est même pas certain que la notion de damnation ait cours, ici.

— Nos mondes sont liés, explique Outtouk. Ils sont aussi indissociables que les deux faces d'une pièce. Certains d'entre nous souhaiteraient qu'ils s'éloignent à jamais, tandis que d'autres voudraient qu'ils ne fassent qu'un et que les démons s'unissent aux hommes. D'autres encore tiennent à l'équilibre tel qu'il existe. Solenn est le lit où coule le fleuve des événements. En voyant l'avenir, elle ne fait pas que le changer dans votre monde. Elle le fait ici aussi.

— C'est donc ça. Toi aussi, tu convoites Solenn ?

Le soupir que pousse Outtouk fait bruisser ses feuilles de peau humaine.

— Tu ne comprendrais pas, je le crains.

— Dans quel camp es-tu, toi ? Est-ce que tu es de ceux qui souhaitent que nos mondes soient indépendants ? Ou bien...

— Mieux vaut que tu ne le saches pas pour l'instant.

— Que veux-tu de moi, alors ?

— Que tu survives.

Interloqué, Marween se retourne. À dix pas se dresse une horreur vivante. Une sorte d'araignée de un mètre de haut aux pattes épaisses, à l'avant de laquelle bâille une gueule de loup garnie de plusieurs rangées de dents. Ses yeux sont comme ceux des vieillards aveugles, obturés par une taie blanchâtre. Ses dents évoquent des aiguilles recourbées. Une seule morsure serait capable de l'écorcher tout entier.

Derrière la créature se pressent des dizaines d'autres monstres.

— Renvoie-les, murmure Marween. C'est ton monde, ils doivent t'obéir. Renvoie-les !

Le silence lui répond. Survivre... Éperdu, Marween pivote sur lui-même. Son regard accroche une lueur entre des racines qu'il n'avait pas remarquées jusqu'à présent. Une épée. Il bondit jusqu'à elle et s'en saisit.

Sans préambule, le monstre attaque. Marween fait une roulade de côté, plonge l'épée dans l'abdomen. La créature émet un beuglement terrifiant, et sa gueule claque tout près. Marween rentre la tête dans les épaules tandis que les pattes de la créature lui lacèrent la peau. La douleur est si intense qu'il manque tourner de l'œil. Mais il prend l'épée à deux mains et l'enfonce davantage. La créature a une convulsion, puis expire. Marween se dégage. Le sang de la créature lui macule les avant-bras, répandant une odeur pestilentielle. En arrière, déjà, deux monstres s'avancent, plus gros que le premier. Marween laisse tomber son épée, et soulève sa victime. Il la jette entre les deux monstres.

— Pour vous, grince-t-il.

Les deux monstres se regardent… puis ils se jettent sur le cadavre de leur congénère et le mettent en pièces, avalant de grands lambeaux de chair et de chitine.

C'est au dernier moment qu'il entrevoit le monstre qui saute sur lui. Au moment où une pince se referme sur son bras et le sectionne…

La douleur s'engouffre dans la plaie béante et l'engloutit en entier.

— Attention à son bras ! rugit Gwiramin. Il pourrait nous tuer d'un moulinet du *fléau du démon,* sans même s'en apercevoir !

Gwiramin et Nelin ceinturaient Marween, afin qu'il ne se rompe pas l'échine dans les affres de ses convulsions.

Puis, soudain, le jeune homme mollit entre leurs bras. Nelin desserra sa prise avec précaution.

— Bordel, s'il est crevé…

Marween toussa. Un goût atroce de bile lui emplissait la gorge. Il se redressa et cracha par terre. Ses muscles étaient endoloris, comme s'il avait réellement combattu les créatures. Paradoxalement, pas le moindre élancement n'émanait de son épaule. Il jeta un coup d'œil à la fiole qu'il avait laissée sur la table. Mais non. Il n'en avait pas besoin.

Ses acolytes se regardèrent en soufflant de soulagement. Marween leva les yeux vers eux. La table et la chaise sur laquelle il s'était assis ruisselaient de sang. Puis il sourit.

— Voilà, dit-il d'une voix douce. C'est fait.

Cerajar pointait son épée sur la gorge d'Audric. Mais ce n'était pas la peine. Le capitaine des Serpents gisait, le dos contre le mur, la tête ballante. Marween fit signe au Serpent d'aller surveiller la porte. Celui-ci s'exécuta avec un hochement de tête.

Marween regarda la plaie, dont les lèvres se refermaient. Audric grommela quelque chose. Marween se pencha.

— Pourquoi ? répéta-t-il. Mais parce qu'il ne pouvait en être autrement.

— Est-ce que… Solenn t'a poussé à le faire ?

Marween balaya sa question d'un geste.

— J'ai vu le démon, Audric. Je connais son nom, il me l'a dit. Mais même avant, je n'ai eu besoin de personne pour me guider. Ça n'a rien à voir avec Solenn. Je t'ai pris le *fléau du démon* parce qu'il me revenait de droit.

Les yeux de Marween s'enflammèrent. Il continua, comme possédé :

— Voilà le monde ! Des estomacs sur pattes, terminés par des crocs, qui passent l'essentiel de leur existence à chercher d'autres estomacs sur pattes afin de les dévorer. Parfois ils s'accouplent, puis tous meurent. Quant aux hommes, ils sont pareils. La seule chose qui les distingue, c'est la malédiction de la conscience. Cette malédiction qui nous oblige à chercher à comprendre pourquoi il y a cette horreur qu'on appelle l'existence.

— C'est vraiment ce que tu penses ?

Marween serra le poing.

— Les seigneurs pensent que les hordes sont à leur service exclusif. Mais c'est faux. Nous sommes des prédateurs, et nous exerçons la loi naturelle. (Il gloussa.) Car voilà la loi naturelle : la compétition, l'élimination. Les plus faibles périssent, les meilleurs dominent.

— Et toi, tu es meilleur que moi, c'est ça ?

— En tout cas, tu ne mérites plus le *fléau du démon,* Audric. Tu es trop faible.

— Faible ?

— Tu as épargné la vie du chef du Loup, et avant lui celle de la nièce de Coresh… de beaucoup d'autres. En mettant ta horde en péril.

— Tu oublies quelqu'un que j'ai sauvé…

Marween redressa la tête.

— Oh, moi. Tu m'as fait entrer dans la horde. Maintenant, regarde où cette faiblesse t'a mené. Tu es à mes pieds, et je vais tout te prendre. (Il saisit le menton d'Audric de sa main humaine.) En fait, tu ne mérites même pas la vie.

Il traversa la pièce jusqu'à l'épée nouvellement forgée. Son bras reptilien la souleva sans effort. Ses acolytes échangèrent un regard où se lisait une forme de soulagement. Leur trahison trouvait leur justification dans ce seul geste. Marween n'était plus un renégat. Il arborait le symbole de la puissance de leur capitaine : son épée, que nul autre ne pouvait manier.

Marween se dirigea vers Audric. Ce dernier se ramassa, dans l'attente du coup fatal.

Un choc puissant ébranla la porte.

— Par les graines de l'Arbre de Vie…

— Nelin, ordonna Marween en lui désignant l'entrée.

Un nouveau coup arracha le gond supérieur de la lourde porte. Audric redressa la tête.

C'est impossible, songea-t-il. *Aucun être humain ne peut faire ça. Seul un* fléau du démon…

La surprise se peignait également sur les traits de Marween. Lui non plus ne comprenait pas. Alors que Nelin atteignait l'entrée, la porte vola dans les airs, le manquant d'un cheveu. Le battant de chêne emporta la chaise où Marween s'était tenu, pour aller s'écraser contre le mur opposé. Dans la foulée déboula une énorme silhouette simiesque. L'espace d'un battement de cils, Marween songea qu'il avait ramené une créature du monde des démons. Puis il reconnut le gorille manchot qu'Audric avait épargné. Ses yeux étaient injectés de sang, ses dents carrées découvertes sur un rictus de colère.

— Sigokin ! hurla Audric. Attention à Marween, tu ne peux rien contre lui !

D'un coup d'œil, le rakinn évalua la situation. Nelin poussa un beuglement et chargea.

D'un seul coup de son énorme poing, le rakinn l'aplatit contre le mur – Audric perçut le craquement de ses os. Son épée se planta aux pieds d'Audric. Le capitaine s'en empara – juste au moment où Marween abattait la sienne sur lui.

Audric savait qu'il ne pouvait lutter contre la puissance du *fléau du démon.* Il se laissa glisser à terre, se contentant de faire dévier la lame de l'épée géante. Le vent de la mort souffla à son oreille. La dalle sous lui se fendit dans un claquement sonore.

Gwiramin s'interposait entre Sigokin et son nouveau maître. La situation venait encore de changer et le Serpent ne savait que faire. Marween poussa un grognement. Puis il rompit, l'épée dressée devant lui.

— Je te laisse en vie, lança-t-il à Audric, car tu ne peux plus rien contre moi. Je possède ce que je suis venu chercher : le *fléau du démon*... et Solenn.

Audric plissa les yeux.

Il l'a donc.

Cela expliquait pourquoi personne n'avait réagi lorsqu'il avait été attaqué. Marween avait dû sécuriser toutes les entrées de la tour de défense.

Celui-ci fit signe à ses hommes de se replier dans l'escalier. Dès qu'ils eurent disparu, Marween, sur le seuil de la chambre, pointa son épée dans sa direction.

— Rappelle-toi ce que je te dis. J'ai toutes les cartes en main dorénavant. Tu n'es plus rien. Mais si tu te mets entre moi et ma destinée, je t'abattrai sans aucune pitié.

Il rejoignit ses hommes. Des piétinements décrurent dans l'escalier en colimaçon. Un long instant, Audric contempla la place où le jeune homme s'était tenu une seconde plus tôt. Puis il marcha jusqu'à Nelin. L'impact avait broyé son crâne, la mort avait été instantanée. Il se tourna vers Sigokin.

— Ça va, tu n'as pas été blessé ?

Sigokin secoua sa tête massive.

— Au fait, pourquoi es-tu venu ?

— J'étais venu te dire que je souhaitais m'engager dans la horde du Serpent. Deux gardes en bas m'ont dit qu'il fallait que j'attende demain pour ne pas te déranger. Mais j'ai remarqué leurs figures barbouillées de noir... J'ai compris qu'il se passait quelque chose. J'ai forcé le passage, et j'ai découvert un cadavre dans l'entrée.

Le cœur d'Audric se serra.

— C'était une femme ?

— Non. Un de tes lieutenants. Son nom était Driligan, je crois.

Audric serra les poings de rage. *Driligan. La vieille rivalité qui existait entre eux lui a été fatale.*

Il jeta un coup d'œil dans l'escalier. Les renégats avaient filé. Il se sentait encore faible, mais il monta les marches quatre à quatre jusqu'à la chambre de Solenn.

— Reste là, ordonna-t-il à Sigokin. Si quelqu'un vient, frappe contre le mur. J'entendrai le coup.

La porte était grande ouverte. Une forme était étendue au bas du lit. Audric se rua sur elle.

— Umiade !

La jeune femme était ligotée et bâillonnée, mais elle vivait. Un peu de sang avait coagulé à son oreille gauche. Audric poussa un soupir de soulagement. Il trancha ses liens et lui appliqua une légère claque. Les yeux de la jeune femme papillotèrent. Elle porta une main à sa tempe, émit un juron étouffé.

Audric l'aida à se remettre debout. Elle chancela, dut se retenir au bord du lit pour ne pas tomber.

— Je n'ai rien vu venir, maugréa-t-elle. On a frappé à la porte. Je suis allée ouvrir. Un coup m'a étourdie…

Ses lèvres se pincèrent lorsque ses yeux tombèrent sur son épaule.

— C'est Marween, pas vrai ?

Il se contenta d'opiner du chef. Elle ouvrit la bouche, mais se ravisa et ne fit aucun commentaire. À l'aide de l'unique main qui lui restait, Audric alla lui remplir une coupe d'eau.

— Tiens, tu en as besoin.

Elle saisit la coupe à deux mains et la but à grands traits. Audric, quant à lui, se désaltéra directement au broc d'eau. Umiade fouilla dans ses vêtements, et poussa un juron en s'apercevant qu'on lui avait volé sa fiole de narcotique. Le lien avec ce qui venait de se passer à l'étage en dessous n'était pas difficile à faire. D'une manière ou d'une autre, Marween avait appris la douleur que ses transes provoquaient, et l'existence du palliatif.

Il était inutile d'ajouter à la rage d'Audric en en faisant état. Cela n'avait pas d'importance… pas dans l'immédiat, en tout cas.

— Combien de temps est-ce que je suis restée allongée ? demanda-t-elle.

Il haussa les épaules.

— Pas plus d'une heure, je pense. L'aube devrait se lever d'une minute à l'autre.

Umiade se dirigea vers la porte. Il l'attrapa par le bras, mais elle tenta de se dégager. Il n'eut aucun mal à la ramener vers le lit.

— Dans ton état, tu ne me seras pas utile. Reste ici, je ne serai pas long. Et arme-toi.

Elle leva les yeux vers lui.

— Il t'a volé le *fléau du démon.* Comment se fait-il qu'il ne t'ait pas tué ensuite ?

Il lui expliqua en deux mots l'arrivée impromptue de Sigokin.

— Tu crois pouvoir récupérer le *fléau du démon* ?

Un moment, Audric demeura silencieux. Il ne s'était même pas posé la question tant la réponse était évidente.

— Le pacte qui me liait à lui appartient au passé. Il est à Marween, maintenant. Et je ne suis même pas certain de le regretter.

— Tu devrais. La horde n'y survivra pas.

— Le Serpent a survécu à bien pire.

Il s'apprêtait à partir. Elle posa une main sur la sienne.

— Il te tuera si tu l'affrontes. Tu n'as plus aucun pouvoir.

Il lui posa un baiser sur le front, puis partit.

21

Le ciel se décolorait lentement quand Audric sortit par la porte de la tour d'angle. Les rayons rasants du soleil rosissaient des nuages bas et renflés.

Sigokin surgit à ses côtés.

— Où va-t-on ? demanda-t-il.

— Rassembler mon escouade. J'ai trente-cinq hommes directement sous mes ordres. Marween n'a pas pu les corrompre. Il y a aussi l'escouade d'Umiade… et sans doute celle de Leihar. Trobard m'est fidèle, mais j'ai vu un de ses hommes avec Marween. Quant à Killian et ses hommes, je ne sais pas.

Pour ce qui est de Yelaf, il se rangerait du côté du plus fort : Marween. Audric se rendait compte à présent qu'il avait été négligent sur le chapitre de la loyauté pendant des années. Il avait eu trop confiance en lui.

Ils se mirent en route vers la tour de défense voisine. Des guetteurs le saluèrent. Ils étaient de l'escouade de Trobard et ne semblaient pas au courant de ce qui s'était joué dans la nuit. Audric se tourna de façon à leur dissimuler son bras manquant.

— Que va-t-il arriver, une fois la horde mise au courant ? s'informa le rakinn. Tu resteras au pouvoir ?

— On ne va pas tarder à le savoir, mais je ne me fais pas trop d'illusions. Le seul véritable atout dont je disposais était Solenn, et elle n'est plus en ma possession. Je serais toi, je filerais dès que possible.

— Je n'abandonne pas mes amis.

— Tu ne comprends pas. Je vais perdre la vie, et ceux qui se rangeront de mon côté périront eux aussi.

— J'avais compris.

Audric ne trouva rien à répondre.

Ils arrivaient à la tour de défense où logeaient son escouade et celle d'Umiade. Une dizaine d'hommes piétinaient sur le pavé. Briac était parmi eux, discutant en agitant ses bras épais. Audric comprit à leur air que Marween l'avait précédé. Briac changea de couleur quand il aperçut son épaule droite amputée du *fléau du démon.*

— Ils avaient donc raison, grommela-t-il.

Il jeta un regard de haine en direction de Sigokin, mais Audric lui affirma qu'il était dans leur camp désormais.

— L'un des hommes de Yelaf est venu nous prévenir que Marween possédait le *fléau du démon.* Il aurait Solenn. Il invite la horde à venir sous le porche d'entrée de la cité, devant le pont-levis. Est-ce que… Est-ce que c'est vrai ?

Audric acquiesça.

— Il va te défier, dans ce cas.

— Et il me tuera, je sais.

— Que vas-tu faire ?

— Je ne me défilerai pas.

De façon incongrue, Briac sourit de toutes ses dents.

— Marween t'a volé le *fléau du démon,* mais il ne t'a pas pris ta fierté. Va, je te suis.

Les hommes se regroupèrent et se mirent en marche vers l'entrée de la ville. Ils progressaient en silence, comme des somnambules. Soudés, ils pouvaient envisager n'importe quelle situation, même la plus catastrophique. Mais l'autorité ne pouvait être contestée de l'intérieur, c'était impossible.

Marween était là avec Yelaf. Leurs escouades respectives se tenaient en rang derrière eux, comme s'ils s'apprêtaient à livrer bataille. Cerajar se tenait en retrait. À son côté, un vétéran, Gwiramin. Marween avait recouvert le *fléau du démon* sous un brassard, mais on ne pouvait s'y tromper.

Les autres escouades ne tardèrent pas à arriver. Marween attendit que tous aient formé un cercle autour de lui, puis il s'avança.

— Si tu tenais à la vie, tu te terrerais déjà quelque part dans la ville. Mais tu as perdu l'habitude de n'être qu'un humain comme les autres.

— Si tu crois que le *fléau du démon* va te rendre la vie plus facile, attends-toi à être un peu déçu.

Marween éclata de rire.

— Au moins, la mort qui t'attend ne t'a pas enlevé ton sens de l'humour. Bien. Expédions les formalités.

Il dégaina la gigantesque épée à la pointe biseautée, avec laquelle il lui fit signe d'avancer au milieu du cercle.

— Je te défie en combat singulier pour le commandement du Serpent. Cette fois, je n'exige pas que tu te désistes en ma faveur. Je vais te tuer… (Il eut un mouvement circulaire et poursuivit, plus fort :) Comme je tuerai quiconque se mettra entre nous.

Au moment où Audric pénétrait dans le cercle, un sifflet d'alerte retentit du sommet des tours de défense : l'armée de Coresh manœuvrait. D'ici peu, elle déferlerait sur la ville. Puis un coup sourd se répercuta le long du rempart : les catapultes recommençaient leur bombardement.

Marween désigna l'arme que tenait Audric.

— C'est l'épée de Nelin ?

Audric opina.

— Je n'en aurai que plus de plaisir à te tuer… Allons, dépêchons-nous.

L'annonce de cette mort provoqua des remous dans les escouades ralliées à Marween. Celui-ci fronça les sourcils.

Puis il attaqua, brutalement.

Audric brandit son épée au-dessus de sa tête obliquement, de façon à dévier le coup, comme il l'avait déjà fait. S'il y parvint, c'est parce que Marween n'avait pas encore domestiqué toute la puissance dont il disposait. Il se contenta d'ébrécher la lame de Nelin. Audric porta une botte, immédiatement contrée par le *fléau du démon.*

Quelques partisans de Marween crièrent des encouragements à leur chef, mais aucune insulte ne fusa contre Audric.

Marween, quant à lui, affichait un ennui dédaigneux. D'un revers, il brisa l'épée de son adversaire. Puis lui assena un coup sur la poitrine du plat de sa lame. L'air s'échappa des poumons d'Audric, tandis que des points noirs envahissaient sa vision. Il tomba sur le pavé.

Qu'il en finisse, maintenant. Que je puisse rejoindre le néant et y expier ma faute.

— C'est comme ça que j'aime te voir, fit Marween en approchant. Rampant sur le sol, à mes pieds. Peut-être que si tu me supplies…

Il releva les yeux, alors qu'un homme s'avançait dans le cercle. Ses yeux se plissèrent.

— Trobard, tu es prévenu…, commença-t-il.

Il s'interrompit, alors qu'un projectile ennemi volait par-dessus le rempart et allait s'écraser dans la rue, à une centaine de pas. Le bloc de rocher roula sur dix pas avant d'aller s'encastrer au bas d'une façade. Mais pas un Serpent ne détourna le regard de la scène. Tous avaient les yeux rivés sur Trobard. Et Leihar, qui venait à sa suite… et Umiade.

Peu à peu, le cercle se remplit de leurs escouades ; Sigokin marchait au milieu d'eux.

— Espèces de…, gronda Marween.

Leihar murmura quelque chose à Trobard. Puis il se plaça devant Marween et prononça d'une voix sereine :

— Depuis qu'Audric a proscrit les défis, la horde ne s'en est que mieux portée. Tu as tué Jedrigan, et rien de bon n'en est sorti. C'est pourquoi tu feras un mauvais capitaine. Un capitaine que je ne suivrai pas.

— Leihar, non ! cria Audric.

L'épée de Marween ressortit dans son dos. Le lieutenant s'affala. Audric ferma brièvement les yeux. Quand ses paupières se rouvrirent, Leihar gisait à terre, le sang se déversant à gros bouillons.

— Un autre amateur ? jeta Marween à la ronde.

Trobard et Umiade avancèrent de conserve, pour se placer devant lui. Cette fois, Marween hésita. Deux autres Serpents les imitèrent : Briac, Harold. Une dizaine d'autres les rejoignirent. Ils ne tirèrent pas leur épée : ils étaient là, c'était tout. Quelque chose gonfla le cœur d'Audric. Il n'avait plus aucun pouvoir, et pourtant, ses hommes demeuraient à ses côtés.

— On dirait que tes effectifs fondent à vue d'œil, le cancrelat, fit remarquer Umiade. Est-ce que tu vas tous nous tuer, dis ? Résous-toi à ça : tu ne seras jamais le capitaine du Serpent.

Trandor semblait hésiter au bord du cercle. Marween pointa son épée sur lui.

— Trandor, tu seras le prochain à mourir. Si tu me rejoins, je te nomme lieutenant pour remplacer Driligan.

Le Serpent hésita… puis opina. Marween respira un grand coup. Un sourire revint sur ses lèvres. Lentement, il rabaissa son épée.

— La nuit dernière, j'ai fait un rêve, dit-il. J'ai rêvé que j'étais un oiseau. Un aigle, planant au-dessus d'un désert. Mes ailes battaient dans le soleil. Et en dessous, j'apercevais un misérable serpent en train de ramper sur le sol, incapable de se redresser pour faire face à la réalité du monde. Alors, je fondais sur lui et je le déchiquetais.

Il pivota et marcha jusqu'à son escouade.

Audric se releva, ignorant la main que lui tendait Trobard.

— Je suis toujours capitaine de ma horde. Que ceux qui veulent suivre Marween se rangent à ses côtés. Je les libère de leur serment de fidélité au Serpent. Que ceux qui préfèrent rester sous mes ordres viennent à moi.

Les Serpents balancèrent. Puis, l'un d'eux se décida et traversa le cercle pour aller se ranger au côté d'Audric. Un autre le suivit. À l'inverse, un homme de l'escouade de Trobard rejoignit le groupe de Marween. Un autre, de l'escouade de Leihar… Les Serpents se croisèrent sans se regarder. Après deux minutes, les deux groupes se faisaient face.

Les partisans de Marween comptaient deux cents hommes. Ceux d'Audric, cent cinquante.

Si peu ?

Mais Audric lut la colère dans les yeux de Marween, et comprit que ce dernier avait escompté être suivi par toute la horde, à présent qu'il détenait tous les pouvoirs. C'était ce qu'il serait advenu dans n'importe quelle horde.

Mais le Serpent n'est pas n'importe quelle horde, se dit Audric en souriant.

Les lèvres serrées, Marween dégaina son épée.

Un cri jaillit du haut des remparts.

— Les troupes de Coresh font mouvement ! Ça y est, ils attaquent !

FIN DU PREMIER VOLUME

William R. Forstchen

RALLIEMENT

Le Régiment perdu

La victoire… ou la mort !

2 janvier 1865, City Point, Virginie. Le colonel nordiste Andrew Keane conduit ses soldats vêtus de bleu à bord d'un navire de transport, ignorant que leur prochain port d'attache n'est ni au Nord ni au Sud, mais… sur un autre monde !

Une tempête les balaie dans une faille surnaturelle et les expédie sur une terre étrangère, où quelques fusils sont tout ce qui sépare le régiment perdu de l'extermination… face à des épées, des lances et des arcs.

Dans ce monde féodal dirigé par les nobles et l'Église, Keane et ses hommes introduisent les idées de liberté, d'égalité et de démocratie... ainsi qu'une technologie en avance de plusieurs siècles. Mais cela suffira-t-il à les sauver de ceux qui détiennent le vrai pouvoir ? De terrifiantes créatures dont le nom n'est prononcé qu'à voix basse et qui élèvent les humains comme du bétail… pour les dévorer.

William R. Forstchen est né en 1950 dans le New Jersey. Il enseigne l'histoire à l'université de Montreat (Caroline du Nord) en tant que spécialiste de la guerre de Sécession, la passion de sa vie qui est à la source de la plupart de ses romans.

BRAGELONNE, C'EST AUSSI LE CLUB :

Pour recevoir la lettre de Bragelonne annonçant nos parutions et participer à des rencontres exclusives avec les auteurs et les illustrateurs, rien de plus facile !

Faites-nous parvenir vos noms et coordonnées complètes, ainsi que votre date de naissance, à l'adresse suivante :

Bragelonne
35, rue de la Bienfaisance
75008 Paris

club@bragelonne.fr

Venez aussi visiter notre site Internet :
http://www.bragelonne.fr
Vous y trouverez toutes les nouveautés, les couvertures, les biographies des auteurs et des illustrateurs, et même des textes inédits, des interviews, des liens vers d'autres sites de Fantasy et de SF, un forum et bien d'autres surprises !

Aubin Imprimeur
LIGUGÉ, POITIERS

Achevé d'imprimer en août 2007
N° d'impression L 71358
Dépôt légal, août 2007
Imprimé en France
94089-1